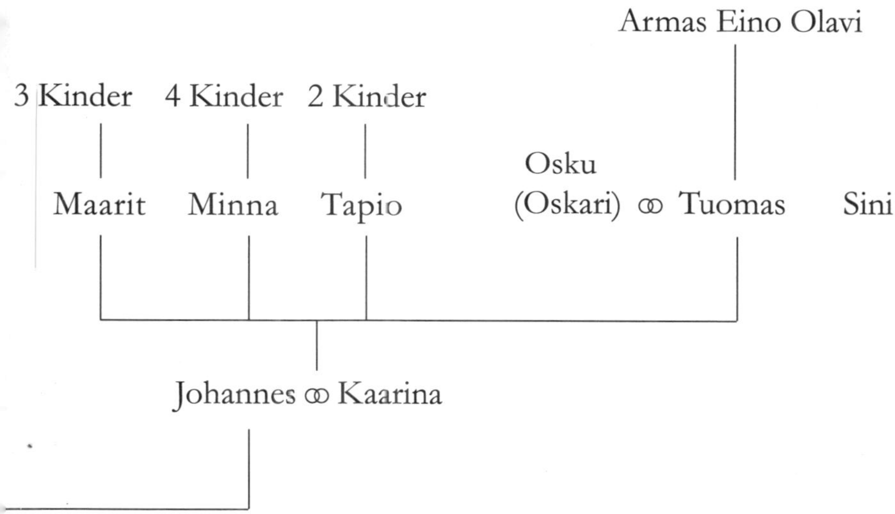
Armas Eino Olavi
3 Kinder
4 Kinder
2 Kinder
Maarit
Minna
Tapio
Osku (Oskari) ⚭ Tuomas
Sini
Johannes ⚭ Kaarina

TOMMI KINNUNEN

DAS LICHT IN DEINEN AUGEN

ROMAN

Aus dem Finnischen von
Gabriele Schrey-Vasara

PENGUIN VERLAG

*Für meinen Vater, von dem ich die Neugierde
geerbt habe, und für meine Mutter,
von der ich immer noch Geduld zu lernen versuche.*

Wir kennen uns, obwohl du dort drinnen bist und ich hier, außerhalb des Bauchs deiner Mutter. Ich bin es, der für dich gesungen hat. Der deine Mutter um Erlaubnis gebeten hat, dich zu ertasten und zu berühren, das zu streicheln, was ich für deine Stirn halte. Ich liebe dich, obwohl ich dich noch nicht einmal gesehen habe.

Du wirst mich Papa nennen. Ich habe auch einen eigenen Namen, aber den wirst du nie brauchen, denn für dich lerne ich diesen neuen Namen. Du musst nur deinen Papa zu Hilfe rufen, dann werde unter allen Menschen auf der Welt genau ich deinen Ruf hören und sofort zu dir eilen. Du versprichst mir doch, immer zu mir zu kommen, wenn du Angst hast? Ich tröste dich, wenn du dir wehtust oder hinfällst. Väter vertreiben alles Böse. Väter geben Schutz.

Aber du kommst auch dann zu mir, wenn alles gut ist, oder? Dann sitzen wir beisammen und freuen uns über den schönen Sommerabend oder über die Eins, die du in Geschichte bekommen hast. Du traust dich doch, mir davon zu erzählen, wenn du dich verliebst? Dann werde ich antworten, dass es leicht ist, sich zu verlieben, aber dass es Mühe kostet zu lieben. Ich hätte noch viele andere Ratschläge, doch ich weiß nicht, ob du mit ihnen etwas anfangen kannst. Das eigene Leben verläuft nicht immer so mustergültig, dass es sinnvoll wäre, auf dieser Basis für jemand anderen eine Landkarte zu zeichnen. Aber ich verspreche dir, dass ich, ganz gleich, was dich bedrückt, gemeinsam mit dir nach einer Lösung suchen werde. Es gibt nichts, wovon du mir nicht erzählen kannst. Ich will alle deine Worte hören. Ich verlasse dich nie, ich höre nicht auf, dein Vater zu sein. Ich beschütze dich bis zum Tage meines Todes und auch darüber hinaus.

Ich schreibe diesen Brief ohne Wissen deiner Mutter, denn sie würde mich sonst einen rührseligen Dummerjan nennen. Dann stecke ich ihn in einen Umschlag, auf den ich die Namen schreibe, die wir für dich gewählt haben. Ich weiß nicht, ob der Brief so lange erhalten bleibt, bis du lesen kannst. Vielleicht bleibt alles nur ein netter Gedanke, womöglich vergesse ich den Brief, und er verschwindet im Umzugsgut des Lebens. Mag sein, dass wir dir einen anderen Namen geben und uns irgendwann wundern, wieso bei uns Post auftaucht, die an einen Fremden adressiert ist. Aber es kann auch alles gut gehen: Vielleicht bleibt der Umschlag zwischen den Büchern im Regal stecken und du entdeckst ihn irgendwann, wenn du älter bist. Vielleicht sind bis dahin Dutzende dieser Briefe entstanden. Womöglich gebe ich dir zu jedem Geburtstag einen neuen Brief. Wir haben Jahre und Jahrzehnte Zeit, uns kennenzulernen.

Komm bald. Spielsachen und Kleider liegen für dich bereit. Hier neben mir ist Platz für dich.

Papa

ERSTER TEIL

DIE ANFÄNGE DES GUTSHOFES

Manche behaupten, der Gutshof Pieselfall sei nach dem gelblich schäumenden, humushaltigen Wasserfall benannt. Andere meinen, der tiefe Sturz des Wassers in die trichterartige Schlucht und vor allem das dabei entstehende Geräusch seien die wichtigsten Gründe für die Namensgebung. Dieses Geräusch erinnert nämlich an einen flachen, unregelmäßigen Harnstrahl, der in die Mitte eines Nachttopfs gelenkt wird. Doch weder das eine noch das andere ist der Grund für den Namen des Gutshofs, denn – anders als die Bevölkerung glaubt – der Wasserfall wurde nach dem Gut benannt und nicht umgekehrt.

Im August des Jahres 1778 hatte der schwedische König das Gleiche getan wie jeder König der Schweden, Gauten und Wenden seit Menschengedenken: Er hatte Russland den Krieg erklärt. Der Krieg verlief so, wie es sich gehörte. Die Offiziere waren zu Schiff von Stockholm nach Turku gebracht worden wie früher auch, in den Einöden der Provinzen Häme und Savo war wie üblich eine Zwangsrekrutierung erfolgt. Man war nach Russland vorgedrungen, hatte Prügel bezogen und den Rückzug nach Turku angetreten. Wie jeder Finne wusste, würden die Offiziere als Nächstes ein Schiff besteigen und in die westliche Hauptstadt zurücksegeln. Der östliche Teil des Reiches würde auf unbestimmte Zeit von den Russen besetzt werden, bis diese sich irgendwann im Gefolge der Friedensverhandlungen das Stück Ostfinnlands einverleiben würden, das ihnen angemessen erschien. Während die Oberfeldwebel an Bord gingen, würden sie überlegen, wie man diese Zeit wohl nennen könnte. Der Große Unfriede war schon gewesen, ebenso der Kleine Unfriede. Nach- oder Fortsetzungs-Unfriede klang albern, Mittlerer Unfriede hätte schon früher verwendet werden müssen.

Von seinen Adjutanten umgeben, stand der König auf den matschbedeckten Felsen von Pikisaari und beobachtete die Offiziere, die auf das Schiff verfrachtet wurden. Unten am Kai hatten sich die Offiziere in Rangordnung aufgestellt, um die Ruderboote zu besteigen. Schwer Verstümmelte waren nicht unter ihnen, natürlich nicht, denn verwundet zu werden war Aufgabe der Mannschaften. Die einfachen Soldaten würden erst mit der Nachhut in drei Tagen eintreffen, wenn die Offiziere bereits ein gutes Stück nach Westen gesegelt waren, bis hinter Kastelholm, vielleicht sogar an Märket vorbei.

»Ihr solltet nun an Bord gehen, Eure Majestät.«

Der Dienstbursche sprach ein überraschend gutes Schwedisch, obwohl der blonde Strubbelkopf und die Nase, die einer überwinterten Kartoffel glich, ihn schon auf den ersten Blick als Finnen auswiesen.

»Wir danken.«

Der Weg nach unten war lang, und das Moos auf dem Felsen hatte sich voll Wasser gesogen. Der König musste lachen. Kurz bevor er den Kai erreichte, beschloss er, noch rasch seine Blase zu erleichtern. Er wollte sein Zepter nicht in Richtung der Offiziere entblößen, weniger aus Gründen der Schicklichkeit, denn Herrscher stehen über solchen Dingen, sondern deshalb, weil der kräftige Südwestwind die Flüssigkeit geradewegs auf seine hübschen Gobelinschuhe gelenkt hätte. Deshalb kehrte er den Offizieren den Rücken zu und blickte direkt auf das Volk, während er das hervorholte, was er Gerüchten zufolge der Königin kein einziges Mal gezeigt hatte. Der Dienstbursche wandte das Gesicht ab, als er die Absicht Seiner Majestät erkannte, wagte aber nicht auszuweichen. Der König betrachtete den vor ihm stehenden Jungen, schob das Becken vor und versuchte, den Strahl auf den linken Schnabelstiefel des Finnen zu lenken.

Der König betrachtete sich als wertvolle Perle in der langen Kette von Herrschern seines Landes. Die Dinge liefen, wie sie laufen sollten. Freude sprudelte aus seinem Unterleib oder aus der sich leerenden Blase. Dieser Moment musste festgehalten werden. Der Kriegszug sollte eine bleibende Erinnerung hinterlassen.

»He, Bengel!«, rief er. »Hör mir gut zu. Du wirst jetzt zum Baron gemacht.«

Der Dienstbursche wagte nicht zu antworten, doch seine veränderte Haltung verriet, dass er zuhörte.

»Calle sucht einen passenden Wald oder Berg als Lehen für dich aus.«

Einer der Adjutanten nickte ernst. Man würde dem Jungen weit oben im Norden, hinter Tavastehus, so viel Moor und Fjäll geben können, wie er in einer Woche auf dem Pferd zu umreiten vermochte. Platz gab es in diesem dunklen Land zur Genüge.

Der Junge starrte auf seine nassen Füße. Der König war nicht mehr jung. Er sehnte sich nach der Zeit zurück, als er seine Signatur so schön in den Schnee pinkeln konnte, wie er sie mit der Hand schrieb. Hatte der Strahl die Buchstaben früher wie mit dem Florett gestochen in den Schnee gezeichnet, so erinnerte er nun an den breitesten Springbrunnen des Schlosses Drottningholm. Seine Majestät ließ das Becken zucken und presste die letzten Tropfen heraus.

»Denk dir für deinen Gutshof einen passenden Namen aus, der an den König erinnert.«

EIN PLÄTZCHEN KLEIN AUF DIESER WELT

Mutter fasst mich unter den Achseln, hebt mich hoch und lässt mich dann herunter, ziemlich tief herunter.

»Versuch mal, da zu sitzen.«

Mein Schuh schlägt auf den Boden, der hohl dröhnt wie ein Fass. Ich begreife nicht, wo ich bin. Der Raum klingt so, als wäre er schmal. Ich taste meine Umgebung ab, mit der einen Hand erreiche ich die Wand. Sie fühlt sich kühl an, fast kalt. Mutters Stimme kommt von oben und hallt ein wenig.

»Helena, nimm Johannes auf den Schoß.«

Mutter hebt meinen kleinen Bruder vor mich, und wir sitzen mit gespreizten Beinen hintereinander. Ich lege die Arme um Johannes, denn er hat Angst vor allem Neuen. Dann frage ich Mutter, wo wir sind, doch sie antwortet nicht. Omas Stimme kommt von der anderen Seite. Sie erklärt, dass wir uns in einem Zug befinden, in einem von denen, mit denen Sand transportiert wird, auf der Strecke, die die Deutschen für den Krieg gebaut haben. Und dass Mutter die Eisenbahn fotografieren will, obwohl das angeblich nicht erlaubt ist.

Johannes windet sich, aber ich lasse ihn nicht los, sondern schaukele ihn hin und her, bis er sich beruhigt. Mutter steht jetzt hinter uns und ermahnt uns, stillzuhalten. Sie macht ein Foto. Ganz schön schmal, diese Heeresfeldbahn, sagt sie, aber Oma antwortet, die Soldaten kämen gut damit zurecht. Mutters Stimme klingt verschmitzt, als sie fragt, ob man den Waggon wohl in Bewegung setzen könne. Damit auch wir Kinder aus der Wildmark erzählen können, dass wir schon mal mit dem Zug gefahren sind. Oma lacht und tritt ebenfalls hinter uns. Sie sagt, arme Leute müssten auch mal Blödsinn machen. Oma geht anders. Während Mutter zügig über den Sand schreitet, rip-rip-rip, humpelt Oma, rip-riip-rip. Vater sagt, dass unsere Oma Maria Beinschmerzen hat.

Oma und Mutter atmen nebeneinander.

»Bist du bereit, Lahja?«, fragt Oma.

»Ja«, antwortet Mutter.

»Dann stoßen wir ihn mal wie der alte Bauer seine junge Frau.«

Der Sand knirscht unter ihren Füßen. Sie schnaufen beide. Mutter macht ein seltsames, knarrendes Geräusch, sie atmet und hält gleichzeitig die Luft an. Es klingt ähnlich wie bei Vater, als er einmal im Heimaturlaub sein Bett, das neben Mutters gestanden hatte, aus der Kammer schleppte. Plötzlich machen wir einen Ruck nach vorn, wie in dem Moment, da das Pferd anfängt zu ziehen, und Vater sagt: »Halt dich gut fest.« Ich erzähle Johannes, dass wir jetzt fahren, damit er nicht erschrickt. »Fahlen«, spricht er mir nach. Er kennt noch nicht alle Wörter. Nun dreht er den Kopf, schaut sich um.

Mutter muss lachen. Auch Oma gackert.

»Der Mastdarm ist zwar einen Zoll rausgerutscht, aber zu guter Letzt haben wir das Ding doch zum Rollen gebracht.«

»Red nicht so«, zischt Mutter.

Ich streichle Johannes über den Kopf und erzähle ihm, dass Oma gerade albern ist. Mein Bruder fasst meine Finger mit beiden Händen und schwenkt sie hin und her. Mutter lacht und sagt, es sei lieb von mir, dass ich mich kümmere, und dazu seien große Schwestern da. Ich kümmere mich um Johannes, und Anna kümmert sich um mich. Ich drehe das Gesicht nach hinten und frage, wie weit der eiserne Weg eigentlich führt. Mutter antwortet, wahrscheinlich bis in den Süden, aber sie sei sich nicht sicher. Sie ist noch nie weiter gereist als bis nach Oulu, aber Oma ist mit dem Zug gefahren, als sie in der Hebammenschule war, in einem großen Haus aus Stein, so weit im Süden, dass dahinter nur noch das Meer liegt. Dort ist es anders als hier, es gibt andere Bäume und lauter Häuser aus Stein.

Ich lasse Johannes los, denn er kommt ja zurecht, und ertaste mit den Händen, was hinter mir ist. Ein Haufen Sand. Ich lehne mich zurück und will mich hinlegen, aber Johannes bleibt auf meinem Rocksaum sitzen. Die Seitenwand ist kühl. Man merkt nicht mehr, dass der Zug sich bewegt, er ruckelt nicht. Ab und zu bebt der Boden ein wenig, und man hört Geratter. Oma erklärt, das sei der Gesang der Räder in den Schienen.

Die Sonne scheint mir ins Gesicht. Ich reiße die Augen ganz weit auf. Manchmal verschwindet das Licht hinter Schatten. Das sind Bäume. Vater hat mir erzählt, dass ich als Säugling alles Mögliche gesehen habe, bevor ich krank wurde, aber daran erinnere ich mich nicht. Und Vater ist nicht mehr zu Hause, sondern im Krieg. Ich drücke die Daumen auf meine Augen. Das fühlt sich gut an. Der Wind säuselt in den Bäumen. Es ist Sonntag.

Oma singt im Takt des ratternden Wagens.

Durch dieses Dorf hier laufe ich,
so weit die Füße tragen,
wen ich will, den küsse ich,
auch wenn die Weiber klagen.

Mutter mag Omas Lieder nicht. »Bitte nicht so was«, sagt sie jedes Mal.

»Wohin fahren wir?«, frage ich, und Mutter antwortet: »Nach Hause.«

Oma erklärt, dass die Gleise noch nicht bis nach Lopotti führen. Die Deutschen haben für den Krieg eine Bahnstrecke aus dem Binnenland gebaut, die bald bis zum Kirchdorf reichen wird und dann an die Grenze zur Sowjetunion und ganz am Ende bis zur Murmansk-Bahn. Aber noch nicht, und deshalb sind wir mit dem Pferdewagen gekommen. Mutter sagt etwas zu Oma. Ich höre die Worte nicht, aber in ihrer Stimme ist kein Lachen mehr. Der Zug wird langsamer und bleibt dann stehen. Mutter tritt neben mich.

»Wir wohnen nicht in Lopotti«, sagt sie laut zu Oma.

»Reg dich ab, Lahja, ich mach ja bloß Spaß.«

Nach Mutters Ansicht beginnt Lopotti erst hinter unserem Zaun, und dort wohnen ganz andere Leute als wir. Oma meint, es sei doch nur ein Name. Plötzlich wird Johannes aus meinen Armen gerissen. Ich erschrecke und versuche, ihn festzuhalten, aber Mutter befiehlt mir, ihn loszulassen. Ihre Stimme ist kalt.

»Was tust du?«, fragt Oma.

»Wir gehen jetzt.«

Ich will nicht weg, sondern mit dem Zug nach Hause fahren, aber Oma fasst mich unter den Achseln und stellt mich auf den Sand. Der Boden neben dem Zug ist abschüssig. Es fällt mir schwer, dort zu stehen, ich halte mich an der Eisenwand fest.

»Was ist Lopotti?«, frage ich, doch niemand erklärt es mir.

Oma nimmt mich an die Hand.

»Lass uns nach Hause gehen, Helena. Vielleicht hat dein Vater ja Heimaturlaub.«

Ich versuche, am Abhang entlangzugehen, indem ich das obere Bein anwinkle. Vor mir humpelt Oma. Sie ruft Mutter nach, wieso sie sich nur immer wieder über uralte Ortsnamen aufrege.

»Außerdem wohnen in Lopotti keine verrufenen Frauen außer uns beiden.«

Mutter antwortet nicht. Oma lacht.

WER MEINEN SCHLAF ZU STÖREN WAGT

Mutter schlägt an die Tür zu Vaters Kammer und brüllt, dass sie ohnehin schon alles ahnt. Sie fragt, warum Vater nicht reden will.

Ich liege im Bett und halte mir die Ohren zu, aber Mutters Stimme ist trotzdem zu hören. Sie verwendet große Worte, die von den Wänden abprallen wie Bälle und aus dem Wohnzimmer bis hierher schießen. Merkt Oma gar nichts, oder hat man sie zu einer Entbindung in ein abgelegenes Dorf geholt? Oft kommt sie an solchen Abenden aus ihrer Kammer und ermahnt meine Eltern, sie sollen leise sein, und so was sagt man doch nicht laut. Ich presse die Ohrläppchen mit beiden Händen fest an den Kopf. Jetzt höre ich die Worte nicht mehr, nur die Stimme.

In solchen Nächten kommt der Bodengeist, sobald man einschläft. Sobald man einen Schritt vorwärts macht, wird der Fußboden abschüssig. Wenn man sich umdreht und flieht, geht es dort abwärts. Man kann versuchen, zuerst zur Kommode oder zum Fenster zu gehen, aber das hilft nichts, denn die Dielen richten sich überall auf. Wohin man auch geht, man rutscht abwärts wie ins Grab. Das ist eine tiefe Grube, in die man die Kriegstoten und die von Bomben getöteten Kinder legt. Da kann man reinfallen. Selbst wenn man versucht, sich am Teppich festzuhalten, gleitet man in die Leere, die kalt ist und aus der eine tiefe Stimme kommt, die keinem Menschen und keiner Katze und keinem Hund und keinem anderen Tier gehört.

Ich versuche, die Ohren zu verschließen, aber die Augen offen zu halten, damit ich nicht einschlafe. Die Decke ist zu heiß. Ich will sie wegtreten, aber Vater hat sie unter meinen Füßen eingeschlagen. Er deckt uns immer zu, wenn er Heimaturlaub hat, obwohl ich ihm gesagt habe, dass Mutter es besser kann. »Bist du denn gar nicht mehr Vatis Mädchen?«, hat er gefragt, und ich habe geantwortet: »Nein, Mutts.« Ich bitte Vater, vom Krieg zu erzählen, aber er sagt jedes Mal Nein.

Ich will kühle Luft an meine Beine lassen. Deshalb muss ich die Hände von den Ohren nehmen und die Stimmen ertragen. Mutter bittet Vater, ihr aufzumachen. Oben in der Bodenkammer sind Annas Schritte zu hören. In das Zimmer meiner Schwester kommt man von außen über eine Treppe, die ich aber nicht allein hochgehen darf. Anna kann auch nicht schlafen. Ich ziehe die Decke von den Beinen. Dann drehe ich mich um und drücke das eine Ohr aufs Kissen. Der Bodengeist ist nahe.

Die Latten in Johannes' Bett knarren. Ich hebe den Kopf und lausche. Johannes weint leise. Als ich seinen Namen rufe, hört das Schluchzen auf.

»Komm her!«, flüstere ich.

Er antwortet nicht.

»Lauf schnell her, bevor der Bodengeist kommt.«

Aus dem Wohnzimmer ist Mutter zu hören, die wie ein Hund heult. Johannes antwortet, er wolle nicht kommen. Zwischen den Worten schnappt er nach Luft.

»Komm her«, locke ich. Das Bett knirscht, als er sich aufrichtet.

Plötzlich höre ich hinter Mutters Schrei eine Bewegung, dunkel und kalt. Die Dielen beginnen zu beben. Ich rufe Johannes zu, er soll sich beeilen. Er springt aus dem Bett und rennt auf mich zu. Schafft er es? Ich lausche, wo er ist. Jetzt hat er den Teppich erreicht, jetzt hat er ihn überquert.

»Lauf! Nimm dich vor dem Bodengeist in Acht!«

Ich rufe, und er läuft und weint und läuft. Seine nackten Füße patschen auf den Boden, die Dielen klappern. Er greift nach der Bettkante, und ich helfe ihm hoch. Sein Ellbogen trifft mich an der Schläfe. Es tut weh, aber ich schimpfe ihn nicht, weil es ein Versehen war. Die kalte Stimme flacht ab, Mutter weint lauthals.

Ich streichle Johannes' Kopf. Er drückt seinen Teddy an sich und kann nicht aufhören zu weinen. Ich suche nach seiner Achselhöhle und kitzle ihn, bringe ihn aber nicht zum Lachen. Im Wohnzimmer ist Mutter inzwischen verstummt, doch Vater spricht. Ich kann nicht verstehen, was er sagt. Er brüllt nie. Johannes windet sich. Ich strecke mich neben ihm aus.

»Er ist weg. Du brauchst keine Angst mehr zu haben.«

Ich wische ihm die Tränen ab und streiche ihm über den Kopf. Die große Schwester kümmert sich. Ich setze mich auf und blase ihm prustend auf den Bauch, doch er schluchzt immer noch.

»Heulsuse«, sage ich.

Denn ich weiß, was Johannes braucht. Ich setze mich auf die Bettkante und lausche ins Haus. Anna läuft nicht mehr herum, Mutter erklärt irgendwas, schnell und mit leiser Stimme. Der Fußboden bebt nicht, doch ich weiß, dass unter den Dielen ein Geisterwesen mit kühler Haut schwimmt. Es streckt beide Arme über den Kopf und stößt sich mit den Beinen vorwärts wie ein Frosch im Wasser, das hat Vater mir erklärt. Es lauscht durch die Ritzen zwischen den Dielen und folgt einem von einem Zimmer ins nächste, unter den Wänden hindurch. Dennoch rolle ich mich über Johannes hinweg und setze vorsichtig die Füße auf den Boden. Mit beiden Händen halte ich mich an der Bettkante fest und fühle, ob der Boden schon schwankt. Johannes befehle ich, ganz leise zu warten und sich nicht zu rühren.

»Du darfst mir nicht nachlaufen. Jetzt musst du tapfer sein.«

Ich folge der Bettkante und gehe auf die Kommode zu. Als ich sie mit der Hand ertastet habe, lasse ich das Bett los und setze meinen Weg fort. Ich gehe vorsichtig. Der Bodengeist schwimmt unter irgendeinem anderen Zimmer. Ich erreiche die Tür und öffne sie, lausche. Mutters Stimme ist heiser. Sie sagt Erwachsenenwörter, die Kinder nicht verwenden dürfen. Sobald man sie hört, muss man sich umdrehen und weggehen. Ich lasse mich auf alle viere hinab und krieche hinter das Sofa. Johannes hat gestern gesagt, das sei ein gutes Versteck. Oma fragt mich immer ab, in welchem Zimmer welche Sachen sind und an welcher Stelle. Deshalb kenne ich schon fast alle Zimmer und ihren Inhalt auswendig.

Ich folge dem Rand des Teppichs weiter ins Wohnzimmer hinein. Vater sagt etwas zu Mutter, aber ich will es nicht hören. Die Dielen beben. Unter ihnen schwimmt ein Wesen, das keine Grenzen kennt. Ich bleibe stehen, halte die Luft an und horche. Es schwimmt vorbei. Mutter lacht vor sich hin, aber es klingt nicht fröhlich.

»Du berührst mich nicht mehr.«

Vater ist ganz still.

An der Ecke des Teppichs wende ich mich in Richtung Klavier. Früher hat Vater darauf gespielt, aber neuerdings sagt er, er hat keine Lust. Von hier ist es nicht weit bis zum Wäscheschrank. Ich stehe auf, mache ein paar Schritte und ertaste den Weg. Jetzt darf ich nichts herunterwerfen, nichts umstoßen. Ich trete gegen den Blumenständer, aber er schaukelt nur und macht kein Geräusch. Früher stand er mitten im Zimmer, aber Oma hat ihn an die Wand gerückt, damit ich nicht dagegenlaufe. Ich drehe mich um, finde mit der rechten Hand den Schrank, stelle mich davor und suche nach dem Schlüssel im Schloss. Er fühlt sich kühl an. Ich drehe ihn um und bekomme die linke Tür auf. Das zweite Fach von unten. Ich schiebe eine Hand zwischen die nach Sonne duftenden

Laken, bis ich ihn finde. Johannes' alten Schnuller. Ich habe ihn in der vorigen Woche entdeckt. Mutter hat ihn dort hingelegt oder Oma oder Anna.

Lautlos schließe ich die Tür und suche den Blumenständer. Dann drehe ich mich um und trete den Rückweg an. Vater spricht leise. Er will wissen, was er nicht getan oder was Mutter nicht bekommen hat.

»Bist du überhaupt ein richtiger Mann, Onni?«, fragt Mutter.

Plötzlich wird Vater laut. Er schlägt von innen gegen die Kammertür. Seine Stimme klingt nicht nach Vater, sondern nach irgendeinem anderen. Er ist nicht mehr der Mann, der süßlich riechende Pomade verwendet oder mit dem man sich verrückte Geschichten ausdenkt. Sein Schrei klingt, als käme er von einem durchgehenden Pferd oder von dem großen Stier des Nachbarn. Die Stimme kommt nicht aus seinem Mund, sondern aus der Brust. Als ich mich an den Teppich drücke, spüre ich, wie die Dielen beben. Ich will mich nicht bewegen, aber der Fußboden wogt. Der tauchende Bodengeist macht in der Küche kehrt, stößt sich an der Rückwand ab und gleitet unter der Wand des Wohnzimmers hindurch. Seine Haut ist kalt und glitschig wie bei einem Fisch. Er hält inne und schnüffelt, Augen hat er keine. Er hört Vater, schert sich aber nicht um ihn. Er sucht Kinder für das Grab.

Vater bittet darum, eine Weile schlafen zu dürfen, einen traumlosen Schlaf, ohne sich fürchten zu müssen. Mutter antwortet nicht, und Vater schreit, dass er an der Front Kies auf die Augen seiner toten Kameraden schaufeln muss, bis die Luft grau vom Staub ist. In der Feldsauna wäscht er sich Blut und Gedärm und Schädelstücke von der Haut. Er fragt, ob Nachbars Ville lange leiden musste oder sofort das Bewusstsein verloren hat. Und zu Hause wartet dann diese geile Stute, sagt er, die er besteigen soll, statt eine Weile einfach nur seine Ruhe zu haben. In der Kammer weint Johannes. Vaters Stimme wird richtig laut.

»Kann ich wenigstens eine Minute für mich allein haben? Wenigstens einen verdammten Augenblick, ohne dass jemand was von mir will?«

Ich schreie gellend, um Vaters Worte nicht hören zu müssen, aber dadurch merkt der Bodengeist, wo ich bin. Er stößt sich ab und schwimmt auf mich zu. Die Dielen heben sich, ich rutsche nach hinten. Mir bleibt nichts anderes, als aufzustehen, mich in Bewegung zu setzen. Ich laufe. Die Dielen lösen sich voneinander. Ich weiß die Richtung nicht. Der Blumenständer kippt um und stößt gegen das Klavier, doch ich bleibe nicht stehen. Mir ist heiß. Blinde dürfen nicht laufen, denn dann stoßen sie gegen irgendwelche Gegenstände und verletzen sich. Ich bekomme keine Luft. Ich versuche, geradeaus zu gehen, lasse den Arm vor mir nach rechts und links schwenken und den Weg suchen.

Mutter ruft meinen Namen, doch ich kann nicht innehalten. Die Dielen fallen und neigen sich und richten sich senkrecht auf. Das Schloss an Vaters Kammertür rasselt. Ich muss schneller laufen, mein Kopf stößt an die Wand und ich pralle mit dem Knie gegen das Sofa. Ich habe Gänsehaut. Mutter schreit Vater an: »Verdammt noch mal, siehst du, was du angerichtet hast?« Aber ich drehe mich nicht um und bleibe nicht stehen. Johannes muss den Schnuller bekommen. Ich presse ihn gegen den Bauch und laufe. Meine Hand trifft auf die Kälte der Fensterscheibe, ich drehe mich um und suche die Kammer. In welcher Richtung ist sie?

Johannes ist doch nicht etwa aufgestanden und ins Wohnzimmer gekommen? Er kann sich nicht mal am Teppichrand festhalten, wenn der Fußboden sich neigt.

»Komm nicht!«, rufe ich. »Bleib da, bleib da!«

Johannes weint in der Kammer, und ich orientiere mich daran. Ich finde die richtige Tür und schlüpfe hindurch. Schließe ab. Ich stoße gegen die Bettkante, halte mich daran fest und richte mich auf. Hinter der Tür sind Vater und Mutter. Ich lege mich neben

Johannes und nehme ihn in den Arm. Dann öffne ich die Faust und gebe ihm den Schnuller. Das Gummi ist ausgeleiert. Als ich prüfend taste, merke ich, dass Johannes sich den Schnuller in den Mund gesteckt hat. Ich streiche ihm über die Haare.

Hinter der Tür bittet Vater um Verzeihung. Ich singe Johannes etwas vor. Du du du, mach nur deine Äuglein zu. Er schiebt seine Zehen unter meine Beine, in Sicherheit.

WIR LIEFEN UNS ÜBER DEN WEG

Die Typenhebel der Schreibmaschine sind wie die Beine einer Mücke. Oder so, als hätte man Weberknechte in mehreren Reihen festgeklebt und jeder von ihnen würde abwechselnd ein Bein heben und mit den Zehen sein eigenes Bild auf dem Papier hinterlassen. Tuomas schaut zu, während Mutter Tasten herunterdrückt, manche öfter als andere, und zwischendurch gegen den metallisch glänzenden Hebel schlägt, der die schwarze Walze und das Papier ans andere Ende zurückschiebt. Auf dem Briefbogen ist das Bild einer Regenwolke abgedruckt, aus der die Tropfen wie Tränen herablaufen. Diese Briefe gehen an diejenigen, denen Vater Kameras oder Fotos umsonst mitgegeben hat, weil sie gerade kein Geld dabeihatten. Dann gibt es noch ein anderes Briefpapier, auf dem es gewittert und blitzt, aber das wird nur an Leute geschickt, die Vater vorher angerufen hat, und dann Mutter, und später Mutter noch einmal ohne Vaters Wissen.

Tuomas lässt den Deckel der Filmdose auf und zu klicken. Die Dose ist aus Metall. Mal öffnet er sie und nimmt den stechenden Plastikgeruch wahr, mal presst er sie in der Hand. Seitlich lässt sie sich leicht eindrücken, aber wenn man gleichzeitig am oberen Ende und am Boden drückt, passiert nichts. Einmal hat er mehrere Dosen auf den Asphalt im Innenhof gelegt und die an der Garagenwand aufgestapelten Ziegelsteine vom abgerissenen Backofen darüber gehäuft, doch die Ziegel sind heruntergerutscht und keine einzige Dose wurde zerdrückt.

Im Laden sind Vaters Schritte zu hören. Er ruft nach Mutter.

»Hast du kurz Zeit, Kaarina? Komm bitte mal nach vorn und sag guten Tag.«

Mutter stößt die Luft aus, so wie sie es auch tut, wenn Oma Lahja am Esstisch sagt, die Kartoffeln wären schlecht geschält oder die Soße wäre zu dünn. Dann schreibt sie die Zeile zu Ende und schiebt die Walze auf die nächste Zeile. Steht auf und geht zu Vater.

Tuomas weiß, was das bedeutet. Vater erinnert sich nicht an den Namen oder die Adresse des Kunden. Er kann die Gesichter nicht sofort zuordnen. Tag für Tag stehen Leute am Ladentisch, die überzeugt sind, dass der Fotograf sie kennt, weil er vor Urzeiten das Foto zu ihrer Konfirmation und Oma Lahja das Hochzeitsfoto der Großeltern gemacht hat. Jedes Mal nickt Vater wissend, erkundigt sich nach zurückliegenden und bevorstehenden Ereignissen, durchforstet in seinem Kopf Dörfer, Kreuzungen und gemeinsame Bekannte, Berufe und Verwandte. Die Kunden antworten, erzählen von kalbenden Kühen, von den Ergebnissen der Rentierwettläufe und den ständigen Ohrenentzündungen ihrer Kinder. Schließlich fallen Vater der Familien- und der Vorname seines Kunden ein, und er schreibt sie auf die Filmtüte. Die Kunden mögen es, wenn der Fotograf sich an ihren Namen erinnert. Sie finden Johannes Löytövaara nett und zuvorkommend.

Aber gelegentlich kommt es vor, dass Vater aus der Geschichte nicht schlau wird. Dann unterbricht er den Kunden und wendet sich zum Hinterzimmer.

»Einen Augenblick, ich hole Kaarina, damit sie auch guten Tag sagen kann.«

Mutter sitzt jedoch nicht immer im Hinterzimmer, um

Rechnungen zu schreiben oder Fotos auf Danksagungskarten zu kleben. Dann muss Vater sich sputen.

»Einen Moment, ich sehe in der Küche nach«, sagt er zu dem Kunden und läuft aus dem neuen Anbau mit dem Fotostudio außen herum zum Wohnhaus, ruft schon unten in der Diele Mutters Namen und nimmt auf dem Weg nach oben zwei Stufen auf einmal.

»Ich komme einfach nicht auf seinen Namen! Es ist der Mann, der in den Fünfzigern jahrelang mit Kaisa Nevala gegangen ist, bevor er das hübsche Mädchen aus Salla geheiratet hat.«

Dann seufzt Mutter jedes Mal, nimmt den Topf vom Herd, legt den Staubsauger aus der Hand, stellt den Rasenmäher aus, hört auf, mit Oma zu zanken, legt die halb geschälte Kartoffel in die Waschschüssel zurück und eilt in das Fotogeschäft. Sobald sie den wartenden Kunden erblickt, lächelt sie.

»Guten Tag, Jaska Määttä, wie geht's?«, fragt sie und sieht Vater wissend an.

Vater schnappt sich den Stift vom Ladentisch und schreibt den Namen auf die Filmtüte. Er will wissen, ob der Kunde die Abzüge lieber im Format neun mal neun oder zehn mal zehn hätte. So oder so wären die Bilder am Dienstag der folgenden Woche fertig.

Jetzt steht Mutter vom Schreibtisch auf und geht ins Geschäft. Tuomas setzt sich auf ihren Stuhl und schlägt einige Tasten an, allerdings nicht so fest, dass die Mückenbeine Zeichen auf dem Papier hinterlassen. Das hat er ein paarmal getan, aber da ist Mutter böse geworden. Sie hat mit Tuomas an der Maschine gesessen und ihn die Rechnung neu schreiben lassen. Geduldig hat sie ihm erklärt, was er als Nächstes tun musste.

»Dann schlägst du die Taste an, auf der ein gerader Strich von oben nach unten verläuft. Such nur, so einen gibt es. Such, such. Gut.«

Tuomas rutscht von Mutters Stuhl und geht zum Laden. Er blickt auf die Uhr und sieht, dass der kleine Zeiger schon fast an der Stelle steht, wo Tapio aus der Schule kommt. Tuomas möchte zur Schule gehen wie Tapio, aber er muss noch viele Portionen Haferbrei essen, bevor man ihn dort aufnimmt. Er schlüpft in den Laden und unter den Verkaufstisch. Früher war dort reichlich Platz, aber jetzt wird es zwischen Fußboden und Theke allmählich eng. Über ihm ist die Registrierkasse, an der Mutter zuerst auf die graue Taste mit der Zwei drückt, dann auf die schwarzen mit der Null und der Sechs und zum Schluss auf die große rote, woraufhin die Kasse klingelt und die Lade aufspringt. Tuomas würde die Kasse gern ausprobieren, aber das ist verboten. Vater lässt ihn ab und zu abends die Fünf-Penni-Stücke zählen, Mutter nie.

Vater zeigt irgendwem eine teure Kamera, und Tuomas weiß, dass man ihn dabei nicht stören darf. Mutter erzählt oft, dass Vater gerade dabei war, einem deutschen Touristen eine Systemkamera zu verkaufen, als Tuomas beschloss, zur Welt zu kommen. Mutter hatte auf der Leiter am Regal mit den Bilderrahmen gestanden, um das obere Brett abzuwischen, und plötzlich gesagt, sie wolle jetzt ins Krankenhaus. Sie lacht immer, wenn sie Gästen die Geschichte erzählt.

»Ich werde nie vergessen, wie Johannes mich gebeten hat, noch ein bisschen durchzuhalten, weil er erst die Kamera verkaufen wollte. Und er hat sie verkauft.«

Mutter sucht in der Schublade nach Raatikainens Bildern. Von seinem Platz unter der Theke sieht Tuomas nur die Schuhe der Kunden. Braune Halbschuhe. Gummistiefel. Die Ladenglocke bimmelt, und rote Pumps betreten das Geschäft. Die Gummistiefel drehen sich um. Die Halbschuhe machen einen Schritt zur Seite. Tuomas hört die Fragen der Mutter und die Antworten der Schuhe. Die Halbschuhe möchten einen Termin für das Konfirmationsfoto des Sohnes. Mutter fragt, ob der Junge die

Rosen selbst mitbringt. Die Gummistiefel wollen einen billigen Bilderrahmen mit Rosen an den Ecken für die Gedenkfeier der Schwiegermutter. Mutter geht ans Regal und holt zwei Modelle, eines aus Kupfer und eines aus Silber. Das silberne ist teurer. Die Gummistiefel möchten sich die Rahmen in Ruhe ansehen und sagen: »Bedienen Sie so lange den Kunden da drüben.« Die roten Pumps kommen näher an den Ladentisch und bitten um zwei Rollfilme, vierhundert ASA. Die Gummistiefel beschließen, dass für die Schwiegermutter Kupfer gut genug ist, legen das abgezählte Geld auf den Tisch und gehen.

Irgendetwas an der Art, wie die roten Pumps sprechen, irritiert Tuomas, doch er kommt nicht darauf, was daran seltsam ist. Er kriecht aus seinem Versteck und bleibt mit dem Rücken zur Theke auf dem Boden sitzen. Mutter holt Filmpackungen aus dem Regal. Als sie Tuomas bemerkt, runzelt sie die Stirn. Schüttelt sie sachte den Kopf? Tuomas klickt den Deckel seiner Filmdose auf und wieder zu, dreht sich um und hebt den Kopf auf die Höhe der Registrierkasse. Mutter reicht einem großen Mann in einem schmierigen blauen Overall die Filme. Der Mann bedankt sich, nimmt die Filme in die eine Hand und greift mit der anderen in die Gesäßtasche seines Overalls, findet aber nicht, was er sucht.

»Wo habe ich sie nur hingetan?«

Tuomas bückt sich und späht unter dem Ladentisch hindurch. Die roten Pumps verlagern das Gewicht erst auf das eine, dann auf das andere Bein. Tuomas erhebt sich wieder auf die Höhe der Theke. Der Mann im Overall legt die Filme auf den Ladentisch und daneben eine schöne, dünne Geldbörse mit orangefarbenen Pailletten und einer violetten Metallrosette als Verschluss. Er öffnet die Rosette, holt einen sorgfältig gefalteten Geldschein heraus und reicht ihn der Mutter.

Tuomas krabbelt ans Ende der Theke, zu dem großen orangefarbenen Plastikpapierkorb. Dort holt Mutter immer die leeren

Filmdosen heraus, die Vater weggeworfen hat, sammelt sie in einer Plastiktüte und schenkt sie der Spielgruppe der Gemeinde. Tapio und Minna bekommen ihr wöchentliches Taschengeld in Filmdosen. Drei Mark in Fünf- und Zehn-Penni-Münzen. Maarit ist schon so groß, dass sie einen Fünf-Mark-Schein bekommt. Tuomas späht über den Rand des Papierkorbs, als der Mann die Hand ausstreckt, um das Wechselgeld in Empfang zu nehmen. Er hat einen ähnlichen Overall wie der Mechaniker an der Tankstelle, bei dem Vater das Auto und den Rasenmäher reparieren lässt. Aus der Seitentasche hängt Putzwolle. Der Mann faltet die Geldscheine ordentlich auf die Hälfte und noch einmal auf die Hälfte, steckt sie in seine Geldbörse und drückt die Rosette zu. Die Pailletten glitzern, dann verschwindet die Geldbörse in der tiefen Tasche des blauen Overalls.

Der Kamerakäufer will vorsichtshalber noch seine Frau nach ihrer Meinung fragen. Vater schraubt das Objektiv von der Kamera und nickt zum Abschied. Er bemerkt Tuomas. Der Junge öffnet den Mund, doch Vater dreht den Kopf langsam nach rechts und dann nach links.

Der Mann im Overall bedankt sich bei Mutter und geht zur Tür. Aus der anderen Gesäßtasche zieht er eine fleckige Schirmmütze im gleichen Blau und setzt sie auf, bevor er die schwere Ladentür aufschiebt. Auf dem Hof steigt er in einen dunkelgrünen Ford. Nun ist der Laden leer. Vater setzt den Linsenschutz auf die Kamera.

»Er ist Schweißer. Gläubig. Hat schon sieben Kinder.«

Tuomas sagt nichts dazu, denn er hat ja auch nichts gefragt. Vater legt das Objektiv ins Regal zurück.

»Ein netter Mann. Jeder ist, wie er ist.«

»Haben sie ihn schon zur Bußversammlung eingeladen?«, fragt Mutter.

»Er hat es nicht für nötig gehalten, hinzugehen Wenn man andersartig genug ist, sticht man nicht mehr hervor. Die hoffen einfach, dass er nicht noch mehr Aufmerksamkeit erregt als bisher.«

Mutter hat in der Schublade des Ladentischs eine Kamerarechnung gefunden, auf der der Name des Käufers fehlt, und schwenkt sie verärgert vor Vaters Gesicht. Dem kleinen Zeiger an der Ladenuhr nach zu urteilen müsste Tapio gleich nach Hause kommen. Tuomas geht zur Tür und wartet auf seinen Bruder. Bald kommen auch Maarit und Minna aus der Schule.

UND DANN IST ES MIR, ALS SPRÄCH' ES LAUT

Mutter hat den Tannenbaum schon hereingeholt. Anfangs duftete er nach Harz und Wald, aber jetzt ist der Geruch schwächer geworden. Ich streiche mit dem Handrücken über einen Zweig, und Hunderte Nadeln kratzen sanft an der Haut. Auf der Höhe des Wohnzimmers sind hinter dem Fenster knarrende Schritte und Geflüster zu hören, doch ich kümmere mich nicht darum.

Ich gehe in den Fotoraum. Dort riecht es nach Magnesiumpulver, das man benutzt, um genug Licht zu bekommen. Mutter macht täglich Fotos für die Militärpässe und Passierscheine der Deutschen. Deshalb heißt sie bei ihnen Fotomama. Sie klopfen an die Haustür und fragen: »Ist die Fotomama da?« Wenn Mutter zu Hause ist, muss man die Tür öffnen und »Bitte« sagen. Heutzutage soll die Tür immer abgeschlossen sein, weil Krieg ist und die Grenze ganz in der Nähe.

Ich gehe durch den Durchgangsraum ins Esszimmer. Der Teig duftet bis hierher. Mutter fegt Kohle aus dem Backofen, und Anna verquirlt irgendetwas in einer Schüssel. Ich höre sofort, wo Johannes ist. Beim Versteckspiel ist er miserabel, läuft zuerst durch das ganze Haus, wechselt den Platz und poltert. Ich rate ihm immer wieder, sich neue Verstecke zu suchen, unter ein Bett zu kriechen oder in den Kasten mit dem Brennholz zu klettern, aber er hört nicht auf mich, sondern steht immer keuchend hinter einer Tür, weil er glaubt, er müsse mir alles leicht machen. Manchmal tue ich so, als würde ich ihn nicht bemerken, und irre durch andere Zimmer, und dann kichert er. Man muss Jungen ab und zu gewinnen lassen. Diesmal mag ich nicht lange spielen, sondern drücke die Küchentür zu und taste nach seiner Hand. Er versucht, sich nicht zu bewegen, damit ich ihn nicht bemerke.

»Ich hab dich schon gefunden.«

»Woher wusstest du, dass ich hier bin?«

Das Flüstern ist jetzt hinter dem Fenster des Durchgangsraums zu hören, aber mir machen die Wichtel keine Angst. Vergangene Woche hat Anna gesagt, es gibt sie gar nicht. Johannes quengelt, ich soll ihn noch einmal suchen. Vor der Kammer neben der Haustür mache ich »pst«, er soll leise sein, denn Oma ist erst am Morgen von einer Entbindung zurückgekommen. Sie sagt immer, es ist das letzte Mal, aber die Leute kommen aus alter Gewohnheit zu uns, wenn die neue Hebamme unterwegs ist. Über dem Fotoraum knarren die Dielen der Mietkammer im Obergeschoss. Mutter hat als junges Mädchen dort gewohnt und bis vor Kurzem Anna, aber jetzt geht dort ein deutscher Oberst auf und ab. In jedem Haus sind Offiziere einquartiert worden. Manchmal lässt der Oberst seinen Plattenspieler laufen, so laut, dass man es bis unten hört, und dann singt Oma mit: »Auf der Heide blüht ein kleines Blümelein.« In die Kammer geht man von außen über die Treppe, deshalb begegnen wir dem Oberst nicht oft. Manchmal kommt er herunter, klopft an die Tür und setzt sich mit Oma ins Wohnzimmer. Dann holt Oma aus ihrer Kammer schöne Gläser und eine Karaffe, an deren Seiten tiefe Furchen von oben nach unten geschliffen sind.

Anna ruft aus dem Esszimmer.

»Mutter sagt, du sollst noch eine Weile mit Johannes spielen, bald gibt es Pfefferkuchen.«

Johannes quiekt vor Begeisterung. Ich habe keine Lust, aber so kurz vor Weihnachten ist es besser, nicht Nein zu sagen.

Johannes bleibt auf dem Sofa sitzen und zählt, obwohl er noch nicht alle Zahlen kann. Ich habe mir mein Versteck schon ausgesucht und mache mich auf den Weg zur Veranda. Die Tür ist schwer und die Luft dahinter frostig. Anfangs brennt sie beim Einatmen in der Lunge. Ich drücke die Tür zu und gehe an den Schrank, in dem Omas dicker Wolfspelz aufbewahrt wird. Er muss zum Aufwärmen nach drinnen gebracht werden, wenn Oma bei Frost von weither geholt wird. Wenn ich in den Pelz schlüpfe und die Arme in die Ärmel stecke, findet Johannes mich nie.

Ich warte. Er kommt einmal an die Tür, geht aber wieder hinein. Der Pelz riecht nach Oma. Ich wickle ihn um mich, doch die Kälte packt mich an den Zehen. Johannes läuft an der Tür zum Wohnzimmer vorbei.

»Gib mal Laut«, fordert er.

In den Ärmel des Pelzmantels rufe ich so leise: »Hier!«, dass ich mich nicht sofort verrate. Johannes hört es dennoch und öffnet die Verandatür. Er ruft mehrmals meinen Namen.

Ich antworte nicht. Er fordert wieder ein Signal von mir, aber ich bin still. Das Versteck ist gut, ich werde es öfter verwenden. Johannes wird böse.

»Man muss was sagen, wenn der andere es will.«

Darauf lasse ich mich nicht ein. Ich beschließe, weiter zu schweigen. Johannes lauscht, und als er nichts hört, geht er zurück zur Tür.

Plötzlich wird an die Außentür geklopft. Ich habe die ganze Zeit auf Johannes gelauscht und das Knarren der Schritte im trockenen Schnee nicht gehört. Johannes kommt zurück und fragt, wer da ist.

»Mach auf. Will zur Hebamme.«

Der Mann spricht eigenartig. Sicher will er Oma in irgendeine ferne Ortschaft an der Grenze holen, Richtung Paanajärvi. Johannes öffnet nicht, denn abends dürfen nur Erwachsene das Schloss anfassen. Er erklärt, dass er Mutter holen muss.

»Mach erst auf. Will zur Hebamme.«

Der Mann rüttelt an der Tür, aber Johannes ist schon weg. Die Scheiben der Veranda klirren. Jemand flüstert. Ich ziehe die Hände aus den Ärmeln des Pelzmantels, öffne die Schranktür und klettere hinaus. Die Stimme des Mannes ertönt hinter dem Fenster.

»Schönes Mädchen, mach auf.«

Die Tür zum Wohnzimmer wird geöffnet. Mutter erkundigt sich, worum es geht.

»Wichtige Sache.«

Mutter tritt ans Fenster und kratzt den Reif von der Scheibe.

»Woher kommen Sie? Haben Sie überhaupt ein Pferd?«

Ich öffne den Schrank noch einmal und hole den Wolfspelz heraus. Hinter der Tür ist nun die Stimme eines anderen Mannes zu hören. Er erklärt, dass ein Foto gebraucht wird. Ein Passfoto.

»Um diese Zeit?«

Ich schließe die Schranktür. Mutter bemerkt mich.

»Was willst du mit dem Pelz?«

Ich sage, dass er zum Aufwärmen nach drinnen gebracht werden muss, damit Oma nicht friert.

»Er braucht doch ein Foto.«

Ich erkläre, dass er zuerst nach Oma gefragt hat. Mutter bleibt stehen, ohne etwas zu sagen. Dann geht sie wieder zur Tür.

»Wofür wird das Foto gebraucht?«

»Für einen Passierschein.«

Mutter befiehlt mir, sofort nach drinnen zu gehen. Sie dreht mich an den Schultern um und schiebt mich von der Haustür weg. Ich frage, ob ich den Pelz mitnehmen soll.

»Von mir aus, aber hol Oma her, sofort.«

Ich lasse die Hand über die Wandpaneele gleiten, bis ich links die Tür finde, die direkt in den Durchgang führt. Dann lege ich den Pelz auf den Tisch neben der Tür und klopfe bei Oma.

»Herein!«

Im Zimmer riecht es nach Kampfer, die Luft ist so muffig wie immer. Oma liegt auf dem Bett.

»Was gibt's, Helena?«

Ich erkläre ihr, dass Mutter sie an die Tür bittet. Dass zwei Männer sie holen wollen und außerdem ein Foto für einen Passierschein brauchen.

»Für einen Passierschein?«

Oma steht auf und zieht Wollsocken an. Sie öffnet eine Kommodenschublade und holt etwas Kleines hervor, macht dann die Schranktür auf und nimmt etwas Größeres heraus. Dann geht sie an mir vorbei. Ich folge ihr auf die Veranda.

»Was willst du damit?« Mutter klingt erschrocken.

»Sei still«, antwortet Oma.

Ich versuche zu fragen, was Oma aus dem Schrank genommen hat, aber Mutter zischelt nur etwas Unverständliches. Sie zieht mich zu sich und legt ihre Hände auf meine Schultern. Oma geht an die Tür.

»Ich bin die Hebamme. Wohin werde ich gerufen?«

Hinter der Tür ist nichts zu hören.

»In welchem Dorf werde ich gebraucht?«

Niemand antwortet.

»Sie sind noch da«, sagt Mutter.

»In Käylä?«, fragt Oma.

Jetzt kommt eine Antwort.

»Ja.«

»Ich habe es nicht richtig gehört. Sag noch mal, wo.«

»In Kä…«

Der Mann bricht mitten im Wort ab.

»Bring das Kind weg«, befiehlt Oma.

Mutter führt mich ins Wohnzimmer und zieht die Tür zu. Auf der Veranda ist Omas Stimme zu hören.

»Ihr habt fünf Sekunden Zeit zu verschwinden, dann feuere ich durch die Tür. Jeder Deutsche im Dorf ist sofort hier, wenn er den Schuss hört.«

Mutter hält mich immer noch an den Schultern fest.

»Hat Johannes sich wieder versteckt? Suchen wir ihn gemeinsam?«, fragt sie, obwohl sie eigentlich keine Lust dazu hat, und zieht mich in Richtung Küche. Als wir am Fotoraum vorbeigehen, kracht es auf der Veranda wie bei einem Gewitter.

»Um Himmels willen«, ruft Mutter, lässt meine Schultern los und läuft ins Wohnzimmer. Sie schlägt mit dem Besenstiel an die Decke.

»Kommen Sie sofort runter!«

Anna kreischt in der Küche, und Johannes weint im Kinderzimmer.

»Was ist los?«, rufe ich, aber Mutter antwortet nicht.

Ich muss Johannes finden. Mutter läuft auf die Veranda, und in der Kammer im Obergeschoss sind ebenfalls Laufschritte zu hören. Johannes kommt und fasst mich an der Hand und weint vor Schreck, und auf der Veranda höre ich Anna schluchzen. Mir ist auch zum Weinen, aber niemand erklärt mir etwas. Die Fenster zum Hof klirren, als der Oberst die Außentreppe herunterläuft.

»Was passiert da?«, frage ich Johannes, doch er bringt keine Antwort zustande.

Ich gehe an die Tür und rufe in Richtung Veranda:

»Alles in Ordnung, Oma?«

Die Haustür wird aufgerissen, und der Oberst kommt herein. Mutter und er sprechen Deutsch miteinander, und Annas Weinen übertönt alles, was sie sagen. »Was? Was? Was?« und »Die Partisanen«. Auf der Veranda höre ich Oma fluchen. Ich spüre die Erleichterung im Magen.

Am Abend sitzt Oma mit Mutter und dem Oberst am Küchentisch. Der Oberst schnappt sich zuerst Johannes und dann mich, kneift uns in die Wange und sagt etwas auf Deutsch. Oma erklärt, dass er sich entschuldigt. Der Oberst hat zu Hause auch Kinder, weit weg von hier.

Das Bett im Durchgangsraum hat ein junger Soldat der Deutschen bekommen, der Wache hält, und die Haustür dürfen wir Kinder auch tagsüber keinem Unbekannten öffnen. Und wenn ein Bekannter an der Tür steht, muss man ihn trotzdem ein Wort sagen lassen, in dem ein Y vorkommt.

Oma sagt zu Mutter: »Verdammt, das hat so einen Rückstoß gegeben, dass ich jetzt einen blauen Fleck am Bauch habe.« Keiner erklärt mir, was ein Rückstoß ist.

»Sie waren an jedem Fenster, nur in die Bodenkammer haben sie nicht geguckt«, erzählt Oma und gießt aus der eingekerbten Karaffe etwas in ein langstieliges Glas. »Aber die hat's erwischt.«

In der Nacht fragt Johannes in der Kammer, ob Oma einen Wichtel getroffen hat.

DER RHYTHMUS GEHT INS BLUT

Minna erklärt Tuomas, wie man mit dem Filzstift großäugige Katzen malt.

»Zuerst malst du einen Kreis als Kopf, da hinein die Schnurrhaare, dann noch einen Kreis und zum Schluss den Schwanz.«

Mutter hat auf dem Fußboden zwei große Bogen vergilbte Pappe ausgebreitet, die früher als Hintergrund im Schaufenster des Fotogeschäfts hingen, und Tuomas Buntstifte gegeben. Maarit und Minna haben den Auftrag, ihrem kleinen Bruder, der ängstlich gespannt auf den Weihnachtsmann wartet, Gesellschaft zu leisten, und sie malen eifrig mit. Tapio hat seinen Geschwistern vom Sofa aus zugeschaut und schließlich einen blauen Filzstift genommen. Jetzt will er sich den schwarzen borgen, damit er den Rauch malen kann, der aus dem Auspuff des Autos qualmt. Maarit zeichnet ein Logo in der Form eines Wappens, auf dem in der Mitte in Großbuchstaben Hurriganes steht.

Die Flurtür klappert, und aus dem Treppenhaus weht scharfer Zigarettenrauch ins Wohnzimmer. Kari führt Helena am Arm hinein, steuert sie vorsichtig um den Weihnachtsbaum herum und hilft ihr, sich auf das Sofa zu setzen. Die Tante hat das weite braune Kleid angezogen, das Oma ihr gestern geschenkt hat, nachdem Vater die Weihnachtsgäste vom Flughafen abgeholt hatte.

Kari setzt sich in den Sessel, knipst die Stehlampe an und liest die Erzählung des Monats in dem Reader's-Digest-Heft, das er auf dem Tisch hatte liegen lassen. Tuomas hat ihn gefragt, ob sie in Helsinki selbst ein Kind haben, aber keine Antwort bekommen. Sonst ist Kari immer nett und spielt mit ihnen und erzählt lustige Geschichten, doch jetzt hat er schlechte Laune.

Helena lauscht in den Raum.

»Wer ist hier?«, fragt sie.

»Wir alle«, antwortet Maarit ihrer Tante. »Minna und ich und die Jungen.«

»Was macht ihr?«

»Wir malen.«

Helena steht vom Sofa auf, sucht mit der linken Hand die Tischkante und folgt ihr, bis sie am Tisch vorbei ist und den Sessel findet.

»Die Möbel stehen anders als im Sommer«, sagt sie.

Im hinteren Teil des Wohnzimmers ist mit einem Bücherregal eine Schlafecke für Minna abgetrennt. Helena geht am Sessel vorbei und wendet sich nach links. Maarit schiebt Tuomas zur Seite, damit die Tante nicht über ihn stolpert.

»Wo steht das Klavier?«

»Gleich neben dir. Links«, antwortet Kari, ohne vom Heft aufzublicken.

»Da, wo die Fenster sind?«

»Dazwischen.«

»Hier steht alles anderswo als früher.«

Helena dreht sich nach links, schwenkt die Hand nach unten, macht einen Schritt und schwenkt sie erneut. Beim dritten Schritt findet sie das Klavier. Sie sucht den Hocker, setzt sich darauf und klappt den Deckel hoch.

»Dann spiele ich mal.«

Die Hände legen sich auf die Tasten. Helena schlägt eine von ihnen leise an, lauscht auf den Ton und legt die Finger schnell auf die richtigen Stellen. Tuomas kennt das Weihnachtslied aus der Spielgruppe und steht auf, um die Hände der Tante zu sehen. Mutter legt Wert darauf, dass Helena Tante genannt wird. Sie schimpft nicht, wenn man Tante oder Onkel nur beim Vornamen nennt, aber sie blickt jedes Mal auf und verbessert einen. Tante Helena, Onkel Kari. Verwandtschaft ist für Mutter eine ernste Sache.

Die Finger der rechten Hand der Tante spielen die Melodie schnell. Sie finden die richtigen Tasten, obwohl die Augen schräg nach oben starren. Die linke Hand sucht Akkorde, aber sie hat es nicht so eilig. Ab und zu streckt sich der kleine Finger oder der Daumen, um leise auf eine weiße Taste zu drücken, und dann lauscht Helena auf den Ton, der dabei entsteht. Mit seiner Hilfe finden die anderen Finger ihren Platz. Tuomas kommt es vor, als würden die Hände unabhängig voneinander arbeiten, die eine spielt »All die Lichter geh'n aus«, während die andere verschiedene tiefe Töne hinzufügt, und doch entsteht daraus das bekannte Lied.

»Was hast du vor, wenn du im Herbst mit der Schule fertig bist, Maarit?«, fragt Helena.

»Ich gehe weiter aufs Gymnasium«, antwortet Maarit und malt das S im Logo aus.

»Sie wäre gern Friseurin geworden«, erklärt Minna.

Maarit zieht die Augenbrauen hoch.

»Was geht dich das an?«

An die Stelle des Wichtelliedes tritt »Die Nacht am Blauen Berg«. Tuomas geht zum Papier zurück und übermalt das Orange mit Grün. Minna hat von Maarit zum Dank für das Ausplaudern ihres Geheimnisses einen roten Fleck auf die Wange gemalt bekommen. Sie feuchtet ihren Finger an, wischt die Farbe routiniert ab und wirft ihrer Schwester einen wütenden Blick zu. Maarit starrt zurück.

»Vater hat sie in die Oberstufe am Gymnasium gezwungen, obwohl er selbst nicht so lange zur Schule gegangen ist.«

»Euer Opa hat mich nach Helsinki gezwungen.«

»Ach, ich wünschte, ich könnte da hin.«

»Jeder Mensch tut, was er will.«

Kari unterbricht seine Lektüre und wirft Helena einen Blick zu, sagt aber nichts.

Tuomas beobachtet Tapio beim Zeichnen. Das Auto sieht ziemlich toll aus. Er versucht, gelbe Reifen zu malen. Minna zeichnet noch eine Katze und hat dann stellvertretend für ihre große Schwester eine Idee.

»Kannst du was von den Hurrikanes spielen?«

Maarit versucht Minna zu kneifen, bekommt sie aber nicht zu fassen. Helena unterbricht ihr Klavierspiel.

»Kenne ich nicht. Ist das was Neues?«

»Ja.«

»Sing mir mal vor.«

»Die haben so eins, das heißt ›Get on baby, get on‹.«

»Was ist das?«

»Was ist was?«

»Rockmusik«, sagt Tapio.

Helena sitzt einen Moment lang still da. Sie legt die Hände in den Schoß und lauscht zum Flur hin.

»Wo ist eure Oma?«

»Mit Vater an Opa Onnis Grab, sie bringen ihm eine Kerze.«

Helena legt die Hände wieder auf die Tasten. Der rechte Daumen schlägt leise einen Ton an, und die anderen Finger gruppieren sich um ihn. Der kleine Finger der linken Hand schlägt ganz schnell zwei Töne an, dann der Ringfinger, der Mittelfinger und der Zeigefinger. Vom Daumen geht der Rhythmus zum Zeigefinger zurück und von dort der Reihe nach weiter bis zum kleinen Finger. Die rechte Hand beginnt die Melodie zu spielen. Tapio erkennt den Rhythmus und steht auf.

»Rockabilly!«

Helena streicht mit der rechten Hand eine Haarsträhne beiseite, die ihr ins Auge fallen will, und spielt weiter. Kari legt die Zeitschrift aus der Hand und schaut sie an. Minna und Maarit stehen auf und hören gebannt zu.

Tuomas bleibt allein bei dem Papier sitzen und denkt über Helenas Finger nach. Er vergleicht Helena, Tapios Patentante, mit seiner eigenen. An Tante Anna ist nichts auszusetzen, sie ist nett, erinnert sich immer an seine Geburtstage und Namenstage, strickt grüne Strümpfe und lädt ihn zu Besuch ein. Dennoch ärgert er sich jetzt über irgendetwas, das er aber nicht zu fassen bekommt. Tuomas beugt sich vor und greift nach dem roten Filzstift, den Maarit liegen gelassen hat. Dann zieht er die Kappe vom Stift, drückt die Spitze auf Tapios Auto und kritzelt lauter Striche darüber, immer auf und ab.

BRENNENDES FEUER

Tuomas fürchtet sich, aber Omas Hand beruhigt ihn. Sie ist nicht so wie Mutters Hand, sondern runzlig, und die Adern verlaufen dicht unter der Haut. Mutter hat lange, schmale Finger, Oma kurze, so wie Vater.

Vater macht Hochzeitsfotos. Er ist nervös, weil er damit rechnen muss, dass das aufkommende Gewitter den Strom unterbricht und das Blitzlicht nicht funktioniert. Mutter hat ihm geholfen, denn vor Blitzlichtern hat sie keine Angst, nur vor Blitzen. Jetzt ist sie im Keller. Obwohl sie behauptet, die Gewitter im Norden seien überhaupt nicht schlimm, und da, wo sie als Kind gewohnt hat, habe es so gedonnert und geblitzt, dass sogar Opi es mit der Angst zu tun bekommen habe, geht sie immer in die Sauna im Keller, wenn der erste Blitz aufzuckt. Hinterher lacht Oma sie aus und nennt sie Feigling, aber Mutter regt sich darüber nicht auf.

»Dann habe ich eben auch eine Schwachstelle. Da können Sie ja zufrieden sein.«

Mutter sagt immer Sie zu Oma und nie Du, und Oma hält es genauso. Vater behauptet, sie seien höflich zueinander, aber Tuomas glaubt ihm nicht.

Tuomas war mit Tapio im Wohnzimmer, als sich das Gewitter

zusammenbraute. Er wollte in den Keller, um Mutter Gesellschaft zu leisten, aber Oma fasste ihn an der Hand.

»Jeder Mensch muss entscheiden, ob er sich vor der Welt fürchten will oder nicht.«

Oma öffnet die schwere Tür zum Dachboden, und sie steigen gemeinsam die knarrenden Stufen hinauf. Das Haus ist das größte im ganzen Dorf, das Erdgeschoss ist komplett vermietet, und sie wohnen im ersten Stock. Darüber gibt es noch den Dachboden, auf dem es nach altem Sägemehl riecht. Nach Maarits Auszug hat Minna die Bodenkammer bekommen. In ihrem Zimmer qualmt ständig ein Räucherstäbchen.

»Ich bin zu jung, um nach einem alten Haus zu riechen.«

Tuomas schläft bei Vater und Mutter im Zimmer, denn Tapio ist aus dem Etagenbett umgezogen und liegt jetzt an Minnas Platz hinter dem Bücherregal. Nun flüstert abends keiner mehr, dass im Tapetenmuster Monster zu sehen seien oder dass ein Gespenst in dem Schrank wohne, wo der schwarze Anzug hängt, den Vater trägt, wenn er Begräbnisfotos macht. Das war allerdings gelogen, Tuomas hat tagsüber oft im Schrank nachgesehen. Dennoch ist es langweilig, schlafen zu gehen, ohne ein klein wenig Angst zu haben.

Der Regen prasselt auf das Dach. Durch das Fenster der Dachgaube strömt Dämmerlicht herein. Plötzlich flammt ein Blitz auf, und ihrer beider Schatten zeichnen sich eine Sekunde lang an der Rückwand der Treppe ab. Tuomas würde gern an einem Tisch sitzen. Vater hat ihm beigebracht, dass man mit dem Zeigefinger auf den Tisch klopfen muss, wenn es blitzt, und dann Daumen und Zeigefinger dreimal aneinanderdrücken. Das muss man möglichst oft wiederholen, bevor es donnert. Die Entfernung des Gewitters in Kilometern entspricht der Anzahl, wie oft man auf den Tisch geklopft hat. Zur Schule ist es einen Kilometer, wenn man direkt hingeht und nicht trödelt und einen Umweg über die Hinterhöfe der Nachbarhäuser macht. Aber hier gibt es keinen Tisch. Tuomas versucht, an die Wand neben der Treppe zu klopfen, doch Oma geht mit ihm in der Mitte, und er reicht nicht heran.

Wieder blitzt es. Tuomas probiert, ob er zählen kann, indem er an sein Knie statt an die Wand klopft. Eins. Zwei. Drei. Das Gewitter ist weit weg, am anderen Ende der Dorfstraße, bei der Meierei, wo die alten Schützengräben sind.

Der Regen wird heftiger. Das Wasser stürzt vom Himmel und schlägt gegen das Blechdach des Hauses. Rechts von der Treppe liegt Minnas Zimmer, doch das darf man nicht betreten, wenn Minna nicht da ist. Oma wendet sich nach links, in den Teil des Dachbodens, der nicht ausgebaut ist. Das Licht an der Tür knipst sie nicht an. Sie gehen zuerst geradeaus und dann nach links und dann wieder geradeaus, zum Giebelfenster. Tuomas versucht zu erraten, ob unter ihnen das Esszimmer oder Omas Wohnzimmer liegt.

Wieder blitzt es. Tuomas konzentriert sich auf seine Fingerspitzen, um nicht an das Dach und das Geräusch und das Wasser zu denken. Eins, zwei. Dann kracht es hinter ihnen. Das Gewitter ist näher gerückt. Es ist schon am anderen Ende des langen Platzes angelangt, da, wo man bei der Tankstelle zu den Heikkinens abbiegt. Tuomas möchte wieder nach unten, doch Oma lässt ihn nicht los, sondern zieht ihn zum Fenster. Im Halbdunkel sieht der Dachboden anders aus. Tuomas weiß, dass sich dort hinten ein prächtiger alter Schrank und rechts eine halb hochgezogene Wand befindet, aber jetzt sind beide nicht zu sehen. Die Wand hat Omas Mann, Opa, nicht mehr zu Ende bauen können. Tuomas hat Opa nie gesehen, denn er ist schon vor langer Zeit gestorben. Der Schrank hat Omas Mutter gehört, die Hebamme war. Auch Omas Mutter wurde von ihren Enkelkindern Oma genannt. Oma sagt, alle Frauen in der Familie Löytövaara seien von den Enkeln Oma genannt worden und nicht Großmutter oder Omi. Sie hat auch einen richtigen Namen, aber der wird zu Hause nicht verwendet.

Hinter der Scheibe zuckt ein neuer Blitz auf. Tuomas zählt. Ein halber Kilometer. Schon am Flussufer. Oma hebt Tuomas auf einen alten Bürostuhl am Fenster. Der Regen ist so dicht, dass sie nur die allernächsten Häuser erkennen können. Oma stellt sich dicht neben ihn, hält ihn aber nicht mehr fest.

»Das Gewitter dreht sich im Kreis. Es kommt über den See und kann nicht mehr weg.«

Der Blitz flackert auf und beleuchtet das ganze Dorf bis zur Vierwegekreuzung, doch die Landschaft ist in eine seltsame Farbe getaucht, eine Mischung aus Grau und Weiß. Sobald der Lichtschein verschwindet, hören sie ein furchterregendes Geräusch. Es ist dumpf und dröhnend, beginnt hoch oben und senkt sich rasch nach unten. Als würde am Himmel etwas reißen oder abbrechen und herunterfallen. Das Geräusch kommt von irgendwo weit hinter ihnen, von Lopotti her. Tuomas duckt sich auf dem Stuhl.

»Es kommt aber nicht rein, oder?«

»Nein. Es will weiterziehen, aber die Fjälls halten es über dem Dorf fest.«

Tuomas sucht im Regengrau nach den Fjälls, die Vater ihm oft gezeigt hat, findet sie aber nicht. Säynäjävaara, Meskusvaara, Kapustavaara. Entweder verbirgt sie der Regen, oder sie sind von einem der anderen Fenster aus zu sehen.

Plötzlich hört der Regen auf. Jedes Geräusch verstummt. Tuomas hört genau hin, doch kein einziger Tropfen fällt auf das Dach. Die Vögel schweigen. Alle scheinen auf etwas zu warten.

»Was macht es jetzt?«, fragt er und merkt, dass er flüstert.

In Omas Stimme schwingt ein Lächeln mit.

»Es überlegt, was es als Nächstes tun soll.«

Tuomas drückt die Nase ans Fenster, doch sein Atem lässt die Scheibe sofort beschlagen. Er wischt mit der Hand darüber. Genau in dem Moment kracht es, und sie sehen, wie der Blitz vor ihnen herunterfährt. Das kalte weiße Licht sucht sich knisternd seinen Weg aus den Wolken. Es teilt sich prasselnd in mehrere schmale Verzweigungen, von denen einige an den Seiten zerfallen, während sich die breiteste bis nach unten windet. Oma stößt einen heiseren Laut aus. Ein gewaltiges Poltern erfüllt den Dachboden und verstopft die Ohren. Die vergessene Muschel auf dem Fensterbrett zittert.

Als Tuomas es fertigbringt, den Blick von der Dorfstraße zu heben, sieht er, wie Oma lacht. Sie sieht anders aus als je zuvor. Tuomas hat sie schreiend und weinend erlebt, auch lächelnd, aber nie lachend. Ihre Mundwinkel zeigen endlich einmal nach oben, sie wirft den Kopf zurück und stößt ein seltsames trockenes Gackern aus.

»Der Blitz hat die Kirche getroffen!«

Tuomas hat das Gefühl, als würde Omas Gelächter nicht im Mund entstehen, sondern weiter unten, und müsste sich den Weg erst nach draußen bahnen. Es klingt echt, aber nicht fröhlich.

Oma ist immer zu Späßen aufgelegt, wenn Tante Anna mit ihren Kindern zu Besuch kommt. Sie fragt, was es bei ihnen Neues gibt, holt aus ihrem Schrank Kekse und Drops und bietet sie den Kindern an, die Anna so eingeschüchtert hat, dass sie brav sind. Wenn sie wieder weg sind, wirft Oma den Kindern in ihrem eigenen Haus verächtliche Blicke zu.

»Ihr solltet wenigstens versuchen, so zu sein wie Annas Kinder. Aber wer hätte euch dazu erziehen sollen? Eure Mutter jedenfalls nicht.«

Oma hat erzählt, sie selbst sei als Kind lautlos und unsichtbar gewesen, wie es sich für Kinder gehöre, und deshalb seien Vater, Anna und auch Helena zu anständigen Menschen erzogen worden. Tuomas und seine Geschwister hingegen seien immer ungestüm und zu laut, wollten auf dem feinen Sofa sitzen, das

Opa geschreinert hat, und die in Leder gebundenen Bücher lesen, die hinter der Glastür im Schrank aufbewahrt werden. Deshalb bekommen sie zum Geburtstag auch nur die Pralinenschachteln, aus denen Annas Kinder schon eine Woche vorher die runden Toffeepralinen mit dem Blumenmuster haben nehmen dürfen.

»Das ist gut genug für euch«, sagt Oma, nachdem sie ihr Geschenk überreicht hat, und geht in ihr eigenes Wohnzimmer.

Sie gratuliert nie.

Plötzlich kommt der Regen zurück, stärker als vorher. Er trommelt auf das Blechdach, das der Wind loszureißen versucht. Tuomas setzt sich auf den Bürostuhl. Er schaut in den Raum und versucht, bekannte Gegenstände zu erkennen. Oma lacht immer noch.

»Bleib, wo du bist. Nach drinnen kommst du nicht.«

Das Gelächter steckt Tuomas an, auch er muss über den Donner und den Blitz und den Regen lachen, der auf das Dach einprügelt.

Es blitzt wieder und wieder, noch stärker als vorhin, doch Tuomas lässt sich davon nicht mehr beeindrucken. Er lacht einfach nur, und Oma lacht. Sie versucht, den Regen anzufeuern, dass er lauter trommelt.

»Soll das alles sein? Wie?«

Ihre Augen funkeln.

Durch einen Spalt am Schornstein läuft ein dünnes Rinnsal herein. Tuomas zeigt darauf. Oma bemerkt es, unternimmt aber nichts.

»Auf diesem Weg versuchst du es also?«

Sie dreht sich wieder zum Fenster.

»Kaarina ist in den Keller gerannt und weint, aber mir machst du keine Angst. Ist das alles, wozu du fähig bist?«

Es ist, als würde das Gewitter antworten, denn der Regen wird heftiger. Er prasselt so laut aufs Blechdach, dass Tuomas die

Hände über die Ohren legt. Oma wirkt begeistert. Sie hebt eine Hand wie zum Gruß.

»Na los! Lass es in die Stiefmütterchen auf Kaarinas Blumenbeet hageln!«

Im Dachboden hängt ein seltsamer elektrischer Geruch. So einer wie an Heiligabend, wenn Vater beim Entwirren der alten Tannenbaumlämpchen einen elektrischen Schlag bekommt. Tuomas rutscht vom Stuhl auf den Boden, doch Oma merkt es nicht. Sie schaut nach draußen und schreit das Gewitter an, als wäre es ihr ebenbürtig.

Tuomas schleicht am Kleiderschrank von Omas Mutter und an Tapios Micky-Maus-Heften vorbei. Er klettert die Treppe hinunter, stößt die Tür auf und steigt die nächste Treppe hinab und dann noch die letzte, deren Betonstufen in den Keller führen. In jedem Stockwerk versucht das Gewitter, Oma zu trotzen. Der Blitz flackert auf, und das leblose weiße Licht dringt durch die Balkontür, den Windfang, das kleine Kellerfenster.

Im Umkleideraum riecht es nach Mutters Parfüm. Die Saunatür steht einen Spaltbreit offen, und Tuomas zieht sie auf. Von der Schwitzbank ist Mutters verweinter Atem zu hören. Er muss ihr erklären, dass man ganz einfach beschließen kann, sich vor manchen Dingen nicht zu fürchten.

BEIM AUFBRUCH WUSSTEN WIR NICHT, WOHIN ES UNS VERSCHLÄGT

Es ist noch warm, aber die Luft riecht nach aufziehender Kälte.

»Wie weit gehen wir?«, frage ich, doch Mutter antwortet nicht.

Auch die anderen Menschen sind vom Gemeindehaus aus aufgebrochen, und wir ziehen alle in dieselbe Richtung. Mutter hat gesagt, dass wir eigentlich mit dem Postbus oder wenigstens auf der Ladefläche eines Lasters fahren sollten, aber die sind nicht gekommen, und deshalb müssen wir so weit gehen, bis wir ihnen begegnen.

Mir ist heiß. Mutter hat mir drei Hemden und auch noch die Strickjacke angezogen, weil sie so leichter mitzunehmen sind. Im Hinausgehen hat sie mir noch einen Hut aufgesetzt, den sie irgendwann vor meiner Geburt in Oulu gekauft hat. Er ist aus Filz, und auf der einen Seite hängt die Krempe herunter, während sie auf der anderen albern nach oben ragt. Mutter hat mir den Hut ganz schief aufgesetzt. Ich habe ihn gerade gerückt, aber Mutter hat ihn wieder schräg gezogen, weil er angeblich so sitzen soll. Johannes hat darüber gelacht, und Anna auch, aber Oma hat gesagt, er sei richtig hübsch.

»Du siehst aus wie eine feine Dame oder eine Mamsell.«

Auf der Straße herrscht ein fürchterliches Gedränge. Mutter

schiebt den Kinderwagen, aber nicht einmal Johannes darf darin sitzen, denn dort liegen die Balgenkamera, die man nicht anfassen darf, und die Glasplatten, mit denen man Fotos macht. An der einen Hand halte ich Oma, an der anderen Johannes, damit er sich nicht verläuft. Anna und die anderen Lotta-Mädchen sind schon früher aufgebrochen, um die Kühe der Dorfbewohner in Richtung Oulu zu treiben. Oma meint seufzend, es sei schwierig, mich an der Hand zu halten und gleichzeitig das Fahrrad zu schieben. Auf dem Gepäckträger kann man nicht sitzen, weil ein Spankorb und obendrein noch Decken und Kissen darauf festgebunden sind. Oma sagt, das Rad drohe zu kippen, weil am Lenker mehrere Taschen hängen.

Wir gehen den Hügel hinauf, und plötzlich bleibt Mutter stehen und schaut sich um. Von hier aus soll das ganze Dorf zu sehen sein.

»Sieht man unser Haus?«, frage ich, aber Mutter antwortet nicht.

Oma erklärt, es sei von einem anderen Hügel verdeckt, dem Kiviharju. Sie geht weiter, und ich folge ihr mit Johannes.

»Vom Greinen wird die Welt auch nicht besser«, ruft Oma Mutter zu.

»Vielleicht sehen wir das Dorf gerade zum letzten Mal.«

»Nun komm schon, Lots Frau.«

Wir gehen viele Hügel hinauf und wieder hinunter. Oma keucht. Sie lässt meine Hand los.

»Zeig deiner Schwester den Weg«, sagt sie zu Johannes.

Ich erkläre, dass ich gut allein gehen kann, wenn keine Schlaglöcher oder Steine zu befürchten sind. Oma trägt mir auf, Johannes trotzdem an der Hand zu halten, damit er nicht wegläuft. Das tue ich. Gerade eben ist eine weinende Frau von weiter vorn zurückgelaufen und hat Oma gefragt, ob sie Ester gesehen habe. Oma hat Nein gesagt. Da hat die Frau gerufen und geschrien, ihr vierjähriges Kind sei weggelaufen. Ich halte Johannes am Ellbogen fest, damit er nicht wegrennt, denn er ist auch erst fünf und noch dumm, auch wenn er keinen Sand mehr isst.

Die Menschen drängeln, und zwischendurch fährt jemand so schnell mit einem Pferdewagen vorbei, dass man ausweichen muss. Die Leute fragen, woher das Pferd stamme und warum der Wagen nicht voll sei, aber die auf dem Wagen halten nicht an und antworten nicht. Omas Bein tut weh, sie humpelt ein wenig.

»Setz dich aufs Rad und fahr, dann geht es leichter«, rät Mutter ihr.

Oma weigert sich. Die Straße ist ihrer Meinung nach so voll und die Menschen gehen so langsam, dass man nicht radeln kann.

»Und woher soll ich überhaupt wissen, wohin ich fahren muss, wenn uns niemand die genaue Richtung genannt hat?«

Mutter sagt, sie habe gehört, dass wir alle im Mädchenlyzeum in Oulu übernachten und morgen weiterziehen sollen. Johannes legt mir einen kleinen Stein in die Hand, und ich versuche zu ertasten, was daran so besonders sein soll. Ziemlich glatt ist er jedenfalls. Johannes gibt mir immer Sachen zum Anfassen, die ihm gefallen.

Anna hat vor dem Aufbruch Namensschilder gemacht, die wir uns um den Hals hängen und auf keinen Fall abnehmen sollen. Wenn wir uns verlaufen, wissen die anderen, wessen Kinder wir sind. Ich habe gesagt, das könne ich auch selbst erzählen, weil ich schon fast sechs bin. Da hat sie erklärt, dass man das Schild auch dann lesen könne, wenn ich zum Beispiel schlafe oder wenn etwas passiert. Beim Gemeindehaus hat sie sich von uns verabschiedet und gesagt, wir sehen uns später. Vor uns liege ein langer Weg, aber es sei immerhin besser als beim letzten Mal. »Damals war Winter«, erklärt sie, »und es war so kalt, dass den Kühen die Euter erfroren sind, als sie durch den Schnee stapften.«

»Wann soll das gewesen sein?«, habe ich gefragt.

Anna hat mich fest umarmt.

»Du kannst froh sein, wenn du dich an das letzte Mal gar nicht erinnerst.«

Wir sind schon lange gegangen. Ich frage, ob es schon Nacht ist, und Johannes antwortet, noch nicht ganz. Mutter ist ziemlich wütend, aber Oma sagt, lass gut sein, es hilft doch nichts. Mich stört es nicht, bei Nacht zu gehen, wenn Johannes dicht neben mir ist und ich an seinen Bewegungen spüre, wohin ich gehen muss. Wir bleiben ein wenig zurück, Leute ziehen an uns vorbei. Die Menschen schubsen einander und sprechen über die Dinge, die sie nicht mitgenommen haben. Jemand hat das Spinnrad zurückgelassen, ein anderer die Matratze, und einer hat sich geärgert, weil er die Zwiebeln in der Erde lassen musste. Eine Frau sagt, den Leuten aus dem Kirchdorf gehe es doch gut, weil sie immerhin Zeit gehabt hätten, sich vorzubereiten, während sie selbst Knall auf Fall hätten aufbrechen müssen. Und da zu manchen Dörfern nicht einmal Wege führen, sondern nur Knüppelbrücken, könne man nichts mitnehmen.

Johannes will mich loslassen, aber ich ziehe ihn eng an mich. Wir haben unterschiedliche Gehrhythmen, er ist immer oben, wenn ich unten bin. Auch er merkt es und springt regelrecht hoch. Ich springe ebenfalls, und wir hüpfen abwechselnd. Dann komme ich auf die Idee, beim Gehen zweimal auf dem rechten Fuß zu springen und anschließend zweimal auf dem linken. Johannes begreift sofort und springt genauso. Plötzlich hört er auf.

»Eine Pfütze.«

Er führt mich rechts daran vorbei. Dann hüpfen wir wieder, obwohl mir heiß ist, weil ich so viel anhabe. Mutter hat Johannes ein Bündel aus einem Laken auf den Rücken gebunden und zwei Kissen darin verstaut. Ich bin mir nicht sicher, ob sie seinen Schnuller mitgenommen hat.

Wir sind unter den Allerletzten. Irgendwo hinter uns ist ein Auto zu hören.

»Wessen Wagen kann das sein?« Mutter lauscht. »Die Autos sind doch alle an die Front gebracht worden, wie die Pferde und die Fahrräder.«

Als Einzige im Dorf besitzt Oma noch ein Fahrrad, aber sie hat eine schriftliche Erlaubnis dazu. Oma dreht sich um und horcht. Dann bittet sie Johannes, das Fahrrad zu halten. Ich helfe ihm. Das Rad ist ziemlich schwer, und der Vorderreifen will die ganze Zeit wegrutschen. Das Auto kommt näher und beginnt den Hügel heraufzufahren. Ich versuche zu riechen, ob es einen Holzvergaser hat, aber Johannes sagt, es habe keinen.

Mutter und Oma reden, und Mutter behauptet, Oma sei verrückt. Sie sagt, sie werde es jedenfalls nicht tun, und Oma antwortet, dann müsse sie es eben allein machen. Das Auto röhrt, als es bergauf fährt. Plötzlich hupt es. Johannes erschrickt, und das Fahrrad fällt auf ihn drauf. Ich bekomme den Lenker zu fassen, aber das Rad ist schwer. Mutter schreit Oma an.

»Was tust du? Der wird dich überfahren.«

»Einen Scheißdreck wird er.«

Der Wagen hält.

»Ist das etwa die Hebamme, die da liegt und die Straße versperrt?«, ruft ein Mann aus dem Auto.

»Genau die«, antwortet Oma.

Johannes weint, und ich versuche, das Fahrrad von ihm herunterzuheben. Mutter lässt den Kinderwagen stehen und hilft mir. Sie schimpft, weil wir es nicht einmal schaffen, ein Fahrrad festzuhalten.

»Ist die Hebamme vollkommen verrückt geworden?«, meint der Mann im Auto.

»Besser einen kurzen Moment völlig verrückt als die ganze Zeit ein bisschen blöd.«

Oma sagt noch mehr, aber ich höre es nicht, weil Johannes heult.

Der Mann antwortet: »Nein und damit basta.«

Oma sagt, eigentlich müsse der Amtmann bis zum Schluss im Kirchdorf bleiben und mit den Russen verhandeln, wenn sie kommen.

»Kommt der Feind hierher?«, frage ich.

»Halt den Mund!«, schreit Mutter. »Du darfst Johannes keine Angst machen.«

Der Mann erklärt, man habe ihn angerufen und ihm befohlen, wegzufahren. Oma sagt, soweit sie wisse, sei die Telefonleitung schon seit zwei Tagen unterbrochen. Die Stimme des Mannes wird lauter.

»Sie stehen jetzt sofort von der Straße auf!«

»Nur, wenn Sie die Kinder mitfahren lassen. So ein großes Auto und nur zwei Männer.«

Ich tröste Johannes, damit er nicht mehr weint. Plötzlich geht die Autotür auf, und ein Mann steigt aus. Ich werde hochgehoben und ins Auto getragen, man sagt mir, ich solle den Kopf einziehen. Im Wagen riecht es nach Schnaps. Johannes wird neben mich gesetzt. Der Mann steht draußen und erkundigt sich bei Oma, ob sie nun zufrieden sei, aber Oma sagt, erst wenn ihre Tochter im Auto sitze. Der Mann flucht und geht zu Mutter.

»Was wird aus dem Gepäck und dem Kinderwagen?«, fragt Mutter.

»Wir tun so viel in den Kofferraum, wie reinpasst, und den Rest ins Gebüsch.«

Der Mann wirft etwas hinter die Sitze. Mutter schreit auf.

»Wenn die Kamera auch nur eine Schramme abkriegt, kratze ich dir die Augen aus.«

Der Mann fragt, ob die Hebamme jetzt bereit sei, von der Straße aufzustehen, und Oma sagt, aber ja. Mutter setzt sich neben Johannes, und der Mann steigt vorne ein. Ich sitze direkt an der Tür und versuche den Griff zu finden, mit dem man sie öffnet, damit Oma einsteigen kann, aber das Auto fährt los. Johannes fängt wieder zu weinen an.

»Warum kommt Oma nicht mit?«, fragt er.

»Sie will das Fahrrad nicht zurücklassen. Keine Sorge, sie kommt nach.«

Johannes kniet sich auf die Bank und ruft durch das Rückfenster: »Oma, Oma!«

Der Mann auf dem Vordersitz befiehlt uns, den Mund zu halten, und sagt, wenn es sein müsse, würde die Hebamme mindestens zwei russische Kolonnen aufhalten. Auch mir ist zum Weinen. Ich nehme den Hut ab und versuche zu erklären, dass Oma nicht weiß, wohin sie radeln muss, doch der Mann hört mir nicht zu.

SCHLAFEN GEHN WIR NICHT

Tuomas legt die Papierbögen auf den Fußboden und öffnet leise die Küchentür. Er hat gelernt, es lautlos zu tun, indem er den Türschnapper mit dem Finger zurückhält, damit er nicht mit einem Klicken einrastet. Dann hebt er das Papier auf und schlüpft in die Küche. Er will Kari überraschen.

Um diese Zeit sollte er längst schlafen. Mutter hat ihn schon vor geraumer Zeit ins Bett gebracht, aber der Schlaf wollte nicht kommen. Immer wieder hat er aus dem Schlafzimmer ins Wohnzimmer gerufen, doch die Antwort war jedes Mal dieselbe.

»Du siehst Helena und Kari doch am Morgen. Ihre Maschine kommt so spät an.«

Bis dann Vater der Kragen geplatzt ist und er Tuomas befohlen hat, die Augen zuzumachen. Und Tuomas hat tatsächlich geschlafen, wenigstens eine kleine Weile. Aber jetzt ist das Auto vorgefahren und die Haustür geöffnet worden.

Er will die Ankömmlinge heute noch sehen. Beim letzten Besuch hatte Helena einen schicken langen Ledermantel an, wie ihn hier niemand trägt. Beim Umarmen war Tuomas der Geruch des Mantels in die Nase gestiegen, intensiv und süßlich. Kari hatte ihm gleich die Haare verstrubbelt und sich erkundigt, was es Neues gebe, hatte auch nachgefragt, als

Tuomas von den Rentierwettläufen auf dem zugefrorenen See erzählt hatte.

Tuomas schleicht durch die Küche zur Wohnzimmertür. Drinnen wird gesprochen. Oma hat ihr eigenes Wohnzimmer, das sie Saal nennt, und am Ende des langen Flurs liegt das Familienwohnzimmer. Gäste werden immer zu Oma geführt, aber sonst sitzen sie im anderen Wohnzimmer und Oma allein in ihrem.

An der Tür hält er inne. Mitten im halbdunklen Wohnzimmer steht Vater und umarmt Helena. Mutter ist hinter den beiden und streichelt beruhigend Helenas Schultern. Oma steht vor dem Sofa. Sie hebt die eine Hand, weiß aber nicht, was sie damit tun soll, und lässt sie wieder sinken.

»Wieso hast du es so spät noch verloren?«, fragt sie und schaut durch das Fenster auf die Kreuzung der Dorfstraße.

Tuomas späht in alle Ecken, doch Kari ist nirgendwo zu sehen. Seine Hand umklammert immer noch das Papier. Er versteht die Stimmung im Zimmer nicht. Vater streichelt Helena langsam über die Haare. Oma setzt sich in den Schaukelstuhl, ohne zu schaukeln.

»Du bist natürlich nicht mehr die Jüngste.«

Helena entfährt ein Geräusch, das wie ein Schluchzen oder Röcheln klingt.

Mutter bemerkt das starrende Kind an der Tür als Erste.

»Wieso in aller Welt bist du um diese Zeit noch auf?«, fragt sie und macht einen Schritt auf Tuomas zu.

»Die Bilder.«

»Was denn für Bilder?«

Tuomas hält die Papierblätter hoch.

»Die hab ich für Kari gemalt.«

Helena löst sich aus Vaters Umarmung. Sie streicht sich die Haare aus dem Gesicht.

»Was hast du denn gemalt?«

»Zugrentiere, weil Kari nicht wusste, wie die aussehen.«

»Kari ist nicht hier«, sagt Vater.

Tuomas betrachtet Helenas Augen. Hat sie geweint? Oma will sparen und hält ihr Wohnzimmer so dunkel, dass man dort nie richtig sieht. Die Augen sind geschwollen, oder vielleicht hat die Tante ein blaues Auge, so wie Tapio damals, als Mutter aus Versehen einen Schneeball nach ihm geworfen hat, der eigentlich Vater treffen sollte. Helena geht in die Hocke und streckt Tuomas eine Hand entgegen.

»Willst du sie mir zeigen?«

Tuomas legt ein Bild auf die wartende Hand und stellt sich neben Helena.

»Einer Blinden Bilder zeigen«, schnaubt Oma und setzt den Schaukelstuhl in Schwung.

Helena hält das Bild nah an ihr Gesicht und betrachtet es, wobei ihre Augen allerdings ein wenig daran vorbeischauen.

»Was gibt es denn hier zu sehen?«

»Rentiere.«

»Ja, tatsächlich.«

Tuomas genießt die Aufmerksamkeit. Helena gehört jetzt ganz ihm.

»Da ist die Rentiermutter und da der Vater.«

»Sehr schön. Haben sie ein Geweih?«

»Der Vater ja. Und da ist das Rentierbaby.«

»Das Rentierkalb«, verbessert ihn Helena und lässt das Bild sinken. »Ist es gerade auf die Welt gekommen?«

»Erst gestern. Es ist noch ganz klein. So klein.«

Tuomas zeigt mit der Hand die Höhe vom Boden aus, aber Helena schaut nicht hin. Sie wischt sich über die Augen.

Mutter legt die Hand wieder auf Helenas Schulter. Vater fasst Tuomas unter den Armen.

»Jetzt wird es Zeit fürs Heiabett.«

Vater trägt Tuomas über den Flur in das andere Wohnzimmer

und von dort ins Schlafzimmer. Das eine Bild ist in Helenas Hand zurückgeblieben, das andere drückt Tuomas an sich.

»Du solltest einen Vetter bekommen, aber daraus ist nichts geworden«, erklärt Vater.

Tuomas fragt, warum der Vetter nicht mitgekommen ist, doch Vater antwortet nicht, sondern legt Tuomas ins Bett und deckt ihn zu. Tuomas dreht sich auf die Seite und starrt an die Wand.

JEDE SEKUNDE, DIE ICH BEI DIR SEIN DARF

»Eisenstuhl oder Hocker?«

Vater zeigt auf die Wand des Studios, und Tuomas überlegt. Der eiserne Stuhl ist mit hübschen Schnörkeln verziert und hat einen gepolsterten Sitz. Auf den Fotos, die im Laden zu sehen sind, sitzen die Bräute immer darauf. Der Hocker ist alltäglicher, mit braunem Leder bezogen und ohne Rückenlehne, dafür dreht sich der Sitz. Tuomas deutet mit dem Kopf auf den Hocker. Vater nimmt den Drehhocker mit und schaltet die Deckenlampe im Studio aus. Tuomas geht um den blauen Transformator herum und hebt bei jedem Schritt den Fuß ganz hoch. Mutter hat ihn gewarnt, er solle nicht über die Blitzlichtkabel stolpern, die sich auf dem Boden entlangschlängeln.

Vater geht am alten Retuschiertisch im Hinterzimmer vorbei. Oma arbeitet nicht mehr im Laden, denn sie wird auch gegenüber den Kunden immer gehässiger. Sie sitzt noch an dem Tisch und tuscht mit einem kleinen Pinsel Fehler aus den Schwarz-Weiß-Negativen. Mutter hat gesagt, so etwas brauche man nicht mehr zu tun, aber Oma lächelt nur abfällig über die scharfen Farbfotos, die Hautunreinheiten und kleine Äderchen an der Nase enthüllen.

»Wer will sich schon so sehen, wie er ist?«

Vater öffnet die äußere Tür zur Dunkelkammer, knipst die

Deckenlampe an und öffnet dann die innere. Er stellt den Hocker neben seinen Stuhl. Tuomas kniet sich auf den Hocker und schaut zu, während Vater altes Fotopapier auf den Tisch legt, das er für ihn aufbewahrt hat. Mit Wachsmalkreide kann man darauf nicht malen, aber auf der Rückseite bleibt die Farbe des Kugelschreibers haften, wenn man ganz fest aufdrückt. Vater öffnet die Türen noch einmal und geht in den Laden und ins Hinterzimmer. Tuomas betrachtet das Vergrößerungsgerät von der Seite, dessen Form an eine Ziehharmonika erinnert. In der Ecke der Dunkelkammer lagern alte Schaufensterdekorationen: große Schneeflocken und ein weißer Tannenbaum aus Plastik. Es dauert immer eine Weile, bis man sich an den Geruch der Entwickler und Fixierer gewöhnt.

Durch die Wand hindurch ist Vaters Stimme zu hören.

»Musst du aufs Klo?«

»Noch nicht.«

»Sag Bescheid, wenn du musst.«

Vater kommt zurück, er hat Umschläge mit Negativen in der Hand und legt sie auf den Tisch.

»Bist du bereit?«

»Ja.«

Vater zieht zuerst die äußere, dann die innere Tür fest zu und schaltet die Deckenlampe aus. Die Dunkelheit macht Tuomas keine Angst. Dann knipst Vater die orangegelben Lampen der Dunkelkammer an. Sie lassen alles fremd und seltsam erscheinen. Die normale Welt ist hinter zwei dichten Türen ausgesperrt, die man nie öffnen darf, ohne anzuklopfen. Auf der anderen Seite sind Mutter und die Geschwister und Oma, auf dieser Seite sie beide. Das Licht der Lampen reicht nicht bis in die Ecken, Tuomas kann die Schneeflocken nicht mehr sehen. Vater schaltet das Radio ein und setzt sich neben Tuomas. Der Ledersitz des Stuhls seufzt unter Vaters Gewicht. Tuomas weiß, dass es bald so weit ist.

Er drückt den Stift auf das Papier und zeichnet eine Zickzacklinie. Vater klappt die runde Metallzange auf, die in der Mitte eine quadratische Öffnung hat, legt ein Negativ aus dem ersten Umschlag hinein und schiebt es in das Vergrößerungsgerät. Dann drückt er auf einen Knopf, und in der Maschine geht ein Licht an, das das Bild auf die Tischfläche wirft. Wenn man auf einen zweiten Knopf drückt, brummt die Maschine, während die Zahnräder sie höher ziehen. Das Bild wird größer, und Vater stellt es scharf ein. Tuomas zeichnet eine zweite Zickzacklinie, die gleichmäßiger ausfällt als die erste. Vater löscht das Licht, nimmt aus einer Pappschachtel einen schwarzen Plastikbeutel und aus dem Beutel unbelichtetes Papier. Davon reißt er eine Hälfte ab und legt sie unter den Vergrößerungsrahmen. Dann stellt er die Zeitschaltuhr ein und drückt auf einen Knopf. Das Gerät rattert, lässt kurz Licht aufflammen und erlischt von selbst. Vater nimmt das Papier aus dem Rahmen und taucht es in den Entwickler.

Die stechend riechende Flüssigkeit holt ein vergangenes Ereignis aus dem Papier an die Oberfläche. Tuomas erkennt die geschwungene Altarwand der Kirche und die händeringenden Engel, mit der sie bemalt ist. Im Vordergrund sieht er eine längliche Kiste, auf der Blumen liegen. Dahinter steht eine Frau. Ihr Gesicht kommt ihm irgendwie bekannt vor.

»Ist das Oma Lahja?«, fragt Tuomas.

»Ja.«

Oma sieht jünger und stämmiger aus. Sie hat eine grimmige Miene und liest etwas von dem Band ab, das an den Blumen befestigt ist.

»Ich mache ein paar Abzüge. Ein Onkel aus Oulu hat geschrieben und mich gebeten, sie ihm zu schicken«, sagt Vater.

Schweigend betrachtet er das Bild.

»In dem Sarg liegt mein Vater.«

Über Opa wird nicht oft gesprochen. Er lebte nicht mehr, als

Vater und Mutter geheiratet haben, und nur ein hässliches Gemälde, das neben dem Klavier hängt, erinnert an ihn. Das hat Oma von einem Künstler in Oulu malen lassen. Auf der Kommode steht noch ein Foto, auf dem Opa Soldatenkleidung trägt und Vater auf dem Arm hält. Ja, und das Haus hat Opa gebaut, doch das ist so riesig, dass man sich nicht vorstellen kann, wie es von einem einzigen Menschen gebaut werden konnte.

»Wie war Opa?«, fragt Tuomas.

»Er war ein guter Vater. Er hat gelacht und gesungen und alles Mögliche gebaut. Aber dann war es damit vorbei.«

»Ist er gestorben?«

»Damals noch nicht. Helena ist als Kind nach Helsinki in die Schule gekommen, und ich bin hiergeblieben. Opa war dann noch lange bei uns zu Hause, aber es war so, als wäre er nicht da. Als hätte jemand das Licht gelöscht.«

»Woran ist er gestorben?«

Vater schweigt eine Weile und betrachtet das Bild, bevor er antwortet.

»Er hat die Lebensfreude verloren.«

Im Zwielicht der Dunkelkammer versucht Tuomas sich vorzustellen, wie es ohne Geschwister oder ohne Vater oder ohne Lachen wäre. In seiner Welt existiert die Familie ebenso unerschütterlich wie die Erde oder der Himmel oder die bläulichen Höhenrücken. Jeder hat in diesem Haus seinen festen Platz: Die Geschwister haben ihre eigenen Zimmer oder Nischen, die durch Bücherregale abgegrenzt sind, er selbst hat ein Bett im Schlafzimmer der Eltern, Oma das andere Ende des Hauses. In Tuomas' Leben ist alles im richtigen Maß vorhanden, und er wünscht sich nicht, dass es von irgendetwas mehr gäbe oder dass etwas aufhört. Er nickt seinem Vater zu: Er versteht dessen Gefühl von Traurigkeit, lässt den Gedanken, der dahintersteht, jedoch los, weil er in seiner Welt keine Bedeutung hat.

Vater schweigt eine Weile, dann prüft er, ob das Bild scharf ist. Leise brummt er vor sich hin und wirft das Testbild in den Papierkorb. Er nimmt ein neues Stück Fotopapier, ein ganzes, legt es unter den Vergrößerungsrahmen und lässt wieder Licht darauf fallen. Dann öffnet er einen neuen Umschlag mit Negativen. Im Radio wird »Only you« gesungen, und Vater pfeift die Melodie mit. Wenn Mutter hier wäre, würden sie jetzt tanzen. Vater zieht die Schachtel mit den Sisu-Pastillen aus der Tasche und bietet Tuomas davon an. Tuomas lächelt.

Jetzt.

Vater dreht sich zu Tuomas hin und stellt endlich die Frage, die lang erwartete.

»Was denkst du über den Kalten Krieg?«

Tuomas legt den Stift weg. Er weiß nicht, wovon Vater spricht, aber das macht nichts. Das hier ist ihr gemeinsames Spiel, Vaters und seins. Oder Vaters und Tapios. Oder Minnas oder Maarits, je nachdem, wer in die Dunkelkammer mitgenommen wird.

Tuomas schüttelt den Kopf zum Zeichen, dass er es nicht weiß, und Vater beginnt die Welt mit Gegenständen zu veranschaulichen. Er stellt verschiedene Nationen vor Tuomas auf den Tisch. Die Fotopapierschachtel ist die Sowjetunion, die vom Gipfel des hohen Fjälls zu sehen ist. Der Plastikbeutel aus der Schachtel stellt die Vereinigten Staaten dar, die so weit entfernt sind, dass die Reise sogar mit dem Flugzeug mehrere Tage dauert.

»So lange wie nach Hellanmaa?«, fragt Tuomas nach, und Vater nickt.

»Viel länger als bis zu Mutters Eltern. Mindestens so lange, wie wenn wir mit dem Auto hin und dann wieder zurück und noch mal dorthin fahren würden.«

Tuomas nickt. Die Vereinigten Staaten sind weit weg, aber die Sowjetunion sieht man beinahe vom Wohnzimmerfenster aus.

Während er erzählt, zeichnet Vater mit dem Licht. Einige

Fotos sind schnell gemacht. Tuomas hört sich die Erklärungen an, die vom Poltern des Vergrößerungsrahmens und vom Klicken der Negativpinzette begleitet werden. Finnland ist ein kaputter Kugelschreiber. Links davon liegt der Rahmen für Streifenabzüge, das ist Schweden, das sich nicht um andere kümmert, sondern hochmütig versucht, allein zurechtzukommen. Manche Fotos verlangen mehr Zeit, und dann verstummt Vater für eine Weile. Bei diesen Bildern wird zuerst genauso viel Licht auf das Fotopapier geworfen wie bei den anderen, aber danach deckt Vater die Lampe des Vergrößerungsgeräts mit den flachen Händen ab. Die Hände sind Wolken, und Vater lässt Lichtstrahlen auf verschiedene Stellen des Papiers fallen. Hebt Einzelheiten hervor, die sonst unbemerkt blieben, und hindert das Licht daran, überflüssige Dinge zu erfassen.

Nach der Pause geht die Geschichte weiter. Tuomas betrachtet das Fototaschen-Frankreich und das von einer Vita-Nova-Flasche dargestellte Deutschland, das geteilt wird, in Flasche und Schraubverschluss. Rechts von Finnland wird die bedrohlich wirkende Fotopapierschachtel größer und verschlingt das Büroklammer-Estland und zwei unterhalb von ihm liegende alte Negative. Gegen diese Schachtel kommt man nicht an. Sinnlos, sich zu wehren. Sie ist da, das muss man einfach akzeptieren.

Die Bilder werden aus den Schalen mit den Chemikalien gehoben und gewässert. Vater nimmt neue Umschläge mit Negativen, überprüft die Bestellung und belichtet die entsprechende Anzahl von Abzügen. Schließlich hält er inne und sieht Tuomas an. Er stellt dieselbe Frage wie zu Beginn des Spiels.

»Also, was hältst du von diesem Krieg?«

Tuomas denkt über alles nach, was er gehört hat, fragt noch nach einigen Einzelheiten und bekommt Antwort. Dieser Krieg ist nicht so wie der, den man mit Zinnsoldaten spielt. Auch nicht wie der, bei dem Opa dabei war. Er besteht aus Drohungen und geballten Fäusten und Einschüchterung. Tuomas überlegt sich seine Antwort gründlich, erinnert sich sogar an die Kubakrise, die auf der Zeitschaltuhr ausgetragen wurde, und sagt schließlich, was er davon hält. Vater hört ihm aufmerksam zu. Er lacht nicht über Tuomas' Antwort, wie es Tapio oft tut, und korrigiert ihn nicht wie Minna, sondern nickt ernsthaft.

»Gut. Sehr gut.«

Nun ist Tuomas an der Reihe. Er hat sich seine Frage eine Woche lang überlegt, hat sie Tapio und Oma und Maarit gestellt, aber niemand konnte sie beantworten.

»Warum hat der Mensch am Rücken keine Augen?«

Vater nickt, legt einen Satz Fotos aus dem Entwickler in den Fixierer und einen anderen aus dem Fixierer ins Wasser.

»Eine gute Frage. Darüber muss ich gründlich nachdenken.«

Tuomas weiß, dass bald alle Fotos dieser Woche entwickelt sind. Nicht mehr lange, dann löscht Vater die Lampe der Dunkelkammer, öffnet die Tür und lässt die Farben der Außenwelt herein. Bald muss er den abendlichen Tee trinken und sich die Gute-Nacht-Geschichte anhören, »Müde bin ich, geh zur Ruh« aufsagen und schlafen gehen.

Aber noch nicht. Eine Weile riecht die Welt noch nach Fixierer und ist orangerot, Vater hört nur ihm zu, und auf jede Frage findet sich eine Antwort.

AUF DER HIMMELSLEITER

Eino Törmänen hat an der einen Hand nur noch den Daumen und einen Stummel vom Zeigefinger, aber sonst nichts, nicht einmal die Handfläche. Seine abgerissenen Finger schmerzen nachts.

Johannes bleibt am Grabenrand sitzen, obwohl ich ihm befohlen habe, mitzukommen. Er lacht, und Pentti und Matti lachen ebenfalls, obwohl ich gerufen habe, sie sollen leise sein. Pentti schreit mir noch hinterher:

»Schlurf nur nach Hause, du Klatschbase!«

Ich wische mir die Tränen ab und eile auf der Lopotintie zurück. Ich weiß, wo unser Haus ist, auch wenn ich mich auf dem Hinweg bei Johannes am Arm festgehalten habe. Links ist Hämmern zu hören. Die Vellas bauen an ihrem Haus. Johannes hat gesagt, sie hätten noch nicht einmal das Erdgeschoss fertig. Vorne rechts lärmt eine Säge, von Haarala her. Ich lausche auf das Geräusch und gehe weiter. Obwohl die Trümmer der Häuser weggeräumt wurden, die die Deutschen niedergebrannt haben, riecht es überall noch immer nach Kohle und Asche. Johannes hat mir erzählt, dass das ganze Dorf einheitlich aussehen wird, weil alle Häuser gleichzeitig gebaut werden. Aber Vater baut angeblich eins, das gegen die Vorschriften und Gesetze verstößt, es wird größer und höher als die anderen.

Der Weg ist holprig. Plötzlich tritt der eine Fuß tiefer, und ich falle in eine Pfütze. Ich stütze mich mit den Händen ab, aber meine Handschuhe werden nass, und die Feuchtigkeit dringt auch durch den Schuh. Johannes ruft mir nach:

»Hab dich nicht so. Ich bring dich nach Hause.«

Als das Geräusch der Säge genau von rechts zu hören ist, drehe ich mich so, dass ich es im Rücken habe. Ich mache kurze Schritte und halte die Hände nach vorn gestreckt für den Fall, dass ich wieder stolpere. Der Boden wird abschüssig, und ich weiß, dass vor mir der Graben ist, den Vater gezogen hat, und dahinter unser Haus. Ich bleibe stehen und horche. Mutters Stimme höre ich nicht. Im Obergeschoss wird gehämmert.

»Helena, im Ernst!«

Johannes' Stimme ist näher gekommen, aber ich antworte nicht. Johannes muss mir gehorchen, weil ich älter bin. Das sagt Mutter auch und Oma und Vater. Johannes ist erst sechs und noch ein kleines Kind.

Ich taste mit dem rechten Fuß den Grabenrand ab und finde bald den flachen Stein, der mir verrät, dass ich zu weit gegangen bin. Also mache ich kehrt und gehe langsam zurück. Die Einfahrt.

»Helena!«

Ich muss ihm antworten.

»Ich sag Mutter alles.«

»Das tust du nicht.«

»Kannst ja zuhören!«

Plötzlich läuft Johannes weg. Er ruft den Jungen zu:

»Die Blöde will uns verpfeifen!«

Ich muss es schaffen, bevor sie alles verstecken. Bevor sie das platt gedrückte Eisenrohr leeren und es am Graben oder in den Hobelspänen auf einem Dachboden verbuddeln. Ich orientiere mich am Gehämmer.

Ich finde die Außentreppe und die provisorische Tür. Zum

Glück steht sie offen, es ist nämlich schwer, sie zu öffnen. Der Windfang hat noch keinen Fußboden, nur lose Bretter über den Sparren. Auf allen vieren krieche ich in die Diele. Dort ist der Fußboden schon fertig. Überall riecht es nach frischem Holz, denn trockene Bretter sind nirgendwo zu bekommen. Die Zimmer dieses Hauses habe ich noch nicht im Kopf. Die Erdhütte hatte ich mir schnell eingeprägt, weil sie so klein war, zwei Pritschen, ein glühend heißer Kanonenofen und ein Tisch. Jetzt kenne ich mich nicht aus. Ich erinnere mich, dass dieses Zimmer viele Türen hat, aber wohin führen sie?

»Mutter!«

Keine Antwort.

Ich versuche, die Ruhe zu bewahren, drücke den Rücken gegen die Wand, bewege mich nach rechts. Zuerst die Ecke, dann eine Türöffnung. Führt sie in das Zimmer, in das Oma einziehen wird? Ich rufe in den leeren Raum, rufe nach Mutter. Nichts ist zu hören.

Ich finde die nächste Ecke und dann die Türöffnung. Mein Fuß verfängt sich irgendwo, sodass ich beinahe gestrauchelt wäre. Irgendetwas ragt in die Diele. Ich taste danach. Eine Leiter. Hier irgendwo muss der Keller liegen, dessen Treppe noch nicht gegossen ist. Ich gehe weiter an der Wand entlang. Sie verschwindet hinter mir. Ich drehe mich um und ertaste eine Stufe, dann noch eine. Das Treppenhaus. Mutter kann überall sein, vielleicht trägt sie Bretter oder rührt das Sägemehl in den Zwischendecken um, damit es vor dem Verschalen wenigstens ein bisschen trockener wird.

Ich steige siebzehn Stufen nach oben. Im oberen Flur muss ich wieder haltmachen. Von rechts sind Männerstimmen zu hören, Vaters Kriegskameraden helfen ihm, diejenigen, die nicht selbst ein Haus bauen. Dort will ich nicht hin. Als der Krieg vorbei war, sind die Männer zurückgekommen, aber sie hatten sich verändert.

Sie haben das Lachen verloren. Mutter schimpft immer über die Männer.

»Mir scheint, der Krieg hat zu lange gedauert, jetzt fühlt ihr euch nur noch untereinander wohl.«

Wenn Oma so etwas hört, wird sie wütend.

»Sprich nicht über Dinge, die du nicht verstehst.«

»Den Frauen sagen sie nicht mal Guten Tag, aber miteinander flennen sie.«

»Sie sind zerbrochen. Auch die, die glauben, sie wären heil.«

Die Hammerschläge sind wieder zu hören. Vater ist weiter oben, auf dem Dachboden. Er erzählt keine Geschichten mehr und steht oft lange reglos da. Gegen Abend kommt er in die Erdhütte zurück, isst, was er bekommt, und legt sich schlafen. Morgens wacht er auf und geht weg, um an dem Haus zu bauen. Vater antwortet, wenn man ihn etwas fragt, er selbst beginnt aber kein Gespräch. Er liegt nur da oder sitzt herum oder schlägt Nägel ein.

Ich muss Mutter finden! Mir bleibt nichts anderes übrig, als weiterzugehen. Sonst schaffen Johannes und Pentti und Matti es, das aus den Kugeln herausgekratzte Schießpulver in das Eisenrohr zu stopfen und die Öffnung fest mit Papier zu verstopfen und als Kugeln Steine hineinzulegen. Als ich die Wand absuche, finde ich eine Türöffnung. Ich schnalze mit der Zunge, um aus dem Echo zu schließen, wie groß der Raum ist. Doch ich finde es nicht heraus, denn das Geräusch wird von den Wänden aufgesogen. Ich trete durch die Türöffnung, aber meine Füße sinken ein wie in einen Sumpf, und ich falle mit dem Gesicht in etwas Weiches. Sägemehl! Aus einiger Entfernung kommt eine Stimme.

»Was für ein Mädchen schwimmt denn da?«

Es ist Pesonen, Vaters Kumpel.

»Pass auf, dass du nicht durch die Zwischendecke fällst«, fährt er lachend fort.

Ich versuche, mich an etwas festzuhalten, damit ich nicht ins Erdgeschoss stürze.

Mein linker Ellbogen stößt gegen einen Balken, an dem ich mich rasch festklammere.

»Schaffst du es von da nach unten in die Diele? Ich kann dir von hier aus nicht helfen.«

»Wo ist Mutter?«

»Die ist nicht hier. Sie ist in die Barackenkirche gegangen, weil sie die Taufe vom Kind der Murtovaaras fotografieren soll.«

Pesonen dreht sich um und geht weg. Ich schaffe es zurück auf den Fußboden des Erdgeschosses.

Abends sind draußen Schüsse und Explosionen zu hören, obwohl der Krieg zu Ende ist. Mutter sagt, offenbar hassen die Jungen ihre eigenen Finger, denn sie zünden Blindgänger im Wald, bauen Stutzen und werfen die Munition, die die Deutschen vergessen haben, ins Lagerfeuer. Eino hat seine Finger bei einem Bombenangriff verloren, aber bald wird Johannes sich selbst Schaden zufügen. Mutter ist weg, und mir glauben die Jungen nicht. Ich weiß, wie man zur Kirche kommt: auf der Dorfstraße geradeaus über die Vierwegekreuzung und dann nach rechts, aber dorthin schaffe ich es nicht schnell genug.

Mir bleibt nichts anderes übrig, als Vater zu suchen. Ich habe Angst, allein zu ihm zu gehen. Er nimmt mich zwar in die Arme und streichelt mir manchmal über die Haare, aber vor dem Krieg hat er abends Klavier gespielt und gesungen. Jetzt spricht er mit leiser Stimme, und seine Sätze brechen immer mittendrin ab. Manchmal werde ich nachts in der Erdhütte wach, weil eine Maus über die Bettdecke läuft. Wenn es dann ruhig ist, merke ich, dass Mutter und Johannes schlafen, aber Vater nur still daliegt. An seinem Atem höre ich, dass er nicht schläft. Wenn ich ihn rufe, antwortet er nicht. Als Johannes ihn gefragt hat, wieso er nachts keine Albträume hat wie die anderen Männer, hat er traurig geantwortet:

»Ich habe sie tagsüber.«

Alle sind lange ohne Männer zurechtgekommen. Aber Johannes' Hände wird Vater doch wohl retten können?

In der Diele finde ich eine zweite Türöffnung. Plötzlich ist das Hämmern und Sägen viel deutlicher zu vernehmen. Ich rufe nach Vater, aber er hört mich nicht. Als ich nach links gehe, hört der Fußboden plötzlich auf. Ich taste, finde aber keine Seitenwand. Rechts ist es genauso. Was ist das für ein Zimmer, in dem es einen Fußboden gibt, aber keine Wände? In der Mitte ragt etwas auf. Wieder eine Leiter. Ich bin mir nicht sicher, ob die Treppe zum Dachboden schon fertig ist oder ob die Leiter dorthin führt, aber ich muss hinaufsteigen.

»Vater!«, rufe ich nach oben, doch er hört mich nicht.

Die Leiter ist steil, und es ist schwierig, fast senkrecht nach oben zu klettern. Hier ist es windig. Aus allen Teilen von Lopotti sind Hammerschläge zu hören. Jeder hat seinen eigenen Rhythmus. Manchmal schlagen zwei Hammer im selben Takt, trennen sich dann aber wieder.

»Zum Glück gibt es in diesem Land genug Wald«, sagt Oma immer.

Von unserem Hab und Gut ist im Krieg alles verbrannt außer Mutters Kamera und dem Silbertablett. Gleich nach dem Friedensschluss haben wir aus Schweden und Amerika Kleider und von der UNRRA Fischernetze bekommen. Ohne Hilfe wäre man hier verhungert und erfroren.

Von weit weg ruft Johannes nach mir. Bestimmt haben die Jungen ihre Flinte versteckt, aber ich klettere trotzdem weiter, denn der Abend kommt und mit ihm die Lagerfeuer und die Schüsse.

»Helena, lass das«, bittet Johannes, und seine Stimme ist näher, fast direkt unter mir. »Du bist verrückt.«

»Selber verrückt.«

Die Sprossen enden. Ich taste mit der rechten Hand nach vorn und stoße auf den Fußboden des Dachgeschosses. Irgendetwas liegt darauf, ein grober Teppich vielleicht. Ich halte mich am Holm der Leiter fest und setze ein Knie auf den Teppich, dann das andere. Ich versuche aufzustehen, aber der Fußboden ist schief und fällt hinter mir steil ab. Von unten sind Stimmen zu hören. Johannes und Anna.

»Wo ist die blöde Kuh hin?«, fragt Anna.

»Nach da oben«, erklärt Johannes. »Sie ist vom Balkon aus die Leiter hochgeklettert.«

Anna ruft lauthals, aber ich höre nicht hin, sondern suche nach der Wand, damit ich aufstehen kann. Dabei wäre ich beinahe nach hinten gefallen, strecke aber die Arme vor und finde das Gleichgewicht wieder. Das Gehämmer hallt direkt vor mir. Dann verstummt es, und ich höre ein ähnliches Geräusch wie früher, wenn Mutter den Teppich auf dem Boden des Wohnzimmers ausrollte. Allerdings klingt es rasselnder. Ich bewege mich darauf zu, wage jedoch nicht aufzustehen. Unter meinen Händen riecht es wie Teer oder Pech. Das Hämmern setzt erneut ein. Von unten ruft Anna. Sie ist an die andere Hausseite gegangen.

»Vater, komm schnell zur anderen Schräge!«

Das Hämmern verstummt.

»Was ist?«, ruft Vater zurück.

»Helena ist aufs Dach geklettert!«

Vor mir ist Vaters Stimme zu hören.

»Was machst du hier?«

Ich versuche aufzustehen und zu erzählen, was Johannes getan hat, doch Vater hört nicht zu, sondern spricht ganz langsam.

»Bleib, wo du bist, Helena. Beweg dich nicht.«

Ich erkläre, dass Johannes gehorchen muss, wenn ich ihm etwas verbiete, aber Vater fällt mir ins Wort und kommt näher.

»Rühr dich nicht vom Fleck. Warte, ich halte dich fest.«

Vater versteht mich nicht. Johannes hat bald nur noch knubblige

Stümpfe anstelle seiner Hände. Dann kann er nichts hochheben und nicht schreiben, keine Weidenflöten schnitzen. Ich schreie heraus, was Johannes getan hat, aber Vater schert sich nicht darum. Ich versuche, ihm auszuweichen, doch Vater kommt zu mir. Plötzlich legt er seine Arme um mich und zieht mich an sich.

Als Vater aus dem Krieg nach Hause kam, hat er Johannes und mich gleich in die Arme genommen. Als er sagte, dass er nach uns Sehnsucht gehabt habe, ist Mutter aus dem Zimmer gerannt. Johannes ist lange vor Vater zurückgescheut, obwohl Vater versucht hat, ihn mit Teerpastillen zu locken. Jetzt drückt Vater mich an sich, und vor Erleichterung muss ich weinen. Ich spüre die Wärme seines Brustkorbs und den Geruch des Haaröls. Vater weint auch. Gemeinsam gehen wir über den schrägen Boden zur Leiter, und als wir nach unten steigen, befinde ich mich zwischen Vater und der Leiter. Vaters Armbanduhr ist direkt neben meinem Ohr. Sie tickt genauso wie vor dem Krieg. Tick-tack. Tick-tack. Vater ist da-a. Vater ist zu Hau-se. Ich erzähle ihm alles noch einmal, und er weint und sagt pst und jaja.

Ich weine immer noch, aber jetzt darüber, dass er wieder zu Hause ist und nicht mehr an die Front muss, wo er sterben könnte. Sein Hemd riecht nach Wind und Zigaretten.

Vater bringt mich bis nach unten auf den Hof und verspricht mir unterwegs, dass auch ich irgendwann eine eigene Uhr bekomme. Anna ist nicht böse, sondern versucht, das Sägemehl von meinem Rock zu bürsten, und sagt, wie gut, dass du feste Schuhe anhast, und es ist schon ein starkes Stück, dass der Balkon immer noch kein Geländer hat. Vater lässt mich nicht los, sondern drückt mich fest an sich.

»Meine Helena. Mein Mädchen.«

ALL DIE ÄNGSTLICHEN GEMÜTER

Ein rotbraunes Eichhörnchen kämmt seine Schnurrhaare. Es sitzt auf der Erde und streicht sie mit beiden Vorderpfoten nach hinten. Es blickt in die Kamera, beugt sich dann vor, um etwas aus der Erde zu graben, findet es und frisst ebenso konzentriert, wie die neunzehn Kinder der Klasse 2 A seine Bewegungen im Fernsehen verfolgen. Tuomas beschließt, sich so ein Tier zu Weihnachten zu wünschen. Der Fernseher steht vor dem Lehrerpult, auf hohen Metallbeinen mit Rädern. Es war schwierig, ihn über die Schwelle ins Klassenzimmer zu schieben. Die Lehrerin trägt ein knielanges Kleid. Sie hat gelbe Plastikbecher vor sich auf den Tisch gestellt und gibt jetzt in jeden ein wenig Klebstoff. Bald sollen alle Kinder ein Eichhörnchen zeichnen, ausschneiden und auf das Plakat an der Wand kleben.

Hinten im Klassenzimmer, mit dem Rücken zum Bildschirm, sitzen sechs Schülerinnen und Schüler. Sie kommen aus Laestadianer-Familien, und ihre Eltern halten Fernsehen für Sünde. Deshalb schauen sie sich in ihren Büchern Fotos von Eichhörnchen an, während die anderen sich auf die Sendung konzentrieren. Was die Fernsehsprecherin erzählt, klingt verlockend. Ein Junge in einem grünen Pullunder versucht zu erspähen, was die Eichhörnchenjungen tun, von denen die warme Frauenstimme spricht, doch sein Nachbar bemerkt die Bewegung.

»Bleib fest im Glauben, Jani!«

Jani wendet das Gesicht ab und schämt sich, weil er sich so leicht von der Weltlichkeit verleiten ließ. Am Abend wird er seine Eltern um Vergebung bitten müssen.

Die Tür zum Klassenzimmer wird geöffnet, und der Rektor tritt ein. Alle stehen auf, denn das haben sie geübt. Auch die Kinder im hinteren Bereich des Raums springen auf und drehen sich um, richten den Blick aber auf die Tür, um nicht etwa versehentlich auf den Bildschirm zu schauen.

»Hier ist der Fernseher also!«

Die Lehrerin begreift nicht, warum der Rektor so verärgert klingt. Sie hat das Gerät schon vor zwei Wochen reserviert, hat ihren Namen auf die Liste gesetzt, auf der keine anderen Namen standen. Der Rektor geht wortlos hinaus, und die Lehrerin weiß nicht, was sie tun soll. Sie fordert die Klasse mit einer Handbewegung auf, sich hinzusetzen, doch der Rektor kommt zurück, und alle springen wieder auf. Auf dem Flur stehen zwei weitere Klassen. Der Rektor flüstert der Lehrerin etwas zu. Sie schlägt die Hand vor den Mund.

»Nein!«

Die Unruhe steckt die Klasse an. Der Rektor fordert die Schüler draußen im Flur auf, doch hereinzukommen, befiehlt allen zusammenzurücken, und erlaubt ihnen sogar, sich auf die Pulte zu setzen. Tuomas muss sich einen Stuhl mit Ilkka teilen. Der war in der vergangenen Woche krank und hat mitten in der Stunde auf das Pult und auf Jarnos aufgeschlagene Bücher gekotzt. Zum Frühstück hatte er allem Anschein nach Multbeeren gegessen.

Der Rektor wechselt den Sender und stellt das Bild schärfer ein. Die Lehrerin hat sich an ihren Tisch gesetzt. Sie blinzelt und sieht den Rektor mit feuchten Augen an.

»Jetzt gibt es also Krieg?«, fragt sie kraftlos, doch der Rektor hält sich den Zeigefinger vor die Lippen. Dann deutet er auf die Kinder. Nicht vor den Ohren der Schüler!

»Es gibt Schlimmeres auf der Welt.«

Um irgendetwas zu tun, versucht die Lehrerin, den Klebstoff in die Flasche zurückzugießen. Heute wird nicht mehr gebastelt.

Der Rektor dreht sich zur Klasse um. Er wirft einen Blick auf die Uhr, starrt dann die Schüler so lange an, bis auch der letzte verstummt. Er hüstelt, bevor er zu sprechen beginnt.

»An den heutigen Tag werdet ihr euch immer erinnern. Eine große Epoche geht zu Ende, und vor uns liegen möglicherweise unsichere Zeiten.«

Der Rektor setzt eine feierliche Miene auf, tritt beiseite und gibt den Blick auf den Bildschirm frei. Im Fernsehen beginnt gerade eine neue Sendung. Die meisten erkennen das Logo der Nachrichten, eine stilisierte Kamera. Die Laestadianer wissen nicht, ob sie hinschauen dürfen. Einer würde gern zu den Eichhörnchenfotos zurückkehren, aber die hinterste Tischreihe ist von der B-Klasse besetzt.

Der Nachrichtensprecher auf dem Bildschirm trägt eine Krawatte und blickt ernst. Er berichtet, dass Präsident Kekkonen erkrankt sei und sein Amt niedergelegt habe, und im selben Moment kneift die Lehrerin ihre Augen fest zu. Auch die Schüler und Schülerinnen sind still. Ist es möglich, dass es in Finnland bald keinen Kekkonen mehr gibt? Wer wird der Neue?

Tuomas ist überzeugt, dass die Russen sofort angreifen, wenn Kekkonen nicht mehr da ist, um sie zu beruhigen. Im Sommer, als sie auf den hohen Berg gestiegen sind, hat Oma mit dem Finger auf einen Höhenrücken in der Nähe gezeigt und erklärt, dass dieses Gebiet nicht mehr zu Finnland gehöre, sondern im Krieg an die Sowjetunion gefallen sei.

»Von da sind die Russen gekommen, haben diese Berge umgangen und den See da überquert.«

»Sie kommen nicht mehr«, hatte Mutter eingeworfen, doch Oma hatte sie resolut unterbrochen.

»Die Leute aus dem Süden verstehen das nicht. Dort gibt es ganz andere Ängste.«

Jetzt macht sich vor Tuomas' innerem Auge hinter den Bergen eine Welle von Bombern, Kanonen und Panzern auf den Weg. Die Fotopapierschachtel aus Vaters Dunkelkammergeschichten wird größer und verschlingt das Kugelschreiber-Finnland. Muss Vater in den Krieg? Wird das ganze Dorf wieder abgebrannt, sodass es aussieht wie auf den Fotos, die Oma gemacht hat, als sie aus der Vertreibung zurückkehrte? Die nähere Umgebung des Kirchdorfs ist immer noch voll von grasbewachsenen Granatlöchern aus dem vorigen Krieg, und am Weg zum Sommerhaus sieht man das Fundament des Feldlazaretts, das die Deutschen in ihrem Kriegsdorf gebaut hatten. Würden sie in solchen Erdhütten wohnen müssen, von denen Oma erzählt hat?

Die Lehrerin stützt den Kopf auf die Hände, der Rektor schweigt. Einer der Gläubigen hat einen Bildband geholt und blättert unter dem Tisch darin. Die Kinder sind still, aber viele würden am liebsten ein Eichhörnchen basteln, wie man es ihnen versprochen hatte.

SCHLAF, KINDLEIN, SCHLAF

»Ich hatte ja vor, ins Krankenhaus zu gehen, aber dann habe ich mir gedacht, ich suche erst mal die alte Hebamme auf«, sagt das Mädchen schüchtern zu Oma.

Eila. Ich kenne nur ihre Stimme. Wenn man auf unserer Straße weiter nach Lopotti geht und da abbiegt, wo der Weg zum See hinunterführt, kommt man zum Haus, wo sie wohnt. Direkt am See haben sie ihre Netzhütte. Sie unterhält sich mit Oma im Dorf und bringt manchmal frische Renken vorbei, wenn Mutter sie darum gebeten hat.

»Ich weiß ja, dass Sie nicht mehr zu Entbindungen kommen.«

»Schon gut. Wenn man einmal angefangen hat, wird man den Beruf nicht mehr los«, antwortet Oma.

»Das dachte ich mir.«

Ich würde gern fragen, ob Eila schwanger ist, traue mich aber nicht.

Eila hat zuerst im Obergeschoss nach Oma gefragt, und Mutter hat mir aufgetragen, sie nach unten zu bringen. Oma schlief, da habe ich sie geweckt. Zuerst war sie böse, aber als ich sagte, dass man nach ihr fragt, wurde ihre Stimme eifrig. Sie hat die Hand ausgestreckt und sich langsam aufgerichtet, während ich gezogen habe. Sie ist noch dicker geworden.

»Leg dich da auf den Tisch«, sagt Oma, aber Eila ziert sich.

»Lieber nicht. Vielleicht aufs Bett?«

»Ich schaffe es nicht mehr, mich über das Bett zu beugen. Steig auf den Stuhl und von da auf den Tisch. Zieh vorher das Kleid aus.«

Trägt sie etwa ein Kleid, an einem ganz normalen Werktag? Ich höre, wie Eila das Kleid abstreift. Oma zieht die Vorhänge zu und knipst am Schalter neben der Tür das Licht an. Ich will wieder nach oben gehen, aber Oma hält mich zurück.

»Auf dem Tisch stehen ein Teller und ein Glas. Die könntest du zur Spüle tragen.«

Ich orientiere mich am Stuhl und gehe zum Tisch.

»Ich kann abräumen«, sagt Eila.

»Warum? Helena schafft das schon.«

Ich finde einen tiefen Teller mit einem Löffel. Oma hat Maränensuppe gegessen. Beim Hochheben drücke ich den Löffel mit dem Daumen gegen den Tellerrand, dann suche ich nach dem Glas.

»Und wenn sie das Geschirr fallen lässt?«

»Na, dann geht es eben kaputt. Wir haben noch mehr im Haus«, antwortet Oma vom Herd.

Sie gießt Wasser in die Schöpfkelle und wäscht sich die Hände. Als ich das Glas gefunden habe, trage ich das Geschirr zu dem Spültisch, den Vater gebaut hat.

Der Stuhl knarrt, als Eila auf den Tisch steigt. Omas Gehstock klopft auf den Fußboden, während sie zu ihr geht. Sie lehnt ihn an den Stuhl.

»Entschuldige, ich habe kalte Hände.«

Oma bewahrt ihre Hebammentasche immer noch in einer Schublade des Schlafzimmerschranks auf. Sie hat mich alles anfassen lassen, was darin liegt, die Metallzangen und so eine Art Strümpfe mit Laschen an der Seite, an denen sich die Frauen während der Wehen festhalten können. Zu Entbindungen geht sie nicht mehr, weil ihre Beine sie nicht richtig tragen. Aber jetzt ist etwas geschehen. Ich habe Oma noch nie so gehört. Sie ist anders. Korrekt, aber trotzdem freundlich und eifrig.

»Ich fühle jetzt von außen nach und, wenn nötig, noch da unten.«

»Ich hatte heute Morgen so starke Krämpfe.«

Eilas Unterrock raschelt, als er hochgeschoben wird.

»Es ist doch das Erste?«, fragt Oma, und nun weiß ich, dass Eila schwanger ist.

»Ja.«

»Du hast aber keine Blutungen?«

»Nein. Zum Glück nicht. Hier habe ich es gespürt, und hier. Als hätte es einen Purzelbaum geschlagen.«

Oma schweigt. Eilas Finger klopfen auf den Tisch. Da ich einmal hier bin, beschließe ich zu spülen. Ich finde den Wasserspeicher am Herd, aber er ist leer.

»Ist es gesund?«, fragt Eila schließlich. Ihre Stimme ist leise und schüchtern.

»Es geht ihm gut da drinnen.«

»Was hat es denn dann gemacht?«

»Der Körper fängt schon an zu üben, wie er das Balg rauskriegt. Wann soll es kommen?«

»Anfang September.«

»Lüg mich nicht an.«

»Wirklich, erst dann.«

Oma nimmt ihren Gehstock.

»Zieh dich an und geh«, sagt sie und humpelt ins Schlafzimmer. »Ich kenne mich aus. Es hat sich schon gedreht und gesenkt.«

Vom Tisch ist keine Bewegung zu hören. Ich schöpfe mit der Kelle Wasser aus dem Eimer auf dem Boden in den Behälter. Eila atmet durch die Nase ein. Ich halte den Zeigefinger in den Behälter, damit ich merke, dass er voll ist, bevor er überläuft. Der ganze Rest aus dem Eimer passt hinein. Im Schlafzimmer zieht Oma eine Schublade auf und schließt sie wieder.

Plötzlich stößt Eila die Luft aus und zieht dann Rotz hoch. Sie weint. Als sie sich umdreht, schlagen ihre Schuhsohlen gegen das Tischende, das zur Tür zeigt.

»Was soll ich denen bloß sagen?«

Das Klackern von Omas Gehstock kommt aus dem Schlafzimmer in die Küche zurück.

»Hör auf zu weinen. Hier, nimm. Ich hab vorsorglich eins geholt.«

Eila putzt sich die Nase. Sie atmet schnell und versucht zu sprechen. Die Worte kommen stockend.

»Was mache ich denn … mit dem Kind …?«

»Gar nichts. Was solltest du denn tun?«

»Ich habe nicht einmal Kalevi davon erzählt.«

»Und du wirst es ihm auch nicht sagen.«

»Das muss ich doch.«

»Wenn es losgeht, kommst du zu mir. Du sagst, dass du es nicht mehr ins Krankenhaus geschafft hast. Und ich erzähle, dass es zu früh gekommen ist.«

Eila beruhigt sich. Sie putzt sich wieder die Nase.

»Aber wenn Kalevi etwas merkt?«

»Männer verstehen davon nichts. Alle Kalevis der Welt sind heilfroh, wenn sie nicht dabei sein müssen.«

Ich öffne die Ofenklappe, fühle nach, ob noch Glut im Herd ist, und lege zwei Holzscheite hinein. Da höre ich, dass Oma sich umdreht.

»Helena, komm mal her.«

»Was ist?«

»Nun komm schon.«

Ich schließe die Klappe und gehe zum Tisch, vorbei an dem Stuhl, der davor steht.

»Was tun Sie jetzt?«, fragt Eila.

»Darf Helena den Bauch befühlen?«, fragt Oma, wartet Eilas Antwort aber nicht ab. Sie fasst mich an den Schultern und führt mich an den Tisch. Eila atmet leise ein. Ich rieche den Geruch trocknender Fischernetze unter dem Seifenduft. Oma tritt hinter mich, legt meine Hände auf ihre und bewegt sie zuerst nach rechts, dann nach links.

»Irgendwo hier ist der Kopf, da sind die Füße.«

Oma wechselt die Haltung. Sie drückt sich an mich, sodass ich die Wärme ihres Bauchs im Rücken spüre.

»Hier ist der Kopf von dem Kind.«

Eila hält den Atem an. Omas Hände gleiten über eine leichte Erhebung, die sich bewegt.

»Ist es da drinnen?«, flüstere ich.

»Die Hebammen bringen die Kinder nicht im Koffer mit.«

Oma hebt die Hände von Eilas Bauch. Sie legt meine Hände nach unten und ihre darüber. Eilas Bauch fühlt sich hart an. Meine Hände liegen zwischen dem Bauch und Omas Handflächen.

»Fühlst du es?«

Oma bewegt ihre Hände langsam und spricht mit gedämpfter Stimme.

»Hier ist der Kopf. Das Kind hat sich schon nach unten gedreht.«

Unsere Hände beschreiben einen immer kleineren und kleineren Kreis.

»Sein Gesicht zeigt zum Rücken der Mutter. Es ist allmählich bereit, sich auf den Weg zu machen.«

Oma lässt meine Hände los, aber ich fühle weiter. In Eilas Bauch wechselt irgendetwas den Platz.

»Bewegt es sich?«

»Es wechselt die Stellung. Vielleicht spürt es deine Hände oder deine Stimme.«

»Ich tue ihm doch nicht weh?«

»Nein. Taste ruhig.«

Ich spüre, wie der Bauch sich verdreht und verschiebt. Das Kind schwimmt. Plötzlich drückt sich von innen etwas gegen meine Finger. Ich nehme die Hände weg.

»Was war das?«, frage ich Oma, doch Eila antwortet als Erste.

»Es hat getreten.«

Hier bin ich, und da ist Eila und in ihr etwas Neues, noch Namenloses. Ich würde gern wissen, wie es ist und wie es riecht oder sich anfühlt oder anhört. Vorsichtig lege ich die Hände wieder auf den Bauch und beschreibe einen größeren Bogen. Ich versuche, die Umrisse des Babys zu finden, um zu begreifen, welche Form es hat, aber es ist schwierig, zwischen dem Bauch und dem, was in ihm steckt, zu unterscheiden. Ganz an der Seite fühle ich etwas.

»Was ist da, Oma?«

»Da ist nichts«, antwortet Oma, legt aber ihre Hand neben meine rechte und tastet.

»Warte mal. Tatsächlich, da ist die Schulter. Du hast aufmerksame Finger.«

»Darf ich noch mal?«, flüstere ich, doch Oma zerstört die Stimmung.

»Wir müssen Eila jetzt nach Hause gehen lassen.«

Eila zieht sich an und bedankt sich, aber Oma winkt ab.

»Schon gut. Ich tue, was ich kann, auch wenn man mir kein Gehalt mehr zahlt.«

Auf der Treppe sind Vaters Schritte zu hören. Er war im Keller, um Blumen in die Armlehne des Sofas zu schnitzen. Eila wartet an der Tür, bis Vater oben angekommen ist.

»Was bin ich Ihnen schuldig?«

»Das hat Helena schon von dir bekommen, denke ich.«

Oma will die Tür zuziehen, aber Eila bleibt in der Diele stehen.

»Vielen Dank noch mal. Dass alles in Ordnung ist«, flüstert sie.

»Bedank dich erst, wenn alles vorbei ist. Vier Tage noch. Höchstens fünf.«

»O mein Gott.«

Oma schaltet das Licht aus und zieht die Vorhänge zurück. Ihre Stimme ist fast wieder normal.

»Über diese Sache sprichst du mit keinem, Helena.«

»Nein.«

»Du hast gute Hände. Die würden zu mehr taugen als nur zum Spülen.«

Ich denke an Bürstenbinden und an die Spankörbe, von denen Mutter gesprochen hat. Omas Stimme wird strenger.

»Und in diesen Zustand bringst du dich erst dann, wenn du es selbst willst. Schreib dir das hinter die Ohren.«

Bevor ich fragen kann, wie das Baby in den Bauch der Mutter kommt, spricht Oma schon weiter.

»Auch wenn der andere es noch so will, du sagst Nein, solange du möchtest. Wenn er dir nicht glaubt, dann beißt du und trittst und furzt. Denk daran, wer du bist, und halt daran fest.«

»Ein Baby wäre was Schönes.«

»Dafür ist auch später noch Zeit genug. Bei der Geburt gibt es so viel Blut und Pisse und Schleim, das hat wirklich keine Eile.«

Vater hat mir die Kartoffeln fertig gepellt und auf meinen Teller gelegt. Johannes sitzt neben mir am Tisch und sagt, dass er mir ein Fladenbrot mit Butter bestreicht.

»Was wollte denn die Eila im Erdgeschoss?«, fragt Mutter, aber ich erzähle es ihr nicht.

»Sie hatte wohl Schmerzen«, antwortet Vater. »Deine Mutter hat gesagt, das Baby kommt vielleicht vor der Zeit.«

»So ist die ganze Familie, schwach gebaut. Hoffentlich schafft sie es ins Krankenhaus und kriegt das Kind nicht bei uns wie die Marjatta Jurmu. Mutter hat für so was keine Kraft mehr.«

Johannes legt mir das Brot in die Hand.

»Ich werde Hebamme wie Oma, wenn ich groß bin«, sage ich zu Mutter. »Ich helfe Kindern auf die Welt.«

»Für dich gibt es ganz andere Arbeiten. Darum kümmern wir uns dann.«

Ich beiße ein Stück vom Fladenbrot ab. Eila hat den Geruch des Fischernetzes an meinen Händen hinterlassen. Ich spreize die Finger auf dem Tisch. Unter ihnen ist ein Baby geschwommen.

»Die Finger einer Musikerin«, sagt Vater.

Er hat wieder angefangen, auf dem neuen Klavier französische Lieder zu spielen, aber Mutter bringt er damit nicht mehr zum Lachen.

DIE WELT IST SCHON FERTIG

Tuomas kriecht auf allen vieren. Sein Kopf weicht den Ecken der Sparren aus, der Ärmel seines T-Shirts bleibt an den Splittern des Wandbretts hängen. Das Sägemehl der Zwischendecke brennt an seinen Fingern, die Tränen brennen in den Augen. Es wird eng. Bald passt er hier nicht mehr durch.

Durch die Spanplattenwände der Kleiderkammer hört er, wie unten die Tür zur Bodentreppe geöffnet wird. Er hält inne. Jemand kommt ein paar Stufen herauf und ruft nach ihm. Mutter.

»Bist du da oben?«

Tuomas hört den Ruf, gibt aber keine Antwort. Er ist nicht hier, er ist nirgends. Es gibt ihn nicht.

Das eine Ende des Dachbodens ist offen, am anderen Ende befindet sich ein Zimmer, in dem jeweils das älteste Kind untergebracht war, zuerst Maarit und dann Minna. Irgendwann haben Mutter und Vater dort gewohnt, vor ihnen Helena und als allererste Tante Anna. Am Ende des Zimmers ist ein Fenster und an der Seite ein Alkoven für das Bett. Tuomas hält sich außerhalb des Mansardenzimmers auf, in dem schmalen Raum zwischen der Dachtraufe und der Zimmerwand. Auf der Höhe des Alkovens ist der Platz knapp, aber danach wird der Zwischenraum breiter, denn an der äußeren Ecke des Zimmers gibt es eine kleine Nische.

Ursprünglich war dort wohl ein Schrank oder ein anderer Stauraum geplant, der aber nicht gebaut wurde, daher reicht der Alkoven nicht bis an die Giebelwand. Der freie Raum ist nicht groß, man kann dort gerade so sitzen oder mit angewinkelten Beinen liegen. Über dem Sägemehl und den Hobelspänen der Zwischendecke ist ein alter Teppich ausgebreitet. Durch eine Ritze zwischen der Wand und der Dachfläche dringt Licht herein. Es ist gerade hell genug, um Micky-Maus-Taschenbücher zu lesen. In der Ecke liegen zerbrochene Muscheln. Ein Erwachsener passt nicht unter den tief herabreichenden Enden des Dachstuhls hindurch, und man kann auch nicht hineinschauen, denn dazu müsste man ein gutes Stück hinter der Kleiderkammer und dem mit juckender Glaswolle isolierten Ausdehnungsbehälter der Zentralheizung vorbeigehen.

Aus einem Brett der Zwischenwand bohrt sich ein Splitter in den nackten Ellbogen, doch Tuomas beschließt, ihn erst herauszuziehen, wenn er sein Ziel erreicht hat. Die Tür zum Dachboden ist nicht zugeschlagen. Mutter steht noch auf der Treppe.

»Komm dich doch verabschieden.«

Sie horcht, kein Zweifel.

»Damit sie nicht traurig ist.«

Tuomas rührt sich nicht, antwortet nicht.

Am Morgen war noch alles in Ordnung. Mutter war als Erste wach geworden, wie immer, sie war durch die Diele in die Küche geschlichen und hatte mucksmäuschenstill die Zwischentür zum Esszimmer geschlossen, wo Oma in leichtem Schlaf auf dem Sofa lag. Mutter hatte das Alleinsein genossen, Kaffee getrunken und gedankenverloren durchs Fenster die sich rötenden Vogelbeeren betrachtet. Nachdem Oma aufgestanden und in die Küche gekommen war, hatte Mutter sich auf die Zeitung konzentriert.

Später waren auch die anderen aufgestanden, in die Küche getreten und hatten gefrühstückt. Hatten knapp auf Omas ebenso knappe Fragen und wortreich auf die Fragen der anderen geantwortet. Hatten verfolgt, wie Vater zuerst die Lokal- und dann die Provinzzeitung las, wie er die einzelnen Teile der Zeitung voneinander trennte und nach der Lektüre so kreuz und quer auf den Tisch stapelte, dass niemand mehr Lust hatte, in ihnen zu blättern. Minna hatte Tuomas aufgefordert, Milch und Käse aus dem Kühlschrank zu holen, Tapio hatte die Wurst von seinem Brot stibitzt und stattdessen die Gurkenscheiben von seinem eigenen Brot daraufgelegt. Alles war wie immer gewesen.

Nach dem Frühstück hatte Mutter Tuomas aufgetragen, die Wäsche draußen auf die Leine zu hängen. Vor vielen Jahren hatte Tapio im tiefsten Winter behauptet, der Metallständer für die Wäscheleine schmecke nach Salmiak, und gelacht, als Tuomas' Zunge daran festgefroren war. Er hatte seinen kleinen Bruder verspottet und ihm nicht geholfen, bis Maarit die beiden vom Schlafzimmerfenster aus gesehen hatte und dazwischengegangen war. Ein Stück von der Zunge hatte bis in den April am Eisen gehangen.

Minna hatte zwei Abfallsäcke zum Müllverbrennungsofen getragen.

»Alte Unterlagen und Klassenarbeiten vom Gymnasium«, hatte sie geantwortet, als Tuomas sich erkundigte, ob Schätze darunter seien.

Tuomas hatte weitergespielt, ganz allein. Seine älteren Geschwister hatten viele gleichaltrige Freunde gehabt, aber inzwischen wohnten in der Gegend nur noch wenige Kinder.

Gegen Mittag gab es bereits erste Anzeichen. Minna lief zwischen der Bodenkammer und dem Windfang hin und her. Vater war im Fotostudio, aber Mutter nicht. Sie wühlte im Wäscheschrank und in den Küchenschränken herum, legte rote Bettbezüge mit blauen Rosen auf den Wohnzimmertisch und stellte einen Aluminiumtopf, eine Auflaufform und Teller auf den Tisch in der Küche. Dünstete Preiselbeeren im Entsafter. Tuomas achtete jedoch nicht auf das Treiben seiner Mutter. Selbst am Nachmittag, als sie ihm auftrug, die alte rote Decke, die zu ihrer Aussteuer gehört hatte, aus der Kleiderkammer zu holen, war ihm nicht aufgefallen, dass ihre Augen gerötet waren. Sie wischte sich immer wieder die Wangen ab, wenn sie glaubte, dass es niemand sah.

Tuomas fand die Decke, die auf der einen Seite schimmernd glatt und auf der anderen glanzlos war. Als er die Kleiderkammer schloss, merkte er, dass die Tür zu Minnas Zimmer geöffnet war. Sonst wurde sie nur offen gelassen, wenn man wusste, dass eine Brandschutzkontrolle anstand. Auf dem Dachboden eines Holzhauses durfte laut Vorschrift niemand wohnen, und deshalb lief vor der Inspektion immer jemand nach oben, um die Wärme aus dem Mansardenzimmer in das kalte Treppenhaus abziehen zu lassen. Auf den Fußboden wurde Krimskrams geworfen, wie Fotos und Negative, die in diesem Haus überall zu finden waren. Der Kontrolleur spähte jedes Mal nur kurz in das Zimmer und sah dann Vater fragend an, der ihn auf dem Rundgang begleitete.

»Hier werden nur Sommergäste untergebracht, nicht wahr?«

Dann ging er weiter auf die kalte Seite und wies auf die große Menge feuergefährlicher Sachen hin. Die wurden nie weggeräumt.

Der Kontrolleur kam immer im Winter. Jetzt ging gerade der Sommer zu Ende, am Dienstag würde die Schule anfangen, und auf dem Fußboden des Zimmers lag nichts. Nicht einmal Teppiche. Tuomas drückte die Decke mit beiden Händen an die Brust und betrat Minnas Zimmer. Es war leer. Keine Bilder, keine Stereoanlage, keine Platten von Janis Joplin. Nur ein leeres Bett ohne Matratze, ein Regal ohne Bücher und ein Schreibtisch, auf dem keine Lampe mehr stand.

Tuomas ging eine Etage tiefer und wanderte durch alle Räume. Er merkte nicht, dass er die Decke durch das ganze Haus trug. In Vaters und Mutters Bett fehlte ein Kissen, in der Diele der kleine Teppich. Oma hatte aus ihrem Schrank ein Paket Kaffee und aus ihrer Geldbörse fünfzig Mark hervorgekramt. Tuomas ging ins Erdgeschoss. Im Windfang waren große graubraune Pappkartons gestapelt, auf denen seitlich Konica stand. Er legte die Decke auf den Fußboden und öffnete einen der Kartons. Minnas Wasserfarben und ihr Zeichenblock, die kleine Statue einer langhaarigen Frau, die auf einer riesigen Muschel stand. Eine Systemkamera. Im zweiten Karton Winterkleider, Mütze und Schal, Handschuhe. Im dritten vier flache Teller, Messer und Gabeln, ein paar Gläser, acht Flaschen Preiselbeersaft. Tuomas schloss die Kartons und ging zurück auf den Dachboden.

Drei Stunden später sah er vom Mansardenfenster aus, wie das Auto von Minnas Freund vorfuhr. Die Haustür wurde eingehakt, damit sie nicht ins Schloss fiel, und die Kartons wurden in den Kofferraum gepackt, einige auch auf die Rückbank. Als Letztes wurden das Apfelsinenbäumchen, das Minna aus einem Kern gezogen hatte, und die helle Stehlampe ins Auto gepackt, bei der das Plastikgewicht, das mit einer Schnur am Schalter befestigt war, einmal auf der heißen Glühlampe gelegen hatte und zu einem flachen Klumpen geschmolzen war. Da kroch Tuomas in die Ecke hinter dem Alkoven.

Mutter geht die Dachbodentreppe hinunter und schließt die Tür. Tuomas kriecht weiter. Warum hat man ihm nichts gesagt? Maarit ist in dem Jahr, als Tuomas in die Schule kam, nach Oulu gezogen, und er hat es ihr immer noch nicht verziehen. Immer, wenn seine Schwester mit ihrem Freund zu Besuch ist, bettelt er sie an, wieder nach Hause zu kommen, aber sie geht nie darauf ein. Jetzt zieht Minna aus. Es wird nicht lange dauern, bis Tapio seine

Autozeitungen zusammenpackt, sich auf sein Moped schwingt und wegfährt. Dann bleibt Tuomas allein in dem großen Haus. Oma ist schon alt, sie wird irgendwann sterben. Und Vater und Mutter?

Tuomas hat immer gewusst, dass die schönsten Familienereignisse vor seiner Zeit passiert sind. Jede Geschichte über die Verwandtschaft ist erzählt, alle Fotos sind gemacht, und die Zwischenwände, der Anbau für das Fotogeschäft und die Saunahütte sind gebaut worden, bevor er zur Welt kam. Seine unternehmungslustige Mutter hat sich mehrmals das Bein gebrochen, als sie Abfahrtski, Stelzenlauf, Skispringen und Rollschuhfahren ausprobiert hat, aber mit ihm hat sie nichts Spannendes mehr unternommen. Auch die Bücher und der Teppich sind schon vor seiner Geburt in den Alkoven gebracht worden.

Am Esstisch erinnerten sich die anderen Geschwister gegenseitig an Zeiten, von denen er nichts wusste, erwähnten Menschen, die er nie gesehen hatte, und sprachen von Möbeln, die bereits überflüssig und auf den Dachboden getragen worden waren, bevor er zur Welt kam. An Winterabenden spießte Mutter manchmal Fleischklößchen und Apfelschnitze auf Zahnstocher, und Vater stellte im Wohnzimmer die Leinwand auf, die er aus dem Fotogeschäft geholt hatte. Dann saßen sie alle auf dem Sofa und schauten sich alte Dias und Schmalfilme an, auf denen Maarit und Minna dicke Strumpfhosen trugen und Tapio bei Frost im Kinderwagen auf dem Balkon schlief. Wenn Tuomas fragte, wo er war, bekam er immer dieselbe Antwort.

»Damals gab es dich noch gar nicht.«

Und anschließend Tapios Kommentar, immer derselbe:

»Du bist nur ein Betriebsunfall.«

Und Vaters Einwand:

»Das ist er nicht.«

»Doch.«

Die Tür zum Dachboden wird wieder geöffnet. Andere Schritte auf der Treppe, jünger und leichter. Sie steigen bis nach oben, wenden sich zur kalten Seite, gehen am Ausdehnungsbehälter vorbei. Jemand hockt sich an der Stelle hin, wo der Zwischenraum schmaler wird.

»Tuomas?«

Minnas leise, warme Stimme.

»Entschuldige.«

Tuomas drückt sich an die Wand der Nische.

»Du bist da drinnen. Da war ich früher auch, aber ich passe nicht mehr rein.«

Minna legt den Kopf so schräg wie das Dach.

»Wir hätten es dir ja erzählt, aber wir wussten, wie du reagieren würdest.«

Das Sägemehl riecht heute besonders intensiv. Sein Geruch heftet sich an die Kleidung. Vater hat erzählt, dass er beim Hausbau monatelang mit einem Eisenhaken das feuchte Sägemehl umrühren musste, damit es nicht morsch wurde. Minna horcht, ob Tuomas sich bewegt.

»Kommst du dich verabschieden?«

Es gibt zweierlei Menschen, solche, die gehen, und solche, die bleiben. Diejenigen, die gegangen sind, sehnen sich immer nach dem Ort zurück, von dem sie sich losgerissen haben. Sie kommen zu Besuch, erzählen von den Wunderlichkeiten des Lebens und hoffen zugleich, dass die Daheimgebliebenen sich nie verändern. Dass sie immer gleich bleiben, Menschen, zu denen man zurückkehren kann, um sich an die verschwundene Zeit der Unschuld zu erinnern. Diejenigen, die geblieben sind, verändern sich so langsam, dass sie selbst den Wandel nicht sehen. Nur die Weggegangenen merken bei ihren Besuchen, dass die Kindheit nicht mehr existiert. Die Wohnzimmertapeten sind vergilbt, die Eltern an den Schläfen ergraut, auch die Worte sind andere als in der Kindheit. Die einen gehen, und die anderen bleiben, und beide beneiden sich gegenseitig. Beide sehnen sich nach der Vergangenheit.

Die jüngsten Kinder bleiben. Die älteren leeren ihre Zimmer, packen ihre Koffer in ein Auto und brechen in andere Städte auf, doch die Jüngsten bleiben und haben keinen Anteil mehr an den Geschichten. Und wenn sie schließlich selbst weggehen, haben die Großen schon alles erlebt, die Welt gesehen, ihre Ausbildung abgeschlossen und Kinder bekommen. Mit wissendem Lächeln betrachten sie den Jüngsten, der gerade seine Reise in eine Welt antritt, die er noch für interessant hält. Er versucht, den Älteren von seinem Liebeskummer, von der Freude über die bestandene Prüfung oder vom Schmerz der Trennung zu erzählen, ohne zu begreifen, dass er etwas erklärt, wofür es im Leben der anderen bereits fertige Worte, Sätze und Gedanken gibt. Diejenigen, die weggegangen sind, wissen längst, dass die Bedeutung der ersten Liebe darin besteht, als Spiegel für alle kleineren Lieben zu dienen. Ihnen ist schon klar, dass Trennungen wichtiger sind als die Beziehungen, die halten. Sie verstehen, dass Trennungen Lineale sind, mit denen man die Grenzen zwischen sich und der Welt zieht.

Minna geht nicht weg, sondern wartet. Sie hat ihre Arme ausgebreitet, die Finger einladend gekrümmt. Draußen dämmert es. Tuomas kriecht zwischen den niedrigen Enden der Bretter in ihre Arme. Dort weint er schon jetzt über den Schmerz, den er, wie er weiß, am Frühstückstisch verspüren wird, wenn der Stuhl neben Vater leer bleibt.

DIE LICHTER DER STADT,
DER KLANG DER MUSIK

Die Fuge zwischen dem Asphalt und dem Straßenpflaster ist mit Pech abgedichtet, das sich an die Schuhsohle heftet. Tuomas versucht es unauffällig am Rand des Bürgersteigs abzustreifen. Es geht nicht ab. Die Straßen der Stadt glühen schon jetzt am Vormittag. Eine solche Wärme hat Tuomas noch nie erlebt, außer damals, als die ganze Familie auf Rhodos Urlaub gemacht hat. Aber dort gab es das warme Meer und Wind und Sonnenschirme. Heute in Helsinki steht die Luft, überall herrscht drückende Hitze. Kari hatte das große Fenster in seinem Arbeitszimmer geöffnet, aber auf der Schlafcouch neben der Massageliege war ihm dennoch heiß geworden.

Tuomas spaziert die Kapteeninkatu entlang. Auf der Pietarinkatu spielt jemand Akkordeon. »Waldblumen«. Er geht weiter ans Ufer, schaut sicherheitshalber in beide Richtungen, bevor er die Hafenbahn überquert, obwohl man ihm gesagt hat, dass dort keine Züge mehr fahren. Direkt am Ufer weht ein leichter Windhauch. Man spürt ihn auf der Haut der nackten Arme, aber er bringt keine Kühlung. Tuomas kehrt in die Merikatu zurück.

Als wäre die ganze Stadt leer. Helena hat lachend gesagt, dass ihre Familie es anders macht als die meisten anderen und gerade dann vom Land in die Stadt kommt, wenn die anderen ins Sommerhaus auf dem Land fliehen. Da die ganze Straße menschenleer ist, fasst Tuomas sich ein Herz und nimmt die Häuser neugierig in Augenschein. Alle Fassaden haben Konsolen und Erker und Säulen. Eines der Gebäude ist u-förmig, der mittlere Teil zieht sich von der Straße zurück und bildet mit den Seiten einen geschützten kleinen Hof, in den man über einige Steinstufen gelangt. An den inneren Ecken hat das Haus hohe Türme, deren Dächer so patinagrün sind wie der Blitzableiter, den Vater zu Hause angebracht hat.

Ein Mann mit einem Hund tritt aus dem Haus auf die Straße. Tuomas wendet den Blick von den Türmen ab, denn er will kein gaffender Tourist sein. Er beschleunigt seine Schritte, bis er im selben Takt geht wie die anderen. Hier scheint es jeder immerzu eilig zu haben, und auch er bringt es nicht fertig, so zu schlendern wie zu Hause. An der nächsten Ecke biegt er in den Neitsytpolku ein. In der stillen Stadt dringen die Töne des Akkordeons bis hierher. Jetzt spielt es den Holzfäller-Schieber. »Auf dem Hügel hoch dort oben Föhren rauschend stehn.«

Er fühlt sich hier wohl. Tagsüber arbeiten Helena und Kari, und er kann nach Lust und Laune durch die Stadt streifen. Abends ist er mit Kari ins Kino gegangen und einmal auch mit Helena ins Theater. Es lief ganz gut, nur musste er ihr ganz am Anfang erklären, dass diese Stimme Don Juan gehört und die andere Elvira. Abends hat sich die Tante ihre eigenen Geschichten ausgedacht. Aber jetzt ist Sonntag, und sie sind alle drei zu Hause. Nach Helenas Meinung hätten sie gemeinsam nach Seurasaari fahren sollen, aber Kari plädierte für den Zoo. Beide wollten ihm etwas Neues zeigen, doch zu Kompromissen waren sie nicht bereit, und so ist Tuomas schließlich allein spazieren gegangen.

Er findet das am schönsten. So braucht er keine Angst zu haben, dass die Tante vor ein Auto läuft oder Kari sich über Nichtigkeiten aufregt. Allein kann er in die Stadt eintauchen wie eine Hand in den Handschuh. Er versucht, nach Möglichkeit so zu sein wie die anderen, ein ganz anderer Mensch. Wie Maarit und Minna in Griechenland, als sie zu zweit in die Strandbar gingen und miteinander Englisch sprachen. Sie gaben sich als Ausländerinnen aus und genierten sich für Vater, der sich zu ihnen setzte und nur Finnisch sprach, obendrein im Dialekt des Nordens.

Tuomas bleibt nicht vor Schaufenstern stehen und passt nicht auf die Autos auf, starrt auch die Statuen an den Hausfassaden nicht an. An einem Kiosk kauft er sich eine Flasche Cola und legt sich im Park Kaivopuisto auf den Rasen wie ein paar andere auch. An einen Flaschenöffner hat er nicht gedacht, und beim Versuch, den Kronkorken an einem Stein abzuschlagen, ist der Flaschenhals zerbrochen. Er blickt sich rasch um, ob jemand es gemerkt hat, doch keiner interessiert sich für ihn.

Lange sitzt er am Rand des Parks, wo man alles sehen kann, aber vor den Blicken der anderen geschützt ist. Es gefällt ihm, so dazusitzen, als Beobachter. Irgendetwas an dieser Stadt interessiert ihn, an der Gehweise ihrer Einwohner, an der Art, wie sie Distanz zueinander halten. Tuomas betrachtet die jungen Männer in seiner Nähe, von denen einige das Hemd ausgezogen haben und rücklings auf dem Rasen liegen. Auch ihre Haare sind anders als im Norden. Entweder mit Gel glatt nach hinten gekämmt oder so geschnitten, dass sie auf dem Scheitel hochstehen. Tapio hätte bei dem Anblick verächtlich geschnaubt.

»Männer, die sich zurechtmachen wie Frauen.«

Tuomas biegt in die Pietarinkatu ein. Er löst das T-Shirt, das unter den Achseln klebt, von der Haut und horcht. »Auch wenn die kalte Winternacht.« Das Wiegenlied einer Mutter aus Lappland wird von den Fensterscheiben zurückgeworfen und schlägt ihm entgegen. An diesem Ende der Straße gibt es ein neueres Haus mit einem Sockel aus Steinplatten, das sechs Stockwerke hat, obwohl es nicht höher ist als das Haus gegenüber mit vier Etagen. Fast alle anderen Häuser sind älter. Eines hat einen eleganten hohen und schmalen Turm, ein anderes hat spitz zulaufende Haustüren und einen fast runden Durchgang zum Innenhof, der mit einem schönen schmiedeeisernen Tor verschlossen ist. Helenas Haus ist das hässlichste in der ganzen Straße. Es steht direkt an der Kreuzung auf sieben Klinkerpfeilern, in deren Schutz sich ein Café verbirgt. Das Haus besteht aus zwei Teilen, einem höheren an der einen und einem flacheren an der anderen Straße. Sie werden durch ein zweistöckiges, bogenförmiges Gebäude verbunden, in dem sich eine Wäscherei befindet. Helena und Kari wohnen im zweiten Stock des niedrigen Teils, direkt über der Haustür. Ihr Balkon liegt zur Straße. Tuomas hat Helena gegenüber einmal das Aussehen des Hauses kritisiert, doch seine Tante hat gesagt, für sie sei das eher unbedeutend.

»Und ist es nicht besser, in einem Haus zu wohnen, von dem aus man ein schönes sieht, als in einem hübschen Gebäude zu sitzen und das hässliche zu betrachten?«

Tuomas würde gern hier wohnen, durch alle Viertel und durch jeden Park spazieren. Er würde die Geschichten der Denkmäler auswendig lernen und sich zu jeder Straße eine kleine Erzählung ausdenken, wie Helena. Er würde anderen die besten Aussichtspunkte empfehlen, obwohl er selbst so an seine Umgebung gewohnt wäre, dass er sie gar nicht mehr wahrnehmen würde. Entspannt würde er mit der Straßenbahn fahren und nicht ständig überlegen, ob er an dieser Haltestelle aussteigen muss oder erst an der nächsten. Die Haltestellen hat er schon geübt, hat sich Helenas weißen Stock geliehen, seine Sonnenbrille aufgesetzt und ist den ganzen Tag kostenlos durch die Stadt gefahren. Keiner hat ihn nach dem Behindertenausweis gefragt. Hier würde er lernen, mit den Touristen Spanisch und Französisch und Holländisch zu sprechen, während im Norden nur Deutsche unterwegs waren, die nach den Schlachtfeldern aus dem Krieg suchten. Sie kamen auch ins Fotogeschäft und fragten, ob Oma noch dort arbeitete.

Anhand der Karte in Karis Telefonbuch hat Tuomas den Stadtplan auswendig gelernt, damit er niemanden nach dem Weg fragen muss. Es hat ihn beeindruckt, dass die Stadt nicht auf eine Doppelseite passt wie sein Heimatdorf, sondern Dutzende Seiten einnimmt. Neidisch verfolgt er, wo die Straßen auf der Karte in einen Tunnel tauchen, wie sich die Bahngleise durch eine schmale Schlucht schlängeln und wie interessant manche Namen klingen. Apollostraße. Alte Chaussee. Scheidepunkt.

Und diese Leere. Als wäre die ganze Stadt nur für ihn da.

An der Haustür holt er den Schlüssel aus der Gesäßtasche seiner Jeans. Helena hat ihm erklärt, dass man ihn an der Haustür so und an der Wohnungstür andersherum ins Schloss stecken muss, und Tuomas hat sich die Bemerkung verkniffen, dass man das doch sehen könne. Er steckt den Schlüssel ins Schloss und zieht die Tür auf. Das Akkordeon verstummt mitten in der Zeile, »die alten Föhren mögen nur für dich singen«. Oben lehnt sich Helena über das Balkongeländer. Sie horcht. Sie trägt nur einen weißen Unterrock und einen Büstenhalter. Ihre Haare sind ungekämmt.

»Bist du es, Tuomas?«

Tuomas antwortet nicht, sondern schlüpft von der Straße ins Treppenhaus.

DOCH FLÜGELLOS IN FESSELN

»Da, halt fest.«

Vater legt mir etwas in die Hand. Einen schmalen Stab aus Holz, mit abgerundeten Ecken, um den eine Leine gewickelt ist. Ich ziehe daran. Das andere Ende der Leine läuft zum abgeernteten Acker. Der Wind trägt den Geruch des kalten Waldes heran. Er zwickt mich an der Nase. Bald wird der erste Schnee fallen.

»Was ist das?«

Johannes' Stimme kommt von weither, vom Stoppelacker.

»Das wirst du gleich merken!«

Der Wind lässt meinen Rock schwingen. Mir ist kalt. Plötzlich spannt sich die Leine und zerrt an dem Stab. Ich kann ihn gerade noch festhalten, bevor er mir aus der Hand fliegt. Vater lacht.

»Ich hab bloß mal probiert«, ruft Johannes lachend.

»Halt gut fest! Bist du so weit, Johannes?«, fragt Vater.

»Ja.«

»Dann mal los.«

»Was ist es?«, frage ich, weiß aber, dass Vater mir nicht erzählen wird, was er an den ersten Abenden der Woche an der Hobelbank im Heizungskeller gebastelt hat. Warum weiß Johannes es schon und ich nicht?

Die Leine spannt sich, und ich höre Johannes links von mir

über den Acker laufen. Der Wind weht mir die Haare ins Gesicht, obwohl Mutter sie mit Klemmen befestigt hat. Ich versuche, sie hinter die Ohren zu streichen, aber Vater ruft mir von Weitem zu:

»Helena, lass bloß nicht los!«

Irgendetwas packt die Leine und hebt sie höher und höher zum Himmel. Es ruckt und rüttelt und zerrt. Ich begreife nicht, wieso die Leine nach oben steigt, denn rechts von mir erklingt Vaters Lachen, während Johannes nach links gelaufen ist. Ich habe seine Schritte und seinen Atem gehört. Die Leine hat meine Arme senkrecht nach oben gezogen. Ich will den Stab loslassen. Ich habe Angst.

»Was tut ihr?«

Alle haben ein Geheimnis, das sie mir nicht verraten. Vater lacht immer noch. Seine Stimme geht im Wind fast unter.

»Das ist ein Drachen.«

»Nein!«

Ich hatte nicht gewusst, was ein Drache ist. Johannes hat mir vorige Woche aus einem Buch vorgelesen, und als er an die Stelle kam, wo Jie und Guo mit ihren Drachen auf kräftigen Frühlingswind warteten, verstand ich nicht, weshalb, und Johannes wusste es auch nicht. Ich hatte das Ganze schon vergessen, aber Vater hatte uns wohl gehört, oder Johannes hat ihn gefragt.

»Sag mir, wie er aussieht!«

Der Holzstab ruckelt in meiner Hand, und der Drachen zerrt so heftig an der Leine, dass ich einen Schritt zur Seite und zurück machen muss, um nicht hinzufallen.

»Er ist so groß wie die Truhe im Esszimmer, in der das Netzgarn liegt. Und er hat dieselbe Form, vielleicht ein bisschen länger.«

»Ist er schwer?«

»Nein, er muss möglichst leicht sein. Er hat nur dieselbe Form wie die Truhe, aber die Wände sind nicht aus Holz, sondern aus Stoff. Und sie sind in der Mitte offen, damit der Wind hineinwehen kann.«

»Und jetzt ist er da oben!«

»Höher als unser Hausdach. Fast doppelt so hoch.«

Johannes kommt näher.

»Lass mich auch mal.«

»Gleich.«

Ich umklammere den Stab mit beiden Händen. Die Freude blubbert in meinem Bauch und kommt prustend heraus.

»Woher wusstest du, wie man so was macht?«

»Ich habe in einem Buch ein Bild gefunden«, antwortet Vater lachend.

Der Wind rüttelt an mir. Ich springe in die Luft und probiere aus, ob er auch mich hochhebt. Beinahe.

»Ist er schön?«, vergewissere ich mich bei Johannes.

»Ja. Er ist grün.«

»Meine Lieblingsfarbe!«

Vater räuspert sich.

»Johannes, lauf mal und hol meine Handschuhe.«

»Die sind da hinten. Wir können sie auf dem Rückweg mitnehmen.«

»Nun mach schon.«

Johannes trabt los. Ich weiß nicht, wie weit wir von zu Hause über das Feld in Richtung See gegangen sind. Vater räuspert sich wieder auf die gleiche Art wie damals, als Johannes gefragt hat, wohin die Jungen der Stallkatze geraten sind.

»Helena«, sagt Vater mit belegter Stimme und verstummt dann. Ich habe keine Zeit, ihm zu antworten, denn ich versuche, den Stab zu mir herzuziehen.

»Ich habe mit Oma geredet. Und mit Mutter.«

»Worüber?«

Der Wind ist stark, doch ich schaffe es, den Drachen ein Stück nach unten zu ziehen.

»Es sieht so aus, dass wir Abschied nehmen müssen, wenn der Winter vorbei ist.«

»Wohin geht es?«

»In den Süden. Weit weg.«

Johannes kommt schon zurück. Er ist außer Atem. Er hat die letzten Worte gehört.

»Bist du lange weg?«, fragt er.

»Ich gehe nicht weg«, antwortet Vater.

Ich spüre, wie die Kälte von der Erde über die nassen Schuhe hochsteigt, zu meinen Waden und Oberschenkeln. Johannes hat noch nicht begriffen.

»Muss ich irgendwo hin?«, fragt er mit dünner Stimme, verängstigt.

Die Kälte erreicht meinen Magen und füllt ihn mit dem Frost des kommenden Winters. Sie windet sich und sucht einen Weg nach oben, zum Drachen. Das Atmen fällt mir schwer.

»Du nicht«, antwortet Vater Johannes im selben Moment, als das Schneetreiben und das Eis bis in meine Lunge steigen. Ich lasse die Arme nach oben schwingen. Hebe die Beine hoch, um die Wurzeln des Winters zu kappen. Er darf nicht zu dem grünen Drachen hochsteigen. Ich kehre Vater den Rücken zu. Johannes versteht immer noch nicht. Er versteht es nicht.

»Wer denn dann?«, fragt er.

Die Dumme. Der Blödschädel. Pissbein Kuharsch Scheißkopf. Idiotin. Debil. Humpel-Krüppel-Taubstumm-Invalide. Blindblindblind.

Ich hebe die Füße und versuche, den Winter vom Drachen fernzuhalten, doch die Wurzeln des Winters sind schon dick, und er hat Äste um mein Herz gelegt. Der Drachen reißt an dem Stab in meinen Händen, und ich springe, um höher zu kommen. Plötzlich höre ich, wie der Wind in den Ästen der Bäume am Fluss stärker wird. Ich warte auf seine Ankunft. Die kalte Brise ist an meinem Hals zu spüren und lässt die langen Haare gegen meine Wimpern fliegen. Ein Sturm. Vater sagt etwas, aber ich höre es nicht und höre nicht zu. Mein Rock bauscht sich auf, und der Wind reißt an der Leine des Drachens.

Ich gehe in die Hocke, und dann springe ich mit aller Kraft hoch, während ich die Arme senkrecht nach oben strecke. Der Wind packt den Drachen, zieht ihn in die Höhe, und ich löse mich vom Boden, vom Winter, von Vater und Johannes. Es ist schwierig, den Stab festzuhalten. Ich reiße ihn zu mir heran, drücke ihn mit einer Hand gegen den Bauch und fasse mit der anderen nach der Leine. Als ich sie berühre, klingt sie wie die Saite einer Geige. Unten schreien Vater und Johannes vor Entsetzen. Sie versuchen, mir nachzulaufen, doch das gelingt ihnen nicht, denn der Wind reißt mich geradewegs nach oben, so heftig, dass ich es im Kopf spüre. Bald höre ich ihre Stimmen nicht mehr. Ich ziehe an der Leine und schaffe es, dass sie sich ein kleines Stück lockert. Der Sturm wirbelt mich wild umher, und es gelingt mir, die Leine um die Taille zu wickeln und den Stab mit ihr zu verknoten.

Der Wind riecht nach Wald und Tannennadeln und Moor. Unten streckt die Kälte ihre Fangarme aus und versucht, mich zu packen, schafft es aber nicht. Ich bin so hoch oben, dass der Winter mich nicht erreicht. Ich breite die Arme aus, um mich vom Luftstrom tragen zu lassen. Dann knöpfe ich den Mantel auf, fasse ihn links und rechts am Saum und breite ihn aus wie Flügel. Der Sturm zieht mich nicht mehr höher, sondern trägt mich nach Norden, wo die Zeit stillsteht und der Frühling nie kommt und keiner jemals weggehen muss. Die Luft riecht nach dem Schnee, der bald fallen wird.

DIE ERDE VERBORGEN UNTER DER HÜLLE DER NACHT

Diese Männer neigen dazu, ihr Problem mit einem Klumpfuß oder einem Muttermal zu vergleichen – mit einem Makel, den man durchs Leben tragen muss.

Tuomas drückt die Haustür so behutsam zu, dass es nicht zu hören ist. Anfangs fällt es ihm schwer, die kalte Luft einzuatmen, doch er gewöhnt sich schnell daran. Die vereisten Stufen der Vortreppe knarren unter den Schritten. Der Schnee liegt gut einen Meter hoch. An den Wäscheleinen sind Schneeklumpen hängen geblieben. Tuomas wendet sich zur Straße, setzt den Kopfhörer auf und schaltet seinen Walkman ein. »Sweet Dreams Are Made Of This«. Er schaut zu den Fenstern in der oberen Etage. Niemand hat gemerkt, dass er weggegangen ist.

Vorige Woche hat Tuomas zu Hause Fotos aus einer Illustrierten abgemalt. Der sitzende Jari Kurri war schon beinahe fertig gewesen, es fehlten nur noch die Schattierungen im Gesicht und der linke Schuh. Plötzlich hatte der Stift mitten auf dem Nasenflügel innegehalten. Tuomas hatte sein Werk betrachtet, den auf einem Barhocker sitzenden Eishockeyspieler, der das rechte Bein auf den Boden stützte, während das linke angewinkelt war, sodass der Fuß auf der Querleiste des Hockers ruhte. Das Bild war der

Vorlage ähnlich, erkennbar, doch Tuomas hatte es verwundert angestarrt. Warum hatte er es eigentlich gezeichnet? Er war kein Eishockeyfan und konnte Sport generell nicht leiden. Das lag am Sportlehrer. Tuomas war zu steif, zu groß und zu ungelenk. Beim Geräteturnen forderte der Lehrer die anderen Jungen auf, sich auf den Boden zu setzen und abzuwarten, ob Löytövaara den Felgaufschwung schaffte. Sechsundzwanzig Jungen sahen ungeduldig zu, bis der Lehrer Tuomas' Gezappel unterbrach.

»Das wird wohl nichts.«

Die vergangenen drei Wochen hat Tuomas die Sportstunden geschwänzt mit der Ausrede, dass die Einstichstelle der Tuberkuloseimpfung am linken Oberschenkel eitere.

Heute hat er seine Zeichnungen durchgeblättert. Er hat Paul Stanley gezeichnet, obwohl er nie Musik von Kiss hört. Einen Schauspieler, von dem er keinen einzigen Film gesehen hat. Einen Fußballer, einen Fernsehmoderator.

Tuomas tritt vom Hof auf die Dorfstraße und schlägt die Richtung ein, die vom Zentrum wegführt. Er hat kein bestimmtes Ziel, er streift nur herum und betrachtet das schlummernde Dorf. Meistens wählt er kleine, von niedrigen Einfamilienhäusern gesäumte Straßen in verschiedenen Ortsteilen, späht nicht durch die Fenster, sondern wandert einfach durch die verschlafenen Wohngebiete. Die Straßenlampen färben den Schnee orangegelb. Die Birken in den Gärten knacken im Frost. An der Ecke des Schals gefriert der Atem zu Reif.

Mutter hat seine nächtlichen Ausflüge bemerkt. Am Morgen, als sie gebrauchte Minigrip-Beutel auswusch und zum Trocknen hinter die Geschirrschranktür klemmte, versuchte sie nach dem Grund für die Spaziergänge zu fragen, doch Tuomas hat keine Erklärung. Es ist ein gutes Gefühl, ganz allein in der Dunkelheit und Kälte zu sein und einfach nur zu gehen. Oft schaltet er den

Kassettenrekorder aus und lauscht auf das Knirschen des trockenen Schnees unter seinen Schuhen. Mutter findet diese Streifzüge seltsam. Was sollen die Leute denken, die ihm begegnen? Tuomas erklärt, dass um diese Zeit niemand unterwegs ist. Das ganze Dorf hat sich unter warmen Decken vergraben, wartet auf den Frühling, auf das Geriesel des Schmelzwassers und auf den Eisgang der großen Flüsse.

Vater hatte nichts gegen die Spaziergänge einzuwenden. Er las die Zeitung aus der Hauptstadt und verfolgte das Gespräch mit halbem Ohr. Wir beide gehen abends doch auch oft spazieren, meinte er, aber Mutter entgegnete, das sei doch etwas ganz anderes. Vater hatte oft erzählt, er habe als Kind so oft Streitigkeiten und Gebrüll mit anhören müssen, dass er seinen Kindern dergleichen ersparen wolle. Deshalb zogen die Eltern sich die Laufschuhe an, sobald ihre Gedanken sich zu verheddern drohten. Sie blieben so lange draußen, bis alles geklärt war. Nach einem mehrstündigen Spaziergang konnten sie über ihre Streitpunkte lachen.

Jetzt wandte Vater sich wieder der Zeitung zu. Er überflog die Kurznachrichten und suchte nach Meldungen über bevorstehende Straßenarbeiten.

»Ob Helena durch die Korkeavuorenkatu geht? Da werden gerade die Abflussrohre ausgewechselt«, sagt er. »Ich muss anrufen und sie warnen.«

Anfang dieser Woche hatte Tuomas in der Bibliothek die Karteikarten mit den Schlagwörtern durchgeblättert. *Autoindustrie, Benzin, Cupido.* Er war rasch durch das Alphabet gesprungen: *Ellipsografie, Fayence, Grafik.* Beim H hatte sich sein Tempo verlangsamt, er hatte genauer hingeschaut, forschend. *Hafer*, s. *Getreide. Haushalt, Hobby*, *Humor, Hypothek.* Er hatte zurückgeblättert und noch genauer nachgesehen. Schließlich hatte er das Wort gefunden, das er in der Pause auf dem Schulhof gehört hatte, hatte die

Karte aus dem Kasten genommen, den er auf den Karteischrank gestellt hatte, und die Regalnummer sowie die ersten drei Buchstaben des Autorennamens aufgeschrieben. Dann war er auf der Suche nach dem richtigen Regal durch die Bibliothek gegangen und hatte die Namen der Sachgruppen an den Seitenwänden überflogen. *Volkskunde, Kulturanthropologie, Mathematik, Astronomie.* Die Nummern näherten sich allmählich der Zahl, die auf seinem Zettel stand. *Zoologie, Botanik.* Auf der einen Seite des Regals *Medizin und Gesundheitspflege.* Auf der anderen Seite, vom Ausleihschalter aus in der hintersten Ecke der Bibliothek, stand die gesuchte Gruppe.

An den Lesetischen saß bereits jemand, ein Mädchen in rotem Anorak vor einem Stapel von Ratgebern über Hautpflege. Sie hatte einen Blick auf Tuomas geworfen, der nicht wagte, in ihrer Anwesenheit nach der richtigen Stelle zu suchen. Er hatte die Augen rasch über das Regal schweifen lassen, bis er die mit Plastikbuchstaben markierte Klassifikation am unteren Rand des Regalbretts entdeckte, und war dann in die Präsenzbibliothek gegangen. Das Mädchen hatte den Blick auf das Buch *Kosmetologie für den Hausgebrauch* gesenkt und sich wieder auf die Lektüre konzentriert. Tuomas hatte sich an das große Fenster gesetzt und auf den verschneiten Parkplatz geschaut. Dann hatte er ein Buch, das er bereits ausgeliehen hatte, hervorgeholt und darauf gewartet, dass das Mädchen ging. Auf dem Bucheinband waren ein bärtiger Mann und ein Segelschiff zu sehen. »Nennt mich Ismael.«

Tuomas überquert den eisbedeckten Fluss, der durch das Dorf fließt und an dessen Ufer man im Sommer Gruben sieht, die Reste der Unterstände. Er geht an dem aus Holz gebauten großen Kino vorbei, in dem vor den Aufführungen immer dieselbe Platte läuft, wodurch jeder Zuschauer die Reihenfolge der Songs kennt. Noch nach Jahren erkennt man die Dorfbewohner daran, dass sie, wenn sie irgendwo »I Put a Spell on You« hören, instinktiv erwarten, dass danach »Proud Mary« und »Bad Moon Rising« folgen.

Die Schneezäune haben die Straßen nicht freihalten können, der Wind hat den Neuschnee zu hohen Verwehungen aufgehäuft. Auf dem Schulhof wurde der Schnee zuerst auf große Haufen gepflügt und dann, als der Platz nicht mehr reichte, den Hügel hinab ins Moor geschoben. An der Uhr auf dem Vordach der Grundschule hat sich Schnee festgesetzt. Ihre digitalen Ziffern zeigen neun Minuten nach Mitternacht und siebenunddreißig Grad Frost. Aus den Schornsteinen der Einfamilienhäuser steigt Rauch, der nach Kiefernholz riecht.

Hinter dem Fenster der Bibliothek wurde es bereits dunkel, als Tuomas merkte, dass das Anorakmädchen über den Parkplatz zur Bushaltestelle ging. Er packte sein Buch ein und kehrte in das Giebelzimmer zurück. Dort legte er seine Tasche auf den Tisch und überflog gespannt die Nummern am Regal.

59.31 Schönheitspflege, 59.34 Ernährungslehre. Diäten. Tuomas blieb stehen. *59.35 Sexologie.* Endlich. Er zog den Zettel aus der Hosentasche und suchte nach dem richtigen Buch. Leuchtend gelber Einband, darauf in schwarzen Buchstaben der Name des Autors. *Alles, was Sie schon immer über Sex wissen wollten.* Das vorvorletzte Wort rot gedruckt. Tuomas zog das Buch aus dem Regal und brachte es zum Tisch. Er suchte im Inhaltsverzeichnis, schlug die Seite 191 auf und las.

> *Wenn Männer anderen Männern gegenüber ein heftiges gefühlsmäßiges und sexuelles Interesse verspüren, spricht man von männlicher Homosexualität.*

Ein Unbekannter mit blauer Mütze kam herein, achtete aber nicht auf ihn.

Die meisten Homosexuellen sehen darin eine Herausforderung, der sie mit Einfallsreichtum und grenzenloser Energie begegnen.

Der Mann warf einen Blick auf dieselbe Stelle im Regal, fand nicht, was er suchte, und verschwand hinter den Regalen.

Sie tragen Frauenkleider und Make-up, nehmen eine weibliche Verhaltensweise an und versuchen gelegentlich sogar, sich körperlich bestimmten weiblichen Grundformen anzupassen.

Tuomas holte sich ein größeres Buch, in dem er den Band versteckte, den er gerade las.

Die Behauptung, dass das ganz natürlich sei, ist eine der vielen Erklärungen, die viele Homosexuelle stets parat haben.

Er las weiter.

Wenn ein Homosexueller, der sich ändern will, einen Psychiater findet, der sich mit Homosexuellen auskennt, hat er die besten Aussichten, ein glücklicher, ziemlich normaler Heterosexueller zu werden.

Tuomas ließ das Buch sinken. Er wäre gern ein Teil dieses Dorfes gewesen, wusste aber, dass dies nicht mehr möglich war. Schon jetzt konnte er sich die höhnischen Rufe und den Spott vorstellen. Er wusste, welchen Ausdruck Oma verwenden würde. *Anders als die anderen.* Damit trennte sie die Normalen von den Abweichenden. Von den Fresssäcken, den Albernen, den Angebern und den Feiglingen. *Er ist anders als die anderen.* Ein schlimmeres Urteil kannte Oma nicht: isoliert dastehen zu müssen, allein und anders. Es war ratsam, sich darauf einzustellen. Man durfte keinen gernhaben, sich nicht verlieben. Offene Türen musste man schließen, um sich nicht durch trügerische Möglichkeiten verletzen zu lassen. Hinter allem konnte etwas Boshaftes lauern.

Tuomas geht an der Unterstufe vorbei und schaut zu den Fenstern des Klassenzimmers hinauf, in dem damals seine Schulzeit begann. Mutter hatte ihn am ersten Tag hingebracht. Am Schulhoftor hatte er sie gebeten, seine Hand loszulassen, aber sie hatte gesagt, sie halte ihren Jüngsten fest, solange es ihr nötig erscheine.

Was wäre es für ein Gefühl, einen Gleichaltrigen an der Hand zu halten? Jemanden zu finden, mit dem man lachen und herumalbern konnte oder gemeinsam ganz still sein? So wie Tapio und Laura oder Minna und Maarit mit ihren Freunden, als sie noch zu Hause wohnten. Wie wäre es, mit der ganzen Familie sonntags am Esstisch zu sitzen, dem anderen das Rentiergeschnetzelte zu reichen und zu fragen: Möchtest du noch?

Die Lampen an der Eisbahn sind ausgeschaltet. Es scheint noch kälter zu werden. Tuomas wickelt sich den Schal vor den Mund und versucht, durch ihn hindurch zu atmen. Er hat vor, alle Wege und Wohngebiete des Dorfs zu durchstreifen. Sich die Routen und jedes Gebäude einzuprägen, die hohen, gebogenen Kiefern in den Wäldern und die unter dem Schnee begrabenen Büsche. Er nimmt schon jetzt Abschied von diesen Orten, obwohl er noch nicht wegzieht. Doch dieser Moment rückt mit jedem Tag näher.

Homosexuelle pflegen sich in Großstädten zu sammeln, wo sie sich von familiären Bindungen und sozialer Kontrolle lösen können.

ZWEITER TEIL

DER GUTSHOF WÄCHST

»Jeder wusste, dass Carl Gustav Emil von Pieselfall nur um des Geldes willen geheiratet hatte. An Anemone von Pisinoff war auch gar nichts …«

»Sollte sie nicht besser Pippi heißen?«, schlägt Helena vor.

»Natürlich! An Pippi von Pisinoff war wirklich nichts auszusetzen. Sie war auffallend still und gefügig und beherrschte die Aquarellmalerei gut genug, um für jeden eine vortreffliche Ehefrau abzugeben. Eine Überproduktion an Galle hatte ihre Wangen leicht gelb gefärbt, doch im Übrigen war sie recht schön und, wenn sie sich Mühe gab, auch gesellig. Aber der wichtigste Grund waren dennoch die Rubelmillionen ihres Vaters. Die früheren Generationen hatten den Gutshof Pieselfall verfallen lassen, sodass die Kapitelle der Pilaster am Gutshaus, das der Stadtarchitekt von Turku vor ewigen Zeiten entworfen hatte, herunterpurzelten, wenn auch nur eine Tür zuschlug. Schon seit mehreren Jahrzehnten hatten die Kinder gelernt, wenigstens fünf Ellen Abstand von der Hauswand zu halten, denn mindestens sechs entfernte Verwandte waren bereits gestorben, weil der Stuck vom Gebälk der Dachkante gefallen war. Zum Glück wurden neue Verwandte gezeugt. Keiner der Barone von Pieselfall hatte sich durch Monogamie, geschweige denn durch Treue hervorgetan, und jede Magd, die eingestellt wurde, jede Kammerzofe und gelegentlich auch ein hübscher Stallbursche fanden sich irgendwann in der Schlafkammer des Gutsherrn wieder. Einige der Mädchen brachten sein Kind zur Welt, und jedes dieser Kinder erhielt auf

dem Gutshof seinen Unterhalt und angemessene Arbeit. Dagegen machte man sich nicht die Mühe, die Dienstmädchen zu zählen, die sich an den Pieselfall herangeworfen hatten, zu oft musste man Leichen aus dem braunen Teich unterhalb der Stromschnelle fischen. Man pflegte die toten Jungfern auf Planken in die Sauna des Gutshofs zu tragen, wo sie auf die Fertigstellung des Sargs warteten, doch zu Carl Gustavs Zeit fielen so viele Ertrunkene an, dass die Sauna nicht mehr für ihren eigentlichen Zweck benutzt werden konnte. Wenn einmal keine verblichene Melkerin auf der Schwitzbank lag, erinnerte doch ein leiser Leichengeruch an sie. Deshalb musste für die Toten eine eigene Leichensauna gezimmert werden, die halb so groß war wie das gesamte Hauptgebäude.«

»1948 wurde das Gebäude in das Freilichtmuseum Seurasaari gebracht, doch aus Gründen der Schicklichkeit wird es dort als gemeinsame Darre von drei Dörfern präsentiert. Carl Gustav und Pippi bekamen um die Jahrhundertwende auch ein gemeinsames Kind.«

»Urinia?«

»Ja! Urinia.«

»Das Mädchen erwies sich von klein auf als widerspenstig und eigenmächtig. Sie war überkandidelt und seltsam. Kleidete sich in eine gelbe Tunika, widersetzte sich den Forderungen ihres Vaters, einen passenden Mann zu finden, zu heiraten und sich zu vermehren. Vor allem die Kunst lockte das arme Mädchen, und im Alter von neunzehn Jahren verließ Urinia ihre Eltern und ihr Heimatdorf und entfloh in die Hauptstadt. Sie schlug in der Welt der Akkordeonspieler und Bauchtänzerinnen Wurzeln, trat in Theatern und Kabaretts auf, bis sie schließlich bei der Filmgesellschaft Fennia landete und als Stummfilmstar Karriere machte.«

»Ihr Künstlername war Gloria Gelbstrom.«

»Natürlich«, antwortet Tuomas.

SO SIND WIR UNSER LEBEN LANG

Mein Bett im Wohnheim der Blindenschule steht im Schlafsaal der kleinen Mädchen und ist das sechste in der rechten Reihe, wenn man vom Zimmer der Aufseherin aus zählt. Mein Platz für Waschzeug und Handtuch hat die Nummer Zwei. Das Punktschriftzeichen dafür musste ich gleich am ersten Tag lernen. Im Umkleideraum ist mein Fach das zweite, wenn man von der Fensterwand aus zählt, und das fünfte von der anderen Wand aus. Der Platz für meinen Mantel im Flur ist der siebte. Im Tagesraum ist mein Schrank der erste neben der Tür, mein Platz im Speisesaal der erste auf der Wandbank am dritten Tisch. Im Klassenzimmer steht mein Pult in der ersten Reihe am Fenster, beim Gebet bin ich die vierte in der dritten Reihe.

Samstags wird die Bettwäsche gewechselt. Das Laken wird abgezogen und die Matratze umgedreht, außer bei den Schülerinnen, denen die Matratze weggenommen wurde, weil sie nachts gequasselt oder laut geweint oder Schlager gesungen haben. Wenn man zum zweiten Mal gegen die Regeln verstößt, wird das Bett auf den Flur gestellt, wo es hallt und das große Fenster im Wind knarrt. Diejenigen, die eine Matratze haben, beziehen sie, indem sie an beiden Enden des frischen Lakens einen Knoten machen und die Matratze hineinstecken. Anschließend wird das Betttuch darübergelegt und dann die Decke. Die kleinen Mädchen dürfen keine

Tagesdecke haben, für die großen Mädchen ist sie Pflicht. Alle zwei Wochen müssen die Laken gewechselt werden, der Kissenbezug und das Handtuch jede Woche. Die Laken musste ich von zu Hause mitbringen. Mutter hat darauf mit den Buchstaben der Sehenden H Punkt L Punkt gestickt.

Im Schlafsaal schlafen achtzehn Mädchen, und jede achtzehnte Woche hat man Waschtischwoche. Dann muss man jeden Morgen und jeden Abend den Waschtisch im Schlafsaal und alle Waschschüsseln putzen. Sie werden ausgespült und mit Lappen abgewischt. Anschließend werden die Lappen gewaschen und zum Trocknen aufgehängt. Alle acht Wochen hat man Spülwoche und spült das Geschirr vom Mittag- und Abendessen. Sonntags auch das Frühstücksgeschirr, denn dann haben wir keinen Unterricht, sondern freie Zeit. Die Mädchen müssen in der zwölften Woche die Teetassen und Teller von der Zwischenmahlzeit spülen, die Jungen haben dann die Holzholwoche. Wenn wir in den Saal der großen Mädchen umziehen, haben wir Kartoffelschälwochen. Jeder ist der Reihe nach für das Tischgebet zuständig. In der Kehrwoche putzt eine Gruppe von drei Mädchen den ganzen Speisesaal.

Wir werden ständig beobachtet. Deshalb ist es besser, dass wir gemeinsam hier in der Abgeschiedenheit lernen, normal zu sein. Wenn man blind ist, darf man nicht auch noch auf andere Art seltsam sein, denn die normalen Menschen mögen es nicht, zu andersartige Leute zu sehen. Merkwürdig darf man nur sein, wenn man schwachsinnig ist, denn von denen erwartet niemand etwas. Die will man nicht einmal sehen. Aber wenn man nur blind ist, muss man darauf achten, nicht aufzufallen. Man darf nicht schwanken oder die Finger auf die Augen pressen, obwohl sich das gut anfühlt. Das nennt man Blindismus, und davon muss man loskommen, weil man sonst nicht unter Menschen sein kann.

Nachmittags dürfen wir uns auf dem eingezäunten Schulhof aufhalten, und ich habe Seilspringen gelernt, ich hüpfe hoch, kurz bevor das Seil auf die Erde knallt. Auf der Sandfläche gibt es Schaukeln, und auf der Mädchenseite steht eine Gartenschaukel, auf der man sich gegenübersitzt. Mitten auf dem Hof stehen zwei ausrangierte Straßenbahnen, in denen wir Fahrer und Schaffner spielen dürfen.

In den Bäumen wohnen hier Vögel, deren Lieder ich nicht kenne. Die Sonne scheint vormittags und dann wieder nachmittags auf den Hof und wärmt die Felsen. An die lehne ich mich und lese den Brief von zu Hause, in dem steht, wie viel Schnee dort noch liegt und dass an der Stelle der verbrannten Kirche eine neue gebaut wird. Beim Sommerhaus sind neue Leinen gespannt worden, mit deren Hilfe ich im nächsten Sommer allein zu den verschiedenen Stellen gehen kann. Vater hat in Punktschrift geschrieben und als Unterschrift »Die Deinen« daruntergesetzt.

Ich lasse die Fingerspitzen über Vaters Worte gleiten, das Kitzeln der ins Papier gedrückten Punkte verwandelt sich in meinem Kopf in Bilder, auf denen die Sonne die Kiefernstämme wärmt und in den Schnee um sie herum runde Öffnungen schmilzt, in denen schon Heidekraut und Krähenbeerenzweige zu sehen sind. Heimweh überflutet mich. Im Sommer habe ich versucht, Johannes beizubringen, die Punkte mit geschlossenen Augen zu lesen, aber er hat es nicht begriffen, er musste immer hinschauen und sehen. Erst dann verstand er die Buchstaben. Aber in Punktschrift schreiben kann er, und er berichtet, dass alle Häuser in Lopotti fertig sind. Im Dorf gibt es jetzt so viele gleichaltrige Kinder, dass sie in zwei Schichten zur Schule gehen, und ein neues Schulhaus wird schon geplant. Er erzählt, dass er manchmal nachts keinen Schlaf findet, aber darüber erzählt er nie lange. Anna schreibt nicht, schickt aber immer Grüße. Von Mutter kommt nichts.

Ich schreibe zurück. Vergangene Woche wurden wir in die Stadt geführt. Wir waren alle mit einer Schnur um den Bauch an ein langes Seil gebunden, damit wir nicht verloren gehen oder auf die Fahrbahn laufen. Auf der Brücke fragte Eeva plötzlich, wer die Sonne abgeschaltet habe. Sie begriff nicht, dass der letzte Rest ihrer Sehkraft verschwunden war. Der Augenarzt sagte, dass sie noch ein wenig Sehkraft gehabt habe und dass die jetzt nicht mehr zurückkomme. So etwas erzähle ich nicht in meinen Briefen, aber ich schreibe, wie froh ich bin, dass ich gar nicht mehr sehen kann und daher nicht so viel weinen muss wie Eeva.

Manchmal packt mich nachts, wenn ich im Bett liege und alles still ist, die Kälte. Sie steigt vom Fußboden über den Bettpfosten hoch und heftet sich an die Wirbelsäule. Dann ruckelt die Leine des Drachens in meiner Hand wie damals auf dem Stoppelfeld. Vaters Stimme ist wieder trüb.

»Oma meint, du bist gelehrig und geschickt. Ich kann dir zu Hause nichts mehr beibringen.«

Ich höre, wie Johannes neben dem Bett schluchzt, denn der Frost hält meine Ohren offen.

»Ich kann Helena nach der Schule alles beibringen, was ich gelernt habe«, sagt die Heulsuse. »Ich kümmere mich um sie.«

Ich drehe mich zu Johannes um. Der Drachen reißt meine Hände nach oben, zieht mich aber nicht in die rettende Höhe.

»Ich bin deine große Schwester. Du kannst dich nicht um mich kümmern.«

Vater tritt dicht neben mich, bückt sich und drückt mich an sich. Er riecht nach Zigaretten und Haaröl. In seinem Pullover hängt außerdem ein neuer Geruch, den ich nicht erkenne. Ich möchte die Arme um Vater legen. Die Kälte ist in meine Augen gedrungen und quetscht Tränen heraus. Ich recke mich zu Vaters Ohr und spreche ganz leise, damit die anderen im Schlafsaal mich nicht hören.

»Entschuldige, wenn ich böse gewesen bin.«

»Das bist du nicht«, antwortet er. »Aber ich bin nicht immer hier.«

Vaters Stimme ist rau. Er drückt mich fester und sagt, dass ich jetzt tapfer sein und allein zurechtkommen muss.

»Mit wem sprichst du?«, fragt Annikki im Nebenbett, und ich antworte: »Was geht dich das an?« Aber gleich am Morgen entschuldige ich mich.

Ich würde gern nach Hause schreiben, dass die Luft in den Schlafsälen nachts voll von unterdrückten Tränen ist. Im Schutz der Bettdecken ruft man nach seinem Zuhause, nach der Mutter und den Geschwistern. Sylvi weint um ihr Kaninchen, das sie nicht mitbringen durfte. Wir alle sind blind, aber es gibt einige, die noch etwas anderes sind. Die Pflegerinnen tuscheln über sie, wenn sie glauben, dass sie niemand hört. Dabei verwandeln wir alle uns in unseren Heimatort.

»Der, den sie aus Urjala gebracht haben, ist tobsüchtig.«

»Das Mädchen aus Kuortane gehört nicht hierher.«

»Wo sollten sie die aus Sauvo hinstecken, wenn nicht hierher?«

»Ist der aus Lahti auch noch schwachsinnig?«

Ich würde gern erzählen, dass nicht alle hier sprechen können. Manche können nicht laufen. Vor einigen muss man sich in Acht nehmen und sie meiden. Den großen Jungen, der jeden schlägt und brüllt, dich bringe ich als Ersten um, erkenne ich schon an seinen Schritten. Vor dem darf man keine Angst haben. Und auch nicht davor, dass Marketta in der vorvorigen Nacht im Schlafsaal sieben Anfälle hatte. Dann muss man einfach an die Tür der Pflegerin klopfen, ihr Bescheid geben und sich entschuldigen, dass man sie stören muss. Osmo wird in den Speisesaal und ins Klassenzimmer getragen, weil er mit seinem Rollstuhl die Treppe nicht benutzen kann. Tuula kann auf allen vieren die Stufen hinunterkriechen, aber man muss sie ziehen, wenn es nach oben geht. Die Pflegerinnen und Lehrer sind der Meinung, dass es die Beziehungen zwischen den Schülern stärkt, wenn man andere trägt.

Ich würde gern fragen, warum Vater nicht zum Frühjahrsfest gekommen ist, obwohl er es versprochen hatte. Ich habe dort musiziert, und danach hat die Leiterin den Eltern erzählt, dass es auch in diesem Jahr keinen einzigen Tod von eigener Hand gegeben hat und nur einer in psychiatrische Pflege musste. Die Väter und Mütter der anderen haben nach der Rede lange geklatscht.

Johannes würde ich um Verzeihung dafür bitten, dass ich hier bin und er dort sein muss, bei den nächtlichen Streitereien. Ich würde mir wünschen, dass er im selben Saal schläft wie ich. Auch hier hört man nachts Schreie, aber das ist etwas anderes, und Johannes hätte sicher keine Angst, weil ich ganz in seiner Nähe bin, und wenn er doch Angst hätte, könnte er sich neben mich legen. Dann würden wir uns gemeinsam komische Geschichten ausdenken, so wie früher. Aber ich liege allein hier und denke nachts daran, wie er zu Hause Mutter und Vater hört, und dann fällt es mir schwer, einzuschlafen. Trotzdem bitte ich ihn nicht zu kommen, denn die Pflegerin hat gesagt, hier ist kein Platz für Sehende. Er würde traurig werden. Und ich erzähle auch Johannes nichts von den nächtlichen Tränenchören oder von den angsteinflößenden Jungen, damit er nicht glaubt, ich käme nicht zurecht.

Ich schreibe über schöne Dinge, über die Stimmen der Vögel und darüber, wie sich die große Stadt anhört, wenn sie ganz in der Nähe säuselt. Ich erwähne, dass ich gelernt habe, richtig schnell und geradeaus zu laufen, wenn ich mich an dem Ring festhalte, der am Drahtseil entlanggleitet. Ich erzähle, wie ich Jesus aus Ton modelliert habe, auch wenn er nicht gut gelungen ist, hieß es, weil ich aus dem Klumpen nicht die richtigen Formen herausgeholt habe. Der Aschenbecher ist ganz hübsch geworden, und ich bringe ihn als Geschenk für Vater mit, aber das darf Johannes ihm noch nicht verraten. Dann erkläre ich Johannes, dass ich mit dem Zug von hier wegfahren darf, wenn es Frühling wird, und dass ich ihm dann zeigen werde, wie man Straßenbahn spielt. »Bleib gesund und munter«, schreibe ich, und ganz zum Schluss: »wünscht deine große Schwester«.

OFFENES LAND, WEITES LAND

»In Lapua Zugestiegene, die Fahrkarten bitte.«

Auf Schienen ist Tuomas noch nie so weit gereist. Bei Zugfahrten enden die Gleise hier, wo die Großeltern wohnen. Nach Helsinki, zu Helena, nimmt man das Flugzeug.

Im Raucherabteil gibt es nicht viele Reisende. Zu Füßen des Mädchens, das auf der anderen Seite des Gangs sitzt, liegt ein Labrador. Der kann nicht schlafen, sondern hebt jedes Mal den Kopf, wenn der Schaffner durch das Abteil geht.

Tuomas kann es immer noch nicht fassen, dass er einen Studienplatz bekommen hat. Nach der Abiturprüfung hat er den Rest des Frühjahrs damit verbracht, für die Aufnahmeprüfungen zu lernen, im Frühsommer hat Tapio ihn zu den Universitäten der verschiedenen Provinzen gefahren, wo er an den Aufnahmeprüfungen für Volkswirtschaft teilgenommen hat, und den Rest des Sommers war er nervös. Jede Prüfung und jedes Bewerbungsgespräch kam ihm schwierig vor. Wieder zu Hause, war er überzeugt, dass er es nicht schaffen würde. Beim Abendessen schilderte er die kniffligen Fragen und die komplizierten Wege, doch Vater beruhigte ihn. Wenn du es schaffst, ist es gut. Wenn nicht, finden wir etwas anderes. Vater hatte kein Abitur, während Mutter die Handelsschule besucht hatte – ein ständiges Ärgernis für Oma, die sich gewünscht hätte, dass Vater einen höheren Abschluss hatte als seine Frau.

»Du brauchst doch nicht zu studieren. Davon wird man bloß hochnäsig.«

Schließlich kamen die Ergebnisse. Er hatte an drei Universitäten die Zulassung bekommen, bei einer davon stand er allerdings nur auf der Warteliste. Nach Ansicht seiner Eltern hätte er den Studienplatz in Oulu annehmen sollen, wie es auch Tapio getan hatte, aber das wollte er nicht. Sein Bruder war an den Wochenenden immer nach Hause gekommen, hatte seine schmutzige Wäsche mitgebracht und vor der Rückfahrt den Kühlschrank geleert. Mutter hatte ziemlich bald erklärt, für die Waschmaschine sei sie nicht allein zuständig, sondern jeder dürfe sie benutzen. Über den Kühlschrank hatte sie nichts gesagt. Das Kind musste schließlich essen.

Tuomas wog die Alternativen lange ab und wählte dann die Wirtschaftshochschule, die am weitesten von seinem Heimatdorf entfernt lag, an der Südwestküste. Er wollte kein zweigeteiltes Leben, das sich in Werktage und Wochenenden aufgliederte. Er wollte jeden Tag derselbe sein.

Der blaue Waggon trägt das letzte Kind der Familie Löytövaara durch das flache Ackerland Ostbottniens. Tuomas nimmt seine Brieftasche aus der Manteltasche und steht auf. Er vergewissert sich, dass seine Koffer immer noch an ihrem Platz sind. In dem einen liegen Kleidung und zwei Bettlaken, die Mutter eingepackt hat, im anderen ein paar Teller und Gläser, Besteck und die neue elektrische Schreibmaschine, die Vater ihm gekauft hat. Alle Schallplatten, Poster und Bücher hat er im Mansardenzimmer zurückgelassen. Jetzt hat er die Möglichkeit, ganz neu anzufangen.

Die Klinke ist schwer. Tuomas drückt sie hinunter und geht durch den lauten Übergang. Er schließt die Tür hinter sich und wandert durch den nächsten Waggon und den übernächsten. Im

Speisewagen nimmt er zuerst ein in Folie verpacktes Brötchen und Orangensaft, legt dann aber beides zurück und stellt das Tablett weg. Er geht zur Kasse und bestellt ein großes Bier. Seinen Personalausweis hat er schon gezückt, braucht ihn aber nicht vorzuweisen. Nachdem er das Glas zu einem der hohen Tische getragen und sich auf den am Boden festgeschraubten Barhocker gesetzt hat, betrachtet er die vorbeiziehende Ebene. Dieses unermessliche Flachland wird in jedem Frühjahr von der Flut erobert. Inmitten der endlosen Felder stehen hier und da noch Scheunen. Die großen Bauernhäuser wetteifern darum, welches das stattlichste und ansehnlichste ist.

Mutter hat immer voller Sehnsucht von dieser Landschaft und von der Apfelbaumblüte gesprochen. Wenn sie früher alle im Auto zu den Großeltern fuhren, zitierte sie die sehnsüchtigen Sätze ostbottnischer Dichter, sobald die Gegend flacher wurde. Für die Sauna wollte sie Kacheln mit Apfelblüten, weil man die Blütenpracht im hohen Norden sonst nicht zu Gesicht bekam. Tuomas selbst ist zwischen Anhöhen und baumlosen Hochflächen aufgewachsen, doch dieses vom Meeresboden aufgestiegene flache Land verbindet er mit den Sommern der Kindheit, mit Lachen und mit zahlreichen Vettern und Basen – im Norden hat er nur wenige.

Sie saßen alle im Auto, teilten sich zu viert die Rückbank. Mutter fuhr. Sie baten sie jedes Mal darum, denn Vater zockelte so langsam und vorsichtig dahin, dass sie nie ans Ziel gekommen wären. Durch das Seitenfenster sahen sie Dinge, die sie von früheren Fahrten kannten. Das prächtige Holzgebäude der Gesamtschule in Kokkola. Das Denkmal für den Russisch-Schwedischen Krieg. Den Sportplatz, auf dem Mutter beim Baseball einen Homerun erkämpft hatte. Den aus Ziegelsteinen gebauten Transformator an der Kreuzung in Hellanmaa. Während sie an diesen Landmarken auf dem Weg zu Mutters Elternhaus vorbeifuhren, veränderten sie sich. Sie fuhren in eine andere Wirklichkeit, in der es statt der

Oma die Omi gab und anstelle des toten Opas einen lebenden, kahlköpfigen Opi. Dort lachten immer alle. Vater brauchte keine Tabletten zum Einschlafen und schlief lange. Mutter kicherte wie ein kleines Mädchen.

Sie durften Omi ihren Besuch nie im Voraus ankündigen, denn sonst machte sie sich zu viele Gedanken über das Essen. Auch so lief sie jedes Mal, wenn sie angekommen waren, im Haus hin und her, schnappte sich eine Bratpfanne, holte Eier aus dem Hühnerstall und lamentierte:

»Was soll ich bloß für euch kochen?«

Sie briet Fleischklößchen und machte Kartoffelbrei, bezog im ganzen Haus Betten für die Nacht. Vater und Mutter bekamen die Kammer unter dem Dach, in der Mutter geschlafen hatte, als sie klein war.

Tuomas hat den vertrauten Geruch der Wohnstube immer noch in der Nase, die Essensdüfte und den Rauch des Kuppelkamins. Es roch nach Beständigkeit. Das Haus der Großeltern war voller Geschichten, die den Kindern jeden Sommer aufs Neue erzählt wurden. Die Haustür hatte einen großen Spalt, weil die lokalen Messerhelden irgendwann einmal versucht hatten, einzudringen und den Bauern aus dem Haus zu holen. Die Leiter in der Bodenkammer hatte Mutter als kleines Mädchen benutzt, als sie heimlich zum Tanzen gelaufen war. Der Schrank für die Dickmilch passte nicht durch die Tür, man musste ihn mit Seilen an die Decke hängen, wenn man den Fußboden streichen wollte. Auch das Zuhause im Norden brachte Geschichten hervor, doch die waren kümmerlich und grau. Sie handelten davon, wie jemand beinahe etwas getan hätte oder wie ein anderer es nicht ganz geschafft hatte. Oft endeten die Geschichten, bevor sie richtig angefangen hatten. Die Hebamme aß sich zu Tode. Das war's. Opa starb in Oulu. Punkt.

Der Geruch des großelterlichen Hauses weckt zwei Gefühle aus der Kindheit: Dankbarkeit und Zusammengehörigkeit. Omis

Glaube war anders als Omas. Während der Gott des Nordens sich auf Strafe und Rache zu konzentrieren schien, wollte Gott hier Freude bereiten. Abends ging Omi mit Tuomas und seinen Geschwistern oft auf die Vortreppe, um die untergehende Sonne anzuschauen. Über dem Kopf war der Himmel dunkelrot, hinter dem Acker zeichneten sich die Bäume am Waldrand schwarz gegen den gelben Himmel ab. Die unteren Ränder der Wolken hatten sich purpurrot gefärbt.

»Lasst uns die Hände falten und dem himmlischen Vater dafür danken, dass er uns einen so prächtigen Abend schenkt«, sagte Omi dann und brachte es fertig, gleichzeitig zu weinen und zu lachen.

Bald nach ihrer Ankunft füllte sich der Hof immer mit den Autos der Onkel und Tanten, und die Stube war voll von Vettern und Basen, die sich zuerst schüchtern beäugten und dann darum wetteiferten, wer sich als Erster traut, ein rohes Ei auszuschlürfen. In der Mundart Ostbottniens befahl ein Onkel, eine Haushaltsleiter zu holen, und ein Vetter beschimpfte den anderen als Dummkopf. Mutter sprach ihren Heimatdialekt ausgeprägter als sonst. Vater machte vor dem Haus ein Gruppenfoto, für das sich alle auf die Vortreppe stellten. Danach blieben die Onkel draußen und baten Mutter, ihnen Gesellschaft zu leisten. Die Kinder wurden zum Spielen hinter das Haus geschickt, aber an der Hausecke hörte Tuomas die Erwachsenen mit gedämpfter Stimme sprechen.

»Ist deine Schwiegermutter immer noch gemein zu dir? Sollten wir mal mit ihr reden?«

Die Vettern, Basen, Onkel und Tanten der ostbottnischen Ebene banden die Geschwister in etwas ein, dem sie sich sonst nicht zugehörig fühlten: in eine Sippe. Im Norden bildeten sie eine Familie, und in der Nähe wohnte Tante Anna, in Helsinki Tante Helena, doch hier empfanden sie sich als Teil von etwas Größerem. Weitläufig, aber exakt abgegrenzt. Etwas, worauf man sich stützen konnte, wenn einen das Leben eines Tages nicht mehr trug. Etwas, das vor ihnen begonnen hatte und auch dann noch weitergehen würde, wenn alle hier Anwesenden das Zeitliche gesegnet hatten. Vielleicht würden auch sie in Geschichten weiterleben, die sich mit Gegenständen verbanden, Tuomas in einem heimlich kürzer gesägten Bettpfosten oder Tapio in der Schramme an der Hauswand, die entstanden war, als er die Handbremse eines am Hügel geparkten Autos löste.

Jede Einzelheit hob die Unterschiede zwischen ihrem Zuhause und dem Haus der Großeltern hervor. Zu Hause leuchtete der Heideboden in der Hügellandschaft, bei den Großeltern bewunderte Tuomas das Scheunenmeer auf den Äckern, die sich scheinbar uferlos ausdehnten. Zu Hause trugen die Gegenstände, die vom Krieg verschont geblieben waren, die Sehnsucht nach dem Vergangenen in sich, bei den Großeltern lebten Geschichte und Gegenwart Seite an Seite.

Auf der Rückfahrt in den Norden verwandelten sie sich in ihr normales Selbst zurück. Zwischen Vaters Augenbrauen bildete sich wieder eine Falte, und alle mussten ganz leise sein, wenn er zu schlafen versuchte. Mutter war noch eine Weile fröhlich, aber ihr Lächeln gefror bei Omas Kommentar über die Gardinen, die Omi gewebt und ihnen mitgegeben hatte. Sie wurden wieder ins Packpapier eingewickelt und vom Tisch geräumt.

»Die kommen mir nicht an eure Fenster.«

Der Dialekt, der aus den Mündern der Vettern und Basen auf die Zungen der Geschwister gesprungen war, verschwand, die Sonnenbräune verblasste. In der Schule fragte Tuomas den Lehrer, ob Oma einen anderen Gott habe als Omi.

Tuomas schließt die Augen. Er sitzt mit seinen Vettern auf leeren Düngersäcken, die auf dem schaukelnden Anhänger des Traktors liegen. Opi lenkt das Gefährt auf einem Forstweg durch einen dichten Fichtenwald. Der Boden ist mit weichem, hellgrünem

Moos bedeckt, und die Luft ist kühl und feucht, fast kalt. Plötzlich hört der Wald auf, und sie kommen an den Rand einer riesigen Ackerfläche. So weit das Auge reicht, wogen endlose Gerstenfelder. Irgendwo in der Ferne steht eine kleine Ansammlung von Häusern, dahinter breiten sich weitere Felder aus. Die Erde ist flach, der Himmel hoch und strahlend blau. Nirgendwo sonst sieht man so viel Himmel auf einmal. Irgendwo hoch oben ruft ein Vogel. Ein Falke, sagt Opi. Das Getreide ist goldgelb.

Der Zug passiert einen Bahnübergang. Das Bimmeln einer Warnglocke verkündet der leeren Straße die Gefahr durch die sich nähernde Bahn. Tuomas öffnet die Augen. Als die gemeinsamen Reisen der Familie aufhörten, nachdem Maarit und Minna erwachsen geworden waren, fuhr er gleich zu Beginn der Sommerferien allein zu den Großeltern und verbrachte den größten Teil seiner Ferien damit, im Getreidefeld herumzustromern. Als Jugendlicher fand er anderes wichtiger. Die Kontakte zu den Vettern und Basen wurden spärlicher, und bei den Großeltern machte er nur noch Kurzbesuche. Nun sehnt er sich nach dem Stillstand, den er in seiner Kindheit erlebt hatte. Im Haus der Großeltern war immer Sommersonntag gewesen.

Vor zwei Jahren war Omi an Krebs gestorben. Sie hatte ihr Los mit Fassung getragen und zu dem Arzt, der sie über den Tumor informierte, gesagt, an irgendeiner Krankheit müsse ein alter Mensch ja leiden. Das Leben lasse sich nun mal nicht völlig heil durchlaufen. Omi hatte das Gebäck für ihre eigene Beerdigung gebacken und eingefroren, und für Opi hatte sie Mahlzeiten für ein ganzes Jahr gekocht und ebenfalls eingefroren. Sie hatte einen Monat im Krankenhaus gelegen und am letzten Abend die Kinder und ihren Mann fortgeschickt.

»Geht jetzt, damit ich sterben kann.«

Am Morgen war sie nicht mehr unter den Lebenden. Nach der Trauerfeier stand für jedes Enkelkind ein Päckchen mit einem

Dampfkochtopf auf dem Tisch in der Stube. Sie hatte sie im Voraus bestellt und von ihrer bescheidenen Rente bezahlt.

»Dann können sie ihren Babys Brei kochen.«

Der Schaffner fragt nach Zugestiegenen aus Seinäjoki. Das Bierglas beschlägt. Tuomas trinkt einen Schluck und fragt sich, warum er nichts zu essen, sondern Bier bestellt hat. Die Wände des Waggons sind mit orangefarbenen Platten verkleidet. Am benachbarten Bistrotisch gibt eine Mutter ihrem Kind ein Eis am Stiel zu essen, die niedrigeren Esstische sind alle besetzt. Am ersten Tisch isst ein junges Pärchen Fleischklöße. Die Frau sitzt mit dem Rücken zu Tuomas, der Mann ihr gegenüber, mit gespreizten Beinen. Er trägt ein blau gemustertes Hemd und dunkelblaue Jeans. Seine Haare hat er so geföhnt wie Steven im *Denver-Clan*. Er fängt Tuomas' Blick auf und runzelt die Stirn. Tuomas schaut nach draußen.

An der Kreuzung beim Bahnübergang ist irgendwann eine Gruppe von Häusern gebaut worden, mittlerweile ist bei einigen der Hof von Gras und Unkraut überwuchert. Wo sind ihre Bewohner? Wie viele haben die Flucht ergriffen, bevor man im Dorf darauf aufmerksam wurde, dass sie nie eine Freundin gehabt hatten? Wie viele stille Männer hat der Zug in den Süden gebracht, wie viele verängstigte Frauen? Wie viele haben ihre Sachen gepackt und sind ins freiwillige Exil gegangen, weil sie keine andere Wahl hatten? Hunderte? Tausende? Zehntausende? Wie viele sitzen in ihrem neuen Zuhause und träumen von der Rückkehr wie die Vertriebenen aus Karelien, wohl wissend, dass sie nie zurückkehren werden? Wie viele sind geblieben, nur um festzustellen, dass das Weggehen doch leichter zu ertragen gewesen wäre? Sie haben versucht zu reden, aber gemerkt, dass ihnen niemand zuhört. Haben aufgeschlitzte Autoreifen gewechselt, die mit Hundekacke beschmierte Haustür abgewaschen, sich im Ärztezentrum die Wunde an der Schläfe nähen lassen, die ihnen jemand geschlagen hatte.

»Nächster Halt: Parkano.«

Tuomas horcht auf den Namen des ihm unbekannten Bahnhofs. Die Durchsagen zu Beginn der Fahrt konnte er seit seiner Kindheit auswendig: »In Kürze erreichen wir Pännäinen.« Zu jedem Ortsnamen findet er Erinnerungen an Reisen, die er allein gemacht hat. *Vihanti.* Hinter ihm liegt bereits die Busfahrt nach Oulu. Im Zug wagt er nicht zu schlafen, um seine Station nicht zu verpassen. *Oulainen.* Oma hat ihm zwei Zehner mitgegeben, damit er sich etwas zu essen kaufen kann. Sie sind mit einer Sicherheitsnadel innen in der Brusttasche befestigt, aber er muss sich trotzdem alle halbe Stunde vergewissern, dass sie noch da sind. *Kannus.* Tuomas sitzt auf Mutters Schoß, und der Schaffner locht für ihn eine eigene Fahrkarte, auf der ein Igel abgebildet ist.

Mit den neuen Namen verbinden sich keine Kindheitserinnerungen. Hinter den Gleisen breiten sich flache Felder aus. Das Getreide beginnt zu reifen. »Hier atmet es sich so leicht«, würde Mutter sagen. Tuomas leert sein Glas. Er bewegt sich wieder zwischen zwei Welten. Wenn er ankommt, erwarten ihn die unbekannten Straßen einer neuen Stadt, unbekannte Menschen. Aber noch hat er Zeit. Am meisten genießt er diesen Aufenthalt in einem Zwischenzustand, den Übergang aus einer Wirklichkeit in eine andere. Etwas Neues beginnt.

Der Mann mit dem gemusterten Hemd flüstert mit seiner Freundin und nickt zu ihm herüber. Die Frau will sich nach ihm umsehen, doch der Mann warnt offenbar, noch nicht. Tuomas gleitet vom Barhocker, wendet sich zu den Esstischen und zwinkert dem Mann zu. Dann dreht er sich um und kauft ein belegtes Brötchen, bevor er in das Raucherabteil zurückkehrt. Diese Szene wird seine Erinnerung an Parkano sein.

ER IST DAS LICHT DER BLINDEN, ERLEUCHTET IHR GESICHT

Die Metalllatten unter der Matratze klackern, als ich mich auf die Seite drehe. Es dauert eine Weile, bis ich begreife, wo ich bin. Aus dem Nebenbett sind Annikkis gleichmäßige Atemzüge zu hören, auf der anderen Seite Airas, weiter weg die der anderen Mädchen.

Gerade eben bin ich mit Johannes im See beim Sommerhaus geschwommen. Er hat mir den Autoreifen, den Vater aufgepumpt hatte, über meine hochgereckten Arme bis zum Bauch heruntergezogen. Dann hat er mich durch die Strömung des Flusses zur Sandbank geführt, die das Wasser aufgetürmt hat. Wir sind vorsichtig nebeneinander gegangen, und ich habe seine Bewegungen genau gespürt. Ich habe meine Schritte verlangsamt, wenn er langsamer wurde, und mich gebückt, wenn er es tat.

»Sind hier Fische?«, fragte ich.

Johannes blieb stehen, und ich auch. Ich spürte, wie er sich vorbeugte und das Wasser beobachtete.

»Wenn wir ganz still sind, kommen sie.«

Die Strömung war an den Beinen zu fühlen und trug den Sand unter den Fußsohlen weg. Das Wasser war kälter als bei der Sandbank. Am anderen Ende des Flusses liegt der Quellsee. Das hat Vater mir erzählt.

Ich senkte den Kopf so nah an die Wasserfläche, dass ich ihre Kühle im Gesicht spürte. Der Reifen quietschte. Johannes legte seinen Arm fester um mich, damit ich nur ja nicht hinfiel.

»Jetzt sind junge Barsche gekommen«, flüsterte er.

»Wie sehen sie aus?«

»Silbern, ganz klein. Sie haben gelbe Augen.«

»Wie klein sind sie?«

»So klein.«

Ich suchte seine Hand und tastete nach Daumen und Zeigefinger, die nah beieinander waren.

»Ganz winzig?«

»Ja.«

Ich senkte die andere Hand in den Fluss. Das Wasser strömte zwischen meinen Fingern hindurch. Als ich sie zusammenpresste, stieß der Fluss gegen meine Handfläche und versuchte, hindurchzukommen. Plötzlich legte sich Wärme auf meine Haut. Die Sonne. Ich drehte das Gesicht zu ihr hin, aber das Licht sehe ich nicht mehr so wie früher als Kind.

»Was gibt es da?«

Obwohl Johannes gesagt hatte, dass wir keinen Aufpasser brauchen, war Vater am Steg geblieben. Er saß in der Sonne und schrieb gerade einen Brief.

»Hier sind Barsche«, antwortete ich und streckte die Zunge in die Sonnenwärme. Johannes lachte.

Ich halte mich an der Metallstange des Bettrands fest und suche mit dem Fuß zuerst den einen Pantoffel, dann den anderen. Leise stehe ich auf und ziehe den Morgenmantel an, der über dem Stuhl hängt. Ich horche auf die Geräusche im Schlafsaal. Man hat mich vom Flur wieder hierher verlegt, nachdem ich versprochen habe, keine Schlager mehr zu trällern.

Keine der anderen ist wach geworden. Von draußen sind die

Windböen zu hören. Ich gehe ans Fußende des Bettes und von dort in Richtung Tür, finde die Klinke und wende mich auf dem Flur nach links. Neben mir geht eine Tür auf. Die Aufseherin.

»Wohin willst du, Helena?«

»Darf ich aufs Klo gehen?«

»Sag ›zur Toilette‹.«

»Darf ich zur Toilette gehen?«

»Findest du allein hin?«

»Ja.«

»Zähl deine Schritte laut, dann erinnerst du dich beim nächsten Mal. Ich bleibe hier und höre zu.«

Ich gehe und sage jede Zahl laut. Gleichzeitig lausche ich auf das Echo meiner Schritte, damit ich mich nicht aus Versehen an die Wand stütze. Ich versuche, so zu gehen, wie wir es im Unterricht gelernt haben, doch das genügt nicht. Beim sechsten Schritt ruft die Aufseherin mir nach:

»Gerade gehen, Helena!«

Ich drücke die Schultern nach unten und den Brustkorb nach oben. Dabei stelle ich mir ein Gummiband vor, das vom Scheitel durch mich hindurch nach unten führt, und ziehe es gerade.

»Gut. Das Kinn hoch!«

Immer noch zähle ich laut meine Schritte mit. Zwölf, dreizehn, vierzehn.

»Beweg dich beherzter!«

Ich lasse die Arme sinken, mache längere Schritte, ohne stehen zu bleiben. Schließlich bin ich beim neunzehnten Schritt angelangt, bin mir aber nicht sicher, ob die Tür hier ist. Ich drehe mich zur Wand und taste sie ab.

»Nicht zaudern, schalte die Nervosität ab.«

Die Stimme der Aufseherin prallt von der Decke und dem blanken Fußboden ab. Ich suche, finde die Klinke aber nicht. Die längeren Schritte haben die Entfernung verändert.

»Ein Stück zurück, Helena.«

Ich versuche, an der Wand entlang zurückzugehen. In den Schlafsälen sind bestimmt einige wach geworden.

»Noch ein wenig. Nicht umhertappen. Da.«

Meine Hand stößt an den Türrahmen. Ich taste über den Lack, bis ich die Klinke finde, und ziehe die Tür auf.

»Beim nächsten Mal denkst du an die Zahl der Schritte, Helena.«

Ich trete auf die Schwelle und bleibe dort stehen, um zu lauschen. Die Tür zum Zimmer der Aufseherin fällt zu. Ist sie schon hineingegangen, oder beobachtet sie mich? Da nichts zu hören ist, kehre ich auf den Flur zurück. Mit der einen Hand halte ich mich an der Tür zur Toilette fest, mit der anderen am Türrahmen, dann drücke ich die Tür vorsichtig zu. Sie schließt sich lautlos. Wieder horche ich. Hinter der Tür zum Schlafsaal der Jungen ist gedämpftes Flüstern zu hören.

Ich wende mich von den Schlafsälen weg. Zeige- und Mittelfinger bleiben die ganze Zeit an der Wand und lenken mich den Flur entlang zur Treppe. Unten gibt es keine Aufsicht, nur hier oben. Ich finde das Treppengeländer, suche mit dem Fuß nach der ersten Stufe. Mein Pantoffel schlägt gegen die Steinkante, das Echo wird von oben und von unten zurückgeworfen. Ich bleibe stehen und horche, ob jemand mich bemerkt hat. Ein kühler Luftstrom zieht über die Treppe von oben nach unten. Ich ziehe die Pantoffeln aus, lasse sie an der Treppe stehen und gehe barfuß weiter. Die Stufen fühlen sich kalt an, obwohl erst Ende September ist. Das Geländer lasse ich nicht los. Ich bin noch nie in der Mitte der Treppe gegangen, immer nur am Rand.

Ich gehe in die Unterrichtsetage hinunter und tiefer in das schlafende Gebäude hinein. Zwei Finger meiner linken Hand zeichnen den Weg an die Flurwand. Sie stoßen als Erstes an die Tür des Raums, in dem wir Wahrnehmungsunterricht haben. Dort lässt uns der Lehrer jedes Mal einen neuen Gegenstand untersuchen. In der vorigen Stunde legte er Aira eine duftende Kugel in die Hand. Die Kugel wanderte von Hand zu Hand, und wir alle mussten laut sagen, wie sie sich anfühlte. Sie war ein wenig weich, und an einer Stelle hatte sie einen harten Ansatz, der an einen Stein erinnerte. Der Lehrer erklärte, das sei eine Apfelsine. Sie wurde geschält, und ich bekam ein Stück von der Schale in die Hand gelegt. Als ich daran kratzte, heftete sich der Geruch an meine Finger. Er war süß und durchdringend. Ich kannte ihn, wusste aber nicht, woher. Jede von uns durfte ein Stück probieren. Es war weich, und wenn man es kaute, floss Saft heraus. Der Geschmack lief durch den Mund und war zuerst am Zungenrand zu schmecken, dann am Gaumen. Da erinnerte ich mich, dass die Blumen an Annas Brautkranz so gerochen hatten.

Meine Finger ertasten die Tür des Klassenraums, wo wir Handfertigkeitsunterricht haben. Die Lehrerin ist nicht so nett wie der Wahrnehmungslehrer.

»Steht nicht herum wie Jammergestalten«, sagt sie und befiehlt uns, gerade zu stehen.

Wir lernen, Schnürsenkel zu binden, stechen mit einer Nadel Bilder von Äpfeln in dünnes Papier und fädeln Wollgarn so durch die Löcher in einer Spanplatte, dass jeder Stich gerade ist. Die Lehrerin steht hinter uns und passt auf, dass wir kein Loch auslassen. Sonst muss man die Arbeit so lange aufdröseln, bis man die vergessene Stelle findet.

»Ihr könnt noch nichts, aber ich werde nützliche Mitglieder der Gesellschaft aus euch machen.«

Ich versuche zu erklären, dass ich schon alles Mögliche kann: Zum Beispiel kann ich am Geräusch unterscheiden, ob der Wind durch eine Fichte oder eine Kiefer weht, oder anhand des Geruchs merken, ob ein Baumstamm zu einer Birke, einer Weide oder einer Espe gehört, doch die Lehrerin lacht und sagt dasselbe wie Vater:

»Solche Kenntnisse würdest du brauchen, wenn du ein Waldbewohner wärst!«

Ein anständiger Bürger ist dazu in der Lage, seinen Lebensunterhalt selbst zu verdienen, und deshalb werden wir alle, wenn wir groß sind, Masseure, Pinselmacher oder Korbflechter, einige sogar Telefonvermittler. Vorher müssen wir Apfelbilder ins Papier stechen, obwohl jeder weiß, dass Äpfel nicht flach, sondern rund sind.

Ich habe gelernt, wie man Schnürsenkel zu einer schönen Schleife bindet und mit Punkten H-E-L-E-N-A schreibt. Ich gehe mit geradem Rücken, zaudere nicht und taste nur selten. Ich kann alle Strophen des Kirchenlieds »Du einz'ger Trost der Elenden« auswendig. Ich habe gelernt, mutig zum Lehrer zu kommen, zu fühlen, wie viele Perlen auf der linken Seite des Rechenbretts sind, und auszurechnen, wie viele demnach auf der rechten Seite sein müssen. Ich habe gelernt, dem Lehrer ohne Zögern die Antwort so ins Ohr zu flüstern, dass die anderen sie nicht hören. Trotzdem wäre ich lieber eine Waldbewohnerin. Ich habe keine Lust mehr, alles auswendig zu lernen, aber die Lehrer sagen, was man sich ordentlich einprägt, das bleibt im Gedächtnis und verschwindet nie mehr.

Unmittelbar vor der Haustür drehe ich mich um und gehe auf die andere Seite des Flurs. Ich lege die Stirn an die steinerne Wandfläche und taste mit den Armen nach beiden Seiten, als würde ich im Stehen eine Engelfigur in den Schnee drücken. Das darf man eigentlich nicht tun, weil es seltsam aussieht. Meine linke Hand findet den Türrahmen. Ich weiß nicht, ob die Tür nach rechts oder nach links aufgeht, aber es ist leichter, zuerst zu ertasten, wo die Türangeln sind. Wenn sie nicht in meiner Nähe sind, muss dort die Klinke sein. Ich finde sie und öffne die Tür zum Naturkunderaum.

Ich stehe auf der Schwelle und lausche. Von links ist leises Plätschern zu hören, das gleiche Geräusch wie zu Hause. Das Wasser kreist in den Heizkörpern. Oben wird eine Tür geöffnet, die Aufseherin dreht ihre Runde. Ich versuche, mich zu erinnern, wie es in diesem Klassenraum ist, denn ich bin erst ein- oder zweimal hier gewesen. Das Lehrerpult steht an der gegenüberliegenden Wand, glaube ich, aber ich bin mir nicht sicher. Ich trete über die Schwelle und schließe die Tür hinter mir. Dann gehe ich geradeaus, bis ich am ersten Pult mitsamt Stuhl stehe. Ich ertaste, in welcher Richtung sie stehen, und mache mich auf den Weg in den vorderen Teil des Klassenzimmers.

Der nächtlich leere Raum riecht merkwürdig. Tagsüber achtet man nicht auf den Geruch, weil die Klasse voller Menschen ist, aber jetzt rieche ich Holz und Putzmittel und trockene Pappe. Der Wind drückt gegen die Fensterscheiben. Plötzlich stolpere ich gegen irgendetwas und falle hin. Gleichzeitig kippt ein kleiner Beistelltisch oder Hocker um, der an der Wand gestanden hat. Er trifft mich an der Seite, und meine Wange schlägt gegen ein Pult oder einen Stuhl. Der Lärm hallt von den Steinwänden wider. Ich bleibe liegen und warte, ob auf der Treppe Schritte zu hören sind. Es bleibt still.

Ich strecke den rechten Arm aus, finde die Wand aber nicht. Der fremde Raum macht mir Angst. Ich muss aufstehen, muss weitergehen.

»Nicht schwanken«, sage ich mir.

Ich versuche zu horchen, ob ich in derselben Richtung stehe wie beim Hereinkommen. Das Klirren der Fensterscheiben verrät mir, wohin ich mich wenden muss. Ich gehe weiter in den vorderen Teil der Klasse. Bis in die Ecke traue ich mich nicht, denn da soll das Skelett eines Menschen stehen, für die Schüler der höheren Klassen. Ich versuche, es möglichst weitläufig zu umgehen. Dabei bewege ich mich seitwärts voran und halte die Hände auf den Pultdeckeln. Ich spüre, wie mein Rücken gegen etwas stößt, das hohl klappert und dann leicht schaukelt.

Das letzte Pult. Ich drehe mich wieder nach vorn, und nach zwei Schritten finde ich die Wand an der Lehrerseite. Ich taste sie ab, bis ich das entdecke, weswegen ich schon einmal hier war. Eine Reliefkarte, die aus Stoff und Sägemehl hergestellt ist.

Behutsam lege ich die Hand auf die Karte und streiche über ihre Oberfläche. Ich suche nach einem Fixpunkt, an dem ich beginnen kann, wie Vater, wenn er ein Kreuzworträtsel löst, aber ich fühle nur ein Chaos von Erhebungen und Senken. Meine Finger versuchen zu lesen, was sie sehen, schaffen es aber nicht. Ich befühle die Karte mit der flachen Hand, bis die Finger schließlich am unteren Rand auf etwas Hohes stoßen. Die Alpen. Jetzt weiß ich, wo ich bin.

Ich hebe meine Hände nach Norden, quer durch Deutschland und Dänemark, bis ich die Fjorde finde, die von der Uferlinie des mit Samt bezogenen Meeres tief ins Land ragen. Norwegen. Von da aus bewege ich die Finger nach Osten durch Schweden, über die Ostsee, über die vielen Inselchen von Åland. Dann folge ich der Westküste Finnlands und suche die aus dem Binnenland kommenden Flüsse. Perhojoki. Kalajoki. Pyhäjoki. Siikajoki. Oulujoki. Zuletzt Iijoki. Im Unterricht zählen wir sie von Norden nach Süden auf, aber ich ertaste sie in umgekehrter Reihenfolge.

Ich folge dem Strom zum Oberlauf. Die Eisenbahn führt nicht mehr dorthin, denn sie wurde abgebaut und als Kriegsentschädigung abgeliefert. Meine Finger wandern höher und höher. Sie lassen das Meer hinter sich und steigen den Fluss hinauf ins Hochland wie die alten Lachse. Der Strom schlängelt sich links und rechts von einer unterbrochenen, erhöhten Linie. Das ist die Straße. Ich lasse die Fingerspitzen an ihr entlanglaufen, bis sie an eine zweite, aus dem Süden kommende trifft, und an der Kreuzung der beiden Straßen finde ich mein Dorf. Ich drücke meine Wange an die Karte und halte mein Zuhause unter meinem Finger. Dort schlafen Johannes und Vater und Mutter. Anna und Oma auch.

Unter meinem Finger findet alles Platz, das ganze Dorf und das Sommerhaus und der Fluss und die Sandbank und die Barsche.

Ich stehe aus dem Bett im Sommerhaus auf und gehe durch das stille Zimmer. Nirgendwo stoße ich an, sondern bewege mich lautlos, denn ich kenne die Entfernungen und die Zahl der Schritte. Johannes dreht sich im Schlaf auf die Seite, Mutter ist zu Hause geblieben. Hinter der Küchentür kratzt ein Stift auf Papier. Vater ist noch auf.

Ich setze mich ans Eckfenster, auf das Sofa mit den geschwungenen Armlehnen, das Vater getischlert hat. Hier bin ich normal. Ich nehme die Muscheln in die Hand, die Johannes auf die Fensterbank gelegt hat. Sie riechen ganz leicht nach Algen. Draußen wartet das Netz von Leinen, die mich leiten, wohin ich auch gehen will. Ich ziehe die Beine unter mich und lausche auf die Stille des schlafenden Waldes. Sie ist nicht hart und knirschend wie hier, sondern weich und rund. Die Nacht duftet nach Kiefernzapfen.

ÜBER TAUSEND WINDE TÖNT EIN SORGLOSES LIED

Beim Eilmarsch kommt der Unteroffizier auf die Idee, den Zug der Funkkompanie singen zu lassen. Alle lachen heimlich über den Diensteifer des Unteroffiziers, der sich schon bei der Armee beworben hat, bevor er volljährig war. Abends will er Videos von Kriegsfilmen anschauen, »Die durch die Hölle gehen« und »Apocalypse Now«. Die Dialoge von »Full Metal Jacket« kann er auswendig. Die haben ihn auch auf die Idee mit dem Singen gebracht. Die Melodie ist jedenfalls die gleiche wie in amerikanischen Filmen.

»Familie, Kirche und Vaterland!«, brüllt der Unteroffizier, und der Zug antwortet.

Der Unteroffizier wirkt zufrieden. Er hat Pickel im Gesicht und ist jünger als die anderen, betrachtet sich aber als Nachfolger von Rokka und Hietanen aus »Der unbekannte Soldat«. Oder von Lammio. Fast alle in dieser Kompanie sind Studenten, außer dem Unteroffizier. Er hat über seine Vier beim Idiotentest gejubelt, verstummte aber schnell, als er merkte, dass fast alle anderen eine bessere Note geschafft hatten. Vergangene Woche hat er sich den Kopf kahl geschoren. Deshalb nennen die anderen ihn Knallkopf. Alle wissen, weshalb er in die Unteroffiziersschule aufgenommen wurde. Er selbst weiß es auch.

»Um dieser dreien willen!«

Die Männer singen mit. Warum nicht. Die Schießübungen sind gut gelaufen, die Februarsonne scheint, der freie Abend winkt.

»Dürfen wir die Nigger killen!«

Tenhola starrt ihn ungläubig an.

»Das ist nicht dein Ernst, Knallkopf.«

Der Unteroffizier überlegt, ob er die Männer abtreten lassen soll oder nicht. Er entschließt sich, so zu tun, als hätte er nichts gehört.

»So schützen wir das Vaterland!«

Tuomas steht als Zweitgrößter in der ersten Reihe des Zuges. Er singt nicht mit, denn Knallkopf sieht nicht, wer mitmacht und wer nicht. Vorige Woche ist er zwanzig geworden, aber Pekka hat nicht angerufen. Tuomas hat selbst mehrmals versucht, ihn über das Münztelefon in der Militärkantine zu erreichen, hat ihm immer wieder eine Nachricht hinterlassen und die Rufnummer des Telefons im Flur der Kompanie dreimal wiederholt, doch der ersehnte Anruf ist nicht gekommen. Vor so etwas hat auch der Militärgeistliche bei der Abendandacht gewarnt. Beziehungen verändern sich, wenn die Männer sich verändern.

Das Kasernenleben hat Tuomas anfangs Schwierigkeiten bereitet. Am dritten Tag war er drauf und dran, den Dienst zu quittieren und zu den einschläfernden BWL-Vorlesungen zurückzukehren. Die meisten Armeevorschriften erschienen ihm unbegreiflich. Er hat die blau-weißen Quadrate des Bettüberwurfs exakt übereinandergelegt, die Hose aus aufgerauter Baumwolle wieder und wieder gefaltet in den Spind gelegt, aber der Stabsfeldwebel, der für die Kompanie zuständig ist, war nie zufrieden. Die Quadrate müssen sich exakt decken. Die Nähte der Hosenbeine müssen auch an dem Ende, das zur hinteren Spindwand zeigt, ganz genau aufeinander liegen. Allmählich hat Tuomas jedoch gelernt, das ganze Treiben von außen zu beobachten, als wäre er selbst gar nicht anwesend. Im Leben des Feldwebels, der seit Jahrzehnten bei der Armee arbeitet, gibt es nichts Größeres als die Nähte der Hosenbeine.

Am schwierigsten ist jedoch die Religion. Alles dreht sich um die Frage, ob man zu den Laestadianern gehört oder nicht. Der Stabsfeldwebel hat verkündet, dass er dazugehört und außerdem Vater von zwölf Kindern ist. Der Kompaniechef ist kein Laestadianer, aber er ist nicht so oft vor Ort. Er trägt immer noch die Uniform der Fallschirmjäger, obwohl man ihn dort angeblich schon vor Zeiten rausgeworfen hat. Hier trifft der Stabsfeldwebel alle Entscheidungen. Die Ärmelstreifen der Gefreiten sind den Laestadianern vorbehalten, zur Sanitätsausbildung werden nur Glaubensbrüder zugelassen. Die Männer werden so aufgeteilt, dass in der einen Gruppe nur Ungläubige, in der anderen nur Gläubige sind. Die einen leeren im Lager das Scheißhaus und schippen Schnee, die anderen inventarisieren den Vorrat an Kanonenöfen. Nur Laestadianer werden Stabsunteroffiziere, bei Knallkopf ist es auch bald so weit.

In der Schulzeit hatten sie die Gläubigen nicht als eigene Gruppe betrachtet. Auf dem Pausenhof hatten alle miteinander gespielt. Doch die Laestadianer meinen, sie hätten ihre ganze Kindheit hindurch am Rand des Klassenzimmers sitzen müssen, und nun wollen sie alle gleichzeitig hervortreten. Tuomas hatte sich als Schreiber der Unteroffiziersschule beworben und geglaubt, er würde den Posten bekommen, weil er schon anderthalb Jahre an der Handelshochschule studiert hatte. Dem Feldwebel der Unteroffiziersschule war er sympathisch gewesen, doch unmittelbar vor der Versetzung hatte der Stabsfeldwebel Tuomas in sein Büro gebeten und erklärt, man habe an seiner Stelle einen anderen genommen, der zwar nicht mit diesen neuen Computern umgehen könne, aber dafür in der Mittelstufe ein Jahr lang als Wahlfach Maschinenschreiben gelernt habe.

An der Kreuzung beim Forstweg erstattet Knallkopf dem

Feldwebel Meldung, übergibt ihm den Zug und reiht sich selbst ganz vorn ein. Der Feldwebel hat den Gesang der Männer offenbar gehört, denn er lässt sie ebenfalls singen. Zum Glück befiehlt er ihnen keinen Eilmarsch, sondern ein normales Tempo.

Chip und Chap, Chip und Chap, Daisy und Donald Duck.

Wenn sie abends Ausgang haben, besuchen sie eine der Tittenbars, die während der Rezession aus dem Boden geschossen sind. Hinter der leeren Theke führt eine Tür zur Karaokebar. Von Zeit zu Zeit geht sie auf, und eine fünfzigjährige Kellnerin in grüner Strickjacke schaut nach, ob Kunden in den Pub gekommen sind. Wenn sie die Rekruten sieht, tritt sie durch die Tür, zieht die Strickjacke aus und hängt sie an einen Haken. Die Frau entblößt ihren hängenden, blau geäderten Busen und ihre großen Warzenhöfe vor den Augen der zwanzigjährigen Burschen und nimmt ein leeres Bierglas in die Hand.

»Normalbier oder Starkbier?«

Zum Schluss schließt sie die Kasse mit dem Schlüssel ab, der ihr um den Hals hängt, zieht die Strickjacke wieder an und kehrt auf die andere Seite zurück, um das Karaoke zu leiten. Die anderen reden lange über die Brüste der Frau, Tuomas nicht.

Er schweigt auch dann, wenn die anderen abends Fotos ihrer Freundinnen oder ihrer Frauen und Kinder herumzeigen. Den Fragen, ob er schon eine Frau gefunden oder im Urlaub eine gehabt habe, weicht er aus. Wie sollte er auch erklären, dass es da diesen einen gibt, Pekka, der aber nicht anruft und nicht schreibt. Mit dem er seit einem Jahr zusammen ist, aber so, dass keiner von beiden den Schlüssel zur Bude des anderen hat. Der in der Bar gelegentlich sagt, er werde die Nacht doch nicht bei Tuomas verbringen, und wenn Tuomas verwundert fragt, warum nicht, auf irgendeinen der blondierten Typen zeigt, die an der Theke herumhängen. Pekka sagt, eine Zweierbeziehung sei so ähnlich wie das Zusammenleben mit einer Katze: Man sei zusammen, doch keiner störe die Kreise des anderen. Vielleicht sind sie deshalb immer noch in der Phase, in der ihre Freunde sie besser kennen als sie einander. Doch Tuomas kennt kein anderes Leben. Woher soll er wissen, ob Zweierbeziehungen so funktionieren? Vielleicht gibt es das ganz normale Leben und außerdem ein Leben für Männer.

Am Nationalfeiertag war noch alles in Ordnung. Tuomas nutzte den Sonderurlaub, den er für den Orientierungslauf bekommen hatte, für ein verlängertes Wochenende und reiste mit dem Zug neun Stunden nach Süden. Gemeinsam gingen sie essen und landeten anschließend in einer Schwulen- und Lesbenbar, die tief in den Winkeln einer Passage versteckt war. Vor der Bar saß ein Typ allein im Schnee, der wie jede Woche auftauchte und sein Dosenbier trank. Sein Mut reichte nur bis zur Tür, aber nicht weiter. Allmählich wurde er betrunken, betrachtete die Paare, die aus der Bar kamen, sprach aber mit niemandem ein Wort. Bei Frost ließen die Türsteher ihn zum Aufwärmen in den Vorraum. Dort schlief er ein.

Um Punkt Mitternacht brach Madonnas *Vogue* ab, von der Decke wurde die finnische Flagge heruntergelassen, und aus den Lautsprechern dröhnte die Nationalhymne. Alle Gäste standen auf, alle Männer mit Föhnfrisur und alle tätowierten Frauen sangen den Text mit, in dem kein Tal, kein Strand so geliebt werde. Nach der Hymne hatten alle ein merkwürdiges Gefühl. Hier wurde die Schönheit des Vaterlandes von denjenigen besungen, über die der Durchschnittsbürger sich nur voller Verachtung äußerte. Pekka und er hatten mit den beiden Igelfrisurfrauen am Nebentisch auf Finnland und den Winterkrieg und die Jäger-Bewegung angestoßen. Zuletzt waren sie so betrunken, dass sie die Skins, die vor der Bar patrouillierten, nicht bemerkten und nur durch Zufall an ihnen vorbeikamen. Der Nächste, der die Bar verließ, hatte nicht so viel Glück.

Onkel Dagobert ist schwul, drum darf man ihn töten.

Seit diesem Abend hat Pekka sich nicht mehr gemeldet. Das Alleinsein wird von Tag zu Tag bedrückender, ebenso die Erkenntnis, dass Tuomas nichts klären und nichts tun kann. Er hatte mit jemandem reden wollen und sich an die Schweigepflicht erinnert, die der junge Militärgeistliche, der als Praktikant bei der Kompanie ist, in der Abendandacht erwähnt hatte. Also hat er ein Treffen vereinbart und dem Pfarrer am Tag davor sein Tagebuch gegeben, damit er sich nicht mitten im Gespräch outen muss. Es würde leichter sein, wenn der andere schon über die Situation im Bilde war.

Tuomas hatte an die Tür des Geistlichen geklopft und gewartet, bis er eintreten durfte. Der Pfarrer hatte am Fenster gesessen und Tuomas einen Plastikstuhl zugewiesen.

»Sie haben viel auf dem Herzen, Löytövaara.«

»Ja. Weil ich nicht weiß, was los ist.«

»Der Seelenfeind führt uns leicht in die Irre.«

»Wie bitte?«

»Er verleitet uns dazu, uns etwas zu wünschen, was wir eigentlich nicht wollen.«

Das Gespräch ging nicht in die richtige Richtung, doch der Pfarrer erlaubte Tuomas nicht zu gehen, sondern stellte ihm immer wieder dieselben Fragen. Ob Löytövaara vielleicht anders sei? Ob er nicht an die Verdammnis denke? Ob er keine Ehefrau wolle? Keine eigenen Kinder, die das Erbe der Familie weitertragen? Schließlich hatte der Diensthabende die Kompanie zum Essen gerufen. Der Pfarrer wollte die Seelsorge nach dem Essen fortsetzen, aber Tuomas behauptete, er habe eine Verabredung zum Kino. Er hatte keine Probleme mit sich selbst. Die anderen hatten eins.

Nur Schwuchteln hören noch ABBA.

Es gibt auch eine zweite Armee, eine geheimere. Tuomas bemerkt verstohlene, suchende Blicke in der Schlange bei der

Essensausgabe, in der Kleiderkammer, im Lager. Er hatte auch nicht angenommen, dass er der Einzige unter den Feldgrauen war. Am Wochenende war er in der örtlichen Bar auf den Hauptmann des Waffendepots und einen Oberleutnant der Fernsprechkompanie gestoßen. Die beiden hatten zu Schmusemusik eng umschlungen getanzt. Im Fitnessraum neben der Hauptwache dreht sich ein junger Oberfeldwebel, der beim Bankdrücken zweihundert Kilo stemmt, im Waschraum mit dem Rücken zur Wand und zeigt sich allen, die hinsehen wollen. Ein Leutnant will immer, wenn er diensthabender Offizier ist, die Duschräume kontrollieren. Tuomas kennt die Regeln dieses Dienstes. Wie man aus Jungen Männer macht.

DOCH SINGEN, SINGEN KANN ICH NICHT

Der gleichmäßige Rhythmus macht mich schläfrig, doch jetzt wage ich nicht mehr einzuschlafen. Ich vergewissere mich noch einmal, dass der Koffer neben meinem Fuß auf dem Boden steht. Dann klappe ich den Deckel meiner Armbanduhr auf und taste nach den Zeigern. Noch zwanzig Minuten. Ich schiebe die andere Hand in die Tasche und fühle nach, ob die Geldbörse noch da ist. Weiter vorn raucht irgendwer dieselbe Marke wie Vater. Klubi 22.

Die Tür wird geöffnet, jemand kommt herein und zieht sie resolut hinter sich zu. Geht mit schnellen Schritten durch den Wagen.

»Nächster Halt Oulu.«

Ich höre den Rhythmus der Räder und klopfe ihn mit der linken Hand auf die Armlehne. Dann probiere ich rhythmische Variationen aus, halbes und doppeltes Tempo. Mit den Fingern der rechten Hand suche ich Melodien, die zum Rhythmus passen. »Sommerabendwalzer«. »Das fliegende Fischbrot«. »Nulpen aus Amsterdam«. Der Zug verringert die Fahrt, und der letzte Walzer wird schleppend. Tief unten im Bauch nistet die Aufregung.

Ich stehe auf und überprüfe den Sitzplatz mit der Hand, dann hebe ich meinen Koffer hoch. Der Zug bewegt sich noch, und ich suche mit der linken Hand Halt an der Rücklehne. Dabei achte ich darauf, niemanden an den Haaren zu berühren. Es ist das erste Mal, dass ich die Strecke allein fahre. Bei der Abfahrt in Helsinki hat die Begleitperson der Schule nachgefragt, ob Vater oder Mutter mich am anderen Ende abholten. »Natürlich«, habe ich geantwortet.

Im Vorraum ist es laut. Dort steht schon jemand, und hinter mir kommen andere. Der Zug fährt immer langsamer. Ich versuche, mich an die Wand zu lehnen, damit der Ruck beim Anhalten mich diesmal nicht umwirft. Die Tür geht auf. Als die Ersten ausgestiegen sind, lasse ich die Hand an der Wand entlanggleiten, bis ich den Handgriff finde, und steige auf den Bahnsteig. Die Zellstofffabrik stinkt heute schlimmer als bei der Abreise im Herbst. Gleich nach mir steigt noch jemand aus.

»Brauchen Sie Hilfe?«, fragt eine Frau, die nach gebratenem Schweinefleisch riecht.

»In welcher Richtung ist das Bahnhofsgebäude?«

»Gleich rechts. Soll ich Sie hinbringen?«

Ich nehme mein Gepäck in die eine Hand, taste mit der anderen nach dem Arm der Frau und halte mich fest.

»Danke.«

»Werden Sie abgeholt?«, erkundigt sich die Frau.

»Nein.«

»Wohin wollen Sie?«

»Ich müsste nach Oulunsuu.«

Die Frau schweigt einen Moment lang und scheint zu überlegen, was sie sagen soll. Instinktiv rückt sie ein Stück von mir ab.

»Dann bringe ich Sie am besten zur Haltestelle vor dem Bahnhof.«

Die Frau führt mich schweigend an den Waggons und der heißen Lokomotive vorbei und dann einige Treppenstufen hinunter an den Straßenrand, wo ich stehen bleiben soll.

»Hier hält der Bus.«

Sie wendet sich ab, spricht mit irgendwem an der Haltestelle und bittet ihn, dafür zu sorgen, dass ich in den richtigen Bus steige. Dann dreht sie sich wieder zu mir und verabschiedet sich knapp.

»Sie wirken ansonsten aber ganz normal.«

Man führt mich in den richtigen Bus und sagt mir, ich solle bei der Klinik aussteigen. Ich setze mich auf die Bank hinter der Schaffnerin und lehne mich zurück. Leute steigen ein und aus. Ich zähle, wie oft der Bus abbiegt, und höre Bruchstücke von Gesprächen. Der Werklehrer am Lyzeum säuft. Der Ostseehering ist teurer geworden. Die Regierung Kuuskoski wird nicht mal einen Monat durchhalten.

Schließlich bremst der Bus.

»An der Nächsten müssen Sie aussteigen, wenn Sie zur Bezirksklinik wollen«, sagt die Schaffnerin.

Die Menschen in meiner Nähe verstummen lauschend. Ich nehme meinen Koffer und stehe auf. Ich will keine Hilfe, sondern suche an den Kanten der Bänke Halt. Mein Koffer bleibt an irgendetwas Dehnbarem hängen, löst sich aber, als ich ihn hochhebe. Ich stoße mit niemandem zusammen, denn die Leute weichen mir aus. Die Bustüren öffnen sich, und ich steige aus. Hinter mir schließen sich die Türen, der Bus fährt weiter. Nachdem sich die Abgase verzogen haben, nehme ich den Geruch eines Kiefernwäldchens wahr.

Ich habe keine Ahnung, wo ich mich befinde. Ich bin noch nie hier gewesen und weiß nicht, wie weit ich vom Stadtzentrum entfernt bin. Mutter würde wütend, wenn sie es erführe, aber ich werde es ihr nie erzählen. Heute oder morgen fahre ich weiter ins Hochland. Ich kann im Bahnhof schlafen, wenn er offen ist. Zu Hause werde ich behaupten, ich hätte geschrieben und meinen Besuch angekündigt, aber der Brief sei offenbar verloren gegangen. Jemand habe mich vom Bahnhof zum Marktplatz gebracht, und ich hätte es ohne Zwischenfall in den Bus geschafft.

Ich versuche, auf meine Umgebung zu lauschen. In den Bäumen singen Buchfinken. Von hinten kommt jemand auf einem Fahrrad.

»Entschuldigung?«, rufe ich.

Das Fahrrad kommt näher und wird langsamer.

»Entschuldigung«, wiederhole ich, lauter.

Der Sand knirscht unter den Reifen, bis das Rad hält. Der Fahrer stellt einen Fuß auf die Erde und schnieft.

»Hast du dich verlaufen?«

Ein Junge. Gut zehn Jahre alt.

»Hier müsste irgendwo eine Klinik sein.«

»Die ist da hinten.«

»In welcher Richtung?«

Der Junge führt mich hin. Er schiebt sein Rad, und ich folge dem Geräusch. Wir gehen über weiches Gras und dann einen langen Sandweg entlang. Die Sonne wärmt mir den Nacken, ich würde gern den Mantel ausziehen.

»Hier ist der Haupteingang.«

Ich taste mit dem Fuß nach dem Weg.

»Zuerst sind da ein paar Stufen.«

Ich bedanke mich und höre, wie der Junge in die Pedale tritt. Bald darauf hält er jedoch an. Betrachtet mich. Glaubt, dass ich ihn nicht mehr höre. Ich drehe mich zu ihm um.

»Hast du etwas vergessen?«

»Bist du verrückt?«, fragt er interessiert.

Ich steige die Treppe hoch, suche die Klinke und ziehe die Tür auf. Sie bewegt sich überraschend leicht, obwohl sie schwer ist. Ich suche den Weg nach drinnen und nehme den Bohnerwachsgeruch der Klinik wahr. Vor mir ist eine Schreibmaschine zu hören, links entfernen sich Schuhe mit Gummisohlen. Sie knirschen auf dem Linoleum. Rechts wird eine auf Schienen laufende Glasscheibe zur Seite gezogen.

»Bitte?«

Ich drehe mich zu der Stimme hin.

»Ich möchte jemanden besuchen. Löytövaara. Ich habe am Donnerstag angerufen und mich angekündigt.«

Die Pflegerin überprüft die Nummer des Zimmers und sagt, sie werde mich zur Station bringen. Sie kommt zur Tür heraus und geht auf meine rechte Seite. Hebt meine Hand und legt sie mit geübtem Griff auf ihren Arm, rückt noch ein wenig näher an mich heran, damit ich die Bewegung ihres Körpers an meinem Handrücken spüre. Ich nehme den Koffer in die linke Hand und lasse mich führen. Wir gehen durch die nach Ammoniak riechenden Flure der Nervenklinik. Das Schlüsselbund der Pflegerin klirrt bei jedem Schritt. Die Sonne scheint durch die Fenster und hat die Luft stickig werden lassen. Jemand hat das bemerkt und hier und da Fenster geöffnet, durch die der Duft der Bäume und das Summen der Insekten hereindringen. Wir gehen durch hallende Korridore und über gleichförmige Treppen, öffnen schwere Türen. Ich lausche auf die Geräusche in den Zimmern, die wir passieren, höre Gebrüll, auch Weinen. Die Türriegel klappern. Die Pflegerin führt mich vorausschauend, warnt vor Schwellen und Treppen, sagt mir sogar die Zahl der Stufen. Allerdings verlasse ich mich nicht mehr auf die Zahlen, die andere mir nennen.

Schließlich bleiben wir stehen. Die Pflegerin klopft an, wartet aber nicht auf Antwort. Sie öffnet die Tür und führt mich ins Zimmer. Meine Hände sind kalt. Die Pflegerin lässt mich mitten im Raum stehen, holt einen Stuhl vom Flur und hilft mir, mich zu setzen.

»Das Bett ist direkt vor Ihnen. Klopfen Sie, wenn Sie gehen wollen. Ich sage der Stationsschwester, sie soll die Ohren offen halten.«

Die Tür wird geschlossen und verriegelt. Dann wird sie noch einmal aufgesperrt, und die Pflegerin flüstert hastig:

»Fassen Sie die Handgelenke nicht an.«

Ich stelle den Koffer ab. Im Zimmer ist ein Fenster geöffnet, ich spüre, wie die Luft sich bewegt. Mit der rechten Hand suche ich die Bettkante, finde sie aber nicht. Ich ziehe den Stuhl weiter nach vorn. Das Geräusch der Stuhlbeine wird von den Wänden zurückgeworfen. Ich taste mit beiden Händen, bis sie an eine kalte Metallstange stoßen. Das ist die Bettkante. Ich schiebe die Hände dahin, wo ich die Wand und das Kopfende vermute. Dabei treffen sie auf etwas Warmes, auf Haut. Eine Hand. Ich befühle sie. Die Finger sind halb zur Faust geballt. Um das Handgelenk ist ein Verband gewickelt. Darüber befindet sich ein breiter Ledergurt mit einer starken Schnalle aus Metall. Die Hand ist an das Bettgestell gefesselt. Der Liegende atmet schwer. Ich beuge mich vor.

»Vater?«

Keine Antwort.

Ich weiß es, obwohl ich es nicht wissen dürfte. Johannes hat mir geschrieben, dass Mutter ihn nach einem Anruf mit dem nächsten Bus nach Oulu geschickt hat, um Vater zu suchen. An der angegebenen Adresse hatte Johannes ihn auf dem Bett liegend und mit blutenden Handgelenken gefunden. Er hatte seinen Sohn um Verzeihung gebeten und gesagt, er wolle einfach nur weg. Ein unbekannter blonder Mann hatte die Wunden mit Gaze verbunden. Damals war es Johannes gelungen, Vater zu beruhigen, zum Arzt zu bringen und am nächsten Tag nach Hause mitzunehmen. Beim nächsten Mal war der Anruf direkt aus der Nervenklinik gekommen, aus dem Bezirkskrankenhaus Oulunsuu. Mutter hatte den Nachbarn erzählt, Vater habe eine Lungenentzündung. Wegen der Ansteckungsgefahr dürfe man ihn nicht besuchen, deshalb fahre auch sie nicht zu ihm. Seine Genesung mache aber Fortschritte, und er komme bald wieder nach Hause.

Ich hebe meine Hände erneut auf das Bett und befühle den

Verband am Handgelenk. Darunter versucht die Haut zu schließen, was aufgeschlitzt wurde. Vaters Arme liegen in derselben Position wie bei der Gipsfigur in der Schule, die Christus darstellt, wie er die Arme schräg nach unten streckt und die Mühseligen und Beladenen einlädt, zu ihm zu kommen. Wir sind beide Zimmermannskinder, Jesus und ich.

Ich schiebe meine Hände an Vaters Arm entlang. Unter dem Kopf liegen zwei Kissen. Er ist unrasiert, die Brille hat man ihm abgenommen. Seine Haare sind wirr. Sein Atem wird leichter, unter seinen Augenlidern zuckt es. Mir steigen Tränen in die Augen, und meine Finger rufen ihn zurück in diese Welt. Ich scheitele Vaters Haare, dann lasse ich meine Hände über die Wangenknochen zur Kinnlade gleiten und ziehe Kreise unter dem Kinn, so wie Vater es bei mir gemacht hat, als ich klein war.

Ein Beben durchläuft ihn, und er atmet heftig aus und ein. Ich lasse ihn nicht los, meine Hände bleiben, wo sie sind.

»Lahja?«

Vaters Stimme ist trüb, gepresst. In seinem Atem rieche ich den stechenden Geruch von Medikamenten.

»Ich bin es, Helena«, antworte ich.

Die Arme sinken auf das Bett zurück, die Luft entweicht in einem langen, tiefen Stoß aus der Lunge.

»Helena?«

Ich nehme die Hände von seinem Gesicht und rücke den Stuhl näher heran. Als ich nah genug bin, lege ich den Kopf auf Vaters Schulter. Er versucht, die Hände zu heben, aber sie sind festgebunden, und nur die Verschlüsse der Ledergurte klirren. Vater bewegt den Rücken hin und her, um eine bessere Position zu finden, doch das gelingt ihm nicht, und so begnügt er sich mit dem, was ist. Vor Scham klingt seine Stimme belegt, als er sagt:

»Ich bin nicht ganz gesund.«

Ich lasse den Tränen freien Lauf und weiß nicht, ob ich vor

Aufregung weine oder vor Angst. Vater drückt seinen Kopf an meinen und schweigt.

»Warum?«, versuche ich zu fragen, obwohl ich weiß, dass es nicht auf alle Fragen eine Antwort gibt.

Vater bewegt den Kopf hin und her und streichelt mit seiner Wange meine Haare. Ich weine, und Vater beschwichtigt mich. Allmählich wird daraus ein Lied, das er zuerst wortlos summt, bis die Worte hinzukommen. »*Wieder strahlt der Himmel so blau, wieder perlt im Grase der Tau.*« Vater singt mit leiser Baritonstimme. Ich singe mit. Unsere Stimmen verflechten sich ineinander und werden eins. »*Wie in einem Märchenland.*«

Ich möchte ihm erzählen, dass ich die Zulassung zum Klavierstudium an der Akademie bekommen habe. Dass ich durch alle Straßen im Stadtteil Kallio gelaufen bin und an jede Tür geklopft habe, bis ich eine Wohnung zur Untermiete fand und aus dem Wohnheim ausziehen konnte. Ich würde ihm gern erzählen, dass ich abends allein im Bett liege und mich nach der toten Oma und nach Johannes sehne und auch nach Mutter, obwohl ich dafür eigentlich zu alt bin. Ich möchte ihn fragen, warum manche so geschaffen wurden, dass niemand sie liebt, doch ich weiß, dass Vater nicht der Richtige ist, um diese Frage zu beantworten. Durch das Fenster dringt der Duft von Fichtennadeln. Vater dreht den Kopf und drückt mir einen Kuss auf die Haare.

»Vatis Mädchen.«

Von der Erde steigt Kälte in meine Beine und in der Lunge spüre ich Frost. Ich will nicht Vatis Mädchen sein. Ich stehe so abrupt auf, dass der Stuhl umkippt. Am Bettende orientiere ich mich, dann taste ich nach dem Koffer. Ich suche die Zimmertür.

»Helena!«, ruft Vater.

Die Tür hat keine Klinke. Ich klopfe zweimal an die glatte Fläche, und da nichts geschieht, noch dreimal.

»Helena, verzeih mir!«

Die Tür wird geöffnet, und ich stolpere hinaus. Der Boden schwankt.

»Ich wollte dich nicht wegschicken!«, ruft Vater.

Derjenige, der die Tür geöffnet hat, geht hinein. Eine zweite Person eilt an mir vorbei und ebenfalls ins Zimmer.

»So beruhigen Sie sich doch, Herr Löytövaara.«

Das Geklirr der Ledergurte am Bett ist bis in den Flur zu hören. Seine Abbitten prallen von den Wänden ab. Ich trage meinen Koffer auf den Armen, und er bleibt am Türrahmen hängen, aber ich halte nicht inne. Ich weise Vater endgültig zurück und weiß, dass wir uns nie wiedersehen werden. Seine Schreie schallen bis in die Eingangshalle, als ich ihn allein in dem steinernen, hallenden Haus zurücklasse. So wie er mich vor vielen Jahren.

ER IST ALLEIN UND OHNE TROST

Auf den Grand-Prix-Hit folgt Dancefloor-Musik. Der Bass vibriert auf der Haut, dringt in den Körper ein und pulsiert in den Zellmembranen. Einige sind stehen geblieben, um die Tanzenden zu beobachten, die sich der Musik hingeben. Die meisten schlendern allerdings gegen den Uhrzeigersinn um die Tanzfläche herum.

What is love?
Baby don't hurt me!
Don't hurt me no more!

Das Wichtigste ist, sein Interesse nicht offen zu zeigen. Das Zweitwichtigste ist, durchblicken zu lassen, dass man eventuell zu haben ist. Man reißt keinen auf, sondern lässt sich aufreißen. Niemand spricht, lässt sich aber vielleicht ansprechen. Man schaut nicht, sondern gibt sich den Blicken preis. Das Drittwichtigste ist, nicht stehen zu bleiben, sondern weiterzugehen. Wieder und wieder die Runde durch das Lokal zu drehen, denn jedes Mal betrachten neue Männer mit hungrigen Blicken die vorbeiwogende Masse. Jetzt ist der falsche Zeitpunkt, um Interesse zu zeigen, das kann man später noch tun, zuerst muss man herausfinden, ob etwas Besseres da ist. Auf diejenigen, die man schon gesehen hat, kann man zurückkommen, wenn man sich vergewissert hat, dass der Unbekannte, auf den man immer wartet, nicht anwesend ist. Der, bei dessen Anblick man sofort weiß, das ist er. Der, für den man sich an diesem Abend zurechtgemacht hat, für den man die Kleidung ausgewählt, sich Sonnenbräune und Stil zugelegt hat. Für den man auf ungesunde Leckerbissen verzichtet, sich eine Tätowierung, ein Piercing, ein Haustier zugelegt hat. Für den man sich die Zähne hat richten lassen und in angesagten Geschäften gut sitzende Kleidung gekauft hat.

Auf diesen Abend hat man die ganze Woche gewartet. Am schlimmsten war es gerade heute, als der Sonntag eingeläutet wurde. Sechs Uhr am Samstagabend ist nicht für diese Männer bestimmt. Dann ist es schon zu spät, um den freien Tag zu genießen und durch die Geschäfte zu streifen, zu spät, um mit Bekannten in ein Café am Flussufer zu gehen. Gleichzeitig ist es zu früh, um eines der Kochrezepte auszuprobieren, die man im Lauf der Woche aus der Zeitung ausgeschnitten hat. Zu früh, um in eine Bar zu gehen oder zu beschließen, doch lieber zu Hause auf dem Sofa zu bleiben. Samstags um achtzehn Uhr treiben die Kirchenglocken die Paare nach Hause. Durch die leeren Straßen der Stadt ziehen nur die jungen Leute, die noch nichts von der Zeit verstehen, und diese Männer, die versuchen, vor ihr zu fliehen.

I don't know why you're not there
I give you my love but you don't care

Beim Läuten der Abendglocken überlegen die Paare, ob sie daran gedacht haben, Getränke für den Saunaabend zu besorgen, die Mutter anzurufen und den Saunaofen anzuheizen. Die Einsamen überstehen diese Zeit am besten, indem sie feststellen, wer sonst noch in die Bar will, wenn das Leben am Abend weitergeht. Wenn Nicht-Samstag, beinahe Sonntag ist. Aber über die

Sechs-Uhr-Marke muss man sich hinwegkämpfen. Nach Hause gehen, als hätte man darauf Lust. Fernsehen, ohne dass es einem Spaß macht. Etwas Schnelles für eine Person kochen. Auf den Abend warten.

Dieses Lokal bietet den Einsamen Zuflucht. Außerhalb seiner Wände sind sie Freaks, die man entweder bemitleidet oder hasst. Hier haben sie ihre Ruhe, während die Welt darüber nachdenkt, ob der Grund für ihre Existenz die Abwesenheit des Vaters oder der erhöhte Testosteronspiegel im Fruchtwasser der Mutter ist. Oder liegt Homosexualität vielleicht in der Familie? In diesem Gebäude brauchen sie nicht zu erklären, ob sie sich möglicherweise in einer vorübergehenden Phase befinden oder ob sie einfach beschlossen haben, so zu sein, wie sie sind. Niemand hält es für nötig, den Frauen, die im Obergeschoss Letkiss tanzen, an den Kopf zu werfen, sie seien so hässlich, dass kein normaler Mann sie anrühren würde.

Die Männer im Erdgeschoss meiden unangenehme Themen, in ihren Gesprächen besteht die Welt lediglich aus Aufwind und Erfolgen. Die Frauen im Obergeschoss hingegen unterhalten sich über Mieterhöhungen, Entlassungen oder Geldmangel. Sie brauchen ihre Misserfolge nicht hinter einem hübschen Lächeln zu verstecken.

Jedes Wochenende kommen sie hierher, drehen dieselbe Runde, treffen Bekannte und tanzen wieder zu denselben Schlagern. Auch wenn alles bisher so gelaufen ist wie jeden Samstag, erwarten sie, dass der Abend diesmal anders endet. Dass sie jemanden finden. Dass die Suche aufhört. Einige träumen sogar davon, ein gemeinsames Nest zu bauen, so zu sein wie die anderen. Aber auf ihre Weise.

Über die Heteros reden sie in mitleidigem Ton, doch in ihren Worten schwingt Verbitterung mit: Während die anderen schon in der Pubertät gelernt haben, mit jemandem anzubändeln, haben sie erst mit über zwanzig damit angefangen. Mit fast dreißig sind sie im Alphabet der Zweierbeziehung auf demselben Niveau wie die anderen mit sechzehn. Hätten doch auch sie mit dreizehn irgendwen hinter der Sporthalle küssen können. Und den Eltern ihren Freund vorstellen können, zur selben Zeit wie die Gleichaltrigen. Den Mitschülern erzählen, dass sie sich verliebt haben, oder wenigstens, dass sie einen Menschen gefunden haben, in den sie sich verlieben könnten. Im Supermarkt gemeinsam Kochtöpfe kaufen. Auf der Straße Hand in Hand gehen.

Nein. Jeder weiß, dass man nicht Hand in Hand geht. Da verläuft die Grenze, selbst wenn man jemanden gefunden hätte. Sie müssen sich damit begnügen, sonntags nebeneinander auf dem Uferweg zu spazieren und darüber zu lächeln, dass sie etwas über die Welt wissen, was den Entgegenkommenden unbekannt ist.

So what is right and what is wrong

Aber der Richtige hat sich noch nicht gefunden, gestern am Freitag nicht und sicher auch heute nicht. Wenn das restliche Finnland in der Sauna geschwitzt, für die Erwachsenen Bier und für die Kinder Limonade aus dem Kühlschrank geholt und sich auf das Sofa gesetzt hat, um das Musikquiz »BumtsiBum!« zu gucken, versammeln sie sich in einem Lokal in einer Nebenstraße, um gegen den Uhrzeigersinn einen Saal zu umrunden. Die Ältesten sind schon früh gekommen. Sie haben die wenigen Bänke und Tische erobert, die Stühle zum Gang hin gedreht und sich hingesetzt, um zu warten. Als Nächstes sind die in den mittleren Jahren gekommen. Sie haben sich ein Bier geholt und sich an die Stehtische am Gang gestellt. Die Jüngsten kommen zuletzt, immer zu spät, obwohl sie wissen, dass das Publikum bereits wartet. Sie bringen plappernde Mädchen mit, deren Gekicher ziemlich raumgreifend ist. Insgeheim hofft jedes Mädchen, dass der Junge, bei dem es sich eingehakt hat, es sich eines Tages anders überlegt und ihm doch noch eine Chance gibt. Jedes Mal, wenn ein Junge einen anderen findet, sind die Mädchen enttäuscht, doch sie geben nicht auf.

Gimme a sign

Nach ihrer Ankunft bleiben die jungen Leute nicht stehen, sondern beginnen, in den übrigen Räumen nach anderen Jungen zu suchen, die sie aus den Augen verloren haben, und setzen damit, ohne es zu wissen, das ganze Lokal in Bewegung. Runde um Runde reißen sie weitere Männer mit sich, so wie ein Fluss Sand und sogar Steine mitnimmt. Alle flanieren und hoffen, einen namenlosen Neuen zu finden. Einen, mit dem man den Traum von einer Welt teilen kann, in der man Hand in Hand geht. In der man am Samstagmorgen auf dem Bett liegt, während die Sonne durch die Schlitze der Jalousien nach bereits Aufgewachten sucht. Man würde sich den ganzen Tag lang gegenseitig »Pu der Bär« vorlesen. Übernimm du Ferkel und Eule, dann lese ich alle I-Aahs. Keiner der beiden würde merken, dass es Samstag und sechs Uhr abends ist.

I want no other, no other lover
This is your life, our time

Tuomas ist allein unterwegs, denn an diesem Abend ist Sini nicht mitgekommen. Sie sagt, sie habe einen gefunden, der ihr Freund werden könnte, zweifelt aber von vornherein an der Chance auf eine Beziehung.

»Ich hab eine Scarlet-O'Hara-Störung und dazu das Tinker-Bell-Syndrom. Mit mir hält es keiner aus.«

Sie verstehen sich, denn sie sind beide aus dem Norden in diese Stadt gezogen, Sini von noch weiter nördlich als Tuomas.

Spätestens am Montag wird sie ihn besuchen kommen, sie hat einen eigenen Schlüssel zu seiner Wohnung. Und als Zeichen, dass sie beschlossen hat, ein neues Leben anzufangen, hat sie sich die Haare gefärbt.

Tuomas hat einen Rastplatz an Paavos und Ilkkas Tisch gefunden. Er war den ganzen Samstag über damit beschäftigt, als Aushilfe im Backoffice der Bank Berichte für die Aktienanleger zu schreiben. Dann ist er nach Hause gegangen, hat das dezente blau karierte Hemd und die schmale, gerade Hose ausgezogen. Er hat sich vor dem Spiegel abgemüht und Zeit investiert, um genau richtig auszusehen. Hat seine blonden Haare mit Gel zur Welle geformt, die Ärmel des weißen T-Shirts hochgekrempelt und links eine Schachtel grüne Marlboro Lights in den aufgerollten Ärmel gesteckt. Sie zeichnet sich unter dem engen Hemd gerade so ab, wie es sich gehört. Obwohl es draußen eiskalt ist, hat er sich gekleidet wie für die Clubs in den Großstädten südlicher Länder. Das einzige Zugeständnis an den beißenden Frost ist eine verschossene lange Unterhose, die aber schon so dünn geworden ist, dass man sie unter der dunklen, glänzenden Hose nicht bemerkt.

Tuomas hat seinen Stuhl zu der Menge und ihrem merkwürdigen Kreisspiel gedreht. Paavo hat für ihn ein frisches Bier und für sich selbst und Ilkka Whisky-Cola geholt. Nun fährt er mit der Klassifizierung fort, die er vorhin unterbrochen hat.

»Und dann gibt es die Toyboys, die den Tanzstil der Schwulen beherrschen. Die Handgelenke immer oberhalb der Schultern. So.«

Paavo macht es vor und hebt die Hände, aber eher zurückhaltend. Ilkka legt das Cocktailstäbchen aus seinem Drink auf den Tisch, während er zuhört, dann liefert er seinen eigenen Beitrag.

»Und die Aristokraten sind solche, die sich bemühen, wohlhabend zu wirken. Selbst wenn du Kioskverkäufer bist, musst du die teuersten Kleidermarken kaufen und davon schwärmen, dass du demnächst wieder nach Sansibar reist, weil es da letztes Mal *absolut fantastisch* war.« Ilkka formt mit den Fingern Anführungszeichen in der Luft, um ironische Distanz zu markieren. »Das Allerbeste ist natürlich, wenn ein Aristokrat mit einem Onkel redet, der wirklich Geld hat.«

Tuomas beteiligt sich nicht an der Klassifizierung. Zwar fühlt er sich in der Gesellschaft der beiden wohl, doch die rastlose Stimmung im Restaurant hat ihn angesteckt. Solange er an diesem Tisch sitzt, holt ihn keiner, niemals. Er blickt in die Richtungen, in die das Paar zeigt, hört sich die Definitionen an und erkennt sich in jeder einzelnen wieder. Er ist ein Angsthase, der sich die größte Mühe gibt, sein Leben so einzurichten, dass seine Familie und seine Freunde sich nie begegnen. Er ist ein Mauerblümchen, das nicht weiß, was es mit seinem Leben anfangen soll, und deshalb herumsteht und sich betrinkt, bis es irgendwann im Lauf des Abends von einem alten Daddy aufgegabelt wird. Ein Erlebnisreisender, der sich auffällig kleidet, kompliziert gemixte Drinks konsumiert und weite Reisen auf sich nimmt, um das Konzert eines Superstars zu besuchen, weil all das als schick gilt. Er erkennt sich in jedem dieser Typen und doch in keinem. Er ist sie alle und keiner davon.

Schon dreimal hat er die Runde durch das Lokal gedreht, aber unter den Anwesenden sind nur ein paar, bei denen sich ein Versuch überhaupt lohnt. Tuomas kennt seine Handicaps. Er ist als Typ nicht attraktiv. Zu groß. Plump. Wenn er den Mund aufmacht, kommt die Sprache des Nordens heraus, in der die Konsonanten verdoppelt werden und überzählige Vokale sich in die Worte einschleichen. Er fragt zu viel, lacht zu laut. Quasselt überflüssiges Zeug. Nimmt zu viel Raum ein. In dieser Stadt, die Distanz und Schweigsamkeit liebt, sticht er hervor wie eine junge Birke, die aus der Mauer am Flussufer sprießt. Tuomas wirft einen Blick auf die beiden Männer an seinem Tisch, die schon seit dreißig Jahren zusammen sind, und weiß, dass er so etwas nie erreichen wird.

Die beiden gelten tatsächlich als Ausnahme. Zwar gibt es auch andere, die schon lange liiert sind, doch keine, die mit der gleichen Selbstverständlichkeit zusammenleben wie Ilkka und Paavo. Sie haben eine gemeinsame Wohnung, verschicken Weihnachtskarten, auf denen sie beide unterschreiben, und verwenden im Lebensmittelgeschäft unverfroren einen gemeinsamen Einkaufswagen. Gewiss teilen auch einige andere eine Wohnung, aber sie behaupten gegenüber den Nachbarn, sie seien nur Mitbewohner, und stellen zum Beweis im Arbeitszimmer ein überzähliges, nie benutztes Bett auf. Wenn die Eltern des einen zu Besuch kommen, schraubt der andere sein Namensschild von der Tür ab und zieht für eine Woche in ein Motel. Die meisten haben allerdings keinen Kontakt mehr zu ihrer Familie. So ist es für alle Beteiligten leichter.

»Ich muss wieder los«, sagt Tuomas und steht auf. Er lässt sein Bier stehen, denn er weiß, dass er zurückkommen wird. Paavo hebt sein Glas, bemerkt aber im selben Moment, dass Ilkka einen vorbeigehenden unbekannten Jungen mit dem Blick taxiert. Er klopft seinem Mann sanft auf die Hand.

»Du Hurensöhnchen.«

Tuomas hofft, dass er heute nicht im Nachtclub weitermachen muss. Wenigstens informiert der Türsteher diejenigen, die aus dieser Bar kommen, jedes Mal über die momentane Situation. Es gibt zwei Alternativen: *»Heute haut dir keiner in die Fresse«* oder *»Diesmal gehst du besser woanders hin«*. Aus dem zweiten Satz weiß jeder eine Warnung herauszulesen: Es ist sinnlos, sich bei der Leitung des Nachtclubs über ausgeschlagene Zähne oder ein blaues Auge zu beschweren, denn man hat ihnen schon an der Tür klargemacht, wie die Lage ist. Dann geht man auf eigene Verantwortung hinein. Man sitzt einzeln da und spuckt auf den Boden. Man steht nicht in den engsten Durchgängen herum und tanzt nicht miteinander. Man benimmt sich so, wie es sich für einen richtigen Mann und eine normale Frau gehört.

When we are together, I need you forever

Vielleicht sollte er heute nicht in den Nachtclub gehen. Diesmal ist die Bar voll von Menschen, neue coole Mädchen und neue Jungen mit geschmeidigen Hüften testen ihre Anziehungskraft an den Älteren. Immer neue Generationen lernen die Schritte des Balztanzes, neue matte Augen blicken einladend aus dem Schatten der Logen. Die Jungen flanieren leichtfüßig durch den Raum. Komm und bring mir was bei.

Außerhalb des Lokals liegt in Frost gehüllt die Welt, die sie nicht will. Das hier ist ihr geheimer Garten, in dem die Geschichten krumm wachsen. David liebt Jonathan und Jesus liebt Johannes.

Hier spricht man nicht mehr über die Seuche, über das tödliche Souvenir. Man hat keine Lust zu erörtern, ob sich die Krankheit verbreitet, wenn eine Mücke, die einen Schwulen gestochen hat, sein Blut in einen Hetero spritzt. Der Raureif hat die schönsten Blumen hinweggerafft, und zuerst welkten diejenigen dahin, die sich selbst für frei hielten. Ihre Namen – Reijo, Jukka, Osmo und so weiter – waren typisch für die ältere Generation. Die jungen Männer hier heißen Aki, Ville oder Santeri. Nur die alten Männer können alle aufzählen, die plötzlich nicht mehr da waren, die entweder von Krankheiten niedergemäht wurden oder von eigener Hand starben. Aus ihrer Generation sind nur noch die Resignierten übrig, die nach ihrer eigenen Meinung und nach Ansicht der Gesellschaft nicht zu sehen sein und schon gar nichts fordern dürfen. Die einsamen Männer sterben an gebrochenem Herzen.

Keiner hat mehr die Kraft, sich an die Toten zu erinnern oder an ihre früheren Lebensgefährten, die aus der gemeinsamen

Wohnung ausziehen mussten. Vermutlich hocken sie in ihren leeren Einzimmerapartments und sehnen sich nach längst vergangenen gemeinsamen Momenten, nach der Wärme, der Nähe und nach den Möbeln, die im ehemals gemeinsamen Zuhause zurückblieben, nachdem die Angehörigen das Schloss ausgewechselt hatten. Die Generation davor sind die Männer der Pissoirkultur. Von der Sittenpolizei beschattete Opas aus der Zeit, als man nicht wagte, seinen eigenen, echten Namen zu verwenden. Fenster-Lisa, Arsch-Jorma, Alter Kämmerer. Niemand wusste, wie es ihnen ging. Sie waren jedenfalls schon alt. Ob irgendwer an ihrem Krankenbett saß? Diese Lebenskünstler waren begeistert, wenn ein Verwandter sie bat, Pate ihres Kindes zu werden. Das bedeutete wenigstens eine kleine Chance, nicht einsam zu sterben.

Is it love?

Tuomas wird von der Menschenmenge aufgesogen und mitgerissen. Er spürt, wie die Masse sich vorwärtsschiebt. Auch er verzichtet auf die Kontrolle über seine Bewegungen, lässt sich durch den Saal treiben und hebt neben der Tanzfläche die Arme, bis die Musik seinen Körper ausfüllt, als wäre er eine Gussform.

Tuomas bleibt nicht stehen, geht aber auch nicht ins Obergeschoss hinauf, um die Frauen zu sehen, die darauf verzichtet haben, den Blicken der Männer gefallen zu müssen. Mit der Menge gleitet er durch den halbdunklen Raum neben dem Foyer, wo muskulöse Männer mittleren Alters in ärmellosen Hemden auf den Sofas sitzen und sich umarmen. Tuomas spürt die Trunkenheit. An die Stelle der sprudelnden Frische tritt allmählich eine gleichgültige Schlaffheit. Unterwegs sieht er viele interessante Männer, Jungen, Jäger, auf die Kugel wartende Beutetiere, doch er mag sich nicht aus dem Menschenstrom lösen. Als die Masse ihn rundherum getragen hat, sind die Männer nicht mehr an ihrem Platz, sondern haben jemanden gefunden oder sich dem Reigenspiel angeschlossen, dessen Regeln niemand kennt.

Tuomas ist erhitzt und durstig. Die Biere, die er getrunken hat, pulsieren hinter seinen Augen. Neben dem Geländer an der Tanzfläche lächelt ihn Jarkko an, so vertrauensvoll wie immer. Tuomas nickt ihm zu, schließt die Augen, dreht sich im Kreis, im Kreis, im Kreis. Er ist eins mit der schwülen Erwartung und der lauernden Hitze und dem pochenden Bass.

»Lauf nicht an deinem Glück vorbei.«

Jemand hat seinen Arm gepackt. Tuomas sieht den Mann an, seine dunkelbraunen Augen und seinen muskulösen Brustkorb unter dem T-Shirt. Er hält den Strom an, tritt aus dem Fluss ans Ufer und ist bereit, sich zu begeistern und zu verlieben oder wenigstens den kurzen Genuss verschwitzten Beisammenseins zu teilen. Er lächelt und reicht dem Mann seine Garderobenmarke.

Nach der Taxifahrt betrachtet Tuomas die fremde Vorstadtwohnung. Einzelne Möbelstücke kennt er aus Wohnzeitschriften. Er bewundert den Blick auf die winterliche Landschaft aus dem obersten Stock des Hochhauses. Geht zur Toilette, um sich der langen Unterhose zu entledigen, die er im Ärmel seines Wintermantels versteckt. Übersieht höflich den Abdruck, den ein Ring am linken Ringfinger des Mannes hinterlassen hat. Findet sich ohne weitere Aufforderung im Schlafzimmer ein, obwohl der Jagdeifer schon verblasst ist wie eine abgetragene Jeans. Die Pirsch ist das Wichtigste, nicht der Abschuss.

Am Morgen fahren sie mit dem Bus in die Innenstadt zurück.

»Ziemlich kalt heute früh«, versucht Tuomas ein Gespräch in Gang zu bringen, doch der Mann antwortet nicht, sondern sitzt schweigend da und betrachtet den Rauch, der senkrecht aus den Schornsteinen der Einfamilienhäuser aufsteigt. Bei Tageslicht sieht er älter aus als in der Nacht, aber dennoch interessant. Tuomas überlegt, ob dieser Mann einer ist, bei dem es sich lohnen würde, mehr zu versuchen, oder ob er wegen des Rings in der Schar der namenlosen Gesichter verschwindet.

Plötzlich drückt der Mann auf die Stopptaste und springt auf. Er wartet, dass Tuomas aufsteht und ihn vorbeilässt. Tuomas weicht auf den Gang aus und betrachtet den Rücken des vor ihm stehenden Mannes. Der Bus rollt langsam zur Haltestelle am Rathaus.

»Es scheint kälter zu werden«, unternimmt Tuomas noch einen Versuch, doch der Mann wirft ihm nur einen kurzen Blick zu und steigt aus. Die Türen schließen sich zischend, Tuomas fährt weiter bis zum Marktplatz. Erst als er von dort zu Fuß nach Hause geht, bemerkt er die aus seinem Ärmel hängende lange Unterhose.

SANFTER KLINGE FÜR IHN, DER MEIN HERZ MIT TRAUER ERFÜLLT

Der Wind lässt meinen Rock schwingen und rauscht in den Wipfeln der hohen Kiefern. Er trägt Kindheitsdüfte mit sich, nach Preiselbeerkraut und Fichtennadeln und Harz. Ich lehne mich an das Terrassengeländer des Sommerhauses und schnuppere. Das Sommerhaus steht am Hügel an der Spitze der Landzunge. Unten wogt der See, und auf der anderen Seite windet sich der Fluss. Die Sonne wärmt meine Wangen, und ich bin wieder das kleine Mädchen, dem Vater erlaubt, abends die Sturmlaterne an der Wand anzuzünden. Ich strecke die Hand aus und finde die Laterne sofort. Sie hängt an derselben Stelle wie früher, als Vater noch lebte. Ihr Bügel ist rau vom Rost.

Im Sommerhaus ist Vaters Abwesenheit am intensivsten zu spüren. Das Wohnhaus hat er gebaut, weil er das verbrannte ersetzen musste, aber das hier hat er zu seinem eigenen Vergnügen gezimmert. Ich trauere um Vater in jedem Geruch, jeder Berührung, jedem Wort. Über seinen Tod habe ich nicht geweint, aber unter der Haut steckt das unauslöschliche Wissen, dass man den anderen nie wiedersehen wird. Man kann sich nur erinnern.

Neben der Terrasse knackt der Motor des Autos beim Abkühlen. Johannes hat die Kinder direkt nach unten ans Saunaufer gebracht,

Kaarina ist offenbar auch hingegangen. Mutter ist nicht mitgefahren, sie wollte lieber allein im Zentrum bleiben. Es ist so warm, dass ich die Söckchen ausziehe und die Jacke auch. Die Tür zum Wohnzimmer ist zur Terrasse hin geöffnet, aber ich suche die schmalere, die direkt in die Küche führt.

Drinnen ist es kühler, irgendwo tanzt eine Fliege am Fenster. Fünf Schritte, ein bisschen mehr, dann findet meine Hand die eine Seite des Holzofens. Obwohl es heiß ist, strecke ich die linke Hand aus, taste nach der Ofenklappe und ziehe sie auf. Ich lege ein paar Holzscheite aus der Kiste hinein. Neben der Holzkiste finde ich Papier, ohne das das Holz kein Feuer fängt. Ich funktioniere wie eine Maschine, wie die Mechanik eines Klaviers. Zuerst reiße ich ein paar Streifen von dem Papier ab und knülle den Rest zusammen. Dann nehme ich die Streichhölzer aus der Vertiefung am Schornstein, lege die Papierstreifen zwischen die Scheite im Ofen und zünde sie an. Als Nächstes öffne ich die untere Klappe, zünde die Papierkugel an, schiebe sie mit dem Feuerhaken tiefer hinein und schließe die Klappe. Ich höre, wie in dem sonnenwarmen Schornstein ein starker Sog entsteht, der das Fichtenholz, das im Ofen Feuer gefangen hat, krachen lässt. In der Küche riecht es kein bisschen nach Rauch. Man muss eben wissen, was man tut.

Ich strecke die Hand rechts hinter mich. Der Kaffeekessel steht auf der Spüle, wie immer, im Schrank darüber die Kaffeedose aus Metall. Am Deckel hat sie ein Scharnier und an der Seite die reliefartigen Umrisse von Chrysanthemen, an die meine Fingerspitzen sich erinnern. Innen ein abgebrochener Löffel. Ich nehme die Dose aus dem Schrank. Sie stößt gegen irgendetwas und kippt um. Auf dem Spültisch sind Teller und Becher aus Kunststoff gestapelt. Sie fühlen sich seltsam an, als wären sie zu leicht für hier oder als würden sie die falschen Geräusche machen. Wo ist das Wasser? Ich suche den Tisch nach der Wasserkanne ab, finde sie aber nicht. Könnte sie auf der Bank neben der Tür stehen? Ich drehe mich um und suche. Rechts die Reihe der kleinen Fenster, links hinter der Tür zum Wohnzimmer noch Vaters Netze. Mein Fuß stößt an etwas, mein Knie prallt gegen einen schweren Gegenstand, der ein metallisches Geräusch von sich gibt. Ich falle darauf, denn ich habe es versäumt, die Arme vorsorglich nach vorn zu strecken. Das Ding ist hoch, es reicht mir bis zur Hüfte. Als ich mich aufrichte, klappert es. Ich suche mit den Händen nach seinen Umrissen, streiche über die Ränder und die Oberfläche. Ein Herd. Ein Gasherd. Ich trete einen Schritt zurück und wäre beinahe wieder umgekippt. Vor dem Fenster, wo früher Vaters Klappbett war, steht ein großes Möbelstück. Ich befühle die Oberfläche, dann die Seiten. Sie sind schön geschwungen. Das Sofa, das Vater getischlert hat, aber der Stoff ist neu. Warum steht es hier?

Ich drehe mich um und gehe ins Wohnzimmer. Mit kleinen Schritten, die linke Hand nah am Bauch, die rechte etwas weiter vorgestreckt, drehe ich die Runde durch das Zimmer, gegen den Uhrzeigersinn. Die Tür zur Terrasse, bei den Eckfenstern ein Tisch und Stühle. Hier stand früher das Sofa. An der Seitenwand eine ausziehbare Liege. Nach dem ausgestopften Kranich, der an einem Baumstumpf befestigt ist, suche ich vergeblich. An der nächsten Wand das Fenster zum Fluss, dann der Ofen. Davor ein neuer Korbstuhl. Wo ist der von Vater gepolsterte alte Sessel? Der, auf dem Johannes und ich beide Platz fanden, wenn wir uns nach dem Schwimmen am Ofen aufwärmten. Ich kenne diesen Ort und kenne ihn doch nicht mehr. Hier gibt es Echos von Vergangenem und von Neuem. Liegt der kaputte deutsche Stahlhelm, den Vater von der Front mitgebracht hat, noch auf dem Ofen? Johannes hat erzählt, dass im Sommer Urlauber ins Dorf kommen, die die Gegend aus der Kriegszeit kennen. Sie suchen Granatlöcher und gesprengte Bunker.

Jemand steigt die Treppe vom Ufer herauf. Wer? Ich halte inne, lausche eine Weile. Nun ist das Klappern der Schritte auf der Terrasse zu hören.

»Helena?«

Kaarina. Ich erkenne ihre Schritte immer noch nicht.

»Hier«, antworte ich.

Sie lacht. »Ich wollte nur mal nachsehen, wo du abgeblieben bist.«

Als Vater starb, war Johannes gerade bei der Armee. Noch vor Ende seines Wehrdienstes hat er Kaarina geheiratet. Sie arbeiten beide in Mutters Fotogeschäft. Mutter und Johannes fotografieren, Kaarina erledigt den Papierkram und sucht all das heraus, was die beiden anderen verlegen. Als Erstes hat sie die Negative der Porträtfotos chronologisch sortiert und ist damit auch gleich ihrer Schwiegermutter auf die Füße getreten. Mutter hat sich am Telefon wochenlang darüber beschwert.

»In dem großen Karton haben wir immer alles gefunden. Der neue Schrank nimmt bloß Platz weg!«

Kaarina ist schon seit fünf Jahren im Haus, aber wenn sie spricht, hört man immer noch den fremden Dialekt heraus. Sie lacht oft.

»Ich dachte, ich koche Kaffee.«

»Das mach ich schon«, sagt sie und geht in die Küche, bevor ich etwas einwenden kann.

Ich setze mich probeweise auf den Korbstuhl. Er knackt und knirscht unter meinem Gewicht. Ich spüre das Holz der Rückenlehne im Nacken, obwohl als Polster ein Rentierfell darüber liegt. Hinter der Wand ist zu hören, wie Kaarina mit einer Tasse Wasser in den Kessel gießt, dann wird die Kaffeedose geöffnet. Ich zähle nach, wie viele Löffel sie nimmt. Fünf. Ich hätte stärkeren Kaffee gekocht. Kaarina zündet den neuen Gasherd an.

Sie kommt mit Geschirr herein.

»Du hast es ja tatsächlich geschafft, im Holzofen Feuer zu machen.«

»Hartnäckiges Training zahlt sich aus.«

Sie lacht wieder.

»Die gehört wohl dir, diese Schürze?«, fragt sie.

»Was für eine?«

»So eine kurze.«

»Ich meine, welche Farbe?«

Sie schweigt einen Moment lang, wundert sich wohl über die Frage.

»Braun. Mit blauen Veilchen.«

»Ja, das ist meine. Oder war meine.«

Kaarina deckt mit dem Plastikgeschirr den Tisch. Draußen geht Johannes die Treppe hoch, hinter ihm noch jemand. Das muss Maarit sein. Sie kommen herein.

»Im Fluss waren kleine Fische«, erzählt das Mädchen mir oder seiner Mutter.

Das Zimmer ist voller Geräusche. Johannes setzt Minna auf meinen Schoß. Die Kleine ist in ein Handtuch gewickelt. Sie mag nicht sitzen, sondern streckt die Beine aus und will auf den Fußboden.

»Darf ich sie runterlassen?«

»Ich kann sie nehmen«, sagt Kaarina und schnappt sich das Kind. »Holst du den Kaffee, Johannes?«

Johannes geht in die Küche, und Maarit läuft hinterher. Ich höre, wie Kaarina auf Minnas Haut pustet.

»Wie geht's dir, kleiner Nackedei?«, fragt sie, und Minna lacht sich kaputt.

»Kommst du an den Tisch, Helena?«

In der Küche weint Maarit jämmerlich.

»Jemand hat das Bild zerrissen, das ich gemalt habe.«

»Das war bestimmt ein Versehen«, tröstet Johannes.

Ich stehe auf und peile den Tisch an. Kaarina kommt mir mit ein paar schnellen Schritten entgegen.

»Pass auf, Minna, wo Tante Helena entlanggeht.«

Sie hebt das Kind vom Fußboden und setzt sich auf den Platz, den ich mir ausgesucht hatte. Ich gehe um den Tisch herum zum nächsten Stuhl.

Johannes kommt aus der Küche und redet weiterhin beschwichtigend. Wahrscheinlich hält er Maarit im Arm.

»Wo ist der große Sessel von drüben?«, frage ich.

»Den mussten wir wegbringen, sonst könnten wir das Bett nicht ausziehen«, antwortet Johannes. »Maarit schläft in der Küche und wir hier und Minna auf einer Matratze auf dem Fußboden.«

Jetzt schläft hier einer mehr, als wir damals waren.

»Eng wird es trotzdem«, sagt Kaarina. »Wir haben überlegt, auf der Flussseite ein Zimmer anzubauen. Die Tür wäre da, wo jetzt das Fenster ist.«

»Durch das Fenster hat Johannes immer den Fluss beobachtet. Er hat mir erzählt, welche Fische darin schwammen.«

»Habt ihr in dem Bett hier geschlafen?«

»Ja, und Vater in der Küche. Erinnerst du dich, Johannes? Nachts hast du unter der Decke zum Fluss gespäht.«

Er lässt den Löffel gegen die Kaffeetasse klirren.

»Das weiß ich nicht mehr.«

»Jetzt kommen Nerflinge und jetzt ein Hecht. Das hast du ganz leise geflüstert, um Vater nicht zu wecken.«

»Wirklich?«

»Manchmal ist ein Bisam stromaufwärts geschwommen.«

»Hier gibt es doch gar keine Bisame«, sagt Johannes und schlürft seinen Kaffee.

»Was ist ein Bisam?«, fragt Maarit, und Johannes erklärt, das sei ein Tier, das aussieht wie eine große nasse Ratte.

Ich stehe auf.

»Ich geh eine rauchen.«

Kaarina hebt Minna vom Fußboden.

»Sind draußen noch die Laufleinen zu den verschiedenen Stellen?«, vergewissere ich mich.

»Die waren schon morsch. Wir haben sie abgenommen, weil Maarit dauernd an ihnen hing. Aber ich bringe dich, wohin du willst«, sagt Kaarina.

»Erinnerst du dich an die Zeit, als du noch geraucht hast?«, fragt Johannes, und Kaarina lacht. Maarit ruft ungläubig:

»Mutter?«

Ich sitze auf der Terrasse und höre durch das Fenster, wie sie über ihre eigenen Geschichten lachen.

Abwechselnd erklärt einer der beiden den Mädchen etwas oder beschwichtigt sie. Johannes singt halblaut.

»Ein jeder merkt an deinem Blick: Wir sind verliebt, beseelt vom Glück.«

Kaarina sitzt da, wo ich früher immer gesessen habe. Sie trägt meine Schürze, und Johannes erinnert sich nur an ihre gemeinsamen Geschichten, auch wenn er Vaters Lieder singt. Früher fand er Bisame schön.

Alles hat sich verändert, die Menschen und die Orte. Nur die Namen sind geblieben, aber ihre Träger sind nicht mehr dieselben. Jetzt ist Johannes der Vater, und mit Mutter ist Kaarina gemeint. Der, den ich Vater nannte, modert schon länger im Grab, als die beiden sich kennen. Aus der früheren Mutter ist die Oma geworden, und auch diese Rolle beherrscht sie nicht. An die, die ich als Oma kannte, erinnert sich da drinnen niemand außer Johannes. Ich werde Tante Helena genannt. Kaarina spricht den Mädchen das Wort immer wieder vor, damit sie es lernen. Wie ist man Tante? Hinter den Namen werden die echten Menschen versteckt. Die Tür geht auf, und Minnas Kichern dringt heraus. Johannes kommt ans Geländer.

»Wann möchtest du zurück ins Dorf?«

»Zurück?«

»Es hat gar keine Eile.«

»Warum fragst du?«

»Wärst du lieber über Nacht geblieben? Wir haben nicht genug Betten.«

Ich drücke die Zigarette aus und folge dem Geländer zum Abhang.

»Wohin willst du?«

»Aufs Klo. Das Häuschen steht noch an seinem Platz?«

»Ja.«

Die Strecke ist mir vertraut. Ich gehe am Klohäuschen vorbei. Die linke Hand halte ich da, wo die Schnüre waren, die Vater angebracht hat, die rechte strecke ich sicherheitshalber nach vorn. Ich steige den Abhang hinauf. Nach sechs Schritten kommt die umgestürzte Föhre. Aus ihrem Stamm ist ein Stück herausgesägt, das so breit wie der Pfad ist. Nach zwölf Schritten kommt der große Baumstumpf, von dem ich einmal heruntergefallen bin. Der Hügel wird steiler, die trockenen Zweige knacken unter den Füßen, in meinem Nacken surrt eine einzelne Mücke. Achtzehn Schritte, hier ist die Kiefer, in der man so gut herumklettern konnte. Hier oben spüre ich den Wind stärker, aber er ist warm.

Ich kenne diesen Hügel und den Wald, diese Kiefern. Vor mir der See mit dem weichen Wasser, hinter meinem Rücken der sanft geschwungene Fluss, darin eine Insel, die so klein ist, dass man sich gerade noch darauf ausstrecken kann. Immer höher steige ich hinauf. Ich will ein Teil des Waldes sein. Eine verdorrte Kiefer auf trockenem Waldboden, eine Preiselbeerblüte, ein kleiner Barsch im See, die Strömung des kühlen Flusses. Ich bin nicht bereit, eine Außenstehende zu sein, ich will nicht lernen, diesen Ort, diese Menschen zu hassen. Wie kann einer seinen Platz in der Welt finden, der sein Zuhause hasst?

Ich rieche das Heidekraut und die Krähenbeere, weiter weg

duften die Sumpf-Platterbse und der blühende Sumpfporst. Dann erreiche ich den Gipfel des Hügels. Hier hatte Vater während der Bauzeit sein Zelt aufgeschlagen, im Moos dahinter lag ein Rentiergeweih, das nie zu vermodern schien. Hier baute er uns ein Lagerfeuer und Sitze, auch einen Tisch.

Ich suche nach dem Rand der Bank, finde ihn aber nicht.

»Sie war morsch geworden.«

Johannes ist mir gefolgt.

»Sie hat die Winter im Freien nicht überstanden.«

Er spricht, als würde er einem Kind erklären, dass der Hund gestorben ist. Von unten ruft Kaarina ihm zu, dass er Maarit aufs Klo bringen soll.

»Wieso haben die Bänke früher gehalten?«

»Vater hat sie für den Winter unter die Terrasse gestellt.«

Ich würde gern fragen, warum er das nicht auch getan hat, doch ich schweige. Ich will keinen Streit. Ich will etwas, das unverändert meins ist.

SPAN, WOHER AUF WELLENSPUREN

Mit dem Fuß taste ich nach der Bordsteinkante. Direkt vor meinen Zehen geht es steil hinunter. Ich lausche, ob die anderen weitergehen. Nein. Der Schneematsch dämpft die Geräusche. Alle stehen. Die Ampel zeigt den Sehenden, ob man gehen darf oder nicht.

Die fahrenden Autos sind beängstigend nah. Irgendein großes Fahrzeug rauscht vorbei, ein Bus oder ein Laster, und sein Sog reißt mich beinahe mit sich. Ich presse die Noten, die ich gestern selbst in Punktschrift geschrieben habe, fest an meine Brust. Von der Straße spritzt Schneematsch gegen meinen Rock. Als ich einen Schritt zurücktrete, stoße ich gegen jemanden, der zu dicht hinter mir steht, und entschuldige mich. Ich konzentriere mich auf den unterschiedlichen Klang der Autos. Vater hat sie mir irgendwann beigebracht: das tiefe Geräusch des Ford, das höhere des Fiat, Vaters eigener Studebaker. Seitdem sind viele neue Marken hinzugekommen. Jenseits der Verkehrsinsel läuft ein Pferd. Kann das sein, mitten im Stadtzentrum? Die Abgase stinken heftig, aber dennoch liegt etwas in der Luft. Man riecht, dass der Frühling naht.

Wie habe ich das Gehen geübt! In der Schule übten wir es ständig. Wir wohnten abseits wie ängstliche Vogeljunge und machten kurze Ausflüge in die Welt der Sehenden. Zuerst um den

Häuserblock bei der Schule: von der Haustür nach rechts auf die Erste Linie, abbiegen, Wallininkatu, abbiegen, Zweite Linie, abbiegen, Castreninkatu. Jedes Mal nach rechts abbiegen. Wir durften nicht mit der Hand an Zäunen oder Wänden entlangstreichen, sondern mussten gerade und ohne Zögern gehen, sonst bestanden wir die Probe nicht. Die Strecke wurde jedes Mal länger. Um die Diakonissenanstalt herum, um den Block, in dem die Invalidenschule lag. Zur Blindenbibliothek über einen Pfad, der sich zwischen Felsen entlangschlängelte. Zum Marktplatz in Hakaniemi. Zur Kirche von Kallio. Zur Bibliothek in der Fünften Linie.

Wir hatten keine weißen Stöcke wie in den schwedischen Schulen, denn die benutzten angeblich nur alte Blinde. Die Jungen sollten sich an ihre Umgebung gewöhnen. Man musste sie auswendig lernen und sich Stück für Stück einprägen. Ich erinnere mich immer noch an die Zahl der Schritte. Siebenundsiebzig von der Schultreppe zur Kreuzung an der Wallininkatu, von dort hundertachtundzwanzig Schritte zur Alppikatu, zur Dritten Linie zweihundertsechsundvierzig, hundertvierundzwanzig zur Helsinginkatu. Jedes Mal im rechten Winkel abbiegen. Aber vor dem Stadtzentrum habe ich immer noch Angst. Man kann es nicht auswendig lernen. Auf dem Weg von meiner Untermietwohnung zur Sibelius-Akademie überquere ich jeden Tag die großen Straßen. Wenn ich am Ziel bin und meine Hände auf die Klaviertasten lege, zittern sie.

Plötzlich setzen sich alle in Bewegung. Ich versuche, mich ihnen anzuschließen. Es ist schwierig: zuerst über die Fahrbahn, dann eine Erhöhung, Straßenbahngleise in beide Richtungen, wieder eine Erhöhung, die Fahrbahn und erst dann der Bürgersteig. Die Menschen überholen mich rechts und links. Eine Tasche schlägt gegen mein Bein. Ich bemühe mich, meine Schritte zu beschleunigen, um mich nicht zu sehr von den anderen zu unterscheiden oder aufzufallen. Jemand schubst mich, und ich komme beinahe ins Schwanken. Schon sieben Schritte, noch ein paar, dann erreiche ich die Erhöhung. Neun, zehn. Menschen eilen vorüber, die Schuhe zerdrücken den Matsch. Elf. Jemand läuft aus der Gegenrichtung vorbei. Ich halte an und mache einen kurzen Schritt, dann noch einen. Insgesamt schon zwölf. Ich finde die Bordsteinkante nicht. Außer mir geht niemand mehr. Mit dem rechten Fuß taste ich nach vorn, dann zur Seite. Keine Kante, keine Erhöhung. Nichts. Ich bin mir nicht mehr sicher, ob ich einen Bogen geschlagen habe. Die Motoren brummen. Ich höre sie vor und hinter mir. Ein großes Auto hält vor mir und hupt. Ich weiß nicht, in welche Richtung ich gehen muss, um nicht mitten auf der Kreuzung zu landen. Es hupt wieder. Ich zwinge mich, tief Luft zu holen. Ein zweites Auto hupt, und ein drittes. Eins fährt direkt neben mir vorbei, sodass mir die Abgase ins Gesicht schlagen. Ich schreie. Irgendwer flucht.

Nicht in Panik geraten, nicht laufen! Ich merke, dass ich die Luft anhalte. Wenn Sommer wäre, würde ich die Wärme der Sonne auf meiner Wange spüren und wüsste, welche Richtung ich einschlagen muss. Ich darf nicht weinen. Nicht schwach sein.

In der Schulzeit wurde Pekka aus der Klasse über mir auf der Helsinginkatu von einem Laster überfahren. Seija brach auf dem Eis im Hafenbecken ein. Im Jahr darauf lief Irja vor einen Zug, weil sie versehentlich auf der falschen Seite der Schranke wartete. Janne fiel in der Suonionkatu acht Meter tief in die Baugrube für ein Hochhaus und brach sich den Schädel. Keiner aus seiner Klasse durfte ihm das Geleit geben, denn sein Vater wollte bei der Beerdigung keine Glubschaugen sehen. Von jedem Todesfall und jedem Unglück berichtete die Leiterin nach der Morgenandacht und sprach dann ein Gebet. Gemeinsam beweinten wir die Toten tagelang, aber letztlich kamen wir immer zur selben Schlussfolgerung: Der Verkehr fordert seinen Tribut.

Ich bin gezwungen, mich zu demütigen, zu kapitulieren. Mich hinzuknien und mit der einen Hand den Weg zu ertasten, mit der anderen die Noten zu schützen. Merkt denn keiner etwas?

»In welche Richtung muss ich gehen?«, rufe ich.

Am Straßenrand herrscht nur erwartungsvolle Stille. Man beobachtet mich, man will sehen, wie das arme blinde Mädchen mit der Situation fertig wird. Ich bin eine Forschungsreisende, die von den Ureinwohnern in den Tiefen des Urwalds beobachtet wird. Eine Märtyrerin in der Arena, in die immer wieder neue Raubtiere gejagt werden. Unter meinen Knien saugt der Rock den Schneematsch auf. Ich bin die Sensation des Tages, ein Zirkusclown, eine Verrückte zur Mittagszeit. Vor der Welt kniend, um Hilfe und Gnade flehend.

»Sagen Sie mir, wo Sie sind!«

Niemand antwortet. Die Papiere fallen hinunter.

Hinter den Autos stehen weitere Autos, und alle warten darauf, dass ich verschwinde. Das Geräusch der Motoren kommt aus allen Richtungen, und ich finde meinen Weg nicht. Eine Straßenbahn bimmelt warnend. Ich weiß, dass die Straßenränder voll von Menschen sind, die mich anstarren.

»Kommen Sie um Himmels willen da weg!«

Die Stimme der Frau ist schräg rechts hinter mir zu hören. Ich schlucke die Tränen herunter.

»Ich kann nicht.«

»Holen Sie sie da weg!«

Schritte laufen auf mich zu, Hände packen mich unter beiden Armen und heben mich hoch.

»Ganz ruhig«, sagt ein Mann mit tiefer Stimme.

»Alles in Ordnung?«, vergewissert sich ein zweiter, älterer.

Man bringt mich in Sicherheit, und die Autos können wieder fahren. Sie donnern zu beiden Seiten vorbei, und mir wird klar, dass ich auf der Verkehrsinsel in der Mitte der Straße stehe.

»Hatten Sie einen Anfall, oder was?«, fragt die Frau, die vorher gerufen hat. Sie klingt älter, so alt wie Mutter.

»Ich habe nur die Richtung verloren.«

Stimmen und Hüsteln verraten, dass noch andere dabeistehen und das Gespräch verfolgen.

»Den Rock haben Sie sich auch schmutzig gemacht.«

Die Frau kommt näher. Sie legt mir die eine Hand stützend ins Kreuz und klopft mit der anderen meinen Rock ab wie Mutter früher. Ich komme mir vor wie ein Kind. Der Verkehr strömt vorbei, und man kümmert sich um mich.

»Man sollte besser zu Hause bleiben, wenn man sich nicht zu bewegen weiß.«

»Ja.«

Meine Wangen glühen.

»Die Papiere sind unter die Räder gekommen, aber was soll's.«

»Ja.«

Die Frau tritt einen Schritt zurück. Sie mustert mich.

»Ein paar Flecken hat der Rock, aber die können Sie abbürsten, wenn sie getrocknet sind.«

»Danke.«

»Kommen Sie jetzt zurecht?«

»Ja. Danke.«

Die Frau schnieft leise und setzt sich in Bewegung.

»Dann gehen Sie jetzt am besten nach Hause.«

Ich stehe auf der Verkehrsinsel und versuche zu entscheiden, in welche Richtung ich gehen muss.

»Kann ich Ihnen irgendwie helfen?«

Neben mir steht der Mann mit der tiefen Stimme, der mich von der Straße geholt hat. Ist er zurückgekommen, um mir diese Frage zu stellen, oder hat er die ganze Zeit neben mir gestanden und die sehbehinderte Abenteurerin beobachtet?

»Ich komme allein zurecht.«

Die Menschen setzen sich in Bewegung, und ich schließe mich ihrem Rhythmus an. Ich gehe an dem Mann vorbei. Wenn ich auf der falschen Seite lande, kehre ich eben an der nächsten Kreuzung zurück. Endlich erreiche ich den Bürgersteig. Die Stimme ertönt direkt hinter mir. Ist er mir gefolgt?

»Eine verdammt hartnäckige Frau.«

Seine Stimme ist dunkel und warm. Ich drehe mich um und lächle ihn an.

HOFFNUNGSVOLL STEHST DU VOR MIR, UND DEINE AUGEN SPRECHEN

»Quäl mich nicht.«

Jarkko äußerte seine Bitte freundlich, ohne Vorwurf und ohne Bitterkeit. Die großen Scheinwerfer hoben das Kunstmuseum aus der Dunkelheit hervor. Irgendwo weiter unten brachten die letzten Nachtbusse des Wochenendes müde Partygänger nach Hause. Jarkko sah Tuomas an, ungewiss, ob der Wind seine Worte ungehört davongetragen hatte.

»Quäl mich nicht, denn das kann ich nicht ertragen«, wiederholte er.

Tuomas hatte nicht die Absicht, ihm wehzutun. Er wusste selbst nicht, was ihm vorschwebte. Wollte er eine Beziehung oder eine gemeinsame Nacht oder gar nichts? Über so etwas dachte er nicht im Voraus nach, er stellte keinen Fünfjahresplan auf. Inzwischen hatte er das Spiel der Bars gelernt. Er wollte nächtliches Treibholz sein, mitgehen, wenn ihm danach war, und später telefonieren, wenn er sich dazu aufraffen konnte. So war das Leben. Manchmal gab es mehrere gleichzeitig, die alle glaubten, am Anfang von etwas Neuem zu stehen, und Tuomas machte sich nicht die Mühe, sie zu berichtigen. Irgendwann würden sie es selbst merken. Und er hatte nie jemandem etwas versprochen.

Also konnte er ihnen auch nicht wehtun, schließlich waren sie erwachsene Männer.

Und da stand nun einer von ihm und sah ihn aus dunklen Augen an. Jarkko heftete sich an ihn wie ein Blinker mit vielen Angelhaken, sicher und fest. In seinem Blick ließ sich eine Kette von Enttäuschungen lesen. Tuomas merkte, dass er sich in Jarkkos Augen in etwas verwandelt hatte, was er nicht war und nicht sein wollte. Nicht sein konnte.

»Du brauchst ihn nicht«, antwortete Sini, wenn er mit ihr über Jarkko sprach. »Du brauchst keinen.«

Sie hatte einen Wettbewerb vorgeschlagen, in dem es darum ging, wer am häufigsten in einem Hotel neben einem Unbekannten erwachte.

Jarkko war aus der Bar mitgegangen, war ihm auf den Museumshügel gefolgt, hatte auf dem Mauerrand am oberen Ende der steilen Treppe gesessen und auf die Stadt hinabgeblickt. Die Straßenlaternen beleuchteten die Straße, die nach unten und über den Fluss führte und sich am gegenüberliegenden Hügel wieder hochwand. Irgendwo dort wohnte Jarkko. Tuomas war noch nie in seiner Wohnung gewesen. Warum auch? Jarkko kam zu ihm, wenn er anrief und ihn einlud. Auch sonst wusste er nicht viel über ihn. Die Fakultät, das Hauptfach. Im Kundenregister der Bank war er auf ein beträchtliches Anlagevermögen der Familie gestoßen. Tuomas dagegen war mit dem Abendzug und seinem wenigen Umzugsgut in diese Stadt gekommen: zwei Koffer, mehr nicht. Er hatte beschlossen, stark, extrovertiert und begehrt zu werden, und es war ihm gelungen. Das bewies auch der hier, dieser Jarkko, der nun fürchtete, beim Spiel kaputtzugehen.

Unten am Hügel, bei den eckig getrimmten Bäumen, stritt sich ein Pärchen. Der Junge ging vorneweg, die Hände in den Taschen, das Mädchen tippelte hinterher und brüllte. Die Worte drangen nicht bis nach oben, nur der Tonfall. Die beiden erweckten den

Eindruck, nicht zueinander zu passen: das betrunkene Mädchen, das gestenreich über die unfaire Behandlung schimpfte, und der entschlossene Junge, den die Vorwürfe nicht erreichten.

Jarkko saß noch auf der Mauer. Er hatte die Beine unter sich verschränkt und zog schützend die Mantelärmel über seine Hände. Hatte er keine Handschuhe? Nett sah er aus, mit kurzen Haaren und langen Beinen. Die Sorte Schwiegersohn, die ein Lächeln auf das Gesicht der Mutter zaubert, wenn die Tochter ihn zum ersten Mal mit nach Hause bringt. Offenbar waren seine Füße eingeschlafen, denn Jarkko wechselte die Position. Er drückte eine Hand auf die Mauer, merkte aber, dass der Stein kalt war. Dann hockte er sich auf den Granitpfosten der Mauer und steckte die Hände in die Taschen. Blickte auf die Stadt wie ein Wasserspeier an einer steinernen Kirche oder wie ein Vogel, der bald emporflattern wird.

Sein Gewicht war Schwankungen unterworfen. Tuomas merkte es, wenn er nach einer Affäre zurückkehrte und Jarkko zu sich rief. Die Veränderungen fielen ihm deutlicher auf, nachdem er ihn länger nicht gesehen hatte. Der Haarschnitt war anders, das Hemd spannte über dem Bauch. In den Augen hatte sich Traurigkeit eingenistet. Als Tuomas einmal von der Toilette kam, hatte er gesehen, wie Jarkko am Frühstückstisch eine Pille schluckte. Er hatte nie gefragt, was für eine es war.

Tuomas fand, dass seelische Gesundheit eine Frage des Willens war. Streiten war das Einzige, was er nicht konnte, und deshalb war Jarkkos matte Passivität bequem für ihn. Tuomas hatte zu Hause erlebt, wie Streitigkeiten begannen, aber wie man Konflikte löste, wusste er nicht. Deshalb empfand er schon wütende Vorwürfe als beklemmend, und wenn jemand seine Stimme erhob, war er völlig blockiert. Es war leichter, in solchen Fällen einfach zu gehen. Sich nicht am Telefon zu melden oder wegzubleiben, wenn man sich über etwas hätte einigen müssen. Vielleicht renkte sich ja alles von selbst wieder ein.

Tuomas zündete eine Zigarette an, steckte die Schachtel wieder in die Tasche und knöpfte den Mantel zu. Hinter seinen Augen begann die Müdigkeit zu pochen. Er warf noch einen Blick auf Jarkko, der über den Frieden der Städter wachte wie ein Batman der Nadelholzzone. Hinter einem Fenster des benachbarten Hochhauses ging Licht an, kurz darauf war ein Mann zu sehen, der ein Baby in den Armen wiegte. Jarkko schnitt den beiden eine Grimasse. Tuomas wandte sich ab und machte sich auf den Heimweg. Jarkko hörte das Knirschen seiner Schritte im Sand, drehte sich aber nicht um.

»Darf ich nicht mitkommen?«

»Einen Freund lässt man nie im Stich«, hatte Mutter immer gesagt. Nie war sie böse auf die Kinder geworden, hatte nur gelächelt und ihnen einen raschen Benimmkurs verpasst, wenn sie zu einem Besuch aufbrachen. Aber als Tuomas sich einmal über einen Nachbarjungen aufgeregt und erklärt hatte, der dürfe nicht mehr zu ihnen nach Hause kommen, war sie fuchsteufelswild geworden. Sie hatte Tuomas hochgehoben und auf den Toilettendeckel gesetzt, damit er ihr wütendes Gesicht auch ganz bestimmt sah.

»Du darfst nie jemanden ausschließen! Wenn ich irgendetwas vom Leben verstehe, dann das. Und du musst es auch lernen.«

Obwohl Jarkko in derselben Haltung auf der Mauer hockte wie zuvor, hatte sich etwas verändert. Vielleicht waren seine Schultern nach unten gesunken, oder sein Kopf hing tiefer herab. Sein Mantel war so dünn, dass sich die Rückenwirbel darunter abzeichneten. War das Hocken nicht anstrengend für die Beine? Er wandte Tuomas das Gesicht zu, schwieg aber.

Oft ist es leichter, zu sagen, was man nicht will, als zu wissen, was man im Leben wirklich will.

»Komm ruhig mit«, sagte Tuomas, war sich aber nicht sicher, ob das eine gute Entscheidung war.

KAM VON IHREM LIEBSTEN,
KAM MIT ROTEN LIPPEN

Kari achtet darauf, mich nicht zu erdrücken. Er rückt höflich ein Stück zur Seite, macht Platz. Vergewissert sich, dass ich nicht von der Liege falle. Gibt immer auf meine Finger acht.

»Die sind das Einzige, womit eine Musikerin Geld verdienen kann«, sagt er gern.

Er sorgt dafür, dass alles in meinem Tempo geschieht. Küsst mich auf den Nacken, leckt mir das Ohr. Rechts von mir tickt der Wecker. Ich versuche zu überlegen, wie ich aussehe. Zupfe den Saum des Unterrocks nach unten, ziehe den Bauch ein. Breite meine Haare auf dem Kissen aus, wie man es mir geraten hat. Drücke mich an den Körper des Mannes, stöhne leise. Er dreht sich auf den Rücken und führt meine Hand verstohlen an seinen Hosenstall. Als liefe alles von selbst, oder als wäre der Gedanke meinem eigenen Kopf entsprungen. Wenn man etwas tut, sollte man es tun, weil man selbst es will, nicht nur deshalb, weil man es zulässt. Er ist bereit, das spüre ich durch den Stoff. Ich knöpfe seine Hose auf. Kari hält die Luft an und hofft, dass ich nicht erschrecke. Dass ich keinen Rückzieher mache. Es ist nicht das erste Mal, weder für ihn noch für mich noch für uns beide miteinander. Dennoch zögert und zaudert er, denn er will, dass ich entschlossen bin.

Alles, was ich weiß, habe ich durch Gerüchte gelernt. In der Schule wurde über diese Dinge nicht gesprochen, wir Mädchen tauschten nur Andeutungen aus oder hörten uns die knappen Erklärungen der Lehrer an. Samenleiter. Nebenhoden. Schwellkörper. Zu den Bergketten gab es Reliefkarten, zu den Meerestiefen Modelle, die man mit den Fingern ertasten konnte, aber auf die Begegnung mit diesem Körperteil wurden wir nicht vorbereitet. Wir wurden von den Jungen ferngehalten. Die Pausenhöfe waren streng getrennt, und in die Bibliothek gingen wir abwechselnd. Die Lehrer wachten darüber, dass wir uns auch in der Freizeit nicht trafen, und folgten gelegentlich in einiger Entfernung den größeren Mädchen auf ihrem Weg in die Stadt. Wenn sie sahen, dass wir uns mit Jungen aus der Schule unterhielten, war uns eine Strafe gewiss.

In einer Schulstunde führte der Werklehrer die Jungen zum Aufklärungsunterricht in die Nachbarklasse, während wir Mädchen weiter Schultertücher nähten. Wir würden so etwas ja nicht brauchen, wir leeräugigen Schönen. Wir Töchter der Trauer konnten keinen Geschlechtstrieb haben, da unser Leben damit ausgefüllt sein würde, mit den Alltagspflichten klarzukommen. Wohlerzogene Frauen haben sich nicht nach Berührungen zu sehnen, sie dürfen nichts wollen, worüber sie nicht mit ihren Eltern reden könnten. Sie müssen alles, was sie tun, vor flüchtigen Bekannten am Kaffeetisch zur Sprache bringen können.

Als die Jungen in die Klasse zurückkehrten, waren sie ein Stück größer geworden. Sie erzählten nicht, was man ihnen beigebracht oder Neues enthüllt hatte. Der Lehrer verbot ihnen, darüber zu reden, und die Jungen schwiegen auch nach dem Unterricht. Die Mädchen hatten nur Wissensbröckchen, die sie von ehemaligen Schülerinnen vermittelt bekommen hatten und die sie in der Stille der Schlafsäle zusammenfügten. Dass die Jungen etwas haben, was wie ein Finger ist, wie eine Hand. Wie ein Kartoffelstampfer. Wie eine glibbrige Schlange. Zuerst weich und dann eifrig. Wir hatten nicht wie andere Mädchen die Körper unserer Väter oder Brüder in der Sauna gesehen. Den eigenen Körper kannten unsere Finger, aber über den der Männer unterhielten wir uns flüsternd. Ob sie wohl diesen Körperteil kontrollieren können? Wir wussten, dass darin kein Knochen war, denn eine Expedition, die aus zwei Mädchen bestand, hatte es bei einem nächtlichen Ausflug am Skelett im Klassenzimmer überprüft. Für uns war es nur ein Wort, das sich auf nichts bezog, das wir verstanden hätten. Mit magerer Ausstattung wurden wir in die Welt der Sehenden geschickt.

Das Metallbett schwankt, als Kari sich krümmt und die Hose auszieht. Ich drücke mich an seine warme Seite und lasse meine Hände wandern. Ich spüre seinen Geruch, salzig und würzig. Er ist verlockend und gleichzeitig irgendwie zu intensiv für etwas, das von einem Menschen ausgeht. Ich vergewissere mich, dass der Unterrock meine Brüste bedeckt. Kari legt einen Arm um mich, und ich rieche den leichten Schweiß unter seiner Achsel und seinen Eigengeruch. Seine Kleider riechen nach Eisbein und Leber aus der Markthalle. Kari streichelt mit der freien Hand meine Finger und drückt sie an seine Lippen. Er rollt sich vorsichtig auf mich, und ich lege meinen Arm um seinen Hals. Die Vertiefung im Nacken fühlt sich warm und feucht an. Dort spüre ich das heftige Pochen seines Herzens.

In meinen Fingern fühle ich das, worüber die Mädchen unter den Kissen im Schlafsaal flüsterten und wovon wir nichts wussten, abgesehen von dem Modell, das die Mädchen aus den höheren Klassen in der Töpferstunde nach dem Hörensagen geformt hatten. Es lag versteckt unter der Matratze eines leeren Bettes und wurde nach Verkündung der Bettruhe von einer zur anderen weitergereicht. Es galt als Beispiel für die Zukunft, die uns alle erwartete. Angeblich hatte es dieselben Erhebungen,

Anhängsel und pulsierenden Adern. Der hier ist ganz anders, nicht rau, nicht unter den neugierigen Fingern von zig Mädchen abgeschliffen. Nicht nach links gekrümmt, nicht beim Trocknen rissig geworden.

Ich lasse los und schiebe meine Arme durch die Träger des Unterrocks. Dann ziehe ich den glatten Stoff bis zum Bauch hinunter und enthülle meine Brüste. Kari hält den Atem an und schaut zu, sagt dann, ich sei schön und gefühlvoll, meine Augen seien matt und einladend, meine Brüste schön. Ich weiß nichts zu entgegnen. Was sollte ich auch antworten? Ich könnte ihm sagen, dass sein Körper zu schwer auf meiner Hüfte liegt. Dass ich an meinem Schlüsselbein die winzigen Stiche seiner Barthaare spüre, wenn er meinen Hals küsst. Dass ich seinen Geruch wahrnehme, der anders ist als bei irgendwem sonst. Schärfer als der des keuchenden Jungen, der mir als Erster erlaubte, seinen Körper mit meinen schüchternen Fingern zu erforschen. Kari zeichnet mit der Fingerspitze den Bogen meiner Lippe nach und sagt, er sei wie bei der Taylor oder der Hepburn. Sei endlich still. Schmeichle mir nicht mit den Bildern der Sehenden, denn die brauche ich nicht.

Ich bin nicht bereit, eine dunkle Brille zu tragen, um meine Mitmenschen zu warnen, dass ich anders bin. Wahrscheinlich musste ich deshalb immer die Tests der Sehenden bestehen. Ich habe gelernt, anmutig und gerade zu gehen wie die anderen. Ich kann meinen Blick auf die Kamera richten, wenn ich dazu aufgefordert werde, den Kopf neckisch schräg legen, meine Lippen ein wenig schürzen. Beim Sitzen presse ich die Beine zusammen und kreuze sie an den Knöcheln, halte den Rücken gerade und denke daran, den Mund zu schließen. Ich schaue ein wenig nach unten. Nicht weil ich demütig wäre, sondern damit mein umherirrender Blick die Sehenden nicht schockiert. Sie halten mich für unterwürfig und schüchtern. Schon bei der ersten Begegnung fragen mich die

Leute, ob ich die Augen verdrehen kann oder ob ich wenigstens Umrisse sehe, und ich beantworte beide Fragen mit Nein. Manche bewegen heimlich ihre Hand vor meinen Augen. Ich spüre es am Luftzug. Schließlich beugen sie sich näher zu mir und enthüllen das Testresultat. Dass ich den Sehenden täuschend ähnlich bin, aber mein Rocksaum zu weit hochgerutscht ist, sich eine Haarsträhne aus der Spange gelöst hat oder ich die Bluse links herum angezogen habe. Dann lächle ich und bedanke mich für den Hinweis. Ich verspreche, beim nächsten Mal besser aufzupassen. Niemand erwähnt, dass ich mir ihretwegen die Lippen geschminkt habe oder dass ich nach Zitrusparfüm dufte.

Sie beurteilen mich nach ihren eigenen Maßstäben, denen zufolge ich beeinträchtigt bin. Man fragt mich, ob ich gern sehen wollen würde, wenn das möglich wäre. Doch ich brauche nichts, was ich nicht zu benutzen weiß. In meiner Welt fehlt nichts. Über diese Antwort wundern sie sich, obwohl ich meinerseits frage, ob sie gern fähig wären, mit ihren Fingerspitzen die kleinsten Furchen zu erkennen. Sie lachen.

»Wozu braucht man so eine Fähigkeit?«

Sollte ich ihnen als Gegenleistung erzählen, was ich herausgefunden habe? Dass Tonfall und Pausen viel bedeuten? Am Klang der Stimme und den Seufzern erkenne ich, dass Anjas Verlobter ihr nicht lange zuhören mag. Pentti lügt, wenn er von seiner Büroarbeit erzählt, denn an seinen Kleidern haftet süßlicher Malzgeruch. Matti riecht nie nach dem vornehmen Stadtteil Kruununhaka, wo er angeblich wohnt, sondern nach Torkkelinmäki, beinahe nach dem Arbeiterviertel Sörnäinen.

Beim nächsten Mal überprüfe ich noch einmal alle Nähte an meinen Kleidern, bevor ich die Wohnung verlasse, befühle jede Haarsträhne und ziehe den Rocksaum so weit hinunter, wie es geht. Ich hasse mich dafür, dass ich versuche, mich der Welt der Sehenden anzupassen, obwohl diese Welt sich an mich gewöhnen müsste. Während ich die Tür schließe, frage ich mich, weshalb ich diesmal beim Test durchfallen werde.

Kari schiebt beide Arme unter meinen Achseln hindurch.

»Alles in Ordnung?«, fragt er.

»Ja.«

»Du brauchst keine Angst zu haben.«

Darauf erwidere ich nichts. Ich spüre seinen Atem auf meinem Gesicht, sein Gewicht auf mir. Mit meiner Zunge erkunde ich seinen Mund, seine Zunge, seine Lippen.

»Weißt du was?«, sagt Kari. »Du schaust mir beim Küssen direkt in die Augen.«

Woher weiß er das? Ich löse die Hand von seinem Nacken.

»Ist das Licht an?«

»Wieso?«

»Ich möchte, dass es dunkel ist.«

Kari reckt und streckt sich. Der Lichtschalter knackst, dann spüre ich sein Gewicht wieder auf mir.

»Ich fände es schön, dich zu sehen«, sagt er, erwartet aber keine Antwort. Er küsst meine Halsgrube.

Karis weiche Bewegungen werden kürzer und stoßender. Sein Atem beschleunigt sich. Plötzlich schiebe ich mein Becken hoch und zur Seite, werfe Kari von mir herunter, sodass er mit dem Gesicht nach unten neben mir landet. Er packt mich, um nicht von dem schmalen Bett zu fallen. Ich ziehe ihn an meinen Platz und setze mich auf ihn. Er lacht, und ich lache mit ihm. Es steht mir nicht zu, ich sollte nicht, darf nicht. Ich reiße mir das Unterhemd vom Leib. Karis Becken wogt, und ich hebe meine Arme zur Decke und schaukle mit, als würde ich in der Brandung treiben.

Im Dunkeln darf meine Zunge aus dem Mund gestreckt werden, meine Augen dürfen rollen und meine Haare vom Kopf abstehen. Ich lasse meine Hände auf meine Brüste sinken und rieche den Duft meiner Finger und Karis Duft und den Duft meines Körpers. An den Beinen spüre ich das feuchte Laken und unter mir Karis schwitzenden Leib. Ich presse meine Hände auf seinen Brustkorb. Bis zum Morgen bin ich der Rhythmus des Betts und der Rhythmus der Uhr und Karis Rhythmus. Er lacht laut, und im Dunkeln glaubt er, in meiner Welt zu sein.

WELCH JUBEL UND JAUCHZEN IN MEINEN ADERN

»Wenn Sie ihn bitte hier in den Saal tragen würden«, sagt die Dame und geht voran. Sie stellt sich selbst als Frau Doktor vor wie in den alten finnischen Filmen und spricht vom Saal, obwohl sie nicht viel älter sein kann als ich. Bildet sich wohl etwas darauf ein, im Stadtteil Taka-Töölö zu wohnen. Seppo und Markku, die Kollegen aus dem Klaviergeschäft, tragen den Flügel. Aus ihren blauen Arbeitsjacken dampft der Schweiß vom Treppensteigen. Ich bin mit dem Fahrstuhl in den fünften Stock gekommen.

Die Dame öffnet Türen und gibt Anweisungen.

»Hier entlang. Achten Sie auf die Türrahmen. Dann dort nach links.«

Im Saal riecht es nach Lilien und trocknender Wandfarbe. Ich bleibe mitten im Raum stehen, in dem es hallt, als wäre er leer. Auf meinem Handrücken spüre ich einen zarten Luftzug.

»Nicht dorthin«, sage ich.

Die Männer bleiben stehen, ebenso die Dame.

»Das ist nicht der richtige Platz«, fahre ich fort.

»So hatten wir es aber geplant.«

»An der Außenwand hält die Stimmung nicht. Der Resonanzboden quillt im Herbst und trocknet im Frühjahr aus.«

Die Dame scheint zu überlegen.

»Wohin könnte ich den Flügel denn stellen?«

»Das ist ein prachtvolles Stück. Ein solches Instrument sollte man nicht an der Wand verstecken. Stellen Sie es mitten ins Zimmer.«

Der Lebensstandard steigt allmählich. Klaviere werden häufig verkauft, ab und zu auch Flügel. Zur Kulisse eines glücklichen Lebens gehören in Mittelschichtfamilien Töchter, die Klavierunterricht bekommen. Bei den Aufsteigern in die Oberschicht muss ein Kerzenständer auf dem Flügel stehen, gern auf einem Spitzendeckchen. Selten spielen sie wirklich auf dem Instrument, eher schaffen sie es sich an, um zu demonstrieren, dass sie in der Stadt wohnen und nicht mehr auf einem Karren Milchkannen zur Abholstelle bringen. Sie kaufen moderne Kaffeetassen und lassen sich darüber aus, dass es auf dem Land nach Kuhmist stinkt. Auf den Geburtstagen ihrer Eltern wundern sie sich lauthals über den breiten Dialekt der anderen.

Die Dame erwärmt sich für meinen Vorschlag. Sie bittet die Männer, das Sofa beiseite zu rücken und den Flügel an seinen Platz zu stellen.

»Hier macht er sich auch gut und ist schon von der Wohnungstür aus zu sehen.«

Seppo faltet den Stoff zusammen, der die Lackschicht beim Transport geschützt hat.

»In der Küche steht Kaffee bereit, wenn Sie mögen«, sagt die Dame.

Sie geht voran, und Seppo folgt ihr. Ihre Stimmen sind im Flur zu hören.

»Frau Syrjänen pflegt ihren Kaffee nicht in der Küche zu trinken.«

»Woher wusste die Blinde denn, dass dort die Außenwand ist?«, fragt die Dame neugierig.

»Sie ist fachlich geschult.«

»Ist das Zimmer ansonsten leer?«, erkundige ich mich bei Markku.

Er stellt einen Stuhl vor den Flügel und kichert darüber, dass Seppo mich Frau Syrjänen genannt hat.

»Einen Meter weiter links steht ein kleiner Tisch mit einer Vase. Und da drüben das Sofa. Ansonsten steht hier nichts. Sie sind wohl gerade erst eingezogen.«

Ich stelle meine Werkzeugtasche neben den Stuhl. Zuerst hebe ich den Deckel des Flügels auf die Stütze, dann nehme ich das Notenpult ab und lege es rechts auf den Fußboden. Ich öffne die Tastenklappe und nehme das Tuch von den Tasten. Dann setze ich mich auf den Stuhl, drücke hier und da eine Taste mit der Linken ganz herunter und klopfe gleichzeitig ein paarmal mit den Fingern der rechten Hand dagegen. Ich lausche. Die Mechanik scheint fest am Klaviaturboden anzuliegen, ohne Leerraum dazwischen.

Ich schlage einige Intervalle an und lausche auf den Klang. In der Küche wird geplaudert. Anfangs habe ich unzählige Arbeitsstunden mit dem Versuch vergeudet, Stimmungen zu schaffen, die das Instrument nicht annimmt, aber inzwischen bin ich klüger. Jedes Instrument sagt selbst, was für einen Klang man ihm geben muss. Jedes hat seine eigene Stimme. Meist sind die neuen Klaviere noch ungestimmt, weil die Saiten sich noch dehnen. Am schönsten klingen sie, wenn sie so straff sind, dass sie beinahe reißen. Ich war heute Morgen früher als sonst in der Verkaufsstelle der Klavierfabrik und hatte Zeit, die Saiten vor dem Transport zu spannen. Jetzt muss ich nur noch die Feinstimmung erledigen.

In der Fabrik herrschte eine strenge Hierarchie. Als ich nach dem Studium keine Arbeit fand, rief Mutter an und forderte mich auf, nach Hause zurückzuziehen, aber ich ging stattdessen in das Klaviergeschäft und sagte, ich wolle dort arbeiten. Aus irgendeinem Grund nahmen sie mich. Sie steckten mich in die Fabrik, wo noch einige andere blinde Klavierstimmer arbeiteten, und dort lernte ich es. Ich fuhr jeden Morgen mit dem Zug nach Rajamäki, erledigte niedere Arbeiten und trat nicht der Gewerkschaft bei wie die anderen. Wohl deshalb wurde ich in das Geschäft im Stadtzentrum versetzt, wo ich die zum Verkauf stehenden Instrumente betreuen sollte. Und da ich tatsächlich Klavier spielen kann, wurde ich schließlich als Klavierstimmerin für Kundenbesuche eingesetzt.

Manchmal höre ich den Verkäufern zu, wenn sie vor den Kunden ihre alte Litanei abspulen. »Für so einen Flügel hat sich auch Toivo Kuula entschieden. Und auf so einem hat Merikanto gespielt«, erzählen sie immer, und die Damen und verwitweten Pröpstinnen sind voller Bewunderung, dabei ist das Modell dieser Klaviere eine Bechstein-Kopie, und die Mechanik ist von Renner. Im vorigen Monat hörte ich zum ersten Mal ein neues Verkaufsargument: »Bei der Übergabe kommt eine sehbehinderte Fachkraft zum Stimmen zu Ihnen. Außerordentlich genau und kompetent. Sie hat das absolute Gehör.« Ich lief ins Hinterzimmer, weil ich so lachen musste. Ich könnte bei jedem Saitenchor die rechte Saite nach unten lockern und die linke heben wie bei einem Kneipenklavier, und die Leute würden es nicht merken. Bei den Hausbesuchen bauen Seppo und Markku den Mythos um mich weiter aus. Sie weisen die Käufer an, die Pendel und Gewichte der Uhren anzuhalten, damit ich mich konzentrieren kann. Die Kinder müssen nach draußen gebracht und die Wasserkessel vom Herd genommen werden, damit sich der Resonanzboden nicht während des Stimmens verformt.

Ich lausche auf den Klang des eingestrichenen a. Der Hammer schlägt gegen die Saite, der vordere und der hintere Duplex machen den Ton voller, aber er schnarrt dennoch. Ich hole den Stimmhammer und die Filzkeile aus der Tasche und suche unter dem Deckel nach dem Wirbel der drei Saiten dieses Tons. Ich dämpfe die äußeren Saiten und suche nach der richtigen Spannung für die mittlere, dann richte ich die beiden anderen entsprechend aus. Ich müsste sie noch mit der Stimmgabel kontrollieren, aber das tue ich nur, wenn der Kunde mir zusieht. Ich höre es auch so. Ich möchte jedes Instrument nach meiner eigenen Vorstellung intonieren. Als Nächstes gehe ich eine Oktave tiefer und suche die richtige Form für das große a.

Seppo und Markku kommen aus der Küche. Die Dame folgt ihnen.

»Sollen wir warten, oder schaffst du den Heimweg allein?«, erkundigt sich Seppo.

»Geht ruhig. Kari holt mich um fünf.«

Ich wende mich an die Dame und präzisiere.

»Mein Mann holt mich ab. Wir sind doch in der Urheilukatu?«

Die Männer gehen, und ich bleibe mit dem Instrument allein. Mir ist bewusst, dass die Dame mich die ganze Zeit beobachtet, doch das stört mich nicht. Ich weiß, was ich tue. Ich suche das Maß für die Quinte, säubere ihren Chor, lausche auf die Terz und überlege, ob das f richtig gestimmt ist.

Johannes machte am Telefon eine lange Pause, als ich erzählte, dass ich Kari geheiratet habe, und Mutter machte eine noch längere, als ich sagte, nur auf dem Standesamt. Sie bestanden aber darauf zu feiern, obwohl ich versuchte, sie davon abzubringen.

Letzten Endes saßen wir alle zusammen in der zugigen Einzimmerwohnung in einem Holzhaus an der Keuruuntie im Stadtteil Vallila: wir zwei, Johannes und Kaarina, Mutter und Anna sowie Karis Eltern Toivo und Martta. Keiner wusste den anderen etwas zu sagen. Anna versuchte, ein Gespräch in Gang zu bringen, Kari bedauerte, dass Minna und Maarit zu Kaarinas Eltern gebracht worden waren. Johannes schaute zum Fenster hinaus und fragte, ob dies eine gute Wohngegend sei. Toivo und Martta waren schweigsam, nachdem Mutter sich erkundigt hatte, ob sie zur Arbeiterklasse gehörten. Mutter meint, sie selbst stehe viel höher.

Auch mit mir reden sie kaum. Ihrer Meinung nach hätte Kari eine Frau mit einem richtigen Beruf heiraten sollen, keine, die den ganzen Tag Klavierklimpern studiert. Sie haben nichts gesagt, als ich ein paarmal im Radio konzertieren durfte, aber als ich nach der Sibelius-Akademie keine Stelle fand, sagten sie, das hätten sie sich gleich gedacht. Dass niemand bei einer blinden Klavierspielerin Unterricht haben will. Ich habe keine Lust, mich darüber zu ärgern. Sie sind zufrieden, dass ihre Schwiegertochter einen Defekt hat, der es ihnen erlaubt, sie niedriger einzustufen.

»Woher wissen Sie, welchen Knopf Sie drehen müssen?«, fragt die Dame, aber ihre Stimme kommt wie von weit her, und ich antworte nicht, sondern lausche auf die Formen. Die Quarten sind Quadrate. Sie dürfen nicht zu breit sein, aber auch nicht zu schmal. Der Klang ist wie ein Spinnennetz. Seine Schwingung breitet sich aus, der Ton wird vielfältiger, und die Partialtonreihen bereichern ihn. Ich arbeite mechanisch wie eine Maschine. Meine Hände sagen meinem Gehirn, was ich tue, nicht umgekehrt. Ich entscheide, wie weit der Ton schwanken darf, um noch eine Quinte zu sein, und wie weit für eine Quarte. Ich kann den Klang mit nichts anderem vergleichen als mit den Tönen in meinem Kopf, ich allein entscheide, auf welcher Ebene sich die Tonleitern dieses Instruments niederlassen. Alle Klaviere, die die Fabrik in Helsinki verkauft, werden von mir gestimmt, und jedes ist nach meinen Maßen gemessen. Ich bestimme über Klanghöhe und Schwingung in der Hauptstadt.

Abends liege ich auf dem Bett und höre Radio. Kari sitzt im Sessel und liest ein Buch. Ich höre seinen ruhigen Atem und das Umblättern der Seiten, während die Klavierkonzerte über mich hinwegströmen. Die Luft ist wortleer. Er fragt kein einziges Mal, ob ich zurechtkomme, denn er weiß, dass ich zurechtkomme. Ich habe ein warmes Gefühl.

Die Dame geht in die Küche. Ich prüfe die Bewegung der Tasten und überlege, ob der Anschlag schwer genug ist. Jeder Pianist hat seinen eigenen Anschlag und seine eigene Idealvorstellung davon, welche Bewegungsbahn den Ton erzeugt, aber an diesem Flügel bin ich die Erste. Ich überlege, ob ich die Mechanik abbauen und den Anschlag verstärken soll. Ich schraube schon den linken Tastaturklotz ab, entscheide mich dann aber anders. Für diesen Raum und für diejenigen, die hier spielen, ist ein leichter Anschlag sicher besser.

Ich packe meine Tasche und hebe das Notenpult an seinen Platz. Nur noch die Fingerabdrücke abwischen, dann bin ich fertig. Dennoch möchte ich dieses Instrument ausprobieren, bevor ich gehe. Ich habe das Recht der ersten Nacht. Daher setze ich mich wieder auf den Stuhl und spiele ein Klavierkonzert von Prokofjew. Die Töne des Flügels sind perfekt und klingen alle in dieselbe Richtung. Sie brauchen nicht mehr korrigiert zu werden, also prüfe ich sie nicht mehr, sondern lasse die Musik durch mich hindurchgehen. In Gedanken füge ich das fehlende Sinfonieorchester hinzu. Die Maschine erwacht unter meinen Händen zum Leben. Ihre stählernen und kupfernen Saiten reagieren auf die Berührung der Hämmer, die Dämpfer mildern die Anschläge, die Stege vibrieren, und der Resonanzboden klingt. Die Gussplatte unterhält sich mit den Geigen, Celli und Oboen, antwortet rhythmisch auf die Posaunen und die Pauke.

Die Dame bringt ein Tablett mit Kaffee, doch ich trinke ihn nicht, sondern musiziere diese Wohnung weiter weg und Kari näher zu mir. Die Töne des Allegros klingen in meinen Ohren. Die Diskante sind an den Fingerspitzen zu fühlen, die Bässe schwimmen über den Fußboden in die Beine und vibrieren in den Lenden. Kari sitzt neben mir auf dem Sofa, und ich lege meinen Kopf an seine Brust. Die ganze Stadt tönt durch mich. Ich bin eins mit der Vibration, spüre die Formen und das Wogen der Musik. Sie windet sich um mich, schnappt nach mir. Die Dame setzt sich auf das Sofa, trinkt nicht, sondern hört zu. Ich weiß, dass sie mich ansieht, und versuche mich abzuwenden. Sie hört keine Klarinetten, keine Fagotte, beobachtet aber, wie die schönen Finger fieberhaft über die wartenden Tasten eilen. Ich erkunde Karis rauen Pullover und seine glatte Hose. An seinem Hals rieche ich noch das Rasierwasser vom Morgen und das Putzmittel aus dem Museum. Die Musik trägt das Sofa fort, leert die Wohnung, weht den Farbengeruch und den Duft der Lilien davon. Ich spiele in vollkommener Leere, in der Musik sind die Berührung der Härchen enthalten und die Kühle der Milchkanne, die zwischen den Fensterscheiben aufbewahrt wird, ein Kuss am Morgen, wenn ich gerade aufgewacht bin und mich recke. Der Puls am Handgelenk. Kari ist das Quadrat der Quarten und die Polyederform der Quinten. Der Schweiß bricht mir aus. Die Dame starrt. Ich will aufhören, doch Kari zieht mich erneut an sich. Ich rieche an seiner Haut, dass er wieder bereit ist, und merke, dass auch ich es bin. Meine Finger laufen über die Tasten. Ich will, dass Kari mich abholt, in diesem Moment.

UND WELCHE SPRACHE SPRICHT ER WOHL?

Der Schnee knirscht unter den Schuhen. In den Ebereschen zwitschern Seidenschwänze. Es ist ein klarer Märzsonntag. Die Sonne zeigt sich nicht, doch man merkt, dass es heller geworden ist. Gestern war es ein wenig wärmer, und im Straßengraben ist die Erinnerung an strömendes Wasser gefroren. Bald wird das Eis wieder schmelzen wie der Reif auf dem Bürgersteig.

Tuomas spaziert mit Erik am Stadtrand entlang, wo die Hochhäuser aufhören und die großen Eigenheimgrundstücke mit Apfelbäumen und Rosenhecken beginnen. Ein Gespräch will nicht recht aufkommen, denn sie haben keine gemeinsame Sprache. Erik kann kein Finnisch und Tuomas nur ein wenig Schulschwedisch. Englisch kommt ihnen steif vor, und zudem ist es schwierig, auf Englisch die Umgebung zu beschreiben, die hohen Schneewehen, die Spuren der Straßenhobel auf dem Bürgersteig oder die alten Männer, die den Zugang zu ihren Häuschen freischaufeln. Es ist, als könnte man in einer Fremdsprache nur einfache Dinge erzählen, und gerade heute scheint Tuomas die Welt besonders genau wahrzunehmen. Er würde Erik gern auf die verwilderte Weißdornhecke vor dem schiefen Haus hinweisen oder auf das Krähennest in der gespaltenen Hängebirke, doch die Worte weichen ihm aus. Ein bloßes *fence* oder *nest* würde Erik die Welt nicht so enthüllen, wie Tuomas sie sieht. Deshalb schweigt er und spaziert einfach weiter.

Sie haben sich über gemeinsame Bekannte kennengelernt, sich ein- oder zweimal in größerem Kreis getroffen. Sie haben sich nicht zu irgendwelchen Dates verabredet, denn so läuft es in diesen Kreisen nicht. Manchmal wundert man sich im Gespräch mit Freunden darüber und fragt sich, ob es nicht schöner wäre, sich vorher besser kennenzulernen. Zum Beispiel zusammen ins Kino zu gehen oder Kaffee zu trinken und zu ergründen, welchen Eindruck der andere macht. Aber niemand lädt irgendwen in eine Ausstellung oder zu einer Spazierfahrt ein. Sie finden Anschluss in einer Bar und gehen mit oder auch nicht. Darüber lachen sie immer: Keiner kauft die Katze im Sack, sondern prüft zuerst die Leistungsfähigkeit. Erst dann überlegt man, ob sich etwas findet, was man liebgewinnen könnte.

Deshalb sind sie nun hier, in einem Wohngebiet von Familien und alten Leuten, die sich seit fünfzig Jahren jeden Tag sehen. Am Morgen machte Erik keine Anstalten, nach Hause zu gehen, wie es die ungeschriebenen Regeln vorsahen. Tuomas hat am Montag eine Prüfung in Rechnungswesen, für die er lernen müsste, aber Erik lag nur faul im Bett, gähnte und streckte sich. Ging auf die Toilette, führte ein Ferngespräch mit seinen Eltern in Norrköping. Tuomas wusste nicht, wie er den Mann fortscheuchen sollte, und wollte es eigentlich auch gar nicht. Stattdessen überprüfte er den Inhalt seines Kühlschranks und fand fast alle Zutaten für Chili con carne. Der Duft der gebratenen Paprika, der aus der Kochnische drang, lockte Erik herbei. Er legte seine Arme um Tuomas, drückte ihm ein Küsschen auf die Stelle, wo der Hals in die Schulter übergeht, und schaute ihm interessiert beim Kochen zu.

»My mother always uses beans.«

»I didn't have any.«

Nach dem Essen wurde die Faulenzerei nervig. Tuomas wollte nach draußen, aber Erik zeigte immer noch kein Interesse, sich zu verabschieden. Deshalb machten sie gemeinsam einen Spaziergang. Erik hatte etwas faszinierend Unfinnisches an sich, das Bewusstsein, gut auszusehen, und eine Selbstsicherheit, die an Unverschämtheit grenzte.

Ein kleines Mädchen macht einen Schlenker auf die Fahrbahn, um sie zu überholen. Es führt einen Welpen mit wuschligem Fell an der Leine, der an einem Gartentor schnüffelt und dann in die Hocke geht, um seine Duftmarke zu hinterlassen, obwohl er ein Männchen ist. Sie schauen beide dem Welpen zu, der hinter dem Mädchen hertrabt, mal hüpfend, mal seitlich neben ihr laufend, wobei die Hinterpfoten fast neben den Vorderpfoten aufkommen. Wie könnte man das ausdrücken? *A funny puppy is walking?* Tuomas hat nie darüber nachgedacht, dass die Welt sich aus Wörtern aufbaut, denn seiner Meinung nach bestand sie nur aus Kausalbeziehungen. Um Erik und ihn herum befinden sich keine auf den Frühling wartenden Bäume und keine vom Schneepflug gekappten Pfingstrosenstiele, keine helle Sonne und kein senkrecht aus den Schornsteinen steigender Rauch, sondern nur unterschiedliche Buchstabenkombinationen, mit denen man auf all das verweist. Jede Kombination drückt nur einen kleinen Teil all dessen aus, was zur Welt gehört, und in dieser Situation fällt ihm keine einzige ein.

In einem der Häuser hat der Familienvater verschlafen, oder der alte Besitzer musste ins Krankenhaus, jedenfalls ist der Schnee nicht geräumt worden. Die Menschen, die am Morgen hier entlanggegangen sind, haben jedoch einen schmalen Pfad in den Schnee getrampelt. Nebeneinander passen die beiden nicht hin, daher geht Erik voran, und Tuomas folgt ihm. Er betrachtet Eriks Rücken. Erik trägt einen langen, hellen Lammfellmantel und auf dem Kopf eine Mütze, an deren Ohrenklappen gestrickte Zöpfe hängen, die man unter dem Kinn zusammenbinden könnte. Die Beine seiner Jeans hat er in die hellen, knöchelhohen Boots gesteckt, deren überlange Schnürsenkel um den Schaft gewickelt sind. Man könnte glauben, er wäre Nansen und hätte sich für eine jahrelange Polarexpedition gerüstet. Es fehlt nur das Gewehr, mit dem er Eisbären erlegen könnte. *Polar* oder *arctic bear*?

Tuomas spürt, dass seine Verliebtheit ebenso unaufhaltsam wächst, wie der Frühling näher rückt, aber wie könnte eine solche Beziehung funktionieren? Wie soll er erzählen, dass die Wetterverhältnisse über dem Atlantik sich auf den Luftstrom im Norden auswirken, was wiederum die Aktienkurse der Elektrizitätswerke schwanken lässt? Wenn er nicht einmal die Wörter für die Wirklichkeit kennt, in der sie gerade unterwegs sind, wie sollte er dann über die sprachlichen Ausdrucksmittel verfügen, mit denen man das beschreibt, was eine Tagesreise mit dem Zug entfernt ist? Selbst auf Finnisch kann er sein Interesse für die Kurven der Marktlagetabellen nicht erklären, geschweige denn den stählernen Geruch, der verrät, dass es bald schneien wird. Wie könnte er sich so unendlich reduzieren, dass er nur das Grundvokabular der fremden Sprache verwendet, ohne Nuancen?

Der Weg führt einen Hügel hinauf und macht eine scharfe Biegung nach rechts. Direkt vor ihnen führt eine Treppe nach unten, an deren oberem Ende ein Schild auf Finnisch und Schwedisch verkündet, dass sie im Winter nicht geräumt wird. Benutzt wird sie trotzdem, der Schnee auf den Steinstufen ist zertreten. Erik bleibt stehen, wischt mit dem Handschuh das Geländer ab und setzt sich darauf. Dann säubert er den Platz neben sich und klopft einladend auf die schneefreie Stelle. Auch Tuomas setzt sich. Beide genießen die Aussicht vom Hügel.

»Skönt«, sagt Erik. Er spricht das schwedische Wort für »schön« anders aus als die Finnlandschweden an der Uni. Es beginnt mit einem Laut, den Tuomas nicht zustande bringt, so ähnlich, wie wenn man die Haare vor den Augen wegpustet. Er hat ihn schon gehört, als Erik mit seiner Mutter telefonierte. *Skönt. Stjärna. Sju sjösjuka sjömän.*

Erik zieht die Handschuhe aus und steckt sie in die Manteltasche. Aus der anderen Tasche holt er eine Mandarine, die er zu schälen beginnt. Tuomas schmunzelt. Hat Erik den ganzen Tag und den gestrigen Abend Obst in der Tasche gehabt? Ist er im Pelzmantel und mit Proviant in die Bar gegangen? Tuomas beobachtet, wie Eriks lange Finger die Mandarine schälen. Sie zupfen ein Stückchen nach dem anderen ab, während Tuomas ein langes, schmales Band abzuschälen pflegt. So hält er es auch bei Äpfeln: Man kann die Schale als vollständiges, duftendes Band entfernen.

Erik legt die von ihrer Schale befreite Mandarine in Tuomas' Hand, holt eine zweite aus der Tasche und entkleidet sie ebenfalls. Er merkt, dass Tuomas ihm zusieht, und lacht ihn an.

»Was ist?«, fragt er auf Schwedisch.

Ein kräftiges Kinn, schneeweiße Zähne, helles Lachen.

»Nichts«, antwortet Tuomas und zerteilt die Mandarine in Spalten.

Er kennt solche Männer, ihr wölfisches Grinsen und ihre Sehnsucht nach dem Vater, weiß, dass man sich um sie kümmern und hinter ihren kleinen Taten große Gedanken finden muss. Er erlaubt sich, bei dem Spiel mitzumachen, weiß aber, dass er niemandem Vorwürfe machen kann, wenn es mit Tränen endet. So enden diese Geschichten immer.

Erik hat seine Mandarine fertig geschält und probiert ein Stück.

»Lecker!«

Tuomas hat seine schon aufgegessen. Erik beißt von seinem Schnitz die eine Hälfte ab und bietet ihm den Rest an. Man müsste Schwedisch lernen. Sini wird er nichts davon sagen, denn sie würde verschwinden, sobald sie merkt, dass er eine Affäre hat. Sie kommt zurück, wenn alles vorbei ist. Tuomas steckt den Schnitz in den Mund und beschließt, in der Nacht für die Prüfung zu lernen. Das Fruchtfleisch ist süß und saftig, erst im Nachgeschmack wird eine leichte Herbheit spürbar. Er verkauft sich billig.

MIT DEM WINDE RIEF ICH, DOCH NIEMAND HÖRTE MICH

»Kappenmuskel. Musculus trapezius.«

Kari führt eifrig vor, was er gelernt hat. Er massiert noch nicht, sondern zählt die Namen der Muskeln auf. Trizeps. Musculus infraspiratus. Kleiner Rundmuskel.

Der erste Winter in der neuen Wohnung. Mutter sitzt immer noch auf dem Erbe, das nach Vaters Tod ungeteilt geblieben ist. Johannes gibt sie nichts, damit Kaarina nichts bekommt, aber Anna hat als Vorempfang Geld für ein eigenes Haus bekommen, und ich habe diese Wohnung in Helsinki gekauft. Johannes und Kaarina haben für den Kredit gebürgt, den ich noch zusätzlich aufnehmen musste. Wohnzimmer, ein Schlafzimmer, Küche. Von der Diele geht ein langer Flur ab, an dessen Ende noch dieser Raum liegt. Wahrscheinlich als Arbeits- oder Kinderzimmer gedacht.

Ich liege bäuchlings auf der Massageliege. Kari hat sie von irgendeinem Bekannten gekauft, sie ist höckerig und riecht muffig. Mein Kopf liegt in der dafür vorgesehenen Öffnung. Das Atmen fällt mir schwer.

»Wäre es nicht besser, wenn das Laken ein Loch hätte?«

»Dann könnte man es ja nicht mehr im Bett benutzen.«

Die Hände tasten meinen Körper systematisch ab. Einige Muskeln sind leicht zu erfühlen, nach anderen muss man lange suchen. Schneidermuskel. Innerer Wadenmuskel. Karis Hände rufen mir die Bewegungen von Omas Händen auf Eilas angeschwollenem Bauch in Erinnerung. Zwischendurch halten sie an und pressen sich auf die Haut, suchen nach Ansätzen und Verzweigungen. Wadenmuskel, Plantaris. Kari ist so stolz darauf, eine neue Welt entdeckt zu haben. Bald ist er kein ungelernter Arbeiter mehr, sondern ein an der Fachschule ausgebildeter, zugelassener Masseur. Ein Fachmann, endlich. Er will für mich sorgen und hat deshalb so viele Jobs ausprobiert: den Fleischereilaster in der Markthalle in Hakaniemi gefahren, Zeitungsabonnements verkauft und als Pförtner im Nationalmuseum gearbeitet. Jetzt konzentriert und bemüht er sich. Ist eifrig, lernt die Fachausdrücke bis spät in die Nacht. Seine Berührungen kitzeln mich. Er lacht mit und kitzelt mich weiter, während er die Namen aufzählt.

»Kurzer Zehenbeuger. Musculus flexor digitorum brevis.«

Er hat das Gefühl, das könnte der richtige Beruf für ihn werden, ein Beruf, in dem er sich wohlfühlt, und das glaube ich auch. Kari mag es, mit den Händen zu arbeiten und dabei locker zu plaudern. Freundliche Worte von sich zu geben, zwischendurch tiefschürfender zu werden, mitunter einfach nur zu erzählen, was er gerade tut.

»Dreh dich um.«

Ich gehorche. Er zieht mir den BH aus, den er vorhin schon öffnen musste, um den Unterschulterblattmuskel zu spüren. Warum erscheint mir die Nacktheit meines Körpers manchmal natürlich, manchmal nicht? Es stört mich nicht, nackt aus dem Bad ins Schlafzimmer zu gehen, ich schäme mich nicht, mich vor Karis Augen auszuziehen, wenn seine Stimme heiser und belegt klingt. Aber jetzt, wo sein Interesse rein anatomisch ist, würde ich meine Brüste am liebsten mit den Armen verdecken.

Kari setzt sich hinter meinen Kopf und legt seine Hände auf meine Schultern. Seine Finger fühlen sich glatt an, rutschig.

»Was machst du? Was ist das?«

Die Bewegung der Hände hält inne.

»Das ist bloß Öl. Damit gleiten die Hände besser über die Haut.«

Er drückt mir einen Kuss auf die Lippen. Dabei trifft er allerdings nicht ganz, denn sein Gesicht steht im Verhältnis zu meinem auf dem Kopf.

Die Bewegung der Hände fühlt sich gut an. Die Finger gleiten über den Hals, den Brustkorb, die Arme und suchen neugierig nach noch unerforschten Regionen. Ich lausche auf die tiefe, klangvolle Stimme, die die Namen meiner Körperteile aufzählt. Großer Kopfwender. Kleiner Brustmuskel. Großer Brustmuskel. Er lässt mich an seinen neuesten Kenntnissen teilhaben. Erzählt, wie der am Schlüsselbein befestigte Pectoralis major auf die Nerven der Finger drücken kann und wie ein taub werdender Kirchenmusiker nach der vierten Massage sein Gehör zurückgewann. Er steht auf, reckt sich, um mir die vordersten Sägemuskeln zu zeigen, und erklärt, dass sie beim Atmen helfen und die Faust nach vorn schwingen lassen. An der Wärme merke ich, dass sein Bauch über meinem Gesicht hängt und seine Beine sich gegen meine Haare drücken. Ich spüre meinen Atem und den Geruch von Karis Bauch. Der ganze Mann riecht entschlossen, wie einer, der weiß, was er will. Die Hände wandern auf meinen Bauch, erforschen ihn, drücken mit langsamen Strichen. Gerader Bauchmuskel. Äußerer schräger Bauchmuskel. Das Blut rauscht in meinen Ohren, und unter den zielstrebigen Fingern zerschmelze ich zu Tausenden kleiner Bäche, ich sickere durch die Massageliege, fließe auf den Boden und werde eine große Pfütze, voller Frieden und Glückseligkeit. Kari sagt etwas zu mir, aber ich werde nicht schlau daraus.

Die Hände heben sich von meinem Bauch, doch die Bewegung ist anders, nicht schön, sondern prüfend.

»Es besteht kein physisches Hindernis für die Entwicklung des Embryos«, sagt der Arzt. »Sie können sich anziehen.«

Ich steige von der Untersuchungsliege und ziehe den Unterrock an. Der Raum ist ebenso kühl wie die Hände des Arztes. Die ganze Klinik riecht nach dem Desinfektionsmittel, mit dem man vor einer Impfung die Haut säubert.

»Ich hätte ovulationshemmende Medikamente empfohlen. In Familien, die nicht dem Normalbild entsprechen, bedeutet ein Kind eine schwere Verantwortung.«

Er wäscht sich die Hände, meiner Meinung nach unnötig lange.

»Normalerweise würde ich solche Medikamente nicht vorschlagen, denn meiner Ansicht nach muss eine Frau die Verantwortung für ihre Entscheidungen tragen. Vor dem Krieg hat die Gesellschaft mit ihren eigenen Mitteln reguliert, wer sich vermehren darf. Das gilt heute nicht mehr als zulässig, nicht einmal für Lappen oder Zigeuner.«

Er wäscht sich immer noch. Ich fühle mich schmutzig.

»Und Sie sind ja nicht schwachsinnig«, fährt er fort. »Nur sehbehindert.«

Ich nicke und taste den Stuhlrand nach meinem Kleid und meinen Strümpfen ab, finde sie aber nicht. Der Arzt trocknet sich die Hände.

»Da Sie einen völlig normalen Ehemann haben, wird vermutlich auch die Kinderpflege ohne größere Unfälle gelingen.«

Er geht und lässt mich allein, sagt nur, die Krankenschwester werde mich gleich nach draußen führen. Ich lege die Hand auf meinen noch flachen Bauch. Der Stoff des Unterrocks ist glatt. Hier beginne ich und hier endet die Welt. Meine Finger liegen auf der Grenze. Oberhalb meiner Handrücken sind die anderen und unter meinen Handflächen ich, bald wir. Ich versuche, an mich als

Mutter zu denken, an Mutter als Großmutter von dem da drinnen. Wie hat sie sich gefühlt, als sie Anna erwartete? Was hat Anna von ihren Zwillingen gedacht, Kaarina von Maarit? Konnten sie sich freuen?

»Musculus obliquus externus abdominis.«

Kari ist an die rechte Seite der Massageliege getreten.

»Jetzt hörst du mir aber nicht zu.«

Angeblich blicken meine Augen schräg nach oben, wenn ich mich konzentriere. Ich beherrsche ihre Muskeln nicht, weiß nicht einmal, wie ich Verbindung zu ihnen bekommen könnte. Augäpfel, Wimpern, Lider, Linsen sind nutzlos für mich, und doch enthüllen sie Außenstehenden Dinge, die ich nicht zeigen will.

Kari spricht über die Muskeln am Beckenboden, über Schwangerschaft und Geburt.

»Dein Körper verändert sich, weißt du? Es wird dir schwerfallen, dich so schnell zu bewegen wie bisher.«

Die Handflächen pressen sich zärtlich auf meinen Bauch. Er dreht sie. Seine Finger sind nicht mehr glitschig, sondern scheuern auf der Haut. Die Begeisterung in seiner Stimme wird noch größer.

»Ich sorge für uns«, verspricht er.

Er drückt seine Lippen auf meinen Bauch, küsst meinen Nabel. Er wird Vater. Er spricht in meinen Bauch hinein, und mir hört keiner zu.

»Bald wirst du dich selbst nicht mehr kennen, Kugelbauch.«

KÖNNT ICH NICHT SO GUT WIE ANDRE AUCH IN GROSSEN HÖFEN SCHALTEN

»Vorsicht, ein Hund«, sagt Anna.

Ich bleibe mitten auf dem Bürgersteig stehen, doch die Spitze meines Stocks trifft das Tier, zum Glück nicht sehr fest.

»Was für einer ist das?«

»Ein Collie. Wie der, den wir hatten.«

»Habt ihr ihn nicht mehr?«

»Matti war ihn leid. Er hat ihn selbst umgebracht.«

Ich wage nicht, den Hund zu streicheln, denn bei denen weiß man nie. Und bei den Besitzern auch nicht.

Anna ist zu Besuch bei uns. Sie ist wieder schwanger, sitzt bloß neben dem Klavier und hört zu, wenn ich alte Schlager spiele, bittet gelegentlich um irgendein Kirchenlied. Sie hat sich gewundert, warum ich im Klaviergeschäft aufgehört habe, und ich habe erklärt, dass ich keine Lust mehr hatte. Mit den Instrumenten in den Gemeindehäusern habe ich genug zu tun. Angeblich will auch das Kulturhaus mich haben.

Ich klappe meinen Stock zusammen und stecke ihn in die Handtasche, Anna zieht die Tür auf. Schon im Vorraum schlägt mir der Geruch von Lebensmitteln entgegen. Ich rieche Würste und Äpfel. Und etwas Kräftigeres, Hackfleisch oder Koteletts.

»Was brauchen wir alles?«, fragt Anna und führt mich durch die Drehtür.

Man merkt es überraschend schnell, wenn der Geschäftsführer wechselt. Jedes Mal werden die Produkte wie aus Prinzip umgeräumt, und wo früher der Senf war, stehen jetzt Glasflaschen, deren Inhalt ich nicht identifizieren kann. Ein Teil der Gänge wird versperrt, und zwischen den Regalen werden neue Durchgänge geöffnet. Ich war in der vergangenen Woche zweimal mit Kari hier, daher kenne ich die neuen Wege wenigstens ungefähr. Es wird schlechter geputzt als früher, auf dem Fußboden knirscht Sand.

»Wünschst du dir einen Jungen oder ein Mädchen?«, frage ich.

»Ein Mädchen wäre schön nach den Jungen.«

An der Fleischtheke stehen mehrere Kunden an. Jemand bittet um Heringe.

»Möchten Sie den ganzen Rest?«, fragt die Verkäuferin. Sie ist neu, ich kenne ihre Stimme nicht. Ein Mädchen um die zwanzig, schätze ich.

»Ein Drittel reicht.«

Anna führt mich zum Kühlregal. Ich spüre die Kälte auf der Haut. Zum Glück liegen die Milchbeutel an derselben Stelle wie früher.

»Wie soll ich das nur schaffen mit dem neuen Kind?«, überlegt Anna.

»War es ungewollt?«

»Nein, nein, ich wollte schon so ein Nesthäkchen. Und Matti hat nichts dazu gesagt.«

»Na, dann.«

»Es ist schön, wenn wenigstens irgendwer einen braucht.«

»Wen braucht?«

»Mich.«

Nach der Stimme zu schließen, steht der Geschäftsführer selbst an der Kasse. Anna stellt den Drahtkorb auf die Theke. Hier gibt es kein Laufband, sondern eine sich drehende Metallscheibe, bei der die Grenze zwischen den eigenen Einkäufen und denen der anderen schwieriger zu erkennen ist. Die Registrierkasse scheint neu zu sein.

»Sollen das etwa frische Heringe sein?«, fragt die Kundin vor uns, dieselbe, die an der Fleischtheke war.

»Die zappeln doch beinahe noch.«

»Ihre Augen sehen trüb aus.«

»Sie müssen sie ja nicht kaufen.«

Anna legt die Einkäufe aus dem Korb auf die Platte, dreht sie zwischendurch, um Platz zu bekommen. Das kann ich selbst.

»Geh du schon mal einpacken.«

Sie geht, redet von dort aus aber weiter.

»Möchtest du kein Kind?«

»Sollte ich?«

»Will das nicht jeder?«

Ich antworte nicht. Mein Bauch ist nicht mehr groß, sondern flach und leer.

Der Geschäftsführer tippt die Preise in die Kasse. Anna packt die Einkäufe in meine Tasche. Ich hole die Geldbörse hervor und zahle. Der Geschäftsführer gibt mir das Wechselgeld. Ich befühle es.

»Moment mal, hier fehlt etwas.«

»Wieso?«, fragt der Mann.

»Ich habe mit einem Hunderter bezahlt.«

»Sie haben mir einen Fünfziger gegeben, und ich habe Ihnen den Rest ausbezahlt.«

»Stimmt nicht.«

»Ich hätte es doch gemerkt, wenn es ein Hunderter gewesen wäre. Und hier ist kein einziger Schein am falschen Platz.«

»Anna, hast du es gesehen?«

Sie hat mit dem Einpacken aufgehört.

»Ich habe nichts gesehen.«

»Dann steht Wort gegen Wort«, sagt der Mann und drückt mir die Marken für das Rabattheft in die Hand.

Ich falte die Marken zusammen und stecke sie zu den Zehnern. Meine Geldbörse hat für jeden Schein ein eigenes Fach, und ich weiß genau, wie viele Scheine darin stecken, in welcher Richtung und wie ich sie ausgebe. Anna nimmt die Einkaufstasche und öffnet die Tür nach draußen. Neben dem Geschäft steht der Hund auf und knurrt. Nach der Kühle im Laden wirkt die Wärme der gepflasterten Straße drückend.

»Hast du es gesehen oder nicht?«

»Kann auch ein Hunderter gewesen sein.«

»Aber du hast nichts gesagt.«

»Ich war mir nicht sicher.«

»Es geht um fünfzig Mark, Anna!«

»Das ist natürlich viel Geld.«

»Jetzt gehen wir und holen es zurück.«

»Das ist mir zu peinlich.«

So ist sie immer, sie bezieht nie Stellung und sagt nichts, wenn es nötig wäre. Sie legt sich bloß Kinder zu und glaubt, ihnen wichtig zu sein. Stellt die Fleischsuppe auf den Tisch und isst selbst in der Küche. Ihr hört nie jemand zu. Sie ist nicht fähig, etwas zu wollen. Es kommt ihr nicht in den Sinn, dass auch sie eine Stimme hat.

»Wir sind nicht auf der Welt, um am Rand zu stehen.«

Ich öffne die Ladentür und gehe wieder hinein. Anna bleibt draußen.

»Haben Sie etwas vergessen?«, fragt der Geschäftsführer.

»Irgendetwas fehlt immer. Kann ich die so lange hierlassen?«

Ich reiche ihm die Einkaufstasche, und er nimmt sie. Dann gehe ich zwischen den Regalen entlang zur Fleischtheke. Dort steht nur ein Kunde vor mir.

»Ich nehme die restlichen Heringe«, sage ich zu dem Mädchen. »Packen Sie sie bitte in zwei Portionen ein.«

»In Plastikbeutel?«

»In Papier. Was kosten sie?«

Ich trage die Fischpakete in der linken Hand, suche mit der rechten die Regale ab. Das Mehl steht an seinem angestammten Platz. Ich lausche, ob andere auf dem Gang sind. Nur das Kühlregal surrt vor sich hin. Die Weizenmehlpackungen zu fünf Kilo sind das Richtige, so große kauft in der Stadt keiner. Im Sommer wird nicht viel gebacken. Ich schiebe eine Packung beiseite und verstecke das Fischpaket dahinter. Dort wird es keiner finden, ehe es so richtig stinkt.

Ich gehe zu den Gefriertruhen und lausche unablässig, ob jemand in der Nähe ist. Auf dem Fußboden liegt Sand, unter der Truhe wird sicher nie geputzt. Ich bücke mich und versuche das zweite Heringspaket an die Stelle zu schieben, wo der Motor der Truhe warme Luft ausstößt.

»Was machen Sie da?«

Von der anderen Seite der Gefriertruhe sind Schritte zu hören. Eine zweite Verkäuferin. Sie war wohl gerade dabei, das Keksregal aufzufüllen. Ich überlege, was ich antworten soll. Resolute Schritte kommen um die Truhe herum auf mich zu. Mit dem Fuß schiebe ich das Fischpaket weiter nach hinten.

»Die Regler darf man nicht anfassen!«

Ich richte mich auf, reiße den Mund weit auf und kneife die Augen zusammen.

»Meineee«, sage ich halb durch die Nase. Ich betone die zweite Silbe, dehne die Vokale, wie damals in Kindertagen, wenn Johannes und ich so taten, als wären wir zwei Verrückte. Gleichzeitig lege ich den Kopf schräg und schwenke den einen Arm. Der kleine Finger und der Ringfinger sind gekrümmt, die anderen Finger gespreizt.

»Helena, was machst du?«

Anna ist mir doch gefolgt. Sie tritt dicht neben mich.

»Bist du verrückt?«

»Ja«, antworte ich leise.

Sie schnaubt, aber nicht wütend, dreht sich dann zu der Verkäuferin um. Ich schließe den Mund und lasse ein bisschen Speichel zwischen den Lippen herauslaufen.

»Das ist meine Schwester.«

»Stimmt bei ihr etwas nicht?«

»Sie ist halt bekloppt.«

Ich ziehe eine Fratze, sage »Danke« wie Taubstumme, die ihre Stimme nicht mehr hören. Aus dem k mache ich fast ein g. Die Verkäuferin schweigt. Ich weiß, dass sie unschlüssig ist. Solchen Leuten mag man nicht begegnen, man will sie nicht sehen. Ich stoße ein Quaken aus, von dem ich selbst nicht weiß, ob es Lachen ist oder etwas anderes.

»Kann ich irgendwie behilflich sein?«, fragt die Verkäuferin.

Ich schaukele schweigend vor und zurück und kratze mich unter der linken Brust. Anna übernimmt die Führung.

»Wenn wir noch Ostergras bekommen könnten?«, antwortet sie mit unterdrücktem Lachen. Ich muss mich abwenden, damit die Verkäuferin mein Grinsen nicht sieht.

»Ich weiß nicht, ob es das so spät im Sommer noch gibt. Sie können ja an der Kasse fragen.«

Aus Versehen stoße ich ein Paket Graupen vom Regal. Ich versuche es aufzuheben, aber Anna eilt mir zu Hilfe.

»Jetzt bist du wieder unartig«, tadelt sie. Ich kichere.

Anna führt mich in Richtung Kasse. Die Verkäuferin bleibt stehen, schaut zu, wie wir zurechtkommen. Heute Abend wird sie zu Hause von den Verrückten erzählen, die an ihrem Arbeitsplatz aufgetaucht sind. Oder sie vergisst uns und erinnert sich nur an die ganz normalen Kunden, die einen Liter Vollmilch kaufen.

An der Kasse hole ich meine Tasche ab.

»Haben Sie nichts gefunden?«, fragt der Geschäftsführer.

»Doch, aber ich habe es mir anders überlegt.«

Ich stoße die Tür auf. Anna brüllt vor Lachen. Draußen steht der Hund wieder auf. Ich stelle die Einkaufstasche ab und strecke meine Hand nach ihm aus. Er schnüffelt träge daran. Ich spüre seine kühle Schnauze an meinem Handrücken. Als ich ihn mit beiden Händen hinter den Ohren kraule, setzt er sich und legt den Kopf schräg. Ich kichere in sein Fell.

»Noch ein paar solche Einsätze, dann ist der Fünfziger abbezahlt.«

»Gehen wir gleich wieder rein?«, fragt Anna und schnappt nach Luft.

STILLE SEHNSUCHT NACH EINER ZUFLUCHT

Tuomas blickt in den Rückspiegel. Vater und Mutter sitzen hinten. Mutters Augen sind gerötet, Vater schaut zum Seitenfenster hinaus und nickt den Menschen zu, die am Straßenrand stehen. Auf dem Beifahrersitz streicht Helena ihren Rock gerade. Tuomas ist aufgefallen, dass sie im Trauergottesdienst nicht geweint hat. Von der Bank zum Sarg und wieder zurück ist sie an Annas Arm gegangen, nicht an Vaters wie sonst immer. Beim Verlassen der Kirche gingen alle zu zweit nebeneinander. Mutter ging mit Minna, Vater und Tapio gehörten zu den Sargträgern. Tuomas hatte als Einziger niemanden neben sich. Erik ist nicht mitgekommen, natürlich nicht. Hier weiß keiner von seiner Existenz. Tuomas hat es nicht fertiggebracht, sich einem der anderen Trauergäste anzuschließen, und niemand ist auf die Idee gekommen, neben ihm zu gehen und die in der Kirche aufgekommene Trauer mit ihm zu teilen.

Vor ihnen fährt das Auto von Annas Tochter, hinter ihnen die anderen. Der Leichenwagen überquert die Kreuzung, wird dann langsamer und hält vor ihrem Haus. Das ganze Trauergeleit kommt zum Stillstand.

»Wir sind doch noch nicht am Friedhof?«, fragt Helena.

»Wir halten kurz vor dem Haus«, antwortet Vater von der Rückbank.

Sie stehen auf der Kreuzung und bringen den ganzen Verkehr im Dorf zum Stehen. Oma hat nie zugegeben, dass sie in Lopotti wohnte. Für sie war Lopotti eine Siedlung, in der Frauen mit schlechtem Ruf lebten, obwohl damit eigentlich nur die Hebamme gemeint sein konnte. Die hatte ja ein vaterloses Kind bekommen. Wenn man Oma fragte, zu welchem Gebiet das Haus denn gehörte, schwieg sie. Zur Vierwegekreuzung vielleicht. Niemand wusste so recht, was der Name bedeutete, und es interessierte auch keinen außer Oma.

Vater sagt immer, man hat sein Leben gut gelebt, wenn auch nur ein einziger Mensch einem nachweint. Jetzt reicht die Autoschlange vom Haus bis zur Vierwegekreuzung. Tuomas beobachtet im Seitenspiegel, wie die Ampel von Grün auf Rot und wieder zurück springt, aber kein einziges Auto bewegt sich. Von den Seitenstraßen kommt man nicht auf die Hauptstraße, keiner aus der Gegenrichtung kann nach links abbiegen. Jeder im Dorf wartet, solange Oma unterwegs ist. Am Straßenrand sind die älteren Leute stehen geblieben, und die Männer haben den Hut abgenommen. Die Jüngeren gehen weiter, ohne sich um den Trauerzug zu scheren. Die Toten interessieren sie nicht.

Die Kreuzung beim Haus ist so verändert worden, dass man über das Nachbargrundstück fahren muss, um vom Hof auf die Dorfstraße zu kommen. Tuomas wirft einen Blick in den Rückspiegel. Im Fond putzt Mutter sich die Nase, und Vater nimmt ihre Hand in seine. Man sollte glauben, sie wären froh, endlich tun zu können, was sie wollen. Omas Tod kam für niemanden überraschend, im Gegenteil. Sie selbst hatte ihn seit mindestens fünfzehn Jahren heraufbeschworen. Jedes Weihnachtsfest war definitiv das letzte, denn bald würde der Sensenmann sie holen, und dann würde sie die anderen nicht länger stören. Nichts da. Von Jahr zu Jahr magerte sie weiter ab, und die Knochen stachen unter der dünnen Haut hervor. Innerlich wurde sie gegen Ende allerdings weicher. Hatte sie genug vom Kommandieren, oder hatte Mutters zäher, höflicher Widerstand sie schließlich davon überzeugt, dass sie ihre Schwiegertochter nicht loswerden würde? Auch mit ihren Enkeln sprach sie ganz freundlich und begann, ihre Studiengänge und Abschlüsse zu loben. Gebildete Leute würden sie alle werden, meinte sie. Präsidenten, wenn nicht noch mehr. Dennoch hatten sie nicht mehr zueinander gefunden. Sie hatten gelernt, ohne die Gesellschaft von Oma Lahja zu leben.

Der Leichenwagen setzt sich wieder in Bewegung, und das Geleit folgt nach und nach. Jeder Fahrer braucht ein wenig Zeit, um zu merken, dass es weitergeht, und Gas zu geben, deshalb werden die Abstände größer. Diesmal beschleunigt jedoch niemand, um aufzuschließen. Helena streicht sich mit den Fingerspitzen den Rock zwischen die Knie und zurück, dann unterbricht sie die Bewegung.

»Wem sehe ich ähnlich, Vater oder Mutter?«

Tuomas antwortet nicht, denn die Frage ist nicht an ihn gerichtet. Er hört aber genau hin. Das tun alle seine Geschwister, wenn von Opa die Rede ist, was selten vorkommt. Untereinander sammeln sie die fragmentarischen Informationen. Flüsternd bauen sie eine Geschichte zusammen, wenn sie sich besuchen.

»Ich weiß nicht«, antwortet Vater. »Mutters Augen hast du jedenfalls. Wie wir alle.«

Mutter beugt sich vor.

»Du hast aber auch Ähnlichkeit mit deinem Vater, um den Mund herum oder am Kinn«, sagt sie zu Helena.

»Tatsächlich?«, meint Vater.

»Erinnerst du dich an das Foto von euren Eltern auf dem Balkon?«

In ihrer Familie ranken sich die Gespräche oft um Bilder. Die Zeit wird nicht in Jahren oder Generationen gemessen, sondern daran, was sich auf den Fotos verändert hat. Ist Tuovilas Haus noch verschalt, fahren die Hiltunens einen Volvo oder einen Ford, was für ein Haus stand früher da, wo jetzt Kantolas Laden ist? Jedes der Geschwister hat ein visuelles Gedächtnis. Wenn sie im Sommer zur gleichen Zeit ins Elternhaus kommen, werden spätestens am frühen Abend die Fotoalben hervorgeholt. Du siehst Oma ähnlich. Hier hat das Spielhäuschen noch keinen Anstrich. Tapios erstes Motorrad war also doch eine Kawasaki. Keine Behauptung wird akzeptiert, wenn sich kein Foto als Beweis findet. Alle erinnern sich, dass zu Maarits Konfirmation Schokoplätzchen gebacken wurden, aber davon gibt es kein Foto. Also ist es nicht geschehen.

Jetzt denkt Mutter an ein altes Foto, das lange vor ihrer Ankunft gemacht und in eins der zahllosen Alben geklebt wurde.

»Auf dem Bild hat deine Mutter eine Katze auf dem Schoß.«

Nun erinnert sich auch Vater.

»Ach ja, stimmt.«

Helenas Finger nehmen ihre Bewegung am Rock wieder auf.

»Gut.«

Tuomas betätigt den Blinker und biegt nach links auf den Platz vor dem Friedhof. Vater hilft Helena beim Aussteigen, aber als er sich bei ihr unterhaken will, scheucht sie ihn weg.

»Kaarina soll doch nicht allein gehen.«

Mutter holt zwei Blumengebinde aus dem Kofferraum, streicht die Trauerschleifen glatt und reicht Tuomas das eine. Vater sucht Blickkontakt und deutet mit dem Kopf auf Tuomas, dann auf Helena. Der Parkplatz füllt sich. Die Männer vom Bestattungsinstitut warten auf die Sargträger. Tuomas schließt den Wagen ab und geht zu seiner Tante.

»Wie geht es denn Sini?«, fragt Helena.

Sie waren einmal zusammen in Helsinki, und Tuomas hatte Sini aus einer plötzlichen Eingebung heraus zu seiner Tante mitgenommen. Er hatte wissen wollen, ob es möglich war, die verschiedenen Teile seines Lebens wenigstens an einer Stelle zusammenzufügen. Sini hatte sich nicht wohlgefühlt, und Helena ebenso wenig. Die eine verstand den Humor der anderen nicht, und beide redeten über Ereignisse, die der anderen fremd waren.

»Keine Ahnung. Wir haben uns länger nicht gesehen. Sie hat gerade ziemlich viele Klausuren.«

Tuomas hält Helena das Blumengebinde hin.

»Willst du die Blumen nehmen, oder soll ich sie tragen?«

»Behalt du sie.«

»Die Karte ist ja gar nicht in Punktschrift. Aber du hast sie doch in der Kirche vorgelesen.«

»Ich hab den Text auswendig gelernt. Die können hier keine Punktschrift.«

Der mit weißem Stoff bedeckte Sarg wird aus dem Leichenwagen geholt und auf einen schwarzen Karren gehoben. Der Mann vom Bestattungsinstitut überprüft die kleinsten Einzelheiten und gibt diskrete Zeichen mit der Hand. Ein wenig nach rechts. Zu viel. Nach links. Gut so. In der Kirche erinnerte er an einen Dirigenten, der den Rhythmus der Veranstaltung lenkte, weil die Angehörigen nicht die Kraft hatten, sich um den flüssigen Ablauf zu kümmern.

Die Trauergäste suchen ihren Platz im Geleitzug. Vater und Tapio schieben den Leichenkarren, Mutter geht mit Minnas Familie. Helena hakt sich bei Tuomas ein.

»Ich weiß nicht, ob ich die Punkte überhaupt noch lesen könnte«, sagt sie. »Bei uns haben sie nur ich und dein Vater geschrieben. Und Opa natürlich.«

»Und Oma«, ergänzt Tuomas.

Der Geleitzug bewegt sich langsam durch den neuen Teil des Friedhofs auf den alten zu. Auf die viereckigen Grabsteine folgen geschwungene und zum Schluss rostige Kreuze aus Schmiedeeisen.

Wenn man allein und ganz leise hier entlangging, flogen die Unglückshäher herbei und grüßten einen.

»Mutter konnte das nicht. Vater hat mir Briefe in die Schule geschickt, als ich klein war, aber nach seinem Tod kamen keine mehr.«

»Aber Oma hat mir irgendwann mal gezeigt, wie man die von links nach rechts liest, aber andersrum sticht.«

Helenas Griff wird fester. Sie flüstert beinahe.

»Was sagst du da?«

»Sie konnte die Schrift. Sie hatte auch so eine Metallplatte und eine Nadel, mit der man die Punkte sticht. Irgendwo habe ich noch einen Zettel, auf dem in Punktschrift Tuomas steht.«

Beim Leichenschmaus sitzt Minnas Tochter neben Tuomas und singt leise vor sich hin, ein Lied über einen kranken kleinen Bären. Auf der anderen Seite überlegen Maarits Kinder, wer die Menschen sind, deren Namen auf dem Stein am Familiengrab stehen.

»Onni Löytövaara ist jedenfalls der Mann von Uroma.«

»War Maria Tuomela die Hebamme?«

»Das war Uromas Mutter, glaub ich.«

Den Jüngsten der Familie, die anderswo geboren waren, hatte der örtliche Brauch, dass die Trauergäste das Grab selbst zuschaufeln, Angst eingejagt. Bei den ersten Spatenstichen war die Erde dumpf auf den Sarg gefallen, und das Geräusch hatte die Trauergäste zum Weinen gebracht. Bald war die Trauer jedoch in Geschäftigkeit übergegangen, und jeder Mann hatte sich der Reihe nach an diesem letzten Dienst beteiligen wollen. Auch Minna und Maarit hatten die Schaufel ergriffen, obwohl diese Arbeit den Männern vorbehalten war. Niemand hatte sich darüber gewundert. Die Familie Löytövaara war bekanntlich in vielerlei Hinsicht seltsam.

Helena sitzt schräg gegenüber von Tuomas an dem langen Tisch und isst mit dem Löffel das Steak, das ihr Bruder für sie klein geschnitten hat. Sie findet das letzte Stück, steckt es in den Mund und legt den Löffel auf den Teller. Dann wendet sie sich an Vater.

»Sag mal, Johannes, stimmt es, dass Mutter Punktschrift schreiben konnte?«

Eigentlich ist er mitten in einem anderen Gespräch, antwortet ihr aber trotzdem.

»Ja, das stimmt.«

»Und Vater?«

»Der war nicht in der Verfassung, es zu lernen.«

»Hat Mutter also die ganzen Briefe geschickt? Stand sie hinter der Unterschrift ›Die Deinen‹?«

Er dreht sich um und sieht Helena an.

»Ich dachte, du wüsstest es.«

»Warum hat sie dann später nicht mehr geschrieben?«

»Keine Ahnung. Wahrscheinlich war es einfacher, anzurufen, nachdem wir ein Telefon bekommen hatten.«

Tuomas sieht, wie Helenas Kopf zur Seite zuckt. Zuerst bläst sie die Wangen auf, dann entweicht die Luft aus ihrem Mund. Große Tränen laufen ihr über das Gesicht. Sie wischt sich mit den Handrücken über die Augen, dreht die Hände um und fährt mit den Daumen über die Wangen. In ihrer Stimme ist ein verweintes Summen.

»Johannes, wir haben keine Mutter und keinen Vater mehr.«

Die Trauer steckt Mutter an, die weint, als wäre auch sie eine Waise. Vater greift nach Helenas Hand. Sie zieht sie nicht weg, sondern lehnt sich zu ihm hinüber.

»Sehe ich Mutter wenigstens ein bisschen ähnlich?«

Minnas Tochter möchte, dass Tuomas ihrem Plüschigel einen Kuss gibt, weil das laute Weinen der Großtante dem Tier Angst macht.

ZERBROCHEN IST DER TRAUM VOM GLÜCK

Der Aufzug hält an. Ich höre es bis ins Bad. Kari sollte erst morgen von seinen Eltern zurückkommen. Ich recke mich, bekomme die Klinke zu fassen und verriegele die Tür. An der Wohnungstür werden Schlüssel klirrend aus dem Lederetui geschüttelt. Kari. Ich stehe auf. Es geht schon, sage ich mir, obwohl mir der Unterleib wehtut.

Die Tür wird aufgeschlossen.

»Helena?«

Karis Schritte machen an der Badezimmertür halt. Mir ist schwindlig vom schnellen Aufstehen. Das Blut läuft an meinen Beinen hinab.

»Helena, was ist los?«

Ich nehme mehr Papier und versuche, es abzuwischen, spüre seine Wärme an meinen Fingern. Es riecht nach Eisen.

Kari klopft zweimal laut an die Tür.

»Mach auf.«

Ich wische und wische, aber das Blut läuft auf die Waden. Ich streiche das Kleid herunter. Muss mich auf den Rand der Toilette setzen.

»Wieder eine Fehlgeburt?«

»Lass mich in Ruhe.«

»Werde ich nicht Vater?«

Dafür habe ich jetzt keine Kraft. Ich will mich nur ins Bett legen, schlafen. Mich ausruhen, bis der pochende Schmerz in meinem Unterleib langsam vergeht, wie er auch bei den früheren Malen vergangen ist. Ich möchte mich in die Decke wickeln und in der erstickenden Hitze liegen, bis Kari akzeptiert, was geschehen ist, und mir verzeiht. Als Friedenszeichen eine Tasse heißen Kaffee ans Bett bringt. Dann warten wir gemeinsam, bis der Zyklus wieder normal ist.

Kari hämmert fester gegen die Tür. Er schlägt gegen den oberen Teil und tritt gegen den unteren. Dabei entsteht ein Rhythmus, der mir Angst macht. Ich zähle: drei Schläge, ein Tritt. Zwei Schläge, ein Tritt. Fünf Schläge, drei Tritte. Wüstes Hämmern. Schnelle, scharfe Tritte.

»Mach auf, verdammt noch mal!«

Plötzlich verstummt Kari. Seine Schritte entfernen sich ins Arbeitszimmer und kehren zurück. Hinter der Tür ist nichts zu hören. Die Luft rauscht, als sie in das Ventil des Badezimmers gesogen wird. Ich möchte mit ihr davonziehen. In kleinen Molekülen am Himmel über Helsinki verschwinden, in Atome zerfallen und mich über Finnland ausbreiten. Über die ganze Welt. Überall und nirgends sein. Ich will dieses Mal vergessen wie die früheren. Woran man nicht denkt, das ist nicht wirklich geschehen.

Von der Tür her ist ein metallischer Schlag zu hören, dann das Geräusch von splitterndem Holz. Ich stehe auf und befühle zuerst die Tür, dann den Rahmen. Er entflieht meinen Fingern nach rechts. Ich packe die Klinke und ziehe daran. Kari ist stärker.

»Verzeih mir«, bitte ich, aber er antwortet nicht.

Die Tür wird aufgerissen. Meine Hände liegen noch auf der Klinke, und ich schwanke, falle hinaus auf den Flur, auf Kari zu. Der Schlag kommt plötzlich, überraschend. Er trifft meinen

Wangenknochen, und ich bin sicher, dass ich jeden Finger der geballten Faust spüre. Der Schmerz rast an alle Enden meines Gesichts, und der Schlag wirft mich gegen die Wand. Ich versuche, mich mit den Händen abzustützen, doch es gelingt mir nicht. Mein Ellbogen trifft auf etwas Scharfes, und der Schmerz verschmilzt mit dem in meinem Gesicht.

»Ich werde nie Vater! Das ist deine Schuld!«

Ich weiß nicht, in welcher Richtung ich auf dem Fußboden liege. Ich versuche zu lauschen, woher die Geräusche der Straße kommen und wo die Uhr tickt, wo Kari ist, aber ich höre nur das Blut in meinen Ohren rauschen. Ich habe mich in meiner eigenen Wohnung verirrt. Auf dem Fußboden taste ich nach Hinweisen, doch der Haargarnteppich verrät mir nicht, in welcher Richtung das Arbeitszimmer liegt, in welcher die Diele. Ich hebe eine Hand an die Wand und befühle die senkrechten Erhebungen an der Vinyltapete. Jetzt muss ich die Richtung wählen. Ich krieche dahin, wo ich die Wohnungstür vermute. Vor mir höre ich Karis Atem und versuche, kehrtzumachen. Der Tritt trifft mich in den Bauch. Meine Lippen öffnen sich, und die Luft flieht als langer, dünner Faden aus meiner Lunge. Ich krümme mich und versuche, mit den Händen meinen Bauch zu schützen, als gäbe es darin noch etwas zu behüten. Aus meinem Inneren fließt Blut auf den Flur. Einen Moment lang spüre ich die Wärme von Karis Körper direkt vor meinem Gesicht. Dann tut er nichts mehr.

Ich lausche. Der Atem ist ganz in der Nähe zu hören, fast auf der Höhe meines Gesichts. Sitzt er auf dem Fußboden? Ich schleppe mich vorwärts, bis ich vor mir das Geräusch des Verkehrs höre. Nun kann ich mich in meinem Zuhause orientieren. Ich liege so im Flur, dass sich eine Armlänge entfernt die Tür zu Karis Arbeitszimmer befindet, an der linken Wand das Hochzeitsfoto, das Mutter gemacht hat, rechts der Spiegel.

Ich ziehe mich in das Arbeitszimmer, aber Kari folgt mir nicht.

Ich schließe die Tür ab, aber er versucht nicht, sie zu öffnen.

Ich sitze mit dem Rücken zur Tür, aber er versucht nicht, sie aufzudrücken.

Ich lege die Hände auf meinen Bauch. Unter ihnen wispert Leere. Ich presse mein Ohr an die Tür. Im Flur ist leises, unterdrücktes Weinen zu hören. Der Mann tut mir leid.

»Kari, nicht.«

»Du bist meiner nicht würdig.«

»Vielleicht beim nächsten Mal.«

»Du bist meiner nicht würdig.«

Ich sitze auf dem Fußboden, das blutbefleckte Kleid klebt an meiner Haut.

»Nein. Das bin ich nicht.«

Ich meine es ernst.

UND DAS GANZE LEBEN EXPLODIERT

An den krummen Ahornbäumen in Vartiovuori sprießen die Blätter. Erik setzt sich nach seiner Erklärung auf eine Parkbank und zieht sein Schlüsselbund aus der Brusttasche, löst einen der Schlüssel. Tuomas fühlt sich hohl. Als wäre er nur eine kaum vorhandene Schale rund um die Leere, nichts sonst.

Erik blickt direkt nach vorn, sieht Tuomas nicht an.

»Wir haben alle Versprechen gebrochen«, sagt er auf Schwedisch und hält den Schlüssel hoch, bis Tuomas begreift und die Hand ausstreckt. Er hat kein einziges Versprechen gebrochen. Das Metall in seiner Hand fühlt sich heiß an.

Erik rutscht ein Stück von ihm weg. Die Trennung ist erledigt, nun will er gehen. Tuomas betrachtet sein Profil mit der geraden Nase, das blau-weiß karierte Hemd, die rotbraune Khakihose. Ein dünner Rauchkringel steigt aus der Brusttasche, in der der Schlüssel war, doch Erik merkt es nicht. Tuomas begreift nicht, wann das alles geschehen ist. Wann haben sie aufgehört, ein Paar zu sein, gemeinsam etwas zu unternehmen, und sind auf verschiedene Seiten geraten, wie Feinde? Wann hat er angefangen, daran zu zweifeln, dass die auf dem Nachttisch liegen gebliebene unbekannte Uhr nur ein Fundstück von der Straße war oder dass Erik nach der Arbeit bloß einen Spaziergang machte und jedes Mal spät nach

Hause kam, nur weil er die Zeit vergessen hatte? Wann hat Tuomas aufgehört zu lachen, wenn Erik ihm nach jeder Mahlzeit auf die Schulter klopfte und sagte, die Köchin dürfe ruhig bleiben? Das hatte auch der Schwiegervater immer zur Schwiegermutter gesagt.

Tuomas umklammert den Schlüssel und steht schnell auf, mechanisch. Nicht weinen. Selbst gewählt, selbst ausgesucht. Er hat gewusst, dass Erik einer von denen ist, die weggehen.

»Ich werde demnächst meine Sachen abholen«, sagt Erik, doch Tuomas hört es nicht oder will es nicht hören.

Ohne sich umzublicken, geht er über den Parkweg hinunter zur Straße. Erik kommt nicht mehr dazu, ihm zu sagen, an welchem Tag er seine Sachen holen will, denn urplötzlich fängt er Feuer und steht auf der Bank in Flammen. Sein Kunstfaserhemd schmilzt und steckt seine Haare in Brand, der früher so prächtige Pagenkopf lodert orange auf. Die Augäpfel werden schwarz, und die Wimpern kräuseln sich in der Hitze, bevor sie Feuer fangen. Der Kopf sackt nach hinten, doch die Arme versuchen noch, den Körper von der Bank zu stemmen. Der Mund öffnet sich zu einem Schmerzensschrei, aber es ist kein Ton zu hören. Die Zunge hinter den Zähnen färbt sich schwarz.

Tuomas sieht Eriks Vernichtung nicht, sondern biegt am Ende des Parkwegs rechts ab, zur Brücke hinunter. Die gläsernen Lampenschirme der Jugendstillaternen an der Brücke knacken in der Hitze. Er geht über den Fluss in Richtung Marktplatz. Die vorgestreckte Hand mit dem Schlüssel kommt nicht auf die Idee, sich zu senken. Hinter ihm im Park hat das Feuer Eriks Schreie zum Verstummen gebracht und auf die Lärchen hinter der Bank übergegriffen. Ihre Stämme verbrennen prasselnd, das Feuer springt von einem Baum zum anderen und erfasst immer neue Ahorne, Birken und Eschen. Als die Flammen die Spitze der Sternwarte auf dem Hügel erreichen, hat sich der ganze Park in eine Feuerhölle verwandelt, in der die Temperatur auf weit über tausend

Grad steigt. Das Feuer löst einen gewaltigen Unterdruck aus, der die Luft zwischen den Gebäuden einsaugt. Der Sog ist so stark, dass die Fenster der Hochhäuser zersplittern. Ein Mann klammert sich an ein Verkehrsschild, presst die Faust auf die Brust und versucht zu atmen, aber es ist kein Sauerstoff mehr in der Luft. Der Wind, den der Brand erzeugt, reißt Spaziergänger von den benachbarten Straßen in die Glut des Parks. Tuomas bemerkt die vorbeifliegenden, vor Entsetzen schreienden Menschen nicht. Der Schlüssel lenkt ihn vom Markt zur Yliopistonkatu.

»Warum kannst du nicht so streiten wie meine Mutter?«

Der letzte Streit war am Sonntagabend, aber Tuomas erinnert sich nicht mehr, worum es ging. Es wurde laut, Lügen wurden erzählt, die Luft war trüb von Vorwürfen. Immer ich. Du nie. Du kannst nicht streiten. Du hast zugenommen. Du bist hässlich geworden. Wo steckst du immer? Warum spionierst du mir immer nach? Tuomas hatte die Augen geschlossen und versucht, vor dem Geschrei ins Treppenhaus zu fliehen, aber Erik hatte ihn zurück in die Wohnung gezogen. Diesmal war mehrfach der Name eines gemeinsamen Bekannten gefallen, entweder aus Unachtsamkeit oder um schneller zu der Entscheidung zu gelangen, zu der es ohnehin bald kommen würde. Am nächsten Morgen rief Tuomas zwischen den Besprechungen in der Bank bei besagtem Bekannten an, um die Wahrheit herauszufinden, doch schon bevor der Mann am anderen Ende seinen vollen Namen genannt hatte, wusste Tuomas Bescheid. Er hörte das wiederholte Hallo durch die Leitung in sein Ohr wandern und legte auf. Als er von der Arbeit nach Hause kam, packte er Eriks Kleider säuberlich gefaltet in einen schwarzen Müllsack.

In Schweden, im Eggebyvägen in Norrköping, bersten die Leuchtröhren über der Sonnenbank der Schwiegermutter eine nach der anderen und bedecken den Fußboden mit Glasscherben.

Schließlich explodiert das ganze schöne Backsteinhaus von Björn und Agnetha. Die Flammen zerstören die hübsche, frisch renovierte Kvänum-Küche, legen das Schwimmbecken trocken, in dem Tuomas und Erik im Sommer geschwommen sind, lassen die selbst getöpferten Vasen der Schwiegermutter zerplatzen. An ihrem Arbeitsplatz gerät Agnetha in Brand, und die entsetzten Zweitklässler sehen mit an, wie die Rektorin sich auf dem Boden wälzt, um die Flammen zu ersticken. Im Wasserwerk detoniert Björn mitten in einer Vorstandssitzung, wo man gerade bei Punkt zwei der Tagesordnung angelangt ist, Rechtmäßigkeit und Beschlussfähigkeit.

Tuomas geht die Humalistonkatu entlang, und die Kleider verbrennen an seinem Leib. Hinter ihm verwandelt sich die ganze Stadt in ein loderndes Inferno. Die Schaufenster zersplittern, sobald er an ihnen vorbeigegangen ist, und die Schaufensterpuppen zerschmelzen zu grotesken Formen. Das Kunstleder löst sich von den Hockern der Stammkneipe, die Glocken des Doms stürzen durch das mittelalterliche Gewölbe hinab, und die Steintreppe, die vom Flussufer zum Hügel hinaufführt und auf der sie einmal an einem Frühlingsmorgen Brötchen vom Markt gegessen haben, purzelt herab und verschwindet im siedenden Wasser des Flusses. Die Bolzen an der Dombrücke glühen, die Mühlenbrücke verbiegt sich. Die Holzhäuser im Stadtteil Port Arthur zerfallen zu Asche. Die Vernichtung beginnt in der Korkeavuorenkatu, bei dem Haus, in dem sie erst vergangene Woche eine Wohnung besichtigt haben.

In Finnland und in Schweden gehen ihre gemeinsamen Erinnerungen in Flammen auf. Der nette Koch aus der Pizzeria an der Kauppakatu in Kuopio kriecht auf der Flucht vor dem Feuer in den heißen Ofen. Der lächelnde Propst im Dom von Uppsala füllt die verkohlte Kirche von der Kanzel aus mit dem Geruch von brennendem Fett. Im Hundezwinger in Parainen verbrennt jaulend ein rauhaariger Welpe, der Gustav Adolf heißen sollte. Alles, was sie gemeinsam gesehen haben, hört auf zu existieren, alle Menschen, über die sie gesprochen, und alle Orte, die sie besucht haben. Die gemeinsamen Freunde sterben, bevor sie entscheiden müssen, zu wem sie halten wollen. Nichts bleibt zurück, das Feuer brennt alles aus der Welt, was ihnen beiden gehört hat.

Der nackte Tuomas fährt mit dem Aufzug in den fünften Stock des Hauses, in dem er wohnt. Der rotglühende Schlüssel in seiner ausgestreckten Hand schließt die lodernde Tür auf. Tuomas streift seine verkohlten Schuhe ab und zieht die qualmenden Vorhänge zu. Dann legt er sich aufs Bett und rollt sich zusammen wie ein Embryo.

DRITTER TEIL

ABENDDÄMMERUNG AUF DEM GUTSHOF

»Diese Gloria sollte auch Kinder haben.«

»Uneheliche.«

»Ja!«

»Mindestens einen Sohn.«

»Pertti Unterstrom.«

»Der schmächtig und feminin wäre wie alle Schwulen. Das schwarze Schaf der Familie. Ein Spekulant.«

»Ein reicher Rentier, würde Aleksis Kivi sagen.«

»Ein Schwuler von der schlimmsten Sorte. Mit elegant geschnittenen Anzügen und einem Cabrio.«

»Und er würde von seinem Schal erwürgt werden, der am Autoreifen hängen geblieben ist.«

»Aber auch im Tod wäre er schön und begehrenswert. Männer und Frauen würden an seinem Sarg Schlange stehen, um ein letztes Mal seine bleichen Lippen zu küssen.«

»Sollte er vielleicht heiraten?«

»Unbedingt. Um seinen Ruf zu wahren.«

»Gloria würde eine passende Frau für unseren schwulen Dandy aussuchen.«

»Eine, die ihm nicht zu sehr im Weg stehen würde.«

»Träumeline.«

»Hinterwasser?«

»Ein armes blindes Würstchen.«

»Total behindert.«

»Sie wäre mit einer Halsfessel an die hintere Stubenwand gekettet, wo sie von morgens bis abends hocken und herumbrüllen würde wie verrückt.«

»Keiner würde sie sehen wollen.«

»Aber sie würde verdammt gute Bürsten herstellen. Man müsste ihr bloß einen Wurzelstock hinwerfen, und schon würde sie eine Kleiderbürste und einen Kehrbesen daraus machen. Aus dem Rest würde sie Körbe flechten, die im ganzen Land bekannt wären.«

»Sie könnte doch die Schwester von diesem Pertti sein?«

»Ja, genau! Die schon seit ewigen Zeiten verschollene Schwester. Die Mutter erinnerte sich nicht genau, wie viele sie zur Welt gebracht hatte, und der Vater wusste nicht mehr, wo er sie alle angesiedelt hatte.«

»Sie würden zusammen im abgelegenen Haus des Gutsverwalters wohnen, mitten im Wald. Und die Schicksalsschläge hätten alle schlechten Seiten aus ihnen herausgebrannt.«

»Sie wären durch ihr Leid erleuchtet.«

»Sie würden lächeln wie die Götter des Morgenlandes und wären immer ausgeglichen.«

»Aber sie wüssten, dass sie zum Geschlecht derer von Pieselfall gehören.«

»Und darauf wären sie stolz.«

UNSERE FREIHEIT SIND DIESE BERGE

Auf unserem Ausflug zum Wasserfall war Kari unmöglich. Er hielt mich an der Hand und warnte mich: Geh nicht zu nah ran. Nicht den Hals recken. Bleib hier sitzen, nur wir anderen gehen bis zum Rand. Ist dir kalt? Ist dir zu heiß? Ich sagte, lass mich in Ruhe, ich kenne mich hier aus, aber er glaubte mir nicht. Wahrscheinlich hat er den Wasserfall gar nicht gesehen, weil er pausenlos damit beschäftigt war, auf mich aufzupassen. Auch Kaarina wunderte sich und lockte ihn mit den Kindern ein Stück weg, damit ich einen Moment lang mit Johannes allein sein konnte. Zu zweit saßen wir ganz am Rand des Steilhangs, an der Stelle, wo das herabstürzende Wasser am lautesten donnert und die Luft mit beißend kaltem Dampf gefüllt ist. Johannes streichelte den blauen Fleck an meinem Arm und fragte, ob alles in Ordnung sei. Als ich nicht antwortete, erkundigte er sich, wie ich eigentlich den Weg zu den Gemeindesälen finde, wo ich das Klavier stimmen soll. Ich sagte, ich lerne die Routen auswendig.

Kari hat beschlossen, sich um mich zu kümmern, da er keine Kinder hat. Auf dem Rückweg zum Auto schimpfte er noch darüber, dass meine Kleidung nass geworden war. Ich habe nur gesagt, wenn sowieso alles feucht ist, kann ich ja ruhig in die Hose machen.

Johannes kurvt den Berghang hoch zum Skizentrum. »Im Sommer soll dort nicht viel Betrieb sein«, sagt Kaarina, aber das Hotel ist geöffnet, und das Café auch. Ich kenne die Gegend. Vater, Johannes und ich sind oft die Steilhänge hochgeklettert, aber heutzutage gibt es Lifte. Angeblich ist das der südlichste Punkt, wo die Sonne an Mittsommer die ganze Nacht über scheint. Johannes hat mit langer Belichtungszeit ein Foto gemacht, auf dem die Sonne kein einziges Mal hinter dem Horizont versinkt.

Das Auto fährt um eine scharfe Kurve.

»Da oben ist Pirunkirkko, die Teufelskirche«, sagt Kaarina und klopft mit dem Fingernagel ans rechte Seitenfenster. Ich rieche ihr Parfüm. Es ist ebenso mild wie der Duft, den der Winterwind mitbringt, der Duft, der verspricht, dass es wieder Frühling wird. Ich schließe daraus, dass Mutters Macht über diese Familie zu Ende geht. Sie trauen sich schon, anders als die anderen zu sein.

Tuomas, der auf Kaarinas Schoß sitzt, scheint nicht zu verstehen, was seine Mutter meint, denn sie fährt fort:

»Die Teufelskirche ist eine Art Höhle. Siehst du sie?«

Auch Johannes hört zu.

»Da gibt es ein Gästebuch. Oma ist einmal hochgeklettert, um ihren Namen hineinzuschreiben«, erzählt er. »Und ein Foto hat sie auch gemacht.«

Zwischen mir und Kaarina sitzt Tapio. Er reckt sich zwischen den Sitzen nach vorn. Die Kinder von Johannes riechen alle nach Entwickler.

»Wollten wir da nicht raufklettern, Kari?«

»Doch, doch.«

Kari mag Johannes' Kinder, vermutlich wurden wir deshalb gebeten, Tapios Paten zu werden. Immer wieder sucht er bei ihnen nach den charakteristischen Gesichtszügen der Löytövaaras und fragt sich, wie die Kinder aussehen würden, die wir hätten bekommen können. Wenn sie solche Augen hätten wie in eurer

Familie und dazu die Nase von uns Syrjänens, dann wären sie wirklich hübsch.

Als Tuomas den Namen der Höhle hört, bekommt er es mit der Angst zu tun. Er scheint sich vor allem Möglichen zu fürchten, seit er im Bücherregal seiner Oma die alte Familienbibel mit ihren Abbildungen von Teufeln und Sintfluten gefunden hat. Maarit hat erzählt, dass Johannes dem Jungen im Sommer einmal eine fliegende Sumpfschnepfe gezeigt hatte. Tuomas hatte sich die meckernde Stimme nur kurz angehört und war dann unter das Sommerhaus gekrabbelt. Am Abend in der Sauna hatte er unter Tränen erzählt, dass dort oben der Teufel mit Lederflügeln und Ziegenklauen entlanggeflogen sei.

Johannes stellt den Wagen auf dem Hotelparkplatz ab. Kari springt vom Beifahrersitz auf, hebt Tuomas von Kaarinas Schoß und will dann mir beim Aussteigen helfen, aber ich fauche ihn an. Das schaffe ich allein.

»Wer will ein Eis?«, fragt Johannes. Alle möchten eins.

Er geht ins Café, um Eis zu kaufen, und Kaarina geht mit, um Tuomas aufs Klo zu bringen. Tapio steht einen Moment lang neben dem Auto, dann läuft er zum Abhang.

»Wer als Erster im Ziel ist!«

Kari nimmt die Herausforderung an und läuft ihm nach. Er erfüllt die Pflichten eines Patenonkels, so gut er kann. Ich bin eine miserable Patentante, vergesse Geburtstage und Namenstage. An Weihnachten denke ich immerhin. Weihnachten lässt sich ja auch kaum übersehen.

Ich bleibe allein am Auto stehen. Diesen Ort kenne ich schon aus meiner Kindheit. Seit einigen Jahren machen wir jeden Sommer einen Abstecher hierher, wenn wir vom Wasserfall ins Kirchdorf zurückfahren. Vor uns liegt der Berg und rechts der Teich. Hinter mir befinden sich ein kleiner Hügel und die Straße, angeblich ist die Aussicht fantastisch. Die Sonne wärmt mich direkt von hinten. Ich drehe mich um und klappe den Stock auf. Ich will wissen, ob ich die Wege hier noch kenne, und gehe auf Tapios und Karis Stimmen zu.

Die Straße ist dieselbe, die Gerüche sind dieselben. Derselbe Wind in den Kiefern. Ich gehe am Straßenrand hinunter, man muss nur darauf achten, dass der Straßengraben links und der Asphalt rechts bleiben. An einer Stelle gibt es ein Stück Geländer, dort ist irgendeine Senkung. Kari hat Tapio eingeholt, sie lachen beide. Dann sind ihre Schritte weiter links zu hören. Kleine Steine fallen herunter, Zweige knacken.

»Was macht ihr?«

»Wir klettern hier hoch«, ruft Tapio.

»Wir kommen gleich«, fügt Kari hinzu.

Das dachte ich mir.

»Findest du zum Auto zurück?«, fährt er fort. »Oder nein, warte da, dann gehen wir zusammen.«

Auch das habe ich erwartet.

Ich überquere die Straße und setze mich auf die rechte Böschung. Es ist warm. Die Mücken summen. Blüht der Sumpfporst? Ich lasse mir die Sonne ins Gesicht scheinen. Über meine Wade krabbelt ein neugieriges Insekt, eine Ameise vielleicht. Ich schüttle es ab. Ein Auto fährt auf der Straße nach oben, ein zweites nach unten. Hier sind selten Autos unterwegs.

Am Hügel erklärt Tapio Kari irgendetwas, aber der Wind trägt die Worte davon, ich höre nur seine Stimme. Kari lacht als Antwort. Anderen hört er zu, aber mir nicht. Ich stehe auf und klopfe den Rock aus. Irgendein Krabbeltier läuft über meinen Schuh. Ich bücke mich und schnipse es weg. Dann horche ich, ob Autos kommen, und überquere die Straße. Mein Stock erkundet den Weg, während ich mich auf Tapios Stimme zubewege. Zuerst geht es ein wenig abwärts, dann wird das Gelände flach. Ein paar Bäume stehen hier. Nach fünf Metern beginnt der Aufstieg. Ich hebe den Stock und taste nach dem ersten Kiefernstamm am Abhang. Am Baum halte ich mich fest und suche mit dem Stock nach dem nächsten.

Ich ziehe mich an Zweigen hoch und steige hinauf. Es ist unvernünftig, das weiß ich selbst. Große lose Steine bewegen sich unter meinen Füßen. Jeder Schritt lässt einen davon nach unten rollen. Ich ertaste weitere Kiefernstämme, halte mich fest und ziehe mich höher. Dann drücke ich den Rücken gegen die Rinde und stochere mit dem Stock, bis ich den nächsten Baum entdecke. Wer der Loipe folgt, ist ihr Gefangener. Ich muss lachen. Der Abhang wird steiler. Bei jedem Schritt bin ich knapp davor, hinzufallen. In dem ansteigenden Gelände kann ich die Entfernungen nicht abschätzen. Ich habe keine Ahnung, wo ich bin.

»Die Fjälls im Norden sind im Lauf der Zeit abgeschliffen worden, es sind uralte Berge«, hieß es im Naturkundeunterricht. Ich lache, taste nach dem Nachbarbaum. Der Hang ist inzwischen so steil, dass der Stock mir nichts mehr nützt. Ich lehne mich an eine Birke und werfe ihn weit hinter mich. Dem Geräusch nach fliegt er nicht hinunter, sondern verfängt sich in den Ästen.

Ich horche auf die Stimmen von oben. Sie sind rechts von mir. Ich gehe in eine andere Richtung. Die Bäume werden spärlicher, es ist schwierig, von einem zum anderen zu finden. Ich bücke mich und lege meine Hände auf die Erde, tappe auf allen vieren wie ein Bär. Ich bin außer Atem. An einer Stelle steigt die Wand fast senkrecht an, aber ich krieche so lange nach rechts, bis ich eine Strecke finde, auf der ich vorankomme. Mein Kleid ist unter den Achseln nassgeschwitzt. Wie zum Teufel hat Mutter es mit der Kamera hier heraufgeschafft? An meinen Händen haften Fichtennadeln und Schotter. Von der Straße her ist ein Auto zu hören. Mein Knie stößt an einen spitzen Stein. Es fällt mir schwer, das Gleichgewicht zu halten. Ich drücke den Brustkorb nach unten, damit der Schwerpunkt tiefer liegt, wühle wie ein Maulwurf. Der Schweiß läuft mir zwischen die Brüste. Ich stoße gegen einen umgestürzten Baum und klettere über ihn hinweg. Ich kann mir lebhaft vorstellen, was Kari nach diesem Abenteuer über meine Strumpfhose sagen wird. Als ich oberhalb der Baumgrenze angelangt bin, scheint mir die Sonne direkt auf den Nacken. Hier gibt es keine Mücken.

Johannes' Stimme dringt von unten an mein Ohr.

»Was in aller Welt tust du, Helena?«

»Wonach sieht es aus?«

»Schaffst du es nach unten?«

»Darüber denke ich nach, wenn ich oben bin.«

Ich klettere noch höher hinauf. Kari hat Johannes' Stimme gehört. Er fragt ihn, warum er einen solchen Lärm macht, und Johannes erklärt es ihm. Karis Stimme kommt aus der Ferne, von rechts unten.

»Wo bist du, Helena?«

»Was geht dich das an?«

Ein großer Stein rollt unter meinem Fuß weg. Ich kippe beinahe um, kann mich aber an einem Felsen festhalten. Der Ansatz meines Daumens brennt, er ist aufgerissen.

»Von hier aus können wir da nicht hin!«, ruft Tapio. »Dazwischen ist Geröll.«

»Gut. Bleibt, wo ihr seid.«

Von unten sind Geräusche zu hören, jemand folgt mir.

»Wag es ja nicht, herzukommen!«, rufe ich Johannes zu, doch er klettert weiter.

Ich beschleunige das Tempo, krieche und ziehe und schleppe mich höher. Meine Handflächen bluten. Mein linker Schuh rutscht mir vom Fuß, aber ich versuche gar nicht erst, ihn zu finden, ich klettere weiter. Kari ruft mir Fragen und Ermahnungen zu. Wem willst du was beweisen? Musst du immer genauso gut sein wie die anderen? Ich antworte nicht. Meine Muskeln schmerzen. Wo hätte ich sie trainieren sollen? Zu den Joggern gehöre ich nicht. Unten am Abhang raschelt es.

Ich versuche, noch höher zu klettern. Tränen steigen mir in die Augen. Meine Arme zittern, ich habe Seitenstechen. Das Atmen fällt mir schwer. Schließlich muss ich eine Pause machen. Durch den Fels verläuft ein breiter Spalt, in dem ich mich verkeile, während ich darauf warte, dass meine Atmung wieder gleichmäßig wird. Ich höre Steine hinunterrollen, ein Zweig bricht. Ich presse die eine Hand auf meine Seite. Einen Moment lang spiele ich mit dem Gedanken, einen Stein loszutreten, in Johannes' Richtung, doch ich traue mich nicht. Er steigt hartnäckig höher. Das gleiche Blut in unseren Adern, die gleiche Zähigkeit und Wut. Etwas, das einen in bestimmte Situationen führt und darin festhält, das einem verbietet, sich zu beklagen, und das einen erinnert: Du hast es dir doch selbst so ausgesucht. Niemand hat dir befohlen, so zu handeln.

Er ist ganz nah, nur wenige Meter entfernt. Ich höre sein Schnaufen, als er sich über den letzten Felsblock stemmt. Doch es ist nicht die Stimme von Johannes.

»Hier steckst du also.«

Es ist Kaarina. Sie setzt sich neben mich, findet offenbar einen sicheren Platz.

»Tolle Aussicht.«

Sie erinnert sich an etwas. Zieht einen Reißverschluss auf, an ihrer Jackentasche vielleicht, und holt etwas hervor.

»Hier, bitte schön.«

Sie legt mir etwas Kaltes in die Hand. Ich betaste es. Länglich, in feucht gewordenes Papier gehüllt.

»Johannes schickt dir ein Eis am Stiel.«

Dann schweigt sie, doch ich kann mich nicht beherrschen. Ich drehe das geschmolzene Eis in den Händen und lasse das Gelächter heraus, obwohl sich klebrige Tränen daran geheftet haben. Es beginnt ganz leise, mit einem Kichern, doch dann schwillt es an. Ich lache schallend, und das Gelächter hallt von den Felswänden wider. Es zieht über die Gipfel des Hochlandes und schüttelt die Kiefern an den Hängen. Schlüpft in die Teufelskirche, schreibt einen Namen ins Gästebuch. Meine Seite tut weh, das Atmen fällt mir wieder schwer, aber ich kann nicht aufhören zu lachen. Kaarina kichert mit. Ich muss mich hinlegen. Meine Hände zittern im Rhythmus des Gelächters. Mir stockt der Atem, ich schnappe nach Luft. Kaarina hält mich an den Schultern fest, damit ich nicht den Hang hinunterrolle. Die Sonne brennt mir ins Gesicht. Auf dem Rückweg fragt Kaarina, wie es mit Kari laufe, und ich antworte, schon lange nicht mehr gut.

ZUSAMMEN GEHT ES SICH LEICHTER ALLEIN

Rechts von der Brücke macht der Fluss in seiner steinernen Einfassung eine Biegung. Die Domglocke schlägt Viertel vor. Tuomas hat noch eine halbe Stunde Zeit bis zur Klausur. Nur die muss er noch schreiben und dann eine kleinere. Die Magisterarbeit zum Thema »Modellbildung und Voraussage der Volatilität von Devisenkursen« muss noch den letzten Schliff bekommen, danach kommt die Abschlussprüfung. Und dann ist es geschafft. Er versucht, seine Gefühle zu benennen: Erleichterung, Freude, Zufriedenheit oder etwas anderes, doch sie weichen ihm aus. Dass die sechsjährige Plackerei zu Ende geht, lässt ihn kalt. Im schlammbraunen Wasser unter der Brücke schwimmen träge Enten.

Bisher hat Tuomas noch nie den Sommer in dieser Stadt verbracht, sondern hat Ende Mai immer seine Koffer gepackt, einen Untermieter für seine Einzimmerwohnung gesucht und ist in den Norden gefahren, um zu jobben und Geld für das nachfolgende Studienjahr zu verdienen. Mitten im Sommer ist er zwar zu den Klausuren zurückgekehrt, doch das waren nur Stippvisiten, bei denen er vom Bahnhof in den Hörsaal rannte und sich auf die Fallfragen der Buchhaltung konzentrierte. Vielleicht noch eine Übernachtung auf der Gästematratze eines Bekannten, am nächsten

Morgen im Laufschritt zum Zug, dann die mehr als zwölfstündige Fahrt zurück in den Norden.

Für morgen ist ein Bahnticket nach Oulu reserviert, von dort geht es mit dem Bus weiter ins Hochland, doch diesmal wird er seine Eltern nur kurz besuchen und bald zurückkehren. In diesem Jahr hat er die Wohnung nicht untervermietet und seinen Vater nicht gefragt, ob im Fotostudio eine Aushilfe für den Sommer gebraucht wird. Vater hatte am Telefon lange geschwiegen. Am folgenden Tag hatte Mutter angerufen und erzählt, dass das Schweigen den ganzen Abend über angehalten habe. Auch das jüngste Kind verbrachte den Sommer nicht mehr zu Hause.

Jeden Herbst erzählen Tuomas' Freunde von der Hitze in der sommerlichen Stadt, davon, wie die Steinwände die Wärme speichern und bis spät in die Nacht ausstrahlen. Die Menschen lächeln unbekannte Passanten an und spazieren den ganzen Abend am Fluss auf und ab. Tuomas hört zu, ohne zu verstehen, denn diese Stadt kennt er nicht. Er kennt nur die, in der nachmittags der Schnee zu Matsch schmilzt und ein kalter Wind vom Meer heraufweht, der durch Mäntel und Pullover und Schals dringt. Er lernt es nicht, sich für den Winter in dieser Stadt richtig zu kleiden. Einmal ist er im August zurückgekehrt, als es noch warm war, aber da hatten die anderen schon genug vom Sommer. Er hat Sini angerufen, aber auch sie hatte schon genug Eistüten gekauft, genug geschwommen und so oft auf den Restaurantschiffen gesessen, dass es ihr reichte. Überhaupt haben sie ihre Bekanntschaft in letzter Zeit ein wenig schleifen lassen. Sini war es wohl leid, auf den Betriebsfeiern der Bank seine Freundin zu spielen. Aber ohne sie hätte er keine feste Stelle bekommen, denn Schwule werden in der Finanzbranche nicht so leicht akzeptiert. Man ist der Meinung, sie sollten lieber Friseur oder Kellner werden.

Doch jetzt herrscht nasskalter Frühling. Die Sonne scheint durch die Eschen am Flussufer und wirft helle Flecken auf die langsam strömende Wasserfläche. Auf der Brücke schweben Abgaswolken. Übermorgen wird er zu Hause sein, die Borken und die Kiefernnadeln und den Sandboden riechen. Er sehnt sich danach, und wenn er dort ist, sehnt er sich nach dieser verschlafenen Stadt an dem trägen Fluss. Seiner Meinung nach gehört er an beide Orte, oder an keinen der beiden. Er ist immer in einem Zwischenzustand, immer im Übergang von einem Ort zum anderen, und sehnt sich nach dem, den er gerade hinter sich gelassen hat.

Tuomas hat gemerkt, dass das Studium und die Arbeit allmählich seine Wahrnehmung der Welt beeinflussen. Im Frühjahr hat er eine feste Stelle im Backoffice der Bank bekommen. Dort fühlt er sich wohl, er arbeitet sorgfältig, sogar pedantisch. Draußen auf dem Marktplatz pulsiert das Leben, aber er konzentriert sich auf das Clearing von Geschäften und auf die Dokumentation der Vertragsänderungen im Portfoliomanagement. Er liest die Zeitung anders als früher, sucht nach Ereignissen, die sich auf die Kurse auswirken könnten. Die Welt erscheint ihm wie ein unsicherer, vom Zufall gelenkter Organismus, in dem Umwälzungen jenseits der Meere die Futures beeinflussen und eine Verringerung der Aktienpositionen erzwingen. Der Direktor ist auf ihn aufmerksam geworden und hat ihm die Beförderung zum Anlageberater versprochen. Tuomas hat schwedische Zeitungen abonniert, denn dort wird über die Situation gesamtskandinavischer Unternehmen einen Tag früher berichtet als in Finnland.

Er setzt seinen Weg fort, doch etwas hat seine Aufmerksamkeit geweckt. Eine Gestalt am anderen Ende der Brücke kommt ihm bekannt vor. Sie geht langsam und dicht am Geländer.

Jarkko.

Tuomas hat ihn lange nicht gesehen, das letzte Mal ist bestimmt ein Jahr oder wenigstens sechs Monate her. Er dachte, der Junge wäre nach Helsinki gezogen, wie es nach dem Studium alle tun.

In der Firma seines Vaters gäbe es obendrein einen gesicherten Arbeitsplatz für ihn.

Jarkko geht an Krücken, langsam, die Augen fest auf das Pflaster geheftet. Tuomas tritt auf ihn zu, doch Jarkko achtet nicht auf die Menschen, die ihm entgegenkommen. Tuomas weiß selbst nicht, warum er ihn beim Namen nennt.

»Jarkko.«

Der andere bleibt stehen.

»Erkennst du mich nicht?«

Jarkko hebt den Kopf. Seine Augen wandern zu Tuomas, finden aber keinen Fixpunkt. Ihr Blick ist trüb und glasig. Seine Haare sind gewachsen, an der verschwitzten Stirn kleben Strähnen. Er ist abgemagert und trägt eine Trainingshose. Am rechten Fuß sitzt ein matt glänzender Metallrahmen, von dem Drähte durch den Strumpf zum Knöchel führen, am linken ein Verband.

Tuomas sieht einen Fleck auf Jarkkos Jacke, von angetrocknetem Rotz oder Speichel. An den Nasenflügeln haben sich Falten gebildet. Ist dieser zusammengesunkene Mann der kräftige Junge, der immer dann neben ihm aufwachte, wenn sich in der Bar kein anderer gefunden hatte? Der frische Brötchen zum Frühstück holte, während Tuomas duschte? Es fällt Tuomas schwer, ihn zu erkennen. An die Körperwärme dieses Jungen erinnert er sich, auch an den Geruch seiner Haut am frühen Morgen. Manchmal bewegten sich nachts seine Augen unter den geschlossenen Lidern, und die Lippen lächelten im Schlaf. Diesen Jungen kennt er, aber der Mann, der sich hier auf der Straße, im Abgasgeruch, auf Krücken stützt, ist ein anderer, ein Unbekannter.

Jarkko mustert Tuomas. Man sieht ihm an, dass er sich konzentriert und in seinem Gedächtnis sucht. Seine Lippen sind trocken und aufgesprungen.

»Dich kenne ich.«

»Bin gerade auf dem Weg zu einer Klausur.«

Tuomas verstummt. Er weiß, dass er etwas sagen müsste. Sein Gehirn sucht nach dem passenden Gefühl, doch es meldet sich keines. Das Nervensystem vermittelt keinen Befehl an das Zwerchfell, die Lunge presst keine Luft durch die Stimmbänder. Hinter den zusammengebissenen Zähnen verbirgt sich kein einziges Wort. Tuomas versteht zwar, wie sich die Wiedervereinigung der Vita-Nova-Flasche mit ihrem Schraubverschluss auf die Weltwirtschaft ausgewirkt hat, aber diese konkrete Situation begreift er nicht. Er wechselt die Haltung, um zu zeigen, dass er schon anderswo sein müsste, doch Jarkko merkt oder versteht es nicht.

Wann hat Tuomas ihn gesehen? An Weihnachten? Im Herbst? Meistens stand er an der Balustrade neben der Tanzfläche, aber in letzter Zeit hat er sich dort nicht blicken lassen. Während Erik in seinem Leben zu Gast war, hat Tuomas einmal Jarkko gesehen, wie er ihnen folgte, als sie von der Bar nach Hause gingen. Er hielt einen halben Block Abstand, nahm wie sie die Abkürzung über den Hügel mit dem Kunstmuseum und blieb dort an dem Springbrunnen stehen, der auffliegende Schwäne darstellt. Tuomas hatte ihn noch vom Fenster seiner Wohnung aus gesehen, bevor er die Vorhänge zuzog. Später hatte Jarkko ein paarmal eine Nachricht auf dem Anrufbeantworter hinterlassen, aber Tuomas hatte vergessen, zurückzurufen.

Tuomas blickt auf den Fluss.

»Morgen fahre ich Richtung Norden.«

Eine Passantin schiebt ihren Kinderwagen mühsam an ihnen vorbei.

»Um das zu feiern, gehe ich heute Abend vielleicht in die Bar.«

Jarkko verlagert das Gewicht auf den rechten Fuß. Die Drähte bewegen sich nicht, denn sie sind am Knochen festgeschraubt. Sein Gesicht verrät, dass die Bewegung etwas auslöst, was der benebelte Kopf nicht als Schmerz zu identifizieren vermag. Er presst die Krücken auf den Boden und hebt den rechten Fuß ein paar Zentimeter an. Dabei lässt er Tuomas nicht aus den Augen. Die Worte kommen langsam.

»Sie erlauben es nicht. Nie.«

»Was erlauben sie nicht?«

Jarkko beugt sich ganz nah zu Tuomas. Seine Lippen sind trocken und rissig. Dahinter schimmert Draht. Er spricht das t mühsam aus, indem er die Zunge gegen den Gaumen drückt.

»Sie wollen mir den Tod nicht erlauben.«

In diesen Kreisen kommen und gehen die Leute, ziehen nach Helsinki wegen eines Jobs oder kehren in ihre Heimat zurück, vielleicht zu ihren Ehefrauen, und deshalb fällt es einem nicht immer auf, wenn jemand verschwindet. Erst im Nachhinein erfährt man, warum Risto sich am Telefon nicht gemeldet hat oder weshalb eine Einladung an Outi an den Absender zurückgegangen ist. Tuomas denkt an diejenigen, die nicht mehr da sind. Pauliina ist vom Dach eines Hochhauses vor die Tür einer Pizzeria gesprungen. Olli ist auf der Schnellstraße mit seinem Toyota gegen einen Brückenpfeiler gerast. Taina hat sich am Ende eines Sonntagabends mit dem Inhalt der Kloschüssel beschmiert und liegt nun in der geschlossenen Abteilung. Marko ist vom Deck der Fähre nach Schweden ins winterliche Meer gesprungen. Irmeli wurde in Embryonalstellung auf dem Badezimmerboden gefunden, und man hat nicht einmal versucht, ihr den Magen auszupumpen. Niemand wird zur Beerdigung der Toten eingeladen, und diejenigen, die dennoch dort erscheinen, werden mit bösen Blicken aus der Kirche vertrieben. Den Verwandten hat man von den tragischen Unfällen der fleißigen Studenten und der Familienväter erzählt, und im Trauerhaus will man keinen, der andere Wahrheiten über die Toten kennt. Tuomas hält diejenigen, die freiwillig aus dem Leben geschieden sind, für Verlierer. Jeder hat dieselbe Menge an Willen und Kraft bekommen, aber manche brechen zusammen und geben das Spiel vorzeitig auf.

Vom Hafen her weht eine kühle Brise. Das Meer ist noch kalt. Tuomas sieht Jarkko an und wartet darauf, dass irgendein Gefühl in ihm hochsteigt. Mitleid vielleicht oder Trauer. Doch stattdessen ertappt er sich bei der Überlegung, wie er sich beiläufig verabschieden und zur Universität gehen kann.

»Du kommst wohl heute Abend nicht in die Bar?«, fragt er, nur um etwas zu sagen.

Jarkko hört nicht zu, sondern klappt den Mund auf und zu, während der Speichel in den Mundwinkeln Bläschen wirft.

»Sie sollten einen sterben lassen, wenn man es nicht mehr aushält.«

»Na ja.«

Tuomas atmet durch die Nase aus. Nicht alle sind dazu in der Lage, zwei Parallelleben zu führen. Es ist nicht leicht, aber durchaus möglich. Er selbst hat gelernt, zu lügen, wenn die Verwandten Fragen stellen, ein Postfach zu mieten, zwei separate Telefonanschlüsse zu bestellen, wenn er mit jemandem zusammenlebt, sodass jeder sich nur an seinem eigenen meldet. Er hat sich sein mustergültiges Leben aufgebaut. Sollen die anderen es doch ebenfalls tun, wenn sie können.

Jarkko sagt nichts mehr, aus seinen Augen laufen Tränen, an der Nase hängt durchsichtiger Rotz. Tuomas klopft ihm auf die Schulter.

»Werd bald wieder gesund.«

Als er sich in einiger Entfernung noch einmal umdreht, sieht er, dass Jarkko sich nicht von der Stelle gerührt hat. Er hat wirklich stark abgenommen. Immer noch steht er mitten auf der Brücke. Die Radfahrer weichen ihm aus, und er kommt offenbar nicht auf die Idee, weiterzugehen. Wartet zu Hause jemand auf ihn? Sollte Tuomas umkehren und ihm sagen, dass er schon weg ist?

DU FRÖHLICHES KLEINES VÖGELEIN MAGST NICHT IN WARMEN LÄNDERN SEIN

Neue, aufregende Gerüche ziehen auf den Balkon. Einen erkenne ich, Majoran. Ich nehme den süßlichen Duft einer unbekannten Blume wahr, die Essensgerüche aus den Gassen und das Aroma der Kräuter auf den unbebauten Grundstücken. Irgendwo blüht Oleander, wie früher in Omas Blumentopf. Ich schiebe die Balkontür zu, damit Kari nicht aufwacht. Dann konzentriere ich mich darauf, ganz im Hier und Jetzt zu sein. Ich lausche auf den Rhythmus der Stadt, die Geräusche der Autos und Mopeds, das Lachen der Menschen in den Strandcafés, den Puls der Musik in den Nachtbars. Die Wände strahlen Sonnenwärme ab, obwohl es schon später Abend ist. Die Luft ist feucht und voller Zirpen. Abends dreht sich der Wind und weht vom Land aufs Meer.

Auf dem Balkontisch suche ich die Flasche, die Kari gekauft hat, und fülle das Glas. Ich schnuppere daran. Das Getränk riecht zuckrig, mit einem Hauch von einem regionalen Gewürz oder einer Frucht. Der Alkohol brennt am Gaumen, im Mund bleibt ein anhaltender, dumpfer Geschmack zurück.

Drinnen dreht Kari sich schwerfällig auf die andere Seite. Er scheint kurz wach zu werden. Wundert sich wohl, wo ich bin, schläft aber wieder ein. Weit weg bin ich ja nicht. Ich gieße mir noch ein Glas ein, obwohl ich nicht mehr trinken sollte.

Wenn alles ganz leise ist, hört man das Meer. Tagsüber bemerkt man es nicht, aber nachts, wenn der Lärm im Dorf verebbt, hört man, wie die Wellen auf den Sand schlagen. Ich bin nie am Strand gewesen, aber ich rieche das Wasser. Es duftet salzig und süß, intensiver als die Ostsee. Mächtiger. Kari hat mir am Morgen erzählt, dass man das Meer von hier aus zwischen zwei Häusern sehen kann.

Ich leere das Glas und öffne die Schiebetür. Das Hotelzimmer ist groß und hallig. Es gibt nicht viele Möbel, daher kann man sich den Raum leicht einprägen. Ein Doppelbett, ein Kleiderschrank, ein kleiner Tisch und ein Stuhl. Das ist alles. Wie in einer Zelle. Ich gehe zum Bett und hole das eine Kissen. Die Decke ist für zwei, auf die verzichte ich nicht. Was gibt es hier noch? Eine Tür zum Gang, eine Tür zum Bad. Dorthin gehe ich. Rechts das Waschbecken, links die Toilette, daneben ein Bidet, an dem ich nur kaltes Wasser bekomme. Die Badewanne, in der Wandnische in der linken Flasche Shampoo, in der rechten Seife, aber falls man sich nicht erinnert, kann man sie am Geruch unterscheiden. Durch die Bodenfliesen kühlt das Zimmer in der Nacht ab. Auch das Hotel ist nicht allzu groß. Kari hat mir gleich nach der Ankunft den Weg zum Frühstücksraum gezeigt. Ich hatte noch nicht einmal den Koffer ausgepackt. Im Speisesaal kann man sich hinsetzen, wo man will, man muss der Bedienung nur die Nummer des Zimmerschlüssels zeigen. Mir wird alles an den Tisch gebracht. Ich sitze nur da und esse.

Im Innenhof gäbe es einen Swimmingpool, aber Kari hat anderes zu tun, er hat keine Zeit.

Vom Wandregal nehme ich mir ein sauberes Badetuch. Es riecht zart nach Waschmittel, aber auch frisch, als wäre es im Freien getrocknet. Ich kenne die Abläufe in diesem Hotel nicht. Waschen sie die Bettbezüge, Laken und Handtücher selbst und hängen die Wäsche irgendwo im Hinterhof auf? Oder gibt es so viele Zimmer, dass es sich lohnt, außerhalb waschen zu lassen? Wäscht jemand anders die Wäsche und hängt sie in den Balearenwind, mangelt sie und bringt sie zurück?

Ich gehe wieder ins Zimmer und zu Kari. Lausche seinen Atemzügen und frage mich, wie tief er schläft. Beuge mich über ihn, suche seinen Arm, hebe ihn hoch und schüttle ihn. Kari wird nicht wach. Soll er doch da liegen bleiben und schlafen. In der ersten Nacht habe ich versucht, ihn ins Bett zu hieven, jetzt probiere ich es gar nicht mehr. Ich lege das Badetuch über seine Schultern und hebe seinen Kopf so weit an, dass ich das Kissen darunterschieben kann.

Wir gehen unserer eigenen Wege. Oder vielmehr, Kari geht sie. Ich sitze im Zimmer, während er auf dem Sofa im Foyer oder auf dem Gang einschläft, der für ihn im Suff zu lang war. Er stolpert, fällt hin und schlägt sich auf. Die Kellner bringen ihn abends zurück aufs Zimmer, mal patschnass, weil er in den Swimmingpool gefallen ist, mal verpflastert nach einem Sturz auf der Treppe. Sie heben meine Hand und legen sie auf den Körperteil meines Mannes, der diesmal verletzt ist, anschwillt oder blutet.

»Lo siento, señora«, sagen sie bedauernd und nennen den Grund. »La piscina. Las escaleras muy empinadas. El perro loco.«

Ich gehe wieder auf den Balkon, setze mich, gieße mir noch einmal ein und nehme einen Schluck. Den Geschmack kann ich immer noch nicht einordnen. Datteln?

Niemand macht mir Vorwürfe. Niemand spricht mit mir. Im Frühstücksraum höre ich die anderen Finnen flüstern. Sie erzählen sich, dass ich diejenige bin, deren Mann nach seiner Rückkehr nicht mehr wissen wird, dass er im Ausland gewesen ist. Der auf der Straße beinahe unter den Bus gekommen wäre. Der die Palme umgeworfen hat, die in einem Topf dort an der Rezeption stand, als wir ankamen, erinnerst du dich? Am ersten Abend hat er im Nippesladen einen Sombrero und eine große Flasche Honigrum gekauft. Alle erinnern sich. Für sie ist Kari ein Überbleibsel der Stierpartys, einer, an dem man seine eigene Mustergültigkeit messen kann. Sie würden mich gern bedauern, aber ich weigere mich, die Rolle des verweinten Weibchens zu übernehmen, das auf die Hilfe Unbekannter angewiesen ist. Diejenige zu spielen, der man Aufschnitt vom Büfett holt und die man gnädig einlädt, mit an den Strand zu kommen. Ich wusste genau, worauf ich mich einlasse.

Zu Hause gehe ich meiner eigenen Wege. Ich spiele dann und wann Klavier, neuerdings vor allem fröhliche Schlager. Doch hier hat Kari mich unter Kontrolle. Er hat mir gezeigt, wo in unserer Zelle was zu finden ist, Essen und Seife, Klopapier, und ist dann zu seinen eigenen Abenteuern aufgebrochen. Er weiß, dass ich nirgendwo hingehen kann. Den Weg zum Strand kenne ich nicht, in den Souvenirläden stoße ich gegen die Verkaufstische. Ich sitze drinnen wie Penelope, sonne mich auf dem Balkon wie Rapunzel, die auf den Prinzen wartet. Wenn es Abend wird, lächle ich so wenig wie die stolzen spanischen Frauen in den Erzählungen. Die Kellner tragen den blutenden, nassen Mann, der sich in die Hose gemacht hat, zu mir, und ich versorge ihn so ausdruckslos wie eine Madonna in der Kirche. Hier bin ich das für ihn, was er will. Eine Mutter. Er will sich nicht mehr um mich kümmern, sondern selbst Kind sein. Kari hat sein eigenes Gefängnis. Er kennt seine Strafe und hat beschlossen, dass dies hier meine ist.

Zu Hause trinkt er nicht viel. Noch nicht. Nur im Ausland. Deshalb habe ich beschlossen, zu ertragen, was mir auferlegt wird. Ich versuche gar nicht erst, ins Restaurant hinunterzugehen. Eine Woche im Jahr, manchmal zwei. Jetzt sind nur noch vier Tage übrig. Ich spüre, wie der Dattelschnaps die vergangenen Tage aus meinem Gedächtnis löscht. Ich bin nicht fröhlich, nicht traurig. Ich bin einfach nur. Das Meer würde ich trotzdem gern spüren.

DU WILLST BESTIMMT SO TANZEN

Er hatte den Mann nicht bemerkt, obwohl dieser später behauptete, ihn schon gesehen zu haben, als er auf der großen Treppe des Opernhauses stand, bekannt nicht zuletzt aus dem Musical »Das Phantom der Oper«. Am unteren Ende des Geländers befand sich eine Statue, die eine Frau mit nackten Brüsten und einen zu ihren Füßen liegenden Mann darstellte. Beide hielten Kandelaber in den Händen, die die Treppe beleuchteten. Angeblich war Tuomas dort einen Moment lang stehen geblieben, hatte zu den Deckengemälden emporgeblickt und sich dann nach rechts gewendet, um den Rest der Treppe aus grünem und rotem Marmor hinaufzusteigen. Ob das stimmte, wusste er nicht. Vielleicht versuchte der Mann nur, sich einzuschmeicheln und die Realität sagenumwoben und faszinierend klingen zu lassen.

Die Foyers waren voll von Menschen, die einander auswichen, als sie in den Zuschauerraum gingen. Tuomas setzte sich auf seinen Platz in der dritten Reihe der Loge, den er wie durch ein Wunder bekommen hatte. In dieser Stadt wusste man Kultur zu schätzen, und die Opernkarten waren im Handumdrehen ausverkauft. Zum Glück gab es an diesem Tag eine reguläre Aufführung und keine Premiere. Nächste Woche würde Barbara Hendricks die Rolle der Violetta singen, aber Tuomas ärgerte sich nicht mehr darüber, dass er sie verpasste. Die Hendricks war vielleicht schon zu alt für die Rolle und zumindest keine glaubhafte Schwindsüchtige.

Er hatte sich in die Loge gesetzt, im *Wall Street Journal*, das er gekauft hatte, die Kurse überflogen und erwartet, dass sich die anderen Plätze bald füllen würden, doch es war niemand gekommen. Firmen und staatliche Unternehmen kauften gelegentlich Karten, aber manchmal konnten ihre amerikanischen Gäste sich nicht zum Opernbesuch aufraffen, sondern zogen lieber Turnschuhe an und klapperten die traditionellen Sehenswürdigkeiten ab, vom Arc de Triomphe bis Notre-Dame. In ihrer Vorstellung war von jedem Hotelzimmer der Stadt der Eiffelturm zu sehen.

Der Zuschauerraum präsentierte sich in rotem Samt und Gold. Bei jedem Besuch wunderte Tuomas sich über die Fülle des Dekors. Wenn man an skandinavischen Minimalismus gewöhnt war, erschien er lächerlich überladen, doch die Menge der Formen, Statuen, Säulen und Edelmetalle war so gewaltig, dass die Gesamtheit quasi ungewollt zum Genuss wurde. Endlich wurde das Licht des großen Kronleuchters schwächer, und das Gemurmel im Zuschauerraum verstummte. Ein Scheinwerfer richtete sich auf den Dirigenten, der unter dem Applaus des Publikums vor das Orchester trat. Er verbeugte sich, drehte sich um und hob die Arme, hielt sie einen Moment lang oben und senkte beide gleichzeitig. Die Geigen setzten ein. Hohe, klare Musik zog durch den Raum. Das Tempo wechselte, die Hörner stimmten ein, danach die Celli, Bässe, Fagotte und Oboen. Jedes Instrument spielte seine eigene Tonfolge, wie Helenas Hände auf dem Klavier, doch gemeinsam schufen sie eine vollkommene und in sich geschlossene Melodie. Tuomas richtete den Blick auf das große Gemälde, das wie gefalteter Stoff aussah und als Vorhang diente, und wartete darauf, dass es sich hob.

Die Musik war ihm bekannt, ebenso die Geschichte. Er hätte sich ein etwas abstrakteres Bühnenbild und vielleicht eine experimentellere Regie nach deutscher Art gewünscht, aber auch so verriet die Inszenierung Können und Fachkenntnis. Es war schon gut so. Keine Aufführung, die einem im Gedächtnis blieb, aber ein angenehmer Zeitvertreib.

Gerade als Violetta »Povera donna, sola, abbandonata / In questo popoloso deserto« sang, bemerkte er, wie sich in der Nachbarloge ein gut aussehender, auf die vierzig zugehender Mann über die mit rotem Stoff bezogene Zwischenwand lehnte. Tuomas versuchte zur Seite zu rücken, um zu hören, wie gut der Sopran trug, wenn das Wort *Gioir* an der Reihe war. Der Mann gab nicht auf, sondern suchte seinen Blick. Tuomas beschloss, herauszufinden, was er wollte, und wandte sich in seine Richtung. Der Unbekannte sprach ihn auf Italienisch an.

»Mi scusi, lei ha il programma dell'opera?«

Natürlich habe er ein Programmheft, antwortete Tuomas. Er brauchte es nicht, denn er kannte diese Oper in- und auswendig, aber es gefiel ihm, die Namen der Solisten nachzulesen. Er lächelte den Mann an und antwortete auf Französisch.

»Mais vous pouvez venir ici …«

Der Mann lächelte ebenfalls. Kurz darauf saß er bei Tuomas in der Loge, ein wenig zu nah. Eine Spur zu hübsch in seinem eng anliegenden dunklen Anzug. An den Schläfen ein schöner Grauton, als wäre jedes vierte der pechschwarzen Haare sorgsam weiß gefärbt.

»Wann habt ihr eigentlich gemerkt, dass ihr beide Finnen seid?«

Sini betrachtet die beiden mit unverhohlenem Neid. Das Café im Konsum ist bis auf den letzten Platz besetzt, am Samstagnachmittag haben die Leute Zeit.

»Ich fass es nicht, dass alle Schwulen so ein Leben führen, während ich im Videoverleih den Kids Bonbons verkaufe.«

Osku will etwas sagen, doch Tuomas bringt ihn mit einem Blick zum Schweigen.

Sini hat lange Distanz gehalten und darauf gewartet, dass die Beziehung zu Ende geht, aber als sich nichts dergleichen abzeichnete, hat sie wieder Kontakt zu Tuomas aufgenommen. Jetzt wirft sie einen Blick nach hinten, zur Theke. Ihre Haare sind grellrot. Am Ansatz sieht man, dass sich die Farbe auch auf der Kopfhaut abgesetzt hat.

»Wo ist Pete?«

Ihr derzeitiger Freund trägt mit beiden Händen ein übervolles Tablett. Sie haben sich in einer Vorlesung über Familienrecht kennengelernt. Sini steht auf, um ihm zu helfen. Schon auf dem Weg zum Tisch lässt sie ihn raten.

»Was glaubst du wohl, wo Tuomas und Osku sich kennengelernt haben? Dreimal darfst du raten.«

»Du bist grausam«, sagt Osku leise zu Tuomas und lächelt schief.

Was hätte er erzählen sollen? Sie waren sich auf der Tanzfläche begegnet in einem Lokal, dessen Besuch weder der eine noch der andere geplant hatte, an einem Tag, an dem beide vorgehabt hatten, zu Hause zu bleiben.

»Tanzen wir?«, hatte Osku gefragt.

»Von mir aus.«

Dann hatten sie eine Beziehung angefangen, und vor zwei Jahren war Osku aus Helsinki hierhergezogen. Tuomas war gerade als Makler an den Desk versetzt worden und wäre deshalb ungern in eine andere Stadt gegangen, aber Osku hatte wie auf Bestellung eine Stelle bei der Feuerwehr bekommen. Beide hatten manches erlebt, Freude und Enttäuschungen. Sie waren beide überzeugt gewesen, dass sie niemanden finden würden, der an ihrer Seite blieb, und hatten sich darauf eingestellt, für den Rest ihres Lebens allein zu sein. Beide hatten ihr Doppelbett auf dem Flohmarkt verkauft, sich allmählich zu Hause am wohlsten gefühlt und ernsthaft überlegt, sich eine Katze anzuschaffen. Dann waren sie einander begegnet.

Ihre Begegnung war kein Märchen, keine Magie. Kein Drama. Leidenschaft war die Domäne der Jüngeren, die noch fähig waren, alles aufzugeben, aus der Welt auszusteigen und gemeinsam auf einer Verkehrsinsel zu zelten, wenn es nötig war. Dies hingegen war die Begegnung von zwei Erwachsenen, die ihre Brunftzeit hinter sich hatten.

Manche Menschen sind extrovertiert und sorgen für gute Stimmung, können Witze erzählen und strahlen auf Partys als der hellste Stern. Menschen wie Osku wiederum kommen am besten zur Geltung, wenn man mit ihnen zu zweit ist. Sie zünden in der Herbstdämmerung kleine Kerzen an und riechen nach Anwesenheit, Beständigkeit und Eintöpfen. Sie halten die Haustür auf, wenn der andere aus Frost und winterlicher Dunkelheit nach Hause kommt. Reichen ihm Wollsocken und schlagen vor, zusammen zu kochen. In dieser Welt steht man nicht Schlange vor der Bank, um Aktien von Technologiefirmen zu kaufen, nimmt keinen Kredit mit Personalrabatt auf. Man hebelt nicht, kauft nicht am Vormittag Basware-Aktien und stößt sie am Nachmittag vor sechzehn Uhr wieder ab.

Osku schaut durch das Fenster des Cafés und beobachtet die Menschen, die über den Marktplatz gehen. Trotz des Schneeregens duftet es überall nach Frühling. Dann sieht er Tuomas an und lächelt. In seinen Augenwinkeln bilden sich Lachfältchen. Die Schläfen werden allmählich grau.

DIE VERLASSENE WARTET LANGE

Mutters Wohnzimmer riecht nach Myrte. Ich suche den Blumentopf auf dem Sofatisch, finde ihn aber nicht.

»Du bist wirklich überraschend gekommen«, sagt Mutter in zufriedenem Ton.

»Man muss ja nicht alles planen.«

»Wenn ich es gewusst hätte, dann hätte ich Annas Söhne gebeten, dich vom Flughafen abzuholen. Weil Johannes und die anderen ja bei Kaarinas Eltern sind.«

»Wozu gibt es Taxis?«

»Die sind teuer.«

Mutter macht eine Pause, um die angemessene Dosis Missbilligung auszudrücken. Dann fährt sie fort.

»Wo hast du Kari gelassen?«

Ich antworte nicht.

Als Kind ist mir nie aufgefallen, dass mein Elternhaus einen besonderen Geruch hat. Charakteristische Gerüche nahm man nur wahr, wenn man andere besuchte, aber das eigene Zuhause roch nach gar nichts. Heutzutage erkenne ich den Geruch dieses Hauses, sobald ich es betrete. Man gewöhnt sich schnell daran, aber im ersten Moment spürt man noch das schwache Aroma der Chemikalien, obwohl das Fotostudio schon vor langer Zeit in den neuen Flügel umgezogen ist. Auch Mutters Geruch hat sich irgendwie verändert. Natürlich riecht sie nach Kampfer und Medikamenten, wie alle in ihrem Alter, doch es ist noch etwas anderes hinzugekommen. Zerbrechlichkeit. Kleinheit. Greisentum. Es ist der Geruch des Alters. Das Wissen, dass es sinnlos ist, sein Leben noch einmal ändern zu wollen. Dass man nur noch rückblickend beurteilen kann, wie man es gelebt hat.

Draußen an der Kreuzung fährt ein Auto an. Dort gibt es jetzt eine Ampel. Die Straßen sind neu benannt worden, nach Tieren. Das gefällt Mutter.

»Bei jedem Besuch habe ich den Eindruck, als wäre der Verkehr noch stärker geworden«, sage ich.

»Sie haben die Straße mehrmals verbreitert. Dabei haben wir unsere Rosensträucher verloren. Die dein Vater gepflanzt hat, erinnerst du dich?«

»Ich war damals wohl schon in Helsinki.«

Mutter setzt sich in den Schaukelstuhl und stößt sich ab. Die Kufen poltern gegen die Dielen.

»Ich habe mit deinem Vater die Birken gepflanzt und dann die Sträucher.«

So war es nicht. Das weißt du, und Johannes weiß es, und durch ihn haben Anna und ich es erfahren. Kaarina wohl auch, bei ihren Kindern bin ich mir nicht sicher. Vielleicht hat man auch ihnen erzählt, wie Oma Lahja Opa Onni mit der Schaufel schlagen wollte, als er von wer weiß was für einer Fahrt nach Oulu zurückkam. Ich würde es gern laut sagen, lasse es dann aber bleiben. Warum sollte man über Menschen sprechen, die längst verwest sind? Warum über Birken sprechen?

Der Schaukelstuhl hält an.

»Was hast du mit deinen Haaren gemacht?«

»Nichts.«

Mutter stemmt sich hoch.

»Hast du etwa so im Flugzeug gesessen? Du lieber Gott!«

Sie geht ins Esszimmer. Die Tür der Kommode öffnet sich, eine Schublade wird aufgezogen.

»Komm mal her.«

»Warum?«

»Nun komm schon.«

Ich stehe vom Sessel auf und gehe ins Wohnzimmer.

»Was ist?«

Mutter hat einen der Stühle vom Esstisch abgerückt und drückt mich darauf. Sie legt mir ein Handtuch oder Tischtuch um und bindet es im Nacken zusammen. Ihr Eifer ist spürbar.

»Deine Haare stehen überall ab. Ich richte sie mal ein bisschen her.«

Jedes Mal, wenn ich nach Hause komme, merke ich, dass ich etwas ablege und mir zugleich etwas aneigne, was einmal war, aber nicht mehr ist. Hier bin ich keine fünfzigjährige Frau, sondern jemand, dem zwei Alternativen angeboten werden, gehorchen oder meckern. Die eine ist die Rolle des Kindes, die andere die des Teenagers, und ich wähle die erste, weil sie heute der leichtere Weg ist und weil ohnehin beide Wege auf denselben Hof führen. Erwachsensein beginnt nicht in einem bestimmten Alter, sondern erst dann, wenn es niemanden mehr gibt, bei dem man Kind ist.

»Bitte nicht schneiden«, sage ich, nur um etwas zu sagen, tue aber nichts.

Mutter kann keine Haare schneiden. Auch nicht Kleider nähen oder Essen zubereiten. Aus Pflichtgefühl tut sie alles, was eine Frau ihrer Meinung nach tun muss, obwohl es niemand von ihr verlangt. Sie kauft einen ganzen Stoffballen Waffelpiqué und säumt für jeden Handtücher, die kein Wasser aufnehmen. Sie näht für Anna und mich unförmige Kleider, die sich an den Hüften und im Rücken bauschen, egal ob man sitzt oder steht. Für Kaarina hat sie früher auch Kleider genäht, aber inzwischen ist ihre Schwiegertochter mutig genug, sie nicht anzuziehen. Inzwischen kocht sie nur noch selten, aber immer noch so oft, dass Tapio Kaarina gebeten hat, zu Hause zu bleiben, damit Oma nicht wieder rohen Knoblauch ins Kartoffelmus schnippelt.

Und jetzt zupft Mutter an meinen Stirnfransen und schneidet mit der Schere Stücke davon ab.

»Deine Haare sind ganz verfilzt.«

»Sind sie nicht.«

»Eine Frau muss sich ein bisschen zurechtmachen.«

Ich lausche auf den Rhythmus der Schere. Ihr Tempo ist *andante*, gehend. Oder, wie ich Mutter kenne, *moderato*, gemäßigt. Vielleicht *appenato*, qualvoll leidend.

Die Ponyfransen an der Stirn sind offenbar fertig, denn die Finger rollen nun die Schläfenhaare auf.

»Kommt Kari später nach?«

Ich zucke mit den Schultern. Die Schere klappert neben meinem Ohr, auf meine Hand fallen Haare. Was wird das wohl für eine Stoppelfrisur? Ich sitze da und warte auf die Ankunft von Johannes' Söhnen wie eine inkontinente Verrückte in den Heilanstalten früherer Zeiten. Die Teenager werden sich über ihre stoppelhaarige Tante wundern und sich nicht trauen, mir guten Tag zu sagen, auch wenn Kaarina ihnen noch so gut zuredet. Ich könnte Speichel aus dem Mundwinkel laufen lassen und furzen. Mich erkundigen, ob die lieben Kinderlein Schokolade mögen.

»Worüber lachst du?«

»Über gar nichts.«

Mutter widmet sich jetzt meinem Nacken. Sie rückt meinen Kopf gerade, dann kürzt sie die Spitzen. Die Schere macht lange Schnitte, als würde sie Pappe zerkleinern.

»Er schickt immer noch Weihnachtsgrüße.«

»Wer?«

»Der Freund von deinem Vater.«

Mutter verstummt und überlegt, wie sie sich genauer ausdrücken könnte.

»Der aus Oulu. Der Mann.«

Das müsste ich jetzt aufgreifen. Genau in diesem Moment, da es endlich einmal laut ausgesprochen wird. Ich möchte Mutters Geschichte von Vater und dem Mann aus Oulu hören. All das, wovon auch Johannes nur Bruchstücke kennt. Aber ich habe nicht die Kraft, nicht heute und nicht jetzt. Wenn man die Sache auf morgen verschieben könnte oder wenigstens auf heute Abend, doch ich weiß, dass sie bis dahin verleugnet und vergessen ist.

»Er bedankt sich für die Fotos von deinem Vater«, fährt Mutter fort.

Sie bietet mir die Chance, aber ich schaffe es nicht. Ich kann meine Gedanken nicht sammeln, mich nicht konzentrieren. Mutter senkt die Stimme.

»Dabei habe ich ihm gar keine geschickt. Ich habe ihm nie geantwortet. So was Ähnliches hat er früher auch schon versucht. Damals hat er sich für die Fotos von der Beerdigung bedankt.«

Sprich jetzt nicht mit mir, Mutter. Lass mich einfach hier sitzen wie ein Schaf, das auf die Schur wartet. Lass mich das Geräusch der Schere hören. Sonst nichts. Nichts von Vater, nichts von seinen Freunden. Nichts aus der Vergangenheit, nichts von morgen. Lass uns einfach nur in diesem Moment sein. Bitte. Ich bin durch Ozeane geschwommen. Allein durch jede Straße der Stadt gegangen. Habe auf jeder Parkbank gesessen. Jetzt kann ich nicht, obwohl ich es möchte.

Es ist, als hätte Mutter in meinen Kopf geschaut, denn sie verstummt. Ich spüre, wie die Chance für immer entgleitet, doch ich lasse sie gehen. Ich habe nicht die Kraft zu sprechen, um sie zu ergreifen. Mir ist kalt.

Mutter legt ihre Hand auf meine linke Schulter und schneidet mit der Spitze der Schere um mein Ohr herum. Ich höre, wie sich die Scherenblätter berühren. Plötzlich hebe ich meine Hand und lege sie auf Mutters. Die Bewegung der Blätter hält inne. Mutter ist ganz still.

»Irgendetwas stimmt doch nicht«, sagt sie nach einer Weile, lässt die Schere aber nicht sinken.

Ich weiß nicht, wie ich beginnen soll. Auch Johannes habe ich es nicht erzählt. Wo findet man Worte für so etwas? Wie soll ich das Gefühl beschreiben, als ich nach Hause kam und gleich in der Diele merkte, dass das Echo anders war? Das Geräusch war hohler, der Raum größer. Die Strecken in der Wohnung waren mir vertraut, rechts die Stereoanlange, links der Sofatisch, aber plötzlich war nicht mehr alles da, dem ich ausweichen musste. Ich ging durch die kalte Wohnung, berührte verschiedene Dinge, doch die Hälfte war verschwunden. Ich versuchte mich auf einen Stuhl zu setzen, der nicht da war, meine Hände an einem Handtuch zu trocknen, von dem ich nicht wusste, wo es lag. Als ich den Geschirrschrank öffnete, merkte ich, dass von den Tellern die Hälfte fehlte, in der Schublade fehlten sechs Löffel, Messer und Gabeln. Jeder zweite Kleiderschrank war leer. Zwei der Haken an der Garderobe, ein Fach im Badezimmerschrank. Der Fernseher, das Bücherregal, ein Sessel verschwunden. Ich lief ins Arbeitszimmer und hörte schon an der Tür, dass es verlassen war und nur die Straßengeräusche von den leeren Wänden widerhallten. Die Hälfte des Zuhauses, die Hälfte des Lebens. Der Welt. Alle Zimmer erzählten dieselbe Geschichte vom Weggehen wie die Straßen in diesem Dorf.

Er hatte vor dem Weggehen alle Heizungen abgedreht. Nirgendwo eine Nachricht, ein Brief, eine Botschaft. Keiner konnte mir sagen, wohin er verschwunden war. Niemand wusste etwas, weder am Arbeitsplatz noch bei den Schwiegereltern oder sonst wo. Nach einer Woche läutete das Telefon. Ich hörte mir das Klingeln an, ohne mich zu melden. Vier Tage lang läutete es exakt zur selben Zeit, um Viertel nach acht. Am fünften Tag nahm ich ab.

»Das ist für viele Männer ein harter Brocken«, sagt Mutter. Sie legt mir auch ihre andere Hand auf die Schulter. »Sie reden nicht darüber«, fährt sie fort. »Es lag daran, dass du ihm damals kein Kind geboren hast.«

Nicht, Mutter.

Sie lässt meine Schulter los. Was tut sie? Die Schere fällt mit dumpfem Poltern auf die Holzplatte des Esstisches. Die Hand kehrt auf meine Schulter zurück und bewegt sich weiter. Die linke schiebt sich unter meinem Arm hindurch und legt sich um meinen Brustkorb, die rechte wandert nach oben. Was hat sie vor? Ihre Finger streicheln meine Wange langsam, zärtlich. Meine Augen brennen, in der Nase kribbelt es.

»Er hat eine andere«, erzähle ich. »Jünger als ich. Sehend.«

Mein Zwerchfell zuckt, doch ich halte die Luft an. Ich hebe den Kopf, damit die Tränen nicht herablaufen. Mutter drückt ihr Kinn an meine Stirn. Oder ihre Lippen? Gibt sie mir einen Kuss?

»So nimmt man uns die Männer weg«, sagt sie sachte.

Darüber weine ich nicht. Es sind die anderen, die den Männern nachweinen. Diejenigen, die nicht zurechtkommen.

VERGEUDETE LIEBE

Du sitzt mir gegenüber auf dem Hocker, auf dem Kari früher saß. Vor einer Woche hat dort deine Schwester gesessen und erzählt, dass sie vorhat, sich scheiden zu lassen. Nachdem du gesprochen hast, nimmst du einen langen Zug an der Zigarette, behältst den Rauch in der Lunge, bläst ihn aus. Ich weiß, dass du mich beobachtest und wartest, ob meine Miene etwas verrät, einen Hinweis darauf gibt, was ich denke. Du bist nackt und bloß, hast mir dein größtes Geheimnis anvertraut. Du hast deine schwache Stelle freigelegt wie ein Hund seine Kehle und hast Angst, dass ich meine Zähne hineinschlage.

Fürchte dich nicht, Tuomas, ich bin auf deiner Seite. Deine Verwandte. Die Schwester deines Vaters. Wenn alles andere weg ist, was bleibt uns dann noch? Freunde verschwinden, ziehen fort, sterben. Ehepartner und Lebensgefährten lenken ihr Leben in eine neue Richtung, beginnen zu trinken oder geben den Alkohol auf und verlassen einen. Haustiere sterben oder werden eingeschläfert. Doch die Familie ist etwas, wovon man sich nicht trennen oder getrennt werden kann. Sie hält hartnäckig zusammen, kommt zu Besuch und hört zu.

Auch du. Ich weiß genau, was du denkst, wenn ich anrufe. Du hörst genau hin, wie ich den ersten Satz sage. Bevor ich mit »Hallo,

Helena hier« fertig bin, weißt du, ob ich betrunken bin. Und ob ich es bin oder nicht, du hörst mir zu, erzählst Geschichten aus deinem Alltag und lässt dir Dinge aus meinem erzählen. Das müsstest du nicht tun. Du könntest behaupten, dass du es eilig hast. Dass du gerade zur Arbeit musst oder gleich Besuch bekommst. Doch das tust du nicht. Du nimmst die Pfanne von der Herdplatte oder sagst zu deinen im Hintergrund plaudernden Freunden, sie sollen einen Moment lang warten. Deine Geschwister machen es genauso, jeder von euch. Hast du dir jemals überlegt, warum? Ich ja.

Aus demselben Grund, aus dem du jetzt in meiner Küche sitzt.

Diejenigen, die wir geliebt und selbst in unser Leben geholt haben, sterben oder packen ihre Sachen und gehen, aber diejenigen, die wir uns nicht ausgesucht haben, bleiben. Nur Geschwister teilen gemeinsame Erinnerungen und haben aus der Vergangenheit das Gleiche gelernt. Verwandte haben ihre eigene Art, die Bedeutung der Worte zu verstehen. Mit anderen hat man keine wirklich funktionierende gemeinsame Sprache.

Ich spüre an der Vibration, dass du aus lauter Nervosität das Bein gegen die Querleiste des Barhockers pendeln lässt. Du riechst nach Rasierwasser. Man muss dir zugutehalten, dass du nie zu viel davon verwendest, du übergießt dich nicht damit wie andere, die so sind wie du. Ich könnte ihrer Duftspur noch am nächsten Tag folgen, von den Nachtclubs zu den Wohnungen, in die sie für eine Nacht mitgenommen wurden. Früher roch man sie in den Bahnhofshallen und den öffentlichen Toiletten. Der Geruch der Homosexuellen ist mir von Vaters Pullovern vertraut.

Was soll ich dir sagen? Was du mir erzählt hast, hat mich nicht überrascht. Ich wusste es schon, aber das verrate ich dir nicht, denn dann würdest du fragen, woran ich es gemerkt habe. An allem und an nichts. Daran, dass du in deinem Alter noch nie eine richtige Freundin mitgebracht hast. Diese Sini zählt nicht. Du wagst es, dich für Kunstausstellungen und Theater zu interessieren, obwohl du für deine Kunden Aktiengewinne sammelst, erarbeitet von Menschen, die ihr nicht kennt. Kaarina ist schon vor langer Zeit zu demselben Schluss gekommen, will aber aus Höflichkeit nicht fragen, sondern wartet darauf, dass du es selbst zur Sprache bringst. Auch Minna hat es erwähnt und Maarits Mann ebenso.

Bei Johannes kann ich es nicht beurteilen. Früher einmal wusste ich, was er über die Welt denkt, und er wusste es von mir. Das war damals, als wir noch miteinander verwachsen waren. Ich weiß, dass er dich damals verflucht hätte. Versteh mich nicht falsch, er hätte dich nicht gehasst. Johannes hat das, was unser Vater sich angetan hat, am schmerzlichsten getroffen. Mutter hatte davor wohl noch gehofft, alles würde besser werden. Anna hatte geheiratet und aufgehört, von der Welt etwas zu erwarten. Was mich betrifft, so hatte ich Vater damals schon aufgegeben. Ich erinnere mich, wie er zum letzten Mal nach Oulu fuhr. Ich hätte Mutter gern gefragt, ob auch sie damals wusste, dass er nicht lebend zurückkommen wird. Ich glaube, sie wusste es.

Du würdest so etwas nicht tun. Du bist nicht so. Oder vielleicht ist die Zeit eine andere. Womöglich bist du aus demselben Grund in den Süden gezogen, aus dem ich nicht in den Norden zurückgekehrt bin. Das Leben fühlt sich hier leichter an. Es ist anstrengend, nur für eine einzige Eigenschaft bekannt zu sein. Vielleicht hast du dich nach der Anonymität der großen Städte gesehnt, so wie die drei Schwestern sich nach Moskau sehnten? Auch ich wollte nicht die einzige Behinderte im Dorf sein. Es war eine harte Schule, aber ohne sie wäre ich anders, schwächer.

Welchen Rat soll ich dir jetzt geben, da du beschlossen hast, mutig zu sein und aufrecht zu gehen? Ich würde dir gern sagen, dass das Leben kein ständiger Kampf und der morgige Tag keine Kopie des gestrigen ist. Es gibt gute Tage, und es gibt schlechte. Man muss sie auseinanderhalten wie Alltag und Feiertag. Verwandle dich nie, weil ein anderer es will. Man muss nur sich selbst genügen, nicht den anderen. Und auch wenn nicht alle Geschichten Liebesgeschichten sind, sind sie trotzdem nicht misslungen, vergiss das nicht.

Ich gieße mir die zweite Tasse Kaffee ein und halte dir die Kanne hin. Du legst deine Hand auf den Tisch. Ich beuge mich vor und finde sie. Du hast die Handfläche nach unten gedreht, deine Finger sind leicht gekrümmt. Ich lege meine Hand darauf. Warum trägst du einen Ring? Ich mag nicht fragen, spüre ihn aber unter meinen Fingerspitzen. Von meinem habe ich mich getrennt. Er hatte sich so tief in die Haut eingegraben, dass ich ihn nicht abstreifen konnte. Der Goldschmied schob eine kalte Zange darunter und knipste ihn entzwei. Er fragte, ob es sich schlimm anfühlt, und ich antwortete, es habe nicht wehgetan. Da erkundigte er sich, ob mit dem Ring Erinnerungen verknüpft seien, und ich meinte: Werfen Sie ihn ruhig in den Papierkorb. Das tat er auch, allerdings bin ich mir sicher, dass er ihn wieder herausgeholt hat, sobald ich gegangen war. Er war schließlich nicht ganz billig.

Ich bin einsam, das muss ich zugeben. Einige Bekannte haben mir geraten, mir einen neuen Mann zu suchen, aber eine Blinde, die gerade ihre Wechseljahre ausschwitzt, ist auf dem Heiratsmarkt nicht sonderlich begehrt. Geh in eine Kneipe, sagen sie, doch darüber kann ich nur lachen. Wenn ich dort jemanden fände, würde ich ihn nicht nehmen. Es hat seine Gründe, wenn ein Mann in dem Alter ungebunden in der Kneipe sitzt. Geh in irgendeinen Freizeitclub für Sehbehinderte und such dir da einen, raten sie mir dann. Das tue ich nicht. Darf ich keinen sehenden Mann wollen? Soll ich nur unter meinesgleichen suchen? Muss ich mich zusammen mit anderen Leuten isolieren, die auch anders sind, und den Rest der Welt als Bedrohung empfinden? In meinem Leben gibt es nichts, was nur einer verstehen könnte, der anders ist als die anderen. In deiner wohl auch nicht.

Du lehnst dich zurück. Allmählich wirst du ungeduldig. Ich bin das Alleinsein so gewohnt, dass ich nicht immer daran denke, zu sprechen, wenn es nötig ist. Ich bin froh, dass du mir mehr vertraust als deinem Vater. Endlich weiß ich einmal etwas, was Johannes nicht weiß. Aufmunternd drücke ich deine Hand.

»Wenn du jemanden hast, bring ihn her. Zu Hause solltest du nicht darüber sprechen.«

Ich will diejenige sein, der die Schwiegersöhne vorgestellt werden.

ICH FÜHLE MICH SORGLOS

Die Baracke des alten Flughafens hatte mit ihrem Flachdach wie ein Verstärker gewirkt. Sie hatte das Geräusch der startenden und landenden Maschinen verstärkt, sodass kleine Kinder sich jedes Mal die Ohren zuhielten. Der neue Flughafen ist so gebaut, dass man die Landungen gar nicht wahrnimmt. Tuomas merkt erst, dass die Maschine gelandet ist, als das Gepäck ausgeladen wird. Die großen Scheinwerfer färben den Schnee auf dem Flugplatz gelb. Tuomas ist nervös.

Zu Hause ist alles bereit. Mutter hat den Tisch mit den Tellern gedeckt, die nur zu Weihnachten benutzt werden. Auch das Silberbesteck hat sie hervorgeholt und in die Schüssel für die Kaltschale die Suppenkelle gelegt, die Omas Mutter gehört hat, in die Zuckerschale die Zange mit den Löwentatzen. Im Ofen gart der Rentierbraten.

Tuomas war durch das ganze Haus gewandert. Die Zimmer waren nicht mehr dieselben, die er von Kind an gewohnt war. Nach Omas Tod waren noch Jahre vergangen, bis Vater und Mutter es geschafft hatten, die lange geplante Renovierung in Angriff zu nehmen. Nun war an der Stelle der alten Küche die Diele, und die neue Küche ist dort eingerichtet worden, wo sich früher der seltsame Durchgangsraum zum Wohnzimmer befunden hatte. Als

Helena zu Besuch gekommen war, hatte sie sich, so wurde es Tuomas erzählt, überhaupt nicht zurechtgefunden. Sie hatte versucht, ihre alten Routen zu gehen, war gegen Türen gestoßen und einmal die Treppe hinuntergefallen, weil sie glaubte, am anderen Ende des Hauses zu sein. Sie hatte behauptet, sie finde nirgendwo mehr hin.

Mutter hatte immer gedroht, sie werde Omas Möbel fortschaffen, doch dann hatte sie gemerkt, dass sie ihr im Lauf der Zeit ans Herz gewachsen waren, und sie im ganzen Haus verteilt. Nun, da die Kommoden und Esstische in verschiedenen Zimmern standen, symbolisierten sie nicht länger Omas Herrschaft, doch gleichzeitig war Oma durch die Möbel überall anwesend. Mehr noch als in den Möbeln war sie in den Worten präsent. Noch aus dem Grab sprach sie mit ihnen. Für jede Situation hatte sie eine Witzelei oder eine Redewendung parat, die damals, als sie geäußert wurde, vielleicht verletzend gemeint war, mit der man nun aber extreme Gefühle zum Ausdruck brachte, für die es in der normalen Sprache keine Worte gab. Außer ihnen, die mit Oma unter einem Dach gelebt hatten, verwendeten sie auch die später eingeheirateten Ehepartner. Manchmal ahmte auch eines der Enkelkinder den nordöstlichen Dialekt nach und wiederholte Worte, deren Sprecherin es nie gesehen hatte. »Bist du dem Wahnsinn verfallen?« »Er ist anders als die anderen.« »Am besten ist das, was man hinter sich hat.« Niemand würde Oma jemals ganz loswerden, aber sie wollten es auch nicht. Sie würden immer ineinander weiterleben.

Die Gangway wird an die Maschine geschoben, und die Tür zum Passagierraum öffnet sich. Tuomas ist es heiß. Draußen ist es kälter geworden, deshalb hatte Mutter darauf bestanden, dass er eine lange Unterhose anzieht. Er hatte versucht, ihr zu erklären, dass er sie nicht brauche und dass es im Wagen warm sei, doch sie hatte sich taub gestellt. Schließlich hatte Tuomas nachgegeben. In diesem Haus war er immer das Kind. Mutter ging gebeugt, und Vater war vergesslich geworden. Man musste ihnen einerseits gehorchen und sie andererseits schützen.

Einige Passagiere, die aus der Maschine steigen, kennt Tuomas: die Tochter des Amtmannes, den Besitzer des Blumenladens. Mehrere kennt er vom Sehen, es sind entweder Freunde seiner Eltern oder Kunden des Fotogeschäfts. Der Rest sind Touristen, die hier Skilaufen wollen. Tuomas reckt den Hals. Die meisten Passagiere sind bereits ausgestiegen. Einer fehlt.

Tuomas war schon gestern im Norden angekommen. Er war auf der verschneiten Dorfstraße spazieren gegangen. Die großen Supermärkte, die außerhalb des Dorfs gebaut worden waren, hatten die Kunden abgeworben, und aus dem früher so lebhaften Zentrum waren nicht nur die Geschäfte, sondern auch die Menschen verschwunden. Einige der niedrigen Holzhäuser waren abgerissen und durch zu hohe Gebäude ersetzt worden. Auf dem zugefrorenen See wurden keine Rentierwettläufe mehr ausgetragen. Das Dorf, in dem Tuomas aufgewachsen war, gab es nicht mehr. Stück für Stück war es verschwunden, und die beim Wiederaufbau errichteten Häuser waren entweder als Sommerhäuschen an die Ufer kleiner Waldseen versetzt oder in den Heizungskesseln verbrannt worden. Stattdessen war eine Ansammlung von Mehrfamilienhäusern entstanden, die einer Flickendecke glich. Das Elternhaus ragte immer noch so hoch auf wie die Neubauten, doch die Farbe blätterte ab. Auf dem Blechdach blühte der Rost, und die Schwimmhalle verdeckte die Aussicht auf die Fjälls.

In Lopotti hatte der Frost an den Fenstern vieler leer stehender Häuser schöne Blüten wachsen lassen. Der Konsumladen und die Häuser der Tuovilas und der Vellas waren abgerissen worden. In einigen Fenstern brannte noch helles Licht. Kinder waren nirgends zu sehen, übrig geblieben waren nur alternde Paare, die die Glühlampen durch Neonröhren ersetzten, um in jede Ecke ihrer vereinsamten Behausungen sehen zu können. Im Vergleich zu Tuomas' Erinnerungen war das Dorf kleiner geworden, aber seine Bewohner waren anders als früher. Sie kamen Tuomas vertrauter, lächelnder und offener vor. Oder vielleicht hatte er selbst sich verändert. Er hatte sich mit Anna getroffen und seine Vettern und Basen besucht. Wie selbstverständlich hatte er über Dinge gesprochen, über die er früher geschwiegen hatte.

Das Fotogeschäft war der einzige Ort, der sich nicht verändert hatte. Auch dort war es stiller geworden, aber zeitweise drängten sich die Kunden immer noch, und Tuomas merkte, dass er das Gleiche tat wie alle seine Geschwister, wenn sie die Eltern besuchten. Er zog den Mantel aus und ging in den Laden. Grüßte den ersten Kunden und sah verstohlen am Rand des Regals nach, was eine Vierundzwanzigerrolle 200 ASA kostete. Die Bewegungsabläufe, die Funktionen der Registrierkasse und das Wissen, was die Schubladen des Verkaufstisches enthielten, stiegen aus irgendeinem Winkel seines Gehirns auf. Er lächelte die Kunden an, brachte sie mit kleinen Scherzen zum Lachen und füllte den Bestellschein aus, als hätte er nie etwas anderes getan.

»Sollen es gleich zwei Abzüge sein?«

Die Kriegstouristen kamen offenbar schon in der zweiten Generation. Mitteleuropäische Paare mittleren Alters reisten an, um die Narben zu sehen, die zur Zeit ihrer Väter in die Landschaft gerissen worden waren.

Heute hatte Mutter das Schlafsofa im Bibliothekszimmer für sie bezogen. Es war früher das Esszimmer gewesen, wo Oma in ihrem alten Bett in der Ecke geschlafen hatte. Jetzt hatte Vater Bücher über Familienforschung auf dem Schreibtisch gestapelt. Er wollte eine ebenso große Familie wie Mutter. Tuomas hatte nicht in der Bodenkammer übernachten wollen, obwohl dort noch seine alten Möbel standen. Er hatte sie diesmal gar nicht betreten. Alles in diesem Raum schien zu einem anderen Leben zu gehören, zu einem Menschen, der er nicht mehr war. Er wusste nicht mehr, dass die Kaffeetassen auf die Teller gestellt werden mussten.

Mutter hatte die Bettdecke in einen Bezug mit stilisierten blauen Schafen gesteckt.

»Habe ich schon erzählt, dass es heißt, der Sohn des Pfarrers wäre auch …?«

Der Satz war unvollständig geblieben. Beide hatten gewusst, wie er endete, doch Mutter fiel es schwer, das Wort auszusprechen. Nicht, weil es schwierig war, sondern weil es ihren Sohn vereinfachen, in zu kleine Kleider stecken würde. Nach Mutters Ansicht hatte jeder Mensch auf der Welt gerade so viel Raum, wie er selbst einzufordern verstand. Nicht mehr und nicht weniger.

Endlich steigt der Erwartete aus dem Flugzeug. Tuomas spürt, wie sich die Härchen an seinen Armen aufrichten. Osku sieht ihn am Fenster stehen und winkt. Der Wind fährt in seine Jacke, und er hält den Kragen mit der Hand zusammen. Lächelt und schüttelt den Kopf. An der Gepäckausgabe wissen sie nicht, ob sie sich umarmen sollen oder nicht. Tuomas merkt, dass er Scheu vor den Leuten hat. Auf der Fahrt nach Hause fragt er sich, wie das Dorf wohl in Oskus Augen wirkt. Sieht Osku nur den Schnee und die Dunkelheit? Merkt er, dass die Temperatur schon unter minus fünfundzwanzig Grad gesunken ist? Tuomas signalisiert den entgegenkommenden Fahrern mit der Lichthupe, dass auf der Straße Rentiere unterwegs sind, die das Streusalz ablecken. Vielleicht ist das Dorf in Oskus Augen kleiner und mitgenommener als in den Geschichten, die Tuomas ihm erzählt hat. Womöglich sieht er nur, dass in Lopotti die Dachrinnen rosten und die Dachpappe flattert.

Vor dem Haus brennen zwei Schwedenfeuer. Tuomas parkt auf dem Innenhof und holt Oskus Gepäck aus dem Kofferraum. Osku schätzt offenbar die Größe des Hauses ab. Da geht die Balkontür auf, Mutter kommt heraus und winkt. Sie hat eine Reihe

Teelichter in farbigen Gläsern auf das Geländer gestellt. Osku ist nervös. Er ist der erste Mann, den Tuomas seinen Eltern vorstellt.

Tuomas hatte lange überlegt, wie er seinen Eltern und Geschwistern von der Sache erzählen sollte, denn Helena allein genügte nicht als Familie. Er fürchtete sich nicht mehr vor der Reaktion der Familienmitglieder, aber die Angelegenheit zu erwähnen, als wäre sie neu, erschien ihm so peinlich, als würde man einen flüchtigen Bekannten, den man seit Langem grüßt, ohne sich je vorgestellt zu haben, plötzlich nach seinem Namen fragen. Schließlich hatte er beschlossen, allen eine E-Mail zu schicken. Er war so nervös gewesen, dass er nach dem Abschicken sein Handy ausgeschaltet hatte. Die Nachricht sollte sich setzen, bevor darüber gesprochen wurde.

Als er das Handy nach zwei Tagen wieder eingeschaltet hatte, waren Dutzende von SMS eingetroffen. »Wusste jemand das etwa noch nicht?«, fragte Minna. »Egal wie, wir sind Brüder«, schrieb Tapio. Maarit bedankte sich dafür, dass sie ihren Kindern so die Vielfalt der Welt zeigen könne. Mutter hatte fast zwanzig Mal angerufen, um ihm zu sagen, dass Vater schon im Zug saß und zu ihm reiste. In der Bahnhofshalle hatten sie sich lange und wortlos umarmt. Jedes Mal, wenn Tuomas seinen Vater traf, kam ihm alles leicht vor. Vater hatte immer gute Ratschläge.

Sie waren gemeinsam essen gegangen, und während er sein Steak zerteilte, hatte Vater ihm alles über Opa erzählt. Er hatte erklärt, wie er auf Omas Wunsch häufig losgefahren war, um ihn zu suchen, und ihn ein paarmal auch gefunden hatte. Er hatte Opas blutige Handgelenke verbunden und ihn ins Krankenhaus gebracht, wo man versucht hatte, ihm die Homosexualität mit Stromschlägen und Insulinschocks auszutreiben. Opa hatte in Oulu einen Mann gehabt, der sich noch lange nach der Beerdigung bemüht hatte, mit der Familie in Verbindung zu bleiben. Vater hatte ihm Fotos von der Familie und von Opa geschickt, ihm einige Male auch einen

Brief geschrieben. In letzter Zeit hatte der Mann nichts mehr von sich hören lassen. Vielleicht war er schon tot.

»Opa hatte kein gutes Leben. Bei dir soll das anders sein, dafür werde ich sorgen.«

Jetzt haben Tuomas' Geschwister Osku bereits kennengelernt, so wie er selbst Oskus Brüder und seine Schwester. Auch Helena haben sie oft besucht, sind sogar über Nacht geblieben. Von allen wurden sie freundlich empfangen, aber jeder hielt sich für den einzigen Toleranten. Alle überschlugen sich in Mutmaßungen, welche Familienmitglieder kein Verständnis haben würden. »Erzähl deiner Schwester lieber nichts«, hatte Oskus Bruder geraten. Nach Ansicht der Schwester durfte man es dem Vater nicht sagen. Minna war sich nicht sicher, wie Maarits Mann reagieren würde, Tapio zweifelte am Verständnis der Onkel mütterlicherseits. Immer gab es einen, der zu altmodisch, zu alt, zu bäurisch war, um es zu verstehen. Die Engstirnigkeit der anderen, ihre mangelnde Bildung, der familiäre Hintergrund oder Kindheitserlebnisse hinderten sie daran, die Welt als Ganzes zu sehen. Deshalb war es besser, zu schweigen und darauf zu warten, dass die Welt sich noch ein wenig mehr veränderte.

Am späten Abend ziehen Osku und Tuomas sich im Bibliothekszimmer aus und schlüpfen in ihre Schlafanzüge. Mutter ist schon zu Bett gegangen, Vater will sich noch die Spätnachrichten ansehen. Die Ecken des Hauses knacken im zunehmenden Frost. Tuomas entscheidet sich für die äußere Seite des Schlafsofas. Osku klettert über ihn hinweg an die Wand, legt die Arme um ihn und zieht ihn an sich. Es fühlt sich gut an.

»Der ist wirklich nett«, hatte Vater Tuomas in der Küche zugeflüstert.

»Wenn es jemand anders gewesen wäre, wer weiß«, hatte Mutter gesagt. »Aber den muss man ja einfach mögen.«

Helena hatte angerufen, als sie gerade beim Essen saßen. Sie war überrascht, als sie hörte, dass Tuomas und Osku in den Norden gereist waren. Vater hatte versprochen, nach dem Essen zurückzurufen, aber sie hatte gemeint, das sei nicht nötig, es liege nichts Besonderes an. Sie habe erschöpft geklungen, hatte Vater gesagt.

Osku zeichnet mit dem Finger durch den Schlafanzug Kreise auf Tuomas' Schulter. Tuomas liegt auf der Seite und blickt in die Ecke, in der früher Oma geschlafen hat und vor ihr Opa. Er denkt an die verstaubten Möbel in der Bodenkammer, an die vergessenen Kleider im Wandschrank und an die Schaumstoffmatratze, die inzwischen muffig sein muss. Die selbst aufgenommenen Videokassetten mit den Folgen von »Der Denver-Clan« sind verblasst. Er hätte nicht geglaubt, dass es so ein schöner Tag werden würde.

Nach dem Essen waren Vater und Mutter allerdings einer Meinung.

»Opi solltest du lieber nicht davon erzählen.«

HEUTE KANN ICH MIR IN DIE AUGEN SCHAUEN

Zweimal in der Woche, immer um sieben Uhr. Was schwindelt er eigentlich seiner Frau vor, wo er ist? Im Radio singt jemand, die wirklich Schönen lebten nur einmal. Ich drehe die Lautstärke nicht herunter, damit er denkt, ich hätte seine Anwesenheit noch nicht bemerkt. Die Feder am Briefschlitz im Flur macht ein ganz leises Geräusch, wenn man sie hochschiebt. Anfangs begriff ich nicht, was es war, aber eines Tages habe ich so lange gesucht, bis ich die Quelle des Geräuschs gefunden hatte.

Ich lasse das Radio an und mache mich auf den Weg ins Wohnzimmer. Der Briefschlitz schließt sich langsam. Ich drehe mich um und gehe in den Flur.

»Wirst du es denn nie leid?«, frage ich durch die Tür.

Ich halte mich an der Wand fest und lasse mich neben der Tür auf den Fußboden sinken. Ich schiebe einen Schuh unter mir weg und sitze da wie neuerdings immer, wenn er kommt. Der Briefschlitz bewegt sich nicht. Wenn er wenigstens etwas sagen würde, wenigstens ein einziges Wort. Anfangs habe ich versucht, die Tür zu öffnen und ins Treppenhaus zu gehen, aber da lief er weg, und nur das Echo seiner Schritte auf der Treppe verriet, dass er dagewesen war. Einmal versuchte er, lautlos am anderen Ende des Treppenabsatzes stehen zu bleiben, und gab keine Antwort, als ich fragte, wer dort sei. Ich hörte seinen Atem, roch den vertrauten Geruch, und trotzdem tat er so, als wäre ich allein im Treppenhaus. Nachdem ich eine Weile gelauscht hatte, trat ich so nah an ihn heran, dass ich die Wärme seines Körpers spürte, berührte ihn aber nicht. Kari weinte so leise, dass es kaum zu hören war.

Hier sitzen wir nun, nach vielen Jahren wieder nahe beieinander. Wir sagen nichts. Wann gehen den Menschen die Worte aus, die Geschichten? Warum erzählen wir keine neuen anstelle der verschwundenen? Ich könnte dir erklären, wie die Krankheit fortschreitet, von der du nichts weißt. Erschrick nicht, niemand hat bisher davon erfahren, selbst Johannes nicht, obwohl er ohne sein Wissen als mein Betreuer registriert ist. Weißt du, ich habe schon diesen einen Schaden, von dem ich gezeichnet bin. Ein zweiter wäre zu viel für euch.

Aber es geht langsam, zum Glück. In der linken Hand habe ich zeitweise kein Gefühl, die rechte funktioniert. So presse ich nun mit einem Stressball Muskelkraft in meine Hand zurück und warte darauf, dass ich beginne, herrisch und jähzornig zu werden. Der Arzt sagt, dass es mir irgendwann schwerfallen wird, die Gefühle anderer zu verstehen. Das bringt mich zum Lachen, stell dir vor: erst jetzt! Angeblich kann es passieren, dass ich mich aus einem plötzlichen Impuls heraus nackt ausziehe oder immer wieder dieselbe, bedeutungslos erscheinende mechanische Bewegung mache. Auch darüber muss ich lachen, ich, die Klavierstimmerin. Ich sehe mich stundenlang mit nacktem Hintern am Flügel des Kulturhauses sitzen und die Cis-Taste anschlagen, bis der Pförtner mich in ein Taxi verfrachtet. Vorher sucht er an der Garderobe nach irgendetwas, womit er meinen Hängebusen verhüllen kann.

Aber ich rede nicht darüber, hab keine Angst. Ich bin ganz still. Du bist nicht hergekommen, weil du wissen willst, wie es mir geht. Ich bin für dich ein seltsamer Zeitvertreib. Das Abbild von etwas, das ich selbst nicht begreife. Du kommst, um mich durch den Briefschlitz zu beobachten wie einen Tiger im Zoo. Dabei bringst du deine eigenen Vorstellungen mit. Du weißt schon, wie ein Tiger ist und wie er lebt, willst aber eine Bestätigung dafür. Du willst wissen, was ich esse und wie ich mich paare, mit wem. Das wäre schnell erzählt, aber die Wahrheit interessiert dich nicht. Du hast schon deine eigene.

Geh doch weg, heute Abend habe ich keine Kraft für dich. Ich stütze die rechte Hand auf den Boden und stemme mich hoch. Dabei spüre ich die Anstrengung in den Knien und den Knöcheln. Ich habe zugenommen. Es ist so leicht, zu Hause zu bleiben. Zum Glück siehst du von mir nur die schmalen Streifen, die der Briefschlitz dir bietet. Würde ich die Tür öffnen, wärst du überrascht, dass der Tiger sich in einen Wisent verwandelt hat.

Obwohl du nie etwas sagst, weiß ich, wie es dir ergangen ist. Nicht, dass ich es aktiv hätte herausfinden wollen, aber sagen wir so: Ich habe es mir erzählen lassen. Ich habe mich nicht geweigert zuzuhören, wenn jemand sagt, er habe dich gesehen. Euch. Sie heißt Taina, auch das weiß ich. Jünger als wir beide, das habe ich ziemlich schnell erfahren. Ihr habt inzwischen zwei Kinder, das Mädchen ist wohl schon zehn. Das Jüngere soll, nach der Farbe seiner Kleidung zu schließen, ein Junge sein. Am Rand des Spielplatzes erzählt man sich, dass er nicht richtig laufen kann, obwohl er sicher schon sechs ist. All das weiß ich, obwohl ich nicht sehe.

Deine Taina scheint Hausfrau zu sein, denn sie geht mit den Kindern tagsüber raus. Wie du ihren Lebensunterhalt bestreitest, ist mir ein Rätsel. Du hast auch heute noch die Angewohnheit, im Sikala in der Kapteeninkatu zu sitzen, an demselben Tisch, an dem wir gesessen haben, bevor ich aufhörte zu trinken. Kommst du von weither dahin, um zu saufen? Du erzählst den anderen, du wärst endlich ein richtiger Mann. Sie nicken und trinken bereitwillig das Bier, das du ihnen ausgibst. Du bist die Hilfsbedürftige los und bist nun ein ernst zu nehmender Vater, bildest eine neue Kernfamilie in der Gesellschaft. Vermehrst dich und füllst die Erde. Wenn du nach Hause gehst, kotzt du alles in den Rinnstein, alles außer deiner Verbitterung.

Was willst du eigentlich noch hier? Ich war als Kind so verdammt brav und tapfer, dass ich es als Erwachsene nicht mehr fertigbringe, so zu sein. Und auch du kannst mich nicht so sehen, wie ich bin, sondern nur so, wie ich deiner Meinung nach hätte werden können. Warum zum Teufel sitzt du da hinter der Tür und begaffst deine Ex-Frau portionsweise durch den Briefschlitz? Geh nach Hause und sei ein Mann. Du hast doch selbst aufgehört, mich zu berühren, obwohl ich unter dir geklungen habe wie ein optimal gestimmter Bösendorfer. Meine Gebärmutter war deiner Meinung nach krank und verdorrt, von selbst bereit, dafür zu sorgen, dass gewisse Familienzweige sich nicht vermehren. Besser eine Fehlgeburt, als dass die Kinder später aus dem Fenster stürzen, auf ein Küchenmesser fallen oder Tabletten schlucken, weil ich nichts merken würde. Die untaugliche Mutter würde die Gefahren nicht sehen, nicht losrennen, um das Feuer im Kinderzimmer zu löschen oder den Kochtopf vom Herdrand wegzuschieben. Du hast recht. Ich bin keine Frau, die rennt. Mein Gott, ich bin ja nicht mal eine, die kocht!

Und ich bin keine Mutter, die ihr Kind wegschickt, weil sie merkt, dass sie nicht fähig ist, es großzuziehen.

Hör zu, ich sage es dieses eine Mal und dann nie wieder. Du hast doch wohl inzwischen kapiert, dass es keine Fehlgeburten waren? Als erwachsener Mann musst du doch verstehen, dass drei Fehlgeburten nicht wahrscheinlich sind in einer Familie, deren Mitglieder sich vermehren wie Feldhasen im Kiefernwald.

Nachdem du die Pillen gefunden und weggeworfen hattest, habe ich mich jedes Mal freiwillig auf den Operationstisch gelegt und nach Anweisung des Anästhesisten bis zehn gezählt. Schon im Aufwachraum habe ich gebeten, sofort nach Hause entlassen zu werden. Die Ärzte schlugen den Eingriff vor, ich brauchte nur eine kleine Andeutung zu machen, und schon steuerten sie mich erleichtert zu der Entscheidung, die sie für die beste hielten. Wenn man blind ist, wird man nicht von Kindesbeinen an mit den Glanzbildern der Mutterschaft überschwemmt. Man hat versucht, mich mit Liedern zu erreichen, deshalb habe ich meine eigene Musik gespielt. Nie habe ich in die Kinderwagen unbekannter Frauen gespäht. Ich wollte dich. Ganz und gar. Ich war nicht bereit, dich zu teilen. Sonst hätte deine Aufmerksamkeit dem Kind gegolten. Den Kindern. Nach zwanzig Jahren wären wir wieder zu zweit gewesen, aber in der Zwischenzeit hätten wir uns verirrt und nicht mehr zueinander zurückgefunden.

Schlag nicht gegen die Tür. Du hast das alles doch gewusst, du wolltest nur nicht daran denken. Was kam zuerst, deine Prügel oder meine Abtreibungen? Daran erinnere ich mich nicht mehr. Aber deine Schläge zeigten mir, dass du es wusstest. Nur ist es so viel schwieriger, die Wahrheit zu akzeptieren, als jahrelang mit der Lüge zu leben. Was meinst du mit Fairness? Die gibt es nicht. Gerechtigkeit ist nur ein Versehen des Universums.

Schrei nur, lass alles raus, damit es sich nicht in dir einnistet. Dieser Hass ist Liebe, die kein Zuhause findet. Du willst mich nicht wirklich. Du weißt ja nicht einmal, wie ich heute aussehe. Auf der Straße halten Unbekannte es für angebracht zu rufen, ich sei nicht schön, sondern hässlich. Ich gebe ihnen keine Antwort, denn diese Dinge interessieren mich nicht. Sie wissen nicht, dass hässlich oder schön für mich nicht existieren. Blindheit ist nicht Dunkelheit, sondern äußerste Reinheit. Eine solche Klarheit wie in dem Moment im Spätherbst, wenn es in der Luft nichts anderes gibt als das Wissen vom bevorstehenden ersten Schnee.

Geh schon zu deiner Taina, sei ein Vater und ein richtiger Mann. Vergeude mein Leben nicht und ihres auch nicht. Du begreifst doch sicher, dass der Raum in dieser Wohnung, der das Kinderzimmer werden sollte, immer noch hallig und leer ist? Ich habe ihn mit meinen eigenen Entscheidungen möbliert und fühle mich dort wohl. Es geht im Leben nicht darum, glücklich zu sein.

Hör auf zu weinen. Du hast selbst behauptet, die Tränen einer Frau seien eine Tragödie, das Flennen eines Mannes hingegen sei eine Farce. Niemand hat es leicht, aber es lohnt sich nicht, das Leben als eine Kette von Rückschlägen zu betrachten. Das hält der Verstand nicht aus.

DER ABEND VERGLÜHT, ROT SINKT DIE SONNE

Tuomas sitzt in fünf Metern Höhe auf dem Dach des Sommerhauses, in Sonntagsshorts und den guten Flipflops, und trinkt Bier aus der Dose. Neben ihm streicht Tapio Pech auf die Dachpappe an der Seite des Schornsteins, wo im Winter Wasser eingedrungen war. Eigentlich hatten sie die Arbeit gemeinsam erledigen wollen, aber Tapio hatte sofort angefangen, nachdem die Kinder ihr Frühstück bekommen hatten. Deshalb ist Tuomas zu spät dazugekommen und sitzt nun auf dem Dachfirst, um seinem Bruder wenigstens Gesellschaft zu leisten. Die Sonne scheint, der See glitzert. Der Wind rauscht in den Föhren und bläst die durch das Platzen der Dotcom-Blase gestürzten Indexe und die verschwundenen Aktienwerte aus Tuomas' Kopf.

Die ältesten Töchter von Minna und Maarit haben das Boot ins Wasser geschoben und angeln im Schilf Barsche. Am Fuß der Leiter erklärt Tapios vierjährige Tochter ihrem Teddy resolut, dass man nie zum Spielen aufs Dach klettern darf, erst recht jetzt nicht, wo Papa und Onkel Tuomas dort arbeiten. An einer sonnigen, windgeschützten Stelle hinter der Hütte tanzen die Eintagsfliegen. Die Männchen fliegen ein kurzes Stück senkrecht nach oben und sinken wieder nach unten, schnappen sich unterwegs vielleicht ein auf der Stelle fliegendes Weibchen und paaren sich. Sich zu vermehren ist ihre einzige Aufgabe, denn schon morgen sind sie alle tot.

Sie sind endlich einmal alle gleichzeitig hergekommen, die vier Geschwister mit ihren Kindern. Insgesamt sind sie sechzehn, dazu Vater und Mutter. Auch Helena ist zufällig gerade jetzt hergeflogen. Auf dem Waldboden wird gerannt und gelacht, die Wälder sind voll von Kindern, die Verstecken spielen. Jedes Zimmer und die Sauna sind angefüllt mit Vater- und Mutterschaft, mit Fürsorge und Umarmungen und beiläufig hingeworfenen Verboten, deren Einhaltung keiner überwachen mag. Nimm keine Tannenzapfen in den Mund. Lass deine kleine Schwester auch mal schaukeln. Wärmt euch in der Sauna auf, bevor ihr wieder schwimmen geht. Tapios Rottweiler versucht, Nasdaq herumzukommandieren, den Terrier von Tuomas und Osku. Der unterwirft sich nicht.

Alle finden es seltsam, einmal ohne Taufe oder Beerdigung beisammen zu sein, denn in letzter Zeit haben nur solche extremen Anlässe sie gleichzeitig hergeführt. Jeder zweite Satz beginnt mit »weißt du noch, wie« und jeder zweite mit »gab es zu deiner Zeit eigentlich noch«. Stand zu deiner Zeit dort an der Flussmündung noch eine Sauna? In welchem Jahr wurde diese Sauna hier gebaut? Weißt du noch, wie wir immer zu der Sandbank gewatet sind? Dieser Tag ist für sie so, wie in ihrer Erinnerung alle Sommertage waren, warm und mückenlos. Die Ortsnamen der näheren Umgebung kommen ihnen wieder in den Sinn. Heuinsel. Tiefkehre. Kuhbaum. Niemand erinnert sich, ob der Fluss hinter der alten Hütte jemals anders genannt wurde als einfach »Fluss«.

Die Teenager der Familie haben im Holzschuppen Tapios altes Moped ausgegraben und es sogar in Gang gesetzt. Osku fährt mit ihnen den sandigen Hügel auf und ab, zwischendurch geht er mit Minnas jüngstem Sohn am Ufer auf Muschelsuche. Auf der Terrasse der Sauna bietet Maarit geräucherte Maränen an. Mutter macht sich Sorgen, ob das Essen für alle reicht, und zündet vorsichtshalber das Herdfeuer an. Vater sitzt mit Helena auf der Terrasse der alten Hütte und sonnt sich. Sie unterhalten sich leise darüber, dass es gut wäre, das Fotogeschäft jetzt aufzugeben, bevor alles digital wird und man das, was man kennt, neu lernen muss. Keines der Kinder ist geblieben, um das Geschäft weiterzuführen, alle haben andere Berufe gelernt. Helena hat irgendeine Krankheit, will aber nicht verraten, welche. Die Erwachsenen merken, dass sie unter sich gemacht hat, doch sie sind zu höflich, um etwas zu sagen.

Vom Dach aus betrachtet Tuomas die Stellen, wo er als Kind gespielt hat. Im Schilf schwimmt ein Hecht mit dunklen Flanken. Man sieht ihn oft vom Ufer und vom Anleger aus, aber er verschmäht jeden Köder. Tapio flucht heftig, weil ihm Pech auf das Hosenbein getropft ist. Tuomas reicht ihm die Bierdose an, die er auf den Schornstein gestellt hat. Tapio setzt sich neben ihn auf den Dachfirst, und gemeinsam verbringen sie einen stillen Moment, zu dem nur Brüder fähig sind. Der eine blickt auf den See, und der andere weiß, dass er die neuen Sommerhäuschen hinter den Kiefern am gegenüberliegenden Ufer zählt. Er selbst schaut zur Seite, was dem Bruder verrät, dass er den Zustand der verdorrten grauen Kiefer abschätzt. Wortlos, ohne einen Blick zu wechseln, kommen sie beide zu dem Ergebnis, dass sie gefällt und zu Brennholz für die Sauna verarbeitet werden muss.

Osku, der auf dem Moped vorbeifährt, winkt, und zwei Kinder, die noch zu klein sind, um selbst zu fahren, laufen ihm nach. Tuomas wäre mit keinem anderen zusammengezogen, durch ihn hat er gelernt, darauf zu vertrauen, dass sie bis zum Tod zusammenbleiben. Osku hat ihm sogar seine Allergie gegen das Streiten abgewöhnt. Wenn es zum Streit kam, hat er sich gezügelt, sobald er merkte, dass Tuomas ihn ansah wie ein verschrecktes Kaninchen. Er hat seine wütenden Worte heruntergeschluckt und Tuomas umarmt. Wenn die Luft leichter wurde, hat er ihn losgelassen und weitergeredet, aber seine Stimme klang weniger vorwurfsvoll. Sobald Tuomas wieder an seine Grenze stieß, nahm er ihn erneut in die Arme.

Tuomas ist nie glücklich gewesen, er findet das Wort zu stark. Jetzt ist er mit seinem Leben oft zufrieden. Er hat gelernt, dass eine zwischenmenschliche Beziehung etwas anderes ist als ein Arbeitsplatz, wo es wichtig ist, zu glänzen und sich in den Vordergrund zu rücken. Liebe braucht man sich nicht zu verdienen. Es genügt, offen und ehrlich zu sein und darauf zu vertrauen, dass der andere in derselben Mannschaft spielt. Stark zu sein, wenn der andere schwach ist, schafft die Voraussetzung dafür, dass man selbst gestützt wird, wenn die eigene Kraft nicht reicht. Der Gedanke, gemeinsam alt zu werden, gefällt ihm. Eines Tages werden sie ein charmantes altes Paar sein.

Tuomas denkt oft an den Gott seiner Omi. Nie bittet er den Vater im Himmel um etwas, dankt ihm aber immer wieder. Aus der Kirche ist er ausgetreten, denn er hat das Gefühl, sie nicht zu brauchen, und auch die Religion nicht. Den Glauben braucht er. Das flimmernde Wissen, dass hinter allem doch ein Wesen steht, das einen Plan und das endgültige Beschlussrecht hat. Dass man nicht alles selbst beeinflussen kann. Dieser Gedanke ist tröstlich.

Hinter dem Plumpsklo blühen Weidenröschen. Der Sommer nähert sich seinem Ende. Die Luftfeuchtigkeit hat sich bereits verändert, denn die Geräusche von der weit entfernten Fernstraße sind deutlicher zu hören.

ICH KANN DEINE HAND NICHT DRÜCKEN

Die Neonröhren knacken, als sie aufleuchten. Das Echo wiederholt das leise Geräusch. Irgendwo hinten im Raum surrt die Lüftung. Sie hat sich gleichzeitig mit den Lampen eingeschaltet. Im Zimmer hängt ein schwacher Geruch, den aber keiner der anderen bemerkt oder erwähnen will. Johannes führt mich am Arm, nach ihm kommen Anna und als letzte Kaarina. Auch die anderen wurden gefragt, aber sie wollten nicht mit. Im Zimmer ist es kalt, obwohl draußen bereits die Wärme der Mittsommerwoche zu spüren ist.

Hinter uns schließt jemand die Tür. Johannes bleibt stehen und klopft mit der freien Hand auf meinen Arm, der auf seinem ruht.

»Er ist direkt vor dir.«

Ich lasse seinen Arm los und taste, bis ich ihn finde. Meine Hand trifft auf weichen Stoff, unter dem sich etwas Hartes verbirgt. Ich befühle den Stoff. Die Falten verlaufen von den Rändern zur Mitte.

»Welche Farbe hat er?«, frage ich.

»Naturweiß«, antwortet Anna, die sich ebenfalls neben mich gestellt hat.

Ich taste noch einmal. An der Ecke ist etwas Kaltes, aus Metall. Weiter will ich mich nicht recken, um nicht gegen Johannes zu stoßen.

Derjenige, der eben die Tür geschlossen hat, ist auf die andere Seite gegangen und steht uns nun gegenüber.

»Möchten Sie sie noch einmal sehen?«, fragt er.

Hinter mir holt Kaarina tief Luft, sagt aber nichts. Anna fasst mich an der einen Hand, Johannes an der anderen. Hier stehen wir noch einmal nebeneinander, wir drei Geschwister. Mir wird bewusst, dass nächstes Mal einer von uns dort liegen wird.

»Ja, das wäre schön«, antwortet Johannes.

Die Schritte des Mannes, der uns gefragt hat, bewegen sich nach rechts, eine andere Person geht auf die linke Seite. Ich wusste nicht, dass außer uns noch weitere Menschen im Raum sind. Eine Weile hört man nur leise Bewegungen, dann wirbelt es in der Luft vor mir, und etwas wird lautlos angehoben. Die Leute entfernen sich ein paar Schritte und setzen den Deckel ab. Er schallt dumpf, als er auf den Boden trifft. Johannes entfährt ein Geräusch, ein ersticktes Röcheln, Kaarina weint laut. Annas Griff wird fester.

»Mutter.«

Diejenigen, die den Deckel abgenommen haben, ziehen sich an die Tür der Leichenkammer zurück.

»Darf ich?«, frage ich, doch niemand antwortet.

Mit der rechten Hand suche ich den Rand des Sarges und taste. Schulter. Hals. Kinn. Ich befühle Mutters Gesicht. Die Haut unter meinen Fingern fühlt sich seltsam an. Sie ist auf andere Weise kühl als bei jemandem, der einen Spaziergang bei Wind oder Frost gemacht hat. Da fühlt man unter der frierenden Oberfläche die Wärme pulsieren, diese Haut dagegen ist kalt bis ins Mark.

»Das ist nicht mehr Mutter«, sagt Anna.

Ich überlege, wann sie es war.

Mutters Augen sind geschlossen.

»Hat sie die Brille nicht auf?«

»Die darf man nicht ins Grab legen«, antwortet Johannes. »Auch nichts anderes.«

»Nicht einmal die Ringe?«

»Nein.«

»Die liegen bei uns zu Hause«, sagt Kaarina. »Wer von euch will sie?«

»Viel Freude hat sie an denen nicht gehabt. Nimm du sie, Anna.«

Ich taste immer noch. Mutter hat eine kleine Nase. Sie hat immer von der Kartoffelnase der Tuomelas gesprochen, aber ich erinnere mich nicht mehr an die Nase meiner Oma. An den Mundwinkeln sind tiefe Falten, ebenso an den Nasenflügeln. Die ganze Frau wirkt anders, als ich sie mir vorgestellt habe. Ich kenne sie nicht. Habe ich Mutters Gesicht je zuvor berührt? Ich weiß ungefähr, wie groß Mutter war, wie sich ihre Hände anfühlten und wie schlank ihre Taille war. Aber wie sah sie aus? Vergeblich versuche ich, eine Erinnerung an ihr Gesicht auszugraben. An ihre Haare erinnere ich mich aus der Kindheit, sie waren dick und widerspenstig, aber davon abgesehen habe ich nur einzelne Stellen ihres Körpers im Gedächtnis. Solche, die überraschend waren und deshalb dem Kind zur Erkundung hingehalten wurden. Ein Mückenstich an der Augenbraue. Eine aufgeplatzte Lippe, nachdem sie ausgerutscht war. Ein Gerstenkorn am Augenlid. Sonst nichts. Mutter bedeutet für mich nur Worte, ungefragt auf den Teller gehäuftes Essen und eine schnelle Umarmung beim Kommen und Gehen. Unendlich lange Telefonate, bei denen über schwierige Themen nicht gesprochen wurde.

Mutter nannte nur dann alle ihre Vornamen, wenn sie Eindruck schinden wollte. Lahja Tekla Aleksandra Löytövaara. Geborene Tuomela. Oma hatte einen schrägen Humor: Sie gab ihrem vaterlosen Kind den Namen Lahja, Geschenk, und dazu die Vornamen von zwei Frauenrechtlerinnen. Tekla Hultin und Aleksandra Gripenberg. Trotz dieser Vorbilder wollte Mutter keine Sonderrechte wegen ihres Geschlechts, sondern tat alles, um eine rechtschaffene und möglichst normale Frau zu sein. Sie hätte sich gern unterworfen, wenn nur jemand ihre Demut angenommen hätte. In einem Punkt war Mutter allerdings derselben Meinung wie Oma: Eine Frau musste sich ihr Brot selbst verdienen können und auf andere Weise bekannt werden als durch irgendwelche Männer.

Mutter wünschte sich ein solches Leben, wie es die anderen führten, doch sie bekam es nicht. Sie lebte lange, ohne dass ihre Existenz irgendwen erfreute. Ich möchte nicht so lange leben. In Mutters Alter bin ich bestimmt eine Verrückte, die sich einnässt.

»Was gibt es hier zu lachen?«, zischelt Anna.

»Nichts.«

Meine Finger lesen die erkaltete Haut. Aus der Kindheit erinnern sie sich an Vaters Gesicht, an das breite Kinn, die Geheimratsecken an den Schläfen, das Muttermal links unter dem Kinn, die Lachfältchen in den Augenwinkeln und die Kerbe, die seine Brille in seinen Nasenflügel gedrückt hatte. Mutters Gesicht kennen sie nicht. Wenn ich allein hier wäre, würde ich mit der anderen Hand mich selbst abtasten und herauszufinden versuchen, ob ich mehr nach meinem Vater oder nach meiner Mutter geraten bin. Vaters Lippen, hat Johannes gesagt, daran erinnere ich mich. Habe ich die Nase von Mutter?

»Sie ist nicht sehr runzlig.«

»Nein«, sagt Anna, und ihre Stimme verrät, dass sie sich ärgert. Offenbar bin ich im Angesicht des Todes nicht fromm genug.

Durch die Türen hört man Autos auf den Parkplatz fahren. Johannes geht auf meine andere Seite und berührt den Sarg oder vielleicht Mutters Hand.

»Was tust du?«, fragt Kaarina. Ihre Stimme ist vom unterdrückten Weinen belegt.

»Ich gebe Mutter ein Foto mit.«

»Was für eins?«

»Das, auf dem wir mit der ganzen Familie Weihnachten feiern. Auch mit Vater und Oma.«

»Ist es im alten Haus aufgenommen?«, fragt Anna.

»Nein, im neuen. Im letzten Jahr.«

Johannes führt den Satz nicht zu Ende, aber wir alle wissen, wie er weitergeht. In dem letzten Jahr, in dem wir noch alle beisammen waren. Danach wurde ich fortgeschickt, Vater verliebte sich in die Todessehnsucht, Oma aß sich zu Tode, und Mutter wurde bitter. Anna heiratete in aller Eile, um von zu Hause wegzukommen, und Johannes schwieg und speicherte alles in seinem Gemüt wie eine Kamera. Kann er inzwischen endlich ohne Tabletten einschlafen? Das Lachen kribbelt in meinem Bauch. Aus dieser Familie sollte man kein Kartenspiel machen, denn es gäbe zu viele Schwarze Peter. Es wundert mich, dass Kaarina so vernünftige Kinder großgezogen hat. Wahrscheinlich hat sie zugeschaut und immer das Gegenteil von dem getan, was sie bei ihrer Schwiegermutter sah. Ihre Kinder durften in anderer Erde sprießen als wir.

Ich hebe die Finger vom Gesicht, obwohl ich es eigentlich nicht will. Ich werde Mutter nicht mehr sehen. Das Einzige, wonach ich mich sehne, ist die Zeit, als ich noch nichts vom Leben wusste. Johannes zieht die Nase hoch, und Anna jammert leise. Dann summt sie ein Kirchenlied. Warum kommen mir keine Tränen? Ich habe damals nicht um Vater geweint, und jetzt weine ich nicht um Mutter. Ich weiß, dass mich in der Kirche die Trauer bald anstecken wird, aber diese Tränen werden aus Pflichtgefühl vergossen. Ich wünschte, ich hätte in diesem Moment ein passendes Gefühl. Es wird geklopft, dann geht die Tür auf. Der warme Luftzug ist an den Beinen zu spüren. Johannes scheint sich umzudrehen.

»Sollten wir reingehen?«, fragt Tapio seinen Vater, und hinter ihm höre ich weitere Stimmen. Sind es Annas Zwillinge? Ich habe nicht gefragt, wer den Sarg trägt.

»Warten Sie noch einen Augenblick«, antwortet ein Mann an Johannes' Stelle, und die Tür wird wieder geschlossen.

Kaarina putzt sich die Nase.

»Möchten Sie noch bleiben?«, wird von der Tür her gefragt.

»Eher nicht«, antwortet Anna.

Die Männer gehen auf die andere Seite des Sarges.

»Warten Sie«, bitte ich, und die Schritte machen halt. Ich drehe mich zu Kaarina um.

»Du brauchst nicht da hinten zu stehen«, sage ich zu ihr. »Komm her.«

Johannes macht Platz, und Kaarina stellt sich zwischen uns. Sie muss wieder weinen, obwohl sie gerade erst damit aufgehört hat.

Mutter hat Kaarina gehasst, weil die Schwiegertochter vom Leben all das zu bekommen schien, was sie selbst gern gehabt hätte. Einen Mann, ganz für sich allein. Gesunde Kinder. Freude. Ob Kaarina begreift, dass sie die nächste Matriarchin der Familie sein wird? Anna will die Rolle nicht, ich tauge nicht dafür. Diejenigen, die da draußen warten, sehnen sich nach irgendwem, der sie verbindet. Wir alle wollen jemanden, der besser ist als wir, mit dem man sich vergleichen kann, der einem Anerkennung gibt und auch verzeiht. Diese Rolle wählt man nicht, sondern man bekommt sie, ungebeten und ungefragt. Mutter hat diese Familie zusammengeschweißt, allerdings nicht durch Liebe. Sie verstand es, diejenige zu sein, der man gemeinsam aus dem Weg ging und misstrauische Blicke zuwarf. Kaarina wird eine, zu der man fährt, sobald man die Entbindungsstation verlassen hat. Man legt ihr das neue Familienmitglied in die Arme und macht ein Familienfoto. Oma wird sie niemand nennen, denn sie hat sich schon für den Namen Omi entschieden.

Kaarina scheint sich vorzubeugen. Um Mutter zu streicheln oder um eine Blume oder ein Foto in den Sarg zu legen?

»Dann also auf Wiedersehen«, sagt Kaarina.

Sie hat gut für Mutter gesorgt, da kann Anna behaupten, was sie will.

ZEIT FÜR VIELE IDEEN, UNGLAUBLICH UND UNERHÖRT

Die letzten Nummern, bevor er selbst an die Reihe kommt, wechseln nur langsam. Einhundertsechsundfünfzig an Schalter drei. Tuomas starrt auf die gelblich-grauen Wände im Finanzamt. Ist es eigentlich illegal, diesen Farbton an andere zu verkaufen als an Grundschulen und öffentliche Behörden?

Endlich ist Tuomas an der Reihe. Die Frage, die er stellt, ist so neu und fremd, dass der Beamte sie nicht beantworten kann, sondern ihn in den vierten Stock schickt. Dort muss man zuerst im Foyer Schlange stehen und sein Anliegen am Empfangsschalter vorbringen, von wo man zum nächsten freien Sachbearbeiter weitergeleitet wird. »Hoffentlich hilft Ihnen das weiter. Danke und auf Wiedersehen. Drücken Sie beim Weggehen auf das grüne, gelbe oder rote Gesicht am Gerät bei der Tür. Wir freuen uns auf Ihr Feedback!«

Tuomas hat Osku bei der Sommerhochzeit eines befreundeten Paares einen Antrag gemacht. Der Gedanke kam ihm ganz plötzlich in der Schlange am Büfett, als Osku sich ein Steak aus der Soße fischte und er selbst sich Rote-Bete-Salat auf den Teller löffelte.

»Sollten wir heiraten?«, fragte Tuomas beiläufig.

»Das sollten wir.«

Das Salatbesteck hielt in der Bewegung inne, und ein heruntergefallener Rote-Bete-Würfel zeichnete einen farbigen Strich auf das weiße Tischtuch.

»War das ein Heiratsantrag?«

Oskus Augen lachten.

»Gute Frage.«

Geduldig erläutert Tuomas sein Anliegen im Erdgeschoss, im ersten Stock, in der Abteilung für Personensteuer und schließlich gegenüber einer bebrillten Beamtin, die eine gelbliche Tunika trägt.

»Wir haben eine gemeinsame Eigentumswohnung in einem Mehrfamilienhaus. Warum erscheint sie bei uns beiden im Steuerbescheid immer noch als Immobiliengesellschaft Löytövaara und Pirkkala?«

Die Frau in der Tunika nimmt die Brille ab, lässt sie an der Messingkette herunterhängen und erklärt, als spräche sie mit einem Kind:

»Wenn zwei Menschen, die nicht miteinander verheiratet sind, in Finnland eine Immobilie erwerben, gelten sie in den Augen der Steuerbehörde automatisch als Immobiliengesellschaft. Wenn also zum Beispiel Brüder oder Freunde gemeinsam eine hübsche Wohnung kaufen, bilden sie eine Immobiliengesellschaft.«

Das wusste Tuomas bereits, und das wusste auch der Beamte im Erdgeschoss. Es steht in den Formularen und auf der Webseite der Steuerbehörde. Doch das ist nicht der Kern seiner Frage.

»Wir sind keine Brüder. Verschwindet der Begriff Immobiliengesellschaft dann von selbst aus den Unterlagen, oder muss man es hier extra mitteilen?«

Die Beamtin fragt nach der Personenkennziffer, tippt sie in den Computer ein und wirft einen Blick auf die Daten.

»Wieso sollte der Begriff verschwinden?«

Sie setzt die Brille wieder auf und betrachtet Tuomas so interessiert, als wäre er ein Robbenjunges am Rand eines Eislochs. Erneut blickt sie auf den Bildschirm und lacht dann glockenhell. Steht auf.

»Also wissen Sie, damit die Immobiliengesellschaft verschwindet, müssten Sie verheiratet sein mit diesem …«

Sie findet die richtige Spalte auf dem Bildschirm und spricht weiter:

»… mit diesem Oskari Pirkkala!«

Das Lachen schallt durch die Abteilung und veranlasst einige Beamte, über ihre Stellwände zu spähen. Tuomas nickt ihnen zu und sieht dann die Frau an. Wird es ihr in dem Kleid nicht zu warm?

»Na eben. Ich bin mit ihm verheiratet.«

Die Frau lacht lauter. Ein Mann im Pullunder, der gerade aus dem Pausenraum kommt, bleibt stehen und lauscht. Lacht pflichtbewusst mit, weil das Alphaweibchen der Abteilung damit angefangen hat.

»Aber dieser Oskari Pirkkala ist doch …«, sagt die Beamtin und sucht auf dem Bildschirm die Bestätigung für ihre Behauptung, »… er ist doch ein Mann.«

Die Situation erinnert Tuomas an die Geschichten, die Helena und er sich zu erzählen pflegen. Diese Beamtin ist von Steuertabellen ebenso begeistert wie er selbst von Börsenwerten und KGV-Ziffern. Sinnlos, ihr zu erklären, wie schön ihre Hochzeit war, denn in diesen Räumen sind die Menschen nur Personenkennziffern in den Tabellen des Steuersystems. Und versteht Tuomas denn etwa, dass es sich bei den Katastrophen dieser Welt in Wahrheit nicht um Streitigkeiten zwischen Kugelschreibern und Pappschachteln handelt, die sich auf die Aktienkurse auswirken, sondern um das konkrete Leid einzelner Menschen? Als sich im vorigen Jahr in Amerika das zweite Flugzeug in den Wolkenkratzer bohrte, verfolgten die Makler am Desk den Rückgang der Konjunktur und schätzten seinen Effekt auf die Aktienkurse ein. Mit keinem Wort erwähnten sie die aus dem brennenden Gebäude springenden Menschen, die ebenso jäh ins Leere stürzten wie die Aktienkurse auf den Monitoren. Osku dagegen sprach oft vom Schicksal derjenigen, die sich gezwungen sahen zu springen.

Die Beamtin hat den Kopf zur Seite geneigt, sieht ihn an und wartet. Tuomas legt sich in Gedanken Antworten zurecht, wie zum Beispiel: »Was Sie nicht sagen!«, »Nicht zu glauben!«, »Deshalb will er also immer das Licht ausmachen!« oder: »Meine Mutter hat mich schon immer vor Leuten gewarnt, bei denen man nicht genau weiß, was Sache ist.« Schließlich schnieft er und sieht die Frau mit ernster Miene an.

»Das kann ich bezeugen. Ich habe seine Eier oft genug gesehen.«

Den ganzen Winter über hatten sie gemeinsam mit Sini die Hochzeit geplant. Da sie niemanden übergehen wollten, wuchs die Gästeliste auf mehr als zweihundert Personen an. So viele hätten in kein Restaurant gepasst, daher mussten sie sich darauf einigen, dass die Grenze bei den Vettern und Basen verlief. Entferntere Verwandte würden sie nicht einladen. Jarkko hatte die Einladung nicht mehr erreicht. Sie entwarfen schöne Karten, deren wichtigste Sätze ihrer Meinung nach die folgenden waren: »Da bei der Veranstaltung keine Braut anwesend ist, wird kein Brautraub stattfinden. Das Bräutigamspaar möchte auch nicht singen, blamiert werden oder an irgendwelchen Wettkämpfen teilnehmen. Mit uns spielt man nicht.«

»Du hast dich verändert«, sagte Sini auf dem Polterabend zu Tuomas. »Du bist schmaler geworden.«

Die Miene der Beamtin ist erstarrt. Ihr Lächeln ist nicht verschwunden, sondern eingefroren, reglos. Die Frau sieht aus wie die Menschen in Reklamespots, die zum Schluss als Standbild zu sehen sind. Sie erkennt, dass sie einen Fehler begangen hat. Ihr erstarrtes Lächeln verwandelt sich in die verantwortungsbewusste Miene einer Kundenservicemitarbeiterin, die Augenbrauen sinken auf ihren angestammten Platz. Sie hüstelt, blickt wieder auf den Monitor, findet dort jedoch keine Unterstützung und klickt mit der Maus ein anderes Feld an. Dann erklärt sie freundlich:

»Bei uns nennen wir so etwas eine eingetragene Partnerschaft.«

»So ähnlich wie ein eingetragener Verein.«

Sini war die Bräutigamsjungfer. Sie hatte einen guten Cateringservice gefunden, eine tolle Band ausgesucht und alles Mögliche berücksichtigt, woran Tuomas und Osku nie gedacht hätten. Für die Hochzeitstorte hatte sie aus zwei normalen Dekorationen eine gebastelt, bei der zwei Männer nebeneinanderstanden. Zwischen ihnen wirbelten Seidenbänder in den Farben des Regenbogens. Sie sagte, die abgeschnittenen Bräute habe sie aufbewahrt. Für den Fall, dass sie einmal ein Fest für zwei Frauen organisieren werde.

Im Spätsommer, ein Jahr nach dem Heiratsantrag, schwitzten rund hundertfünfzig Gäste in der Hitze der alten Seilfabrik am Flussufer. An der Decke hingen bunte Lampen, und auf den Tischen lagen Girlanden aus Feuerwehrschläuchen und Nadeldruckerpapier. Oskus Schwester öffnete hier und da ein Fenster, um das aufgeheizte Gebäude ein wenig abkühlen zu lassen. Tuomas und Osku saßen unter verrosteten Laufkränen an einem separaten Tisch vor einer hohen roten Backsteinwand und erinnerten sich schon jetzt daran, wie beim Jawort beide Mütter geweint und beide Väter geschluckt hatten.

»Ich hätte nicht gedacht, dass es Hochzeiten gibt, wo keine Braut dabei ist«, erklärte Tuomas' Opi, als er Osku die Hand schüttelte. »Aber so funktioniert das ja auch ganz prima.«

Am späten Abend, als sie noch weiterfeierten, weinte Sini. Mit den Tränen lief ihr Kajal über das Gesicht. Alle wunderbaren Menschen würden jemanden finden, klagte sie, nur sie nicht.

»Ohne Liebe kommt man schon irgendwie klar. Das Schlimmste ist, wenn man merkt, dass einen keiner vermisst. Ob ich hierbleibe oder wegziehe, interessiert keinen.«

Fast jeder Hochzeitsgast umarmte Sini zum Abschied, auch Oskus Vater. Er erklärte ihr leise, dass irgendwann jeder jemanden finde, der einzigartig und wichtig sei. Sini schien ihm zu glauben.

Die Beamtin setzt sich und klickt mit der Maus dies und jenes auf dem Bildschirm an. Der Mann aus dem Pausenraum beobachtet die Situation immer noch. Die Beamtin merkt es und setzt eine überraschte Miene auf.

»Na so was, hier ist tatsächlich ein entsprechender Vermerk. Wann ist der denn gekommen?«

Tuomas tut die Frau leid. Sie gibt sich immerhin Mühe.

»Dann kommen wir also auf die ursprüngliche Frage zurück.«

Die Beamtin sieht ihn erleichtert an.

»Ja. Die Immobiliengesellschaft verschwindet natürlich sofort aus den Unterlagen. Ich mache noch einen Vermerk, damit es auch wirklich bestätigt wird.«

»Herzlichen Dank.«

Der Pullundermann kehrt in seinen eigenen Pferch zurück, späht aber von dort noch einmal über die Stellwand. Tuomas verabschiedet sich und macht sich auf den Weg ins Foyer. Die Beamtin steht auf.

»Herzlichen Glückwunsch zur eingetragenen Partnerschaft!«, ruft sie ihm nach, um zu demonstrieren, dass sie für alles Verständnis hat.

ICH HABE TAUSEND NÄCHTE DURCHWACHT

Ein Atemzug. Ich weiß nicht, ob ich einen kurzen Moment oder eine Stunde geschlafen habe. Vielleicht überhaupt nicht, vielleicht habe ich an der Grenze zum Wachsein dagelegen, bereit, einzuschlafen oder aufzuwachen. Durch den Schlaf hindurch habe ich fremde Atemzüge gehört. Ich liege im Bett, mir ist warm. Die Decke ist drückend heiß, ich habe die Beine unter ihr hervorgestreckt, ins Kühle. Wieder ein Atemzug. Einatmen. Ausatmen.

Hier sollte außer mir niemand sein, aber ich habe deutlich gehört, wie irgendwer friedlich durch die Nase eingeatmet und die Luft wieder ausgestoßen hat. Ruhig, gelassen. Ich stütze mich auf den Ellbogen, versuche zu horchen, doch das Rascheln der Decke und das Schaukeln der Bettfedern machen den anderen vorsichtig. Er weiß, dass ich wach bin.

Ich halte die Luft an und lausche, ob sich im Wohnzimmer jemand bewegt. Kari ist seit Jahren nicht mehr hinter der Tür aufgetaucht, die Schlösser wurden ausgewechselt, und einen Schlüssel haben nur Johannes und die Haushaltshilfe. Hat sich dort jemand bewegt? Ich schlage die Decke zurück, stütze mich an der Bettkante ab und stehe auf. Der eine Fuß landet auf dem Teppich, der andere auf dem Fußboden, der sich kühl anfühlt. Die Matratze knackt, als die Federn von meinem Gewicht befreit werden. Vorsichtig probiere ich, ob meine Beine mich tragen.

Mein Nachthemd ist nassgeschwitzt. Der feuchte Stoff hat sich um meinen Körper gewickelt. Ich ziehe es aus und gehe zur Wohnzimmertür, stütze mich daran ab. Meine Zehen knacken beim Gehen. Ich bleibe stehen. Mir ist, als würde mich jemand beobachten. Reglos in der Nähe der Küchentür stehen, den Atem anhalten und mich ansehen. Der Kompressor des Kühlschranks springt brummend an.

»Wer ist da?«, flüstere ich in die Lautlosigkeit, aber niemand antwortet.

Ich mache ein paar Schritte in die Mitte des Wohnzimmers und wende mein linkes Ohr zur Küche. Auf dem höre ich besser. Wieder nehme ich den Atem wahr, schneller, heftiger. Woher er kommt, kann ich nicht erkennen. Ich will mich nicht bewegen, sondern kneife die Augen zu und schärfe meine Sinne aufs Äußerste. Ich versuche, durch die Stille hindurch zu lauschen, eine Bewegung oder eine Anwesenheit zu finden. Doch ich nehme nur die gedämpften Geräusche des Hauses wahr, das Zischen des Wassers in den Heizkörpern, das Brausen der Lüftung. Auf der Straße klappern Schuhe.

Ich gehe zur Küchentür. Eine heiße, feurige Welle läuft durch meinen Körper und brennt die letzten Reste der Fruchtbarkeit aus mir heraus. Ich suche am Türrahmen Halt, halte den Atem an und versuche, abwechselnd ins Wohnzimmer und in die Küche zu lauschen. Im oberen Stock lässt jemand Wasser laufen, dreht dann den Hahn zu, und das Rohr scheppert. Aus dem Wohnzimmer höre ich das leise Summen der Lautsprecher. Sie sind jederzeit bereit, gespeicherte Geräusche wiederzugeben. Meine Lunge schreit nach Luft, doch ich gebe noch nicht auf. Ich will so lange warten, bis der andere gezwungen ist, zu kapitulieren, Luft zu holen, zu verraten, wo er ist. Schließlich pfeift mein Körper das Spiel ab, und ich schnappe nach Luft. Das Geräusch überdeckt alles andere.

In der Küche ist niemand. Ich gehe zum Telefontisch in der Diele. Durch den Briefschlitz strömt frische, kühle Luft herein. Unten schlägt die Haustür zu, aber niemand kommt die Treppe herauf. Auch der Lift ist stumm. Irgendwer ist aus dem Haus gegangen.

Wieder höre ich es. Ein tiefes, leises Geräusch, wie ein schneller Atemzug, ein Schnüffeln. Ich mache mich auf den Weg zu dem leeren Zimmer links. Wie kann einem die eigene Wohnung so fremd vorkommen? Ich kenne sie durch und durch, kenne den Standort jedes einzelnen Möbelstücks, weiß genau, was auf den Fensterbänken und Regalen steht, und doch wandere ich wie durch unbekannte Räume.

Das Lüftungsventil im Bad stößt zischend Luft aus, ansonsten ist es still. Die Tür lässt sich immer noch nicht verriegeln. Ich gehe den Flur entlang auf den Raum zu, in dem Kari seine Patienten massiert hat. Mein Knie knackst. Ich öffne die Tür und lausche. Kühle Luft strömt in den Flur. Ich spüre sie auf den Brüsten, wo die Haut am dünnsten ist. Bei seinem letzten Besuch hat Johannes die Heizung heruntergedreht. Ich gehe nicht weiter, da drinnen ist nichts für mich.

Ob Johannes zur selben Zeit aufgewacht ist? Hat er überhaupt Schlaf gefunden? Vielleicht lauscht er auf Kaarinas Atemzüge und denkt darüber nach, wie leer das Haus nach dem Auszug der Kinder und nach Mutters Tod geworden ist. Jetzt bin ich am Telefontisch. Ich klemme den Hörer zwischen Schulter und Ohr, wähle mit der rechten Hand die vertraute Nummer, warte. Es dauert immer lange, aber ich habe es nicht eilig. Endlich wird abgenommen.

»Johannes Löytövaara.«

Die Drähte tragen den Namen meines Bruders aus dem Norden

in den Süden, es rauscht leise in der Leitung. Ich höre, wie er seinen Namen wiederholt.

»Ist da jemand?«, fragt er.

Ich antworte nicht, sondern lege auf und schneide seine Hallos ab. Natürlich kann er sich denken, wer angerufen hat. Er wird die Augen verdrehen, wenn er der schlaftrunkenen Kaarina davon erzählt. Dann macht Kaarina sich Sorgen und ruft zurück. Ich ziehe den Stöpsel heraus.

Dann gehe ich ins Wohnzimmer. Wieder bleibe ich mitten im Zimmer stehen. Mein klammer Körper zittert. Der Wind drückt gegen die Scheibe des Wohnzimmerfensters. Sie knackst leise. Ich gehe ins Schlafzimmer. Draußen regnet es, Tropfen fallen auf das Metall des Balkongeländers. Auf der Straße hüstelt jemand.

Ich lege mich ins Bett und ziehe die Decke über mich. Unter ihr ist noch ein Rest Körperwärme übrig geblieben. Sie lädt ein und lockt, doch ich bin noch nicht so weit. Mein Herz pocht, in meinen Adern kreist Nervosität, mein Atem geht schnell. Ich versuche, meinen Körper zur Ruhe zu zwingen, aber er weigert sich. Ich zittere. Die Kälte prickelt auf der Nasenschleimhaut.

Ich presse die Handflächen auf meine Augen und atme durch die Nase tief ein. Das Geräusch hallt von den Türen der Schlafzimmerschränke wider. Nun begreife ich es. Ich habe mich selbst gehört.

An meinen Lungenspitzen pulsiert Gelächter. Es sprudelt und quillt herauf. Ich lache gackernd, und der Teer der Zigaretten vieler Jahre wiehert in meinem Hals. *Die Partisanen.*

Alles in Ordnung, Kaarina. Hab keine Angst um mich. Das Leben ist manchmal so.

DER WIND TRÄGT DIE HOFFNUNG WEIT FORT

»Tu da noch was hin.«

Osku betrachtet die Stelle, auf die Tuomas zeigt. Er hebt den Rand der vorigen Bahn an und tupft Kleister unter die Tapete und dahin, wo die nächste Bahn angebracht werden soll. Tuomas klettert auf die klappernde Leiter und lässt die gefaltete Bahn mühsam mit beiden Händen herunter. Osku ergreift den unteren Rand und zieht sie gerade. An der Wand wachsen noch mehr gemalte Baumstämme, an denen grüne und rote Nistkästen befestigt sind. Nasu steckt die Schnauze zur Tür herein.

»Gleich gehen wir raus«, verspricht Tuomas.

Der Hund mustert den entstandenen Wald, wendet sich ab und geht die Treppe hinunter zu seinem Körbchen. Seine Krallen scharren auf den Stufen.

Die Renovierungsarbeiten am Haus sind bald abgeschlossen. Es war in besserem Zustand, als sie erwartet hatten. In der Verkaufsanzeige hieß es, das Fundament sei ein wenig abgesunken, was an dem vorbeifließenden kleinen Bach liege. Im Gegensatz zu den meisten Interessenten hatten sie sich davon nicht abschrecken lassen. Zur letzten Besichtigung hatten sie Paavo mitgenommen, der die Konstruktion untersuchte, in den Hohlraum unter dem Fußboden des Hauses kroch und durch die Inspektionsluke den Kriechboden unter dem Dach begutachtete. Paavo hatte die Inspektionsberichte gelesen und Osku geraten, bei der Katasterverwaltung nach der Vermessung zu fragen. Schließlich hatte er sein Urteil abgegeben.

»Alles in Ordnung. Das Haus hat sich zwar bewegt, aber das war irgendwann in den Fünfzigern. Jetzt sinkt es nicht mehr.«

Die Umgebung war schön, der Garten groß, die Schnellstraße führte direkt zu Oskus Feuerwehrstation, und in der Nähe gab es ein Einkaufszentrum, also hatten sie ein Angebot gemacht. Im Vergleich zum geforderten Preis war es zwar unverschämt niedrig, aber sie hatten geplant, im Dialog der Gegenangebote den tatsächlichen Wert der Immobilie auszuloten. Deshalb war die Überraschung groß, als der Makler gleich am nächsten Morgen anrief und mitteilte, die Erbengemeinschaft habe das Angebot angenommen. Ihre bisherige Wohnung in einem Mehrfamilienhaus hatten sie daraufhin in aller Eile verkaufen müssen.

Osku reicht Tuomas einen Plastikspatel, mit dem er die Tapete glatt streicht. Unter einem singenden kleinen Vogel steckt ein Klumpen Kleister, den er an den Rand der Tapetenbahn hinausschiebt. Es sieht aus, als hätte der Vogel, der dicht am Rand sitzt, sich übergeben. Osku wischt mit einem feuchten Tuch über die Tapete, damit der Kleister keine Flecken hinterlässt.

Alles wurde aufgerissen, bis hin zu den Blockwänden. Ilkka hat die Renovierung geplant und die Zeichnungen für das Bauamt angefertigt. Die PVC-Böden wurden herausgerissen, die Spanplatten entfernt und die Glaswolle durch Dämmplatten aus Flachs ersetzt. Zum Anstreichen haben sie plastikfreie Farbe verwendet, auch der Kleister und die Tapeten enthalten kein Plastik. Das ganze Haus soll so frei atmen wie ein Asthmatiker in der Salzgrotte. Unvollendet sind nur noch dieser Raum und das Schlafzimmer in Sinis Hälfte, außerdem fehlen hinter einigen Waschbecken noch die Kacheln. Sinis Vater hat angeboten, aus dem Norden anzureisen und das Tapezieren zu übernehmen, doch sie haben ihm erklärt, das würden sie mit dem Kinderzimmer in einem Aufwasch erledigen. Sie selbst haben hier oben zwei Schlafzimmer und ein kleines Arbeitszimmer, unten Küche und Wohnzimmer. Sini hat ein Schlafzimmer und unten ein Wohnzimmer mit Kochnische. Vom Kinderzimmer aus kommt man sowohl in ihre als auch in Sinis Wohnung. Im Keller entsteht eine gemeinsame Sauna mit Kaminzimmer. Als sie den Kaufvertrag unterschrieben, hatte Osku Tuomas verboten, die Immobilie als Sicherheit für einen Mitarbeiterkredit zu verwenden, obwohl das Geld nur in Hedge-Fonds angelegt werden sollte.

Osku geht ins Erdgeschoss. Tuomas streicht Kleister auf die nächste Bahn, faltet sie zusammen und lässt den Kleister eine Weile einziehen. In der Zwischenzeit steigt er auf die Leiter und misst die andere Bahn ab. Osku kommt mit zwei Bierdosen zurück, reicht die eine Tuomas und reißt den Verschluss der anderen auf. Tuomas betrachtet den Bach, der sich am Rand des Grundstücks entlangwindet. Das Wasser ist lehmig. Am Ufer muss ein Zaun gebaut werden, wenigstens für einige Zeit.

Vaters Miene war verschlossen, als er sich das Haus zum ersten Mal anschaute. Er konnte nicht über die Medaillontapeten und die gelben Küchenschränke der Vorbesitzer hinwegsehen, sondern kalkulierte in Gedanken, wie viel Arbeit es kosten würde, die PVC-Böden zu entfernen und zwei Zimmer im Obergeschoss zu einem großen umzubauen. Insgeheim hatte er gehofft, dass wenigstens eines seiner Kinder in den Norden zurückkehren würde. Mutter hatte Gefallen an den krummen Apfelbäumen im Garten und dem Hügel auf der anderen Straßenseite gefunden, dessen Eichenbewuchs unter Naturschutz stand.

»Das wird ein wunderbares Haus. Es ist so hell.«

Sie bewunderte alles. Die Treppe war schön, der Bach hatte genau die richtige Strömung. Beeindruckt war sie auch, als Tuomas mit dem Winkelschleifer den Spaten schliff, dass die Funken flogen.

»So was kannst du also auch!«

Tuomas hatte ebenfalls das Gefühl, ein anderer zu sein. Jetzt saß er in löchrigen Jeans und dreckigem Arbeitshemd da, hatte gelernt, Kreissäge und Nagelpistole zu benutzen – er, der früher die angesagten Drinks kannte und die Texte der neuesten Hits auswendig wusste. Als Teenager hatte er mit aller Kraft versucht, anders zu sein als die anderen. Hatte englischen Synthiepop gehört, als die anderen auf Metal abfuhren, sich die Haare hüftlang wachsen ließen und *Lick it up* mitsangen. Warum hatte er damals beschlossen, nichts von Verbrennungsmotoren oder Stromleitungen zu verstehen, Sport und Mannschaftsspiele zu hassen? Er würde niemals lernen, wie man einen Ball richtig wirft, sondern ihn einfach nur hochschleudern, das hatte er sich aus irgendeinem Grund geschworen. Jetzt schloss er Steckdosen an und wechselte den Pendelhub an der Stichsäge aus, spielte jeden Mittwoch mit seinen Kollegen Unihockey und lief beim Cooper der Jungs vom Desk 3210 Meter.

Vielleicht hatte er versucht, eine Geschichte über sich zu erzählen, die nicht der Wahrheit entsprach. In der Schule hatte er sich ja als Wahlfach Tischlern ausgesucht. Als Teenager hatte er Tapios Moped repariert und eine neue Treppe zur Sauna gebaut. Alle diese Fertigkeiten waren verborgen gewesen, als er versucht hatte, ein anderer zu sein. Dann hatte er Osku getroffen. Der suchte nicht nach einem Vater oder einer Mutter, sondern kam ganz ohne Erwartungen auf ihn zu, wie eine Blaumeise, die im Frühling zum Fenster hereinspäht. Nun hatten sie sich beide zu neuen Menschen geformt. Das war ein gutes Gefühl. Wie lang war der Weg, den er zurückgelegt hatte, um der zu werden, der er am Anfang gewesen war?

Zu Beginn ihrer Beziehung hatten sie die Hausarbeit aufteilen müssen. Tuomas kochte und wusch die Wäsche, Osku spülte und staubsaugte. Er wünschte sich zum Geburtstag eine Nähmaschine, denn einer von ihnen musste schließlich lernen, Hosen zu kürzen und die aufgerissenen Nähte der Arbeitsklamotten zu reparieren. Gemeinsam lachen sie über den Handarbeitsunterricht in der Grundschule. Da die Mädchen üblicherweise stricken lernen, während die Jungen im Unterricht eine Saunakelle schmieden, können in dieser Familie beide eine Drehbank benutzen, aber keiner von beiden weiß, wie man einen Knopf annäht. Sie sprechen davon, eine Wäschemangel zu kaufen, weil das irgendwie abenteuerlich klingt.

Tuomas betrachtet das Zimmer. Die Leisten fehlen noch, aber das kennt man ja. Auch in Maarits neuem Haus ist man vier Jahre ohne Leisten ausgekommen. Osku steckt den Finger in einen Riss am Knie von Tuomas' Jeans, zieht die Augenbrauen hoch und grinst.

»Bei dir gibt's immer was zu flicken.«

Tuomas streckt ihm die Zunge heraus.

»Manche arbeiten eben.«

Er steigt von der Leiter, stellt die leere Dose auf den Tapeziertisch und greift nach der bestrichenen Tapete.

»Dem Tüchtigen hilft Gott.«

Bis zum errechneten Termin sind es nur noch vier Monate. Bis dahin muss alles fertig sein, denn danach haben sie keine Zeit mehr. Auch Sinis Sachen müssen noch geholt werden. Sie hat erzählt, dass sie ihren Mietvertrag zum Ende des nächsten Monats gekündigt und einen Teil ihrer Sachen schon gepackt hat, wollte die Umzugskisten aber noch nicht herbringen, damit sie nicht unnütz herumstehen. Tuomas hält die Bahn an die Wand, hebt sie zwei Millimeter höher, senkt sie um drei Millimeter. Setzt sie ein kleines Stück weiter seitlich auf die vorige, denn beim Trocknen wird sie sich zusammenziehen.

Sie haben keinem erzählt, wer von ihnen beiden der Vater ist. Nur sie drei wissen es, darauf hat Sini bestanden.

Das Ganze war überhaupt Sinis Idee. Sie hatte gesagt, sie wolle ein Kind. Ihre biologische Uhr ticke von Tag zu Tag lauter, und alle anständigen Männer seien entweder vergeben oder schwul, manchmal beides.

Tuomas und Osku hatten gelegentlich, vor allem, wenn sie bei ihren Geschwistern zu Besuch waren, von einem eigenen Kind gesprochen, meinten aber, dieser Wunsch ließe sich nicht verwirklichen. Auf ihrer Hochzeitsreise nach Kambodscha hatten sie auf einem Treppenabsatz der Tempelruine Pre Rup gesessen und eine Schar von Kindern beobachtet, die in zerlumpter Kleidung Dollars von den Touristen erbettelten. Hinter den größeren Kindern liefen barfüßige kleine, die noch nicht sprechen konnten. Tuomas hatte auf ein kleines Mädchen in einem blauen Kleid gezeigt, das noch wacklig auf den Beinen stand.

»Stell dir vor, wir hätten auch so einen Dreikäsehoch.«

Sie hatten darüber gesprochen, dass eine obdachlose Drogenabhängige in irgendeinem Zelt ein Kind zur Welt bringen durfte und die Waisenkinder in Sankt Petersburg bei Frost in der Kanalisation Schutz suchten, während zwei Männer in den Augen des Gesetzgebers von vornherein schlechte Eltern waren.

Dennoch hatten sie um Bedenkzeit gebeten, als Sini ihnen ihren Vorschlag machte. Würde ihnen der Verzicht auf die Freiheit zu kommen und zu gehen, spontan zu verreisen, schwerfallen? Nein, sie gingen ja praktisch nirgendwo mehr hin. Die Abende in Bars gehörten der Vergangenheit an, die interessantesten Städte Europas hatten sie bereits gesehen. Nach langem Überlegen stimmten sie zu. Keiner von beiden wusste zu sagen, warum sie ein Kind wollten. Braucht es dafür einen Grund?

Nachts unterhielten sie sich über ihr künftiges Leben. Hoffentlich würde das Kind von klein auf lernen, den Wald zu mögen. Abends lesen wir ihm immer vor, so wie Vater es mit mir gemacht hat. Es wäre toll, wenn es lernen würde, dass man immer zurechtkommt, wenn man nur will. Wenn es ein Junge ist, darf er zu dem

Mann heranwachsen, der er sein will. Wenn es ein Mädchen ist, darf es als Erwachsene werden, was immer es möchte. Keine Tür ist verschlossen. Vorausgesetzt, das Mädchen will selbst hindurchgehen. Auf gar keinen Fall soll jemand anders die Tür wählen und sie ihr aufhalten.

Zu Beginn der Schwangerschaft hatte Tuomas in ständiger Angst gelebt. Wenn etwas passiert? Wenn Sini sich verletzt und eine Fehlgeburt hat? Wenn das Kind missgebildet ist? Er hatte in den Babyforen Bilder von der Entwicklung des Fötus angeschaut, nach Gefahren während der Schwangerschaft gegoogelt und immer wieder neue Gründe gefunden, sich Sorgen zu machen. Hätten sie für Sini Folsäure kaufen sollen? Sie aß doch hoffentlich keinen Frischkäse mehr?

Schließlich war alles besprochen und vereinbart. Die Schwangerschaft verlief gut, die kritischen Wochen waren ohne Komplikationen vergangen. Sini litt kaum unter Übelkeit, sondern schien das Warten auf ihr erstes Kind zu genießen. Schriftliche Verträge hatten sie nicht gebraucht, sie wären ohnehin nicht gültig gewesen. Sini würde als Mieterin in die andere Hälfte des Eigenheims ziehen, und später würden sie das Haus in eine Aktiengesellschaft umwandeln, an der sie ihren Anteil kaufen konnte. Nach der Geburt würden sie die Vaterschaft des einen registrieren lassen und versuchen, für den anderen beim Meldeamt die Ergänzungspflegschaft zu beantragen. Bald würde im Schutz der gemalten Baumstämme in diesem Zimmer ein kleines Wesen atmen, und wenn es größer wurde, konnte es das Zimmer durch die Tür verlassen, durch die es gehen wollte. Auf der einen Seite wären zwei Väter, auf der anderen die Mutter. Alle drei bereit, ihm Geborgenheit und Liebe zu geben.

Tuomas steigt von der Leiter und lässt Osku nach oben. Der wischt ihm mit dem Lappen über das Gesicht und lacht.

»Die Nabelschnur schneidest du durch. Keine Diskussion.«

WENN ES DUNKELT IN DER STADT

»Lassen Sie mich bitte auch noch rein.«

Von der Haustür läuft eine Frau mittleren Alters auf den Lift zu. Tuomas hält die Tür auf.

»Danke.«

»In welchen Stock müssen Sie?«

»In den dritten.«

»Ich auch.«

Der Aufzug ist so eng, dass zwei Personen gerade noch nebeneinander Platz finden. Mit einem Kinderwagen braucht man es gar nicht erst zu versuchen.

Im dritten Stock holt Tuomas die Schlüssel aus seiner Aktentasche. Während die Frau zu ihrer Wohnungstür geht, beobachtet sie, in welche Wohnung er will. Tuomas sucht die richtige Tür. Am Briefschlitz steht in weißen Buchstaben der Name Syrjänen.

»Wenn Sie da reingehen, könnten Sie der Bewohnerin ausrichten, sie soll ab und zu mal lüften«, sagt die Frau. »Es stinkt bis ins Treppenhaus, als läge da drin ein toter Mensch.«

Tuomas dreht sich um und will antworten, doch die Frau zieht ihre Wohnungstür zu. Das Licht im Treppenhaus erlischt von selbst.

Tuomas schließt auf und geht hinein. Der Geruch schlägt ihm

gleich an der Tür entgegen. In der Wohnung ist es dunkel und still. Er stellt seine Tasche ab und sucht nach dem Lichtschalter. An der Decke der Diele geht eine kleine Glühbirne an, deren Licht in den gelb-orangefarbenen Glasflächen des Lampenschirms ertrinkt.

»Jemand zu Hause?«

Aus der Küche kommt zuerst ein röchelndes Geräusch, dann antwortet Helena:

»Hier bin ich.«

»Tag.«

»Ich hab die Pflegerin vergessen zu bitten, dass sie das Licht anlässt.«

Tuomas macht im Wohnzimmer Licht und geht weiter in die Küche, knipst auch dort die Lampe an. Die Luft schlägt ihm ins Gesicht. Der Pflegedienst hat Helenas Rollstuhl am Morgen an den Esstisch geschoben. Da sitzt sie wie eingeklemmt, vorgebeugt und mit hängenden Schultern. Auf dem Tisch steht eine ungeöffnete Plastikdose mit geraspelter Roter Bete. Von der Schachtel mit der Fleischsoße ist die Vakuumfolie abgerissen. In der Ecke steht ein Eimer mit einem Wischmopp. Überall stinkt es nach Urin.

»Hattest du einen guten Flug?«

»Ganz okay.«

»Wie geht es deinen Eltern?«

»Gut. Sie haben beschlossen, das Fotogeschäft im Sommer endgültig zu schließen.«

»Damit endet also Mutters Lebenswerk.«

Helena verstummt. Dann versucht sie, gerader zu sitzen.

»Wann fährt der Zug?«

»Jede volle Stunde. Um vier, um fünf, um sechs. Heute Abend muss ich noch Fliesen legen.«

»Wie geht's Sini?«

»Ganz gut. Sie würde sich auf den Kopf stellen, wenn sie damit die Geburt in Gang bringen könnte.«

»Wohnt ihr schon unter einem Dach?«

»Sie hatte noch keine Zeit für den Umzug. Anfang nächster Woche ist es so weit.«

Helena streicht mit der rechten Hand über den Tisch, schiebt die Plastikdose mit der warm gewordenen Milch beiseite. Ihre linke Hand ruht reglos auf dem Schoß. Tuomas öffnet das Fenster. Irgendwo in der Ferne quietscht eine Straßenbahn.

»Soll ich das Essen in den Kühlschrank stellen?«

»Von mir aus.«

Die Hand hat die Zigarettenstange gefunden, holt eine Schachtel heraus und legt sie auf den Schoß, in die langsamere Hand. Die Linke hält die Schachtel fest, die Rechte sucht nach dem Aufreißband. Als sie es gefunden hat, schält sie die Plastikfolie ab wie eine Orangenschale.

»Das ist aus mir geworden.«

»Du bist gut, wie du bist.«

Die Hand steckt eine Zigarette zwischen die Lippen und sucht das Feuerzeug.

»Red keinen Scheiß.«

Tuomas nimmt den Putzlappen von der Heizung, feuchtet ihn an und wischt den Tisch ab. Vater wollte seine pflegebedürftige Schwester in den Norden holen, aber sie hatte sich geweigert.

»Es reicht, dass Kaarina ihre Schwiegermutter bis zum Tod gepflegt hat«, hatte sie argumentiert. »Sie braucht sich nicht auch noch um ihre Schwägerin zu kümmern. Ich komme schon zurecht.«

Durch das Fenster strömt frische Luft herein. Tuomas schaut seine Tante an. Wie oft kommt wohl jemand, um ihr trockene Sachen anzuziehen? Helena inhaliert den Rauch tief in die Lunge und bläst ihn zur Fensterwand hin.

»Das ist aus mir geworden«, wiederholt sie. »Eine Frau in Windeln.«

Plötzlich wendet sie ihr Gesicht dahin, wo sie Tuomas hört. Ihr Lachen schallt durch die Küche.

»Vielleicht sollte ich den Namen wechseln.«

Helena wirft den Kopf zurück und lacht über eine Idee, die sie offenbar schon eine Weile mit sich herumträgt. Ihre Freude springt an die vom Rauch gelbe Decke und taucht in den braunen Teppich. Von der Zigarette fällt Asche auf ihr Kleid, in das sich schon kleine Löcher gebrannt haben.

»Ich werde mich Pieselfall nennen.«

Das Gelächter treibt Schleim aus ihrer Lunge, und die Freude erstickt in Röcheln. Helena tastet nach der durchsichtigen Plastiksaugflasche auf dem Fensterbrett, drückt sie in der Hand platt, schiebt sich die Spitze in den Mund und saugt den Schleim ab, der bräunlich-gelb auf den Boden der Flasche fließt. Sie räuspert sich und steckt die Spitze erneut in den Mund, kann aber nicht mehr herausholen. Auf dem Fensterbrett steht eine offene Plastikdose, in die sie die Saugflasche leert. Dann steckt sie sich die Zigarette wieder zwischen die Lippen und lacht erneut.

»Oder lieber Pisinoff?«

»Pieselfall klingt prachtvoller.«

»Aber wenn ich eine von Pisinoff wäre? Eine Adlige?«

»Oder beides.«

Helena bläst den Rauch aus und lacht.

»Carl Erik Pieselfall. Er wohnt in einem großen Gutshaus am tosenden Pieselfall.«

Auch Tuomas muss lächeln. Er setzt sich auf den Stuhl, auf dem Kari immer gesessen hat.

»Carl Erik war mit Anemone verheiratet.«

»Nein, mit Pippi.«

»Ja! Mit Pippi von Pisinoff.«

Die Geschichte entsteht und entwickelt sich nach und nach zu einer farbigen Erzählung. Sie erläutern sich gegenseitig das Leben und das Schicksal der Bewohner des Gutshofs Pieselfall und die Tatsache, dass keiner von ihnen je das große Glück findet. Die Liebe scheint an jeder Generation vorbeizugehen, Angst und Zaudern zerstören alle Chancen. Ein Zug nach dem anderen fährt von Gleis zwölf ab, doch das schwarze Schaf der Familie, die Filmschauspielerin Gloria Gelbstrom, nimmt Georg Unterstreifen nicht wahr. Die Zigarettenschachteln leeren sich, und die Saugflasche füllt sich, während Tellervo Harndorf die selbstlose Liebe von Tapio Kackfurche zurückweist.

Zwischendurch schiebt Tuomas Helena ans Klavier im Wohnzimmer, damit sie den Pieselfall-Marsch komponieren kann. Er beobachtet, wie seine Tante mit der rechten Hand die linke auf die Tasten hebt, wie die Finger zunächst wie schlafend daliegen, sich dann aber an ihre Aufgabe erinnern und langsam die richtigen Akkorde anschlagen.

»Das ist ein Trauermarsch.« Helena kichert und versucht vergeblich, ihre Hand zu schnellerem Spiel zu zwingen. »Im Takt dieses Marsches wurden diejenigen, die sich im Pieselfall ertränkt hatten, ins Grab geschleift!«

Hinter dem Wohnzimmerfenster gehen die Straßenlaternen an, als sie gemeinsam den Text des Marschlieds erfinden. Helena spielt, und Tuomas schlägt auf dem Fußboden den Takt.

Des Pieselfalls Schwall möge schäumen wie Gold,
Düster schreitet unsre Schar voran.
Wieder eine, die in die Fluten sprang,
Nun wird die Leiche auf den Friedhof geholt.

Die Emissionen werden unwichtig, die Kurse der Terminkontrakte geraten in Vergessenheit. Tuomas achtet nicht auf den Geruch der Wohnung, denkt nicht an den vergeudeten Immobilienertrag, an die Wertsteigerung des Wohngebiets. Helena sitzt nicht reglos in der Dunkelheit, vergisst keine Worte. Die Veränderungen der Proteine beschädigen die Nervenzellen nicht, die Funktion des Stirnhirns wird nicht schwächer. Sie lachen, und aus der Geschichte keimt ein Baum, dessen Wurzeln sich in ihr Leben graben.

Es rasselt an der Tür, als ein Schlüssel im Schloss gedreht wird. Helena und Tuomas sitzen im Wohnzimmer, die Muskeln weich vom Lachen, die eine im Rollstuhl, der andere neben dem Klavier auf dem Fußboden, kichern und sehen die hereinkommende junge Pflegerin an.

»Haben Sie Besuch, Frau Syrjänen?«

»Ich heiße nicht Syrjänen, sondern Pieselfall«, beginnt Helena. Den Namen auszusprechen wirkt seltsam, unpassend. Helena merkt es und verstummt.

»Wir müssten mit der Abendwäsche anfangen«, sagt das Mädchen und sieht Tuomas an. »Bleiben Sie über Nacht?«

Helena sucht und findet Tuomas' Schulter, drückt sie.

»Ja, bleib doch.«

»Ich kann nicht.«

»Du kannst auf dem Sofa schlafen.«

»Ich müsste den Hauswirtschaftsraum noch fliesen.«

»Ach ja, richtig.«

»Es geht nicht anders.«

»Ja, schon gut.«

Die Pflegerin stellt sich hinter Helena und fasst nach den Griffen des Rollstuhls.

»Dann fangen wir jetzt mit dem Waschen an.«

»Tschüss dann«, sagt Helena und rückt ihre linke Hand auf dem Schoß zurecht.

Tuomas betrachtet die sich entfernenden Rücken. Im Aschenbecher auf dem Klavier qualmt eine Kippe. Der Rauch kringelt sich zur Decke. Er hatte Helena bitten wollen, Patentante zu werden, aber sie hätte ja ohnehin abgelehnt.

DAS KLEINE HÄNDCHEN LIEGT NOCH KURZ IN MEINER HAND

Osku stellt eine weitere blaue Ikea-Tasche vor den Schrank.

»Sind es noch viele?«

»Nach dieser bloß noch zwei.«

Sie räumen die Kleidung in den Schrank, nur um etwas zu tun. Alles wie im Nebel, im Rausch.

Die Geburt ist gut verlaufen. Die Hebamme rief kurz nach Mitternacht an. Osku holte den Wagen, und Tuomas packte Akku, Kamera und Handy ein. Im Kühlschrank lag eine Tasche mit Äpfeln und belegten Broten bereit, die jeden Abend durch frische ersetzt wurden. Alles ging so schnell, dass Tuomas es immer noch nicht ganz begriffen hat. Normalerweise entscheidet er darüber, was passiert und wann, aber nun blieb ihm nur die Möglichkeit, den Ereignissen zu folgen. Sich belanglos zu fühlen, weil er Sini bei den Wehen nicht helfen konnte. Die Hebammen hatten gerade Schichtwechsel. Die vorige war nach seinem Geschmack gewesen, forsch und lösungsorientiert, sie hatte Befehle gegeben wie eine Trainerin. »Pressen.« »Atmen.« »Schlafen Sie, wenn Sie können.« Tuomas hatte die Anweisungen als genau und realisierbar empfunden. Eine Geburt war ein Problem, das man löste, indem man es in Abschnitte teilte, die der Reihe nach abgearbeitet wurden. Die neue Hebamme hatte das Licht gedimmt, Musik laufen lassen und Sini an der Hand gehalten. Der ganze Raum füllte sich mit Mutterschaft und weicher Fürsorge, in die man sich verkriechen konnte. »Versuchen Sie, vor der nächsten Wehe die Augen zuzumachen. Pusten Sie die Luft heraus. Drücken Sie meine Hand.« Es war, als hätte die Anwesenheit der Hebamme sie alle drei umgeben wie ein warmes Meer.

Obwohl es acht Stunden dauerte, etwas mehr sogar, ging zum Schluss alles ganz schnell. Sini schrie und brüllte, hielt abwechselnd seine und Oskus Hand. Weinte, wimmerte und keuchte. Fluchte wie ein Seebär. »Behalt deine Ratschläge für dich, verdammt, ich mach hier die Arbeit. Dann komm doch her und versuch selber mal, diesen beschissenen Riesenbrocken rauszupressen. Jetzt halt dein verfluchtes Maul, bleib einfach hier bei mir.«

Das Kind versuchte zuerst, in Sternguckerposition herauszukommen, drehte dann aber den Kopf, um besser durch den engen Geburtskanal zu passen. Schließlich schob es sich heraus. Am Hinterkopf saß noch die Sonde zum Messen der Herzgeräusche, die die Hebamme dort befestigt hatte. Mit der Antenne auf dem Kopf sah es aus wie ein verschrumpelter Teletubby. Die Nabelschnur durchschnitt ein Arzt. Sini drehte ihnen den Rücken zu und schlief vielleicht ein, während Tuomas und Osku den in Kliniksachen gekleideten Jungen im Arm hielten. Er starrte sie unablässig an, mit offenen Sinnen wie ein Kind, mit dem man zum ersten Mal in den Zirkus geht und das noch nicht weiß, was es dort erwartet. Aus irgendeinem Winkel ihres Gedächtnisses tauchten die Koseworte auf, die sie als Kinder von ihren Eltern gehört hatten und längst vergessen glaubten. Papas kleines Eichhörnchen. Unser liebes Spätzchen. Du müde kleine Bachstelze. Sie öffneten die Fäuste des Kindes und wunderten sich über die winzigen Fingernägel. Erzählten sich gegenseitig, dass diese Füßchen noch keinen einzigen Schritt gemacht und die Augen die Farbe des Himmels noch nicht gesehen hatten. Schließlich schien das Kind seine Väter zur Genüge kennengelernt zu haben. Es schloss die Augen und schlief auf Tuomas' Bauch ein. Sie hatten völlig vergessen, Fotos zu machen.

Sini und der Junge sind noch im Krankenhaus, werden aber vielleicht schon morgen entlassen. Tuomas und Osku sind nach Hause gefahren, um sich auszuruhen, haben aber keinen Schlaf gefunden. Um ihre Gedanken zu ordnen, haben sie begonnen, Kleider in die Schränke im Kinderzimmer zu räumen. Vor der Geburt hatten sie es nicht gewagt, denn es wäre ihnen vermessen vorgekommen. Osku kippt den Inhalt der Tasche auf den Teppich und breitet ihn aus. Tuomas hebt ein Kleidungsstück hoch, ein blaues.

»Hier ist noch so eins.«

»Was ist das?«

»Weiß ich nicht.«

»Hat es auch Druckknöpfe?«

»Warte mal.«

Tuomas faltet das Kleidungsstück auseinander und sieht nach.

»Ja.«

»Leg es in dieses Fach.«

»Sind das diese … wie heißen sie noch gleich? Bodys?«

»Keine Ahnung.«

»Wenn wir beschließen, dass das Bodys sind, dann ist es so.«

»Na gut, das sind welche.«

Tuomas faltet das Kleidungsstück zusammen und legt es in das Fach zu den anderen von der gleichen Sorte. Es wundert ihn, wie wenig Platz sie beanspruchen. Osku nimmt ein weiteres Teil vom Teppich.

»Hier ist eins mit einem Reißverschluss vorn.«

»Das nehmen wir als Schlafanzug.«

»Okay.«

»Dann so ein Ding, das klappert, wenn man es bewegt«, sagt Osku und demonstriert es.

Ein leises Geräusch füllt das große Zimmer.

»Eine Rassel.«

»Weiß ich doch.«

Alle Kleider, alle Sachen sind Geschenke von Freunden. Sie scheinen sich mit ihnen zu freuen und bieten ihnen alles an, was ihren eigenen Kindern zu klein geworden ist. Ein schönes Bettchen war dabei, ein Kinderwagen und ein Buggy. Auch zwei Fahrräder stehen schon bereit, ein Dreirad und eins mit Stützrädern. Tuomas' Mutter hat einen Dampfkochtopf geschickt. Die Eltern von ihnen beiden sind begeistert, am meisten vielleicht Oskus Mutter, denn jetzt hat sie zehn Enkel beisammen. Jeder scheint sich darüber zu freuen, dass sich der Familie eine Möglichkeit eröffnet hat, von deren Existenz niemand wusste.

»Das Kind wächst im Rhythmus von Eurovision-Song-Contest-Schlagern auf«, hat Maarit lachend gesagt, als sie zum ersten Mal davon hörte.

Nur die alten Männerpaare in ihrem Freundeskreis haben das Ereignis nicht gutgeheißen. Ihrer Meinung nach soll man nicht diesen Kurs einschlagen. Jeder von ihnen hat Patenkinder, natürlich, aber nach eigenem Nachwuchs zu streben führt auf einen Weg, der ihnen nicht zusteht. Sie halten es nicht für nötig, ihre Auffassung zu begründen, denn so ist es in dieser Welt nun mal. Kinder und Schwule passen nicht in dieselbe Familie. Doch da das Unglück bereits geschehen ist, müssen auch sie sich damit abfinden. Einer von ihnen hat ihnen zum Abschied die Hand geschüttelt, als würden sie auswandern.

»Euch sieht man dann wohl auch nicht mehr.«

Kinderstrümpfe sind unfassbar klein. Osku setzt sich auf den Boden und vergleicht sie mit seinem eigenen Fuß. Er hat Schuhgröße 44. Tuomas lacht und nimmt orangefarbene Wollfäustlinge vom Stapel. Sie passen auf seinen Daumen. Sie legen die Kleider in den Schrank und beschließen, die restlichen Sachen später durchzugehen, damit auch Sini sieht, was alles da ist und was vielleicht noch gebraucht wird. Osku hat bei der Feuerwehr einen Anhänger geliehen, damit sie Sinis Umzugskisten holen können. Vorher haben sie es nicht mehr geschafft, denn die Wehen haben eine Woche vor dem errechneten Termin eingesetzt.

Es fällt Tuomas immer noch schwer zu begreifen, was passiert ist. Alles ist neu und anders. Wärmer. Von manchen Dingen weiß man nicht, dass man sie sich gewünscht hat, bevor man sie zufällig bekommt, und bei manchen merkt man erst, dass man sie vermisst, wenn sie verschwunden sind. Trotz allen Grübelns war Tuomas nicht restlos sicher gewesen, ob er Vater werden wollte, bis er in der Klinik das schlafende Kind auf seinem Bauch betrachtete, das Kind, in dessen Welt alles möglich sein würde. Jeder erlebte Moment war voll von Signalen gewesen, die er erst jetzt verstand. Jarkko hatte keine Kinder gemocht. Erik wäre selbst wieder zum Kind geworden. Sini war lange weg gewesen, aber überraschend zurückgekehrt. Wieso hatte er nichts gemerkt? Es schien, als hätte das Leben ihn zu diesem Tag hingeführt, so unaufhaltsam wie ein Fluss.

Bevor sie Sini und den Jungen abholen, packen sie einige von den Dingern ein, die sie Bodys getauft haben, dazu eine weiche Strampelhose und einen Overall, die Oskus Mutter gekauft hat. Maarits jüngere Tochter hat eine Mütze aus goldfarbenem Garn für das Kind gestrickt. Die Mütze ist so rau, dass man sie nicht verwenden kann, doch sie nehmen sie mit. Vielleicht können sie das Kind mit ihr fotografieren und das Bild an seine Base schicken. Sie würde sich bestimmt freuen.

Als sie in die Klinik zurückkommen, nehmen sie nicht wahr, dass sich etwas verändert hat. Sie achten nicht darauf, dass die Schwester im Glaskasten der Station ihr Nicken nicht erwidert, sondern zum Telefon greift. Merken nicht, dass die Oberschwester aus ihrem Zimmer tritt und sie beobachtet. Kommen nicht auf die Idee, nachzusehen, ob an der Tür der bekannte Name steht.

Das Krankenzimmer ist leer. Unmöglich, dass sie sich in der Tür geirrt haben, denn das Zimmer ist dasselbe, befindet sich an derselben Stelle, an der Ecke des Gebäudes. Im Zimmer stehen zwei Betten, auf dem einen liegt ordentlich zusammengefaltet der Schal, den Tuomas am Morgen vergessen hat. Das Bett am Fenster ist unbenutzt.

Im Flur ist das Geräusch von Gesundheitssandalen zu hören. Die Tür geht auf, und eine kleine Frau tritt ein, die sie noch nie gesehen haben. Mit ihrem blonden Pferdeschwanz und ihrer weißen Kleidung erinnert sie an einen Engel in einem Krippenspiel. Anders als die Pflegekräfte oder die Ärzte trägt sie keinen weißen Kittel. Sie gibt ihnen die Hand, nennt ihren Namen, der an Tuomas vorbeirauscht, und sagt, sie sei die Kollegin vom Kliniksozialdienst. Bittet die beiden, sich zu setzen. Ermahnt sie, ruhig zu bleiben. Erklärt die Situation. Ihre Worte gehen durch Tuomas hindurch und über ihn hinweg. Er hört sie, weiß, was sie bedeuten, versteht aber dennoch nichts. Aus der Vergangenheit steigt die Erinnerung an etwas auf, was er gelesen hat.

Glückliche Paare sind äußerst seltene Vögel im großen homosexuellen Zwitscherschwarm.

Die Mutter des Kindes habe erklärt, dass sie die beiden Männer nicht sehen wolle, und deshalb dürften sie weder Sini noch das Kind besuchen. Die Mutter befinde sich in einem anderen Zimmer, es gehe ihr gut und auch das Kind sei wohlauf. Alles gehe auf den Wunsch der Mutter zurück, und die Klinik sei daran gebunden. Tuomas und Osku hätten keinen Anspruch darauf, das Kind zu sehen, denn der Name des Vaters sei in den Papieren nicht vermerkt. Dem Gesetz nach seien sie Fremde – wie jeder Beliebige, den man von der Straße aufliest. Sich jetzt aufzuregen sei nicht ratsam, denn für Störfälle habe die Klinik eigene Sicherheitskräfte.

Tuomas merkt, dass er zuhört, merkt, dass er auf der Bettkante sitzt und Osku an der Hand hält. Die Worte der blonden Frau bilden keine verständlichen Sätze, keine sinnvollen Einheiten. Tuomas versucht, die vorbeihuschenden Gedanken einzufangen, bekommt sie jedoch nicht zu fassen. Er ist unfähig, klare Fragen zu formulieren. An diesen Moment wird er sich erinnern, an den Tag, an dem sich alles änderte, das weiß er. Zuerst hat sich in ihrem Leben etwas bewegt, und dann ist es für immer erstarrt.

Tuomas blickt über die Schulter der Frau nach draußen. Die Entbindungsstation liegt so hoch oben, dass die Dächer der anderen Häuser nicht zu sehen sind. Nur blauer, wolkenloser Himmel. Tuomas erinnert sich nicht, ob bei ihrer Ankunft die Sonne schien. Jetzt scheint sie. Er hebt die Hand vor die Augen. Sie zittert. Er betrachtet Osku und sieht, dass dessen Hände zu Fäusten geballt sind. Oskus Mund bewegt sich. Er sagt etwas. Tuomas strengt sich an, um zu hören, um die Worte zu verstehen, die aus Oskus Mund kommen.

»Irgendwelche Rechte haben wir doch wohl?«

»Zuerst muss die Vaterschaft des außerehelich geborenen Kindes festgestellt werden.«

»Dann machen wir einen Vaterschaftstest.«

»Die Mutter hat das Recht, eine Blutprobe zu verweigern, bis das Kind vierzehn Jahre alt ist.«

»Und danach?«

»Danach wird die Meinung des Kindes berücksichtigt.«

Sie gehen über den Klinikflur, Osku trägt die Tasche mit der

Kleidung, die seine Mutter gekauft hat. In Tuomas hat sich tief drinnen ein Schrei festgekrallt. Seine Stimme ist verschwunden, und die Gedanken finden keinen Weg nach draußen. Er kann das Geschehene nicht in Worte fassen, denn alle Worte sind zu klein. Er versteht nur, dass dieser Tag sich für den Rest ihres Lebens auf jeden Morgen, jeden Abend auswirken wird. Man kann das Ereignis nur in sich verschließen. Vielleicht verwandelt die Zeit es in etwas, woran man sich gewöhnt, wie die Zunge sich an einen abgebrochenen Zahn gewöhnt.

Die blonde Frau geht neben ihnen her, bringt sie zur Tür der Station. Jetzt spricht sie weicher, redet außerhalb ihrer offiziellen Rolle.

»Bei Erstgebärenden treten hormonelle Turbulenzen auf«, sagt sie leise, damit Außenstehende es nicht hören. »Die führen gelegentlich zu unlogischen Entscheidungen. Es kann sein, dass sich schon bald alles beruhigt und im Alltag mit Baby auch der Vater gebraucht wird.«

Um sie herum ist die Welt der Frauen, aus der ein Engel sie hinausführt. Sie kommen an geschlossenen Türen vorbei. Hinter einer dieser Türen liegt das Kind, das in den Overall gepasst hätte, den Osku bei sich trägt. Die Luft ist zu dick zum Atmen.

UND DOCH BANGE ICH

Du siehst nicht, wie dein Kind die ersten Schritte macht. Du schließt keine Kinderversicherung ab, über die du froh bist, wenn die Zeit der ständigen Ohrenentzündungen beginnt. Du lachst nicht über die Versuche des Kindes, selbst mit dem Löffel zu essen, über seine schwankenden Schritte. Du pustest nicht, wenn es hinfällt, weil es über den dummen Teddy gestolpert ist. Ihr teilt eure Schichten nicht so ein, dass du das Füttern und Trösten am späten Abend übernimmst und er in den frühen Morgenstunden.

Die Erzieherinnen im Kindergarten bleiben Unbekannte, du lernst die Namen der anderen Kinder in der Gruppe nicht und nimmst übers Wochenende keinen Regenanzug zum Waschen mit nach Hause. Die Geschäfte für Kinderartikel verkaufen Kindersitze an andere Eltern, und die entscheiden sich für das Modell mit den komplizierten Gurten. Vor dem Süßigkeitenregal im Supermarkt bekommen die Kinder von anderen Eltern Trotzanfälle, und du beobachtest, wie die Väter sie mit routinierten Worten trösten. In den Läden halten fremde Kinder ihre Eltern an der Hand. Deine Hand hält einen Einkaufskorb, in dem Bierdosen liegen, von der billigen Hausmarke.

Ihr entscheidet nicht, wer von euch beiden Papi und wer Papa ist. Du gehst nicht besorgt ans Bettchen und horchst, ob das Baby noch atmet. Du erfindest keine Rituale, backst zu Weihnachten keine Pfefferkuchen und stellst zu Mittsommer keine Birken an die Haustür, wie Opi es früher getan hat. Der Tag, an dem das Kind zum ersten Mal auf dem Spielplatz der Kita mit ausgebreiteten Armen auf dich zuläuft, wird nicht kommen. Auch der Frühling nicht, in dem ihr, wenn der Schnee schmilzt, mit der Ferse des Gummistiefels Furchen in den Sand zieht, um das Schmelzwasser zu kanalisieren. Du wirst nie erfahren, ob das Kind ein Erinnerungsbild an den Bach hinter dem Garten speichern und als Erwachsener am liebsten am Wasser wohnen würde. Ein Spielhaus zu bauen ist sinnlos.

Dieses Kind bringst du nie in deine Heimat, zeigst ihm nicht, aus welchen Wäldern sein Vater stammt. Du siehst nicht, wie es die hohen Wipfel der Kiefern betrachtet und sich darüber wundert, dass sie rauschen, obwohl kein Wind zu spüren ist. Du wirst nie erfahren, ob du ein ebenso guter Vater bist, wie es dein eigener Vater für dich war. Mit den Kindern deiner Geschwister kannst du nicht mehr unbefangen umgehen. Euch allen ist bewusst, dass es einfacher wäre, euch nicht zu jedem Familienfest einzuladen.

Vielleicht wirst du deinen Sohn irgendwann einmal sehen, doch dann ist er ein Teenager und scheut ohnehin vor der Welt zurück. Du musst dich ihm mit deinem vollen Namen vorstellen, ihm deinen Beruf nennen und deine Lebensgeschichte erzählen. Auf dem Handy Fotos von deinen Geschwistern und deinen Eltern zeigen, die ihm so gleichgültig sind wie die Unbekannten an der Bushaltestelle.

Die anderen leben ihr Leben, bekommen Kinder und gliedern die Zeit anhand verschiedener Meilensteine – Taufen, Konfirmationen, Abiturfeiern, die Geburt der Enkel. An den Bahnhöfen steigen die anderen in den Zug und legen ihr Gepäck auf die Ablage, während du immer derjenige bist, der winkend am Bahnsteig steht und auf eine ähnliche Veränderung in seinem Leben wartet. Sie kommt nicht. Und diejenigen, die abgereist sind, erinnern sich bald nicht mehr an dich. Die erste neue Adresse teilen sie dir mit, die nächste nicht mehr. Bald verschwindest du im Meer der namenlosen Gesichter, die die erwachsenen Kinder auf Jugendfotos ihrer Eltern entdecken. Wenn sie fragen, wer das war, antworten die Eltern, sie seien sich nicht sicher. Ihrer Ansicht nach warst du damals irgendwie dabei, aber dann bist du verschwunden, vielleicht umgezogen. Dein Name liegt ihnen auf der Zunge, aber sie bringen ihn nicht zusammen. Er fing vielleicht mit K an oder auch nicht. Aber sie erinnern sich, dass du schwul warst. Sie überlegen, ob du tuntig gewirkt hast, und kommen zu dem Ergebnis, dass es so war.

Du ziehst dich in dich selbst zurück, ihr in euch. Ihr sprecht nicht. Du schweigst, Osku wischt sich an Herbstabenden Tränen aus den Augen, wenn er glaubt, du siehst es nicht. Du konzentrierst dich darauf, Geld zu verdienen, und lässt dich vom unabhängigen Leben der Börsenkurse verzaubern. Das Leben füllt sich allmählich mit anderen Dingen: Möbeln, Markenkleidung, fernen Reisezielen. Ihr schafft euch Rassehunde und wertbeständige Immobilien an. Ihr kauft teure Weine, investiert in ein Reihenhaus oder ein Eigenheim, das mehr und mehr den Fotos in Einrichtungsmagazinen gleicht. Inmitten all der Besitztümer stößt du den stummen Schrei eines einsamen Mannes aus. Du lernst dich selbst so genau kennen, dass du die Linien an deinen Fingerspitzen auswendig weißt. Du erinnerst dich an die Wunden deines Körpers und deiner Seele. Sie werden deine Kinder, und du lebst für sie.

Mit der Zeit wirst du sonderbar. Du kaufst Eiskrem für deine Hunde, dekorierst das Kaminzimmer mit exotischer Kunst, trägst Seidenhemden, duftest nach Moschus. Bei Beerdigungen von Großeltern, Eltern und Geschwistern sitzen Osku und du von den anderen getrennt. Die Familie will euch vergessen, und nur die hartnäckigsten Nichten und Neffen schicken immer noch

Weihnachtskarten. Eines Tages erinnerst du dich nicht mehr, wie dein Elternhaus aussah, doch du kannst keinen danach fragen, denn niemand in deinem Umkreis ist je dort gewesen.

Du weißt schon jetzt, dass du allein sterben wirst. In der blendenden Helligkeit des Pflegeheims klagst du über deine wundgelegenen Stellen, rufst laut nach Mutter, nach Vater, doch niemand kommt. Vielleicht liegt ihr nebeneinander im selben Krankenzimmer, aber ihr habt die Körperwärme des anderen vergessen. Gott hilft nicht. Jemand hält vielleicht für eine Weile deine fiebrige Hand, doch er wird dafür bezahlt. Nach deinem Tod gerätst du in Vergessenheit. Du wirst zu Erde, nicht zu Geschichten.

Das ist dein Los. Lebe, was dir gegeben ist.

LASSE MICH FINDEN DEN WEG ZU DIR

Auf der rechten Seite drei Schränke. Im Schrank ganz rechts einige Fächer, im untersten Winterschuhe mit Schnürsenkeln und zwei Paar Stiefel, im zweituntersten Unterwäsche, Strumpfhosen, Hemden und drei Büstenhalter. Im mittleren Fach zusammengefaltete Blusen, auf dem rechten Stapel die Hemdblusen, auf dem linken die kurzärmligen. Die beiden obersten rechts aus Baumwolle, die eine mit breitem Kragen, grün, die andere blau. Dann drei aus Flanell, die oberste rot mit Taschen vorn, dann eine graue, die ein wenig zu klein ist. An die dritte erinnere ich mich nicht.

Ganz zuunterst noch zwei dünne, von denen die eine farblich zum Faltenrock passt und die andere so lang ist, dass man sie nicht über der Hose tragen kann. Im zweitobersten Fach rechts liegt eine Hose, von der Kaarina gesagt hat, sie sei unten zu weit. Zwei schwarze, eine blaue Cordhose, eine graue. An der sechsten fehlt ein Knopf. Links fünf Röcke, zuoberst der graue Faltenrock, dann zwei blaue, ein dunkelroter und ein schwarzer. Die blauen haben einen anderen Farbton als die Hemdbluse. Im obersten Fach die Pullover und Strickjacken. Dahinter die Whiskyflasche.

Im mittleren Schrank lagen früher Karis Sachen und jetzt die Bettlaken. Die breiteren für das Doppelbett, fünf Stück, rechts und links die schmaleren für das Gästebett, drei. Die Bettbezüge.

Bügeleisen und Handtücher im mittleren Fach, sieben große, acht kleine, alle von Kaarina. Zwei Gästehandtücher, die ich nie benutze.

Das Mädchen kommt. Am Atem erkenne ich, dass es Mervi ist. Ich antworte, bevor sie fragt: »Ja, ich habe gut geschlafen.«

Ich hebe die Hüften, damit sie die Windel wechseln kann. Die Hüften nach unten, eine Drehung, die Füße auf den Boden, den Oberkörper hoch. Ich krümme den Rücken, drücke die rechte Hand nach unten, an der linken bewegen sich nur die Finger. Mervi fasst mich unter den Achseln und hievt mich hoch. Das rechte Bein auf die Seite, das linke daneben. Ja, ich bleibe, wo ich bin. Mervi holt den Räderstuhl. Es ist kein Rollstuhl, sondern ein Räderstuhl. Er hat Räder, keine Rollen.

Im nächsten Fach sind die Tischtücher. Drei Stück für den Esstisch, von denen zwei rund sind und eins rechteckig. Das letzte hat einen großen Fleck am Saum. Dann noch ein dickes aus steifem Leinen von Kaarinas Mutter. Für den Küchentisch eine Decke von Anna, für den Sofatisch zwei. Die untere weihnachtlich gemustert.

Meine linke Hand wird auf die Armlehne gehoben, ich suche mit der rechten nach der anderen Lehne und lasse mich sinken. Ich kann vertrauen, ich bin gezwungen, zu vertrauen, ich muss vertrauen. Ich vertraue. Meine Oberschenkel finden die Sitzfläche. Mervi sagt, ich soll auf meine Hände achten. Das tue ich nicht, ich kenne diese Wohnung.

Der linke Schrank, unten das Akkordeon, hinten das Bügelbrett und der Stimmkoffer. In dessen Vordertasche der Schlüssel zum Kulturhaus, den ich dem neuen Besitzer nicht mehr aushändigen konnte. Die alten Besitzer haben ihr Geld beim Aktienhandel verloren. Im Schrank auf den Bügeln Sommerkleider, eins davon hat Mutter genäht, grün geblümt. Nach Kaarinas Meinung sieht es aus wie ein Sack. Das zweite braun, das dritte dunkelblau mit Falten an der Taille. Vier wärmere Kleider, von links nach rechts braun, schwarz, schwarz, blau. Zwei Röcke, ein langer Ledermantel, ein dünner, schwarzer langer Mantel für Beerdigungen. Omas Wolfspelz. Was macht der hier? In den oberen Schränken links die Gästematratze, eine von Kaarinas Mutter gestrickte Reisedecke, eine Hose und zwei Hemden, die Kari zurückgelassen hat. Alle Schränke sind angefüllt mit Sachen, die ich nicht brauche, denn man zieht mir die hängenden Kleidungsstücke des Pflegedienstes an, die zum Waschen nach Tallinn geschickt werden. Kein Kleidungsstück enthält Erinnerungen, Vergangenheit, denn so etwas haftet nicht an Kett- oder Schussfäden. Es haftet nur im Gedächtnis, daraus lässt es sich nicht entfernen.

Mervi ermahnt mich zur Vorsicht, aber ich habe die Hand schon gehoben, denn vom Bett zur Tür sind es fünf Schritte. Jenseits des Türrahmens lege ich die Hand wieder auf die Lehne. Vier Schritte, eine scharfe Biegung nach links. Dann sieben Schritte.

Der erste. Der zweite. Der dritte. An der Seite der runde Esstisch und vier Stühle, von denen einer so dicht an der Wand steht, dass man den Tisch vom Fenster wegziehen muss, wenn mehrere Gäste kommen. Der vierte Schritt. Der fünfte. Auf dem Tisch der Kerzenhalter, den Johannes mitgebracht hat, mit fünf Kerzen, die nie angezündet worden sind. Der sechste. Der siebte. Auf dem Tisch liegt seit bald fünf Jahren ein dunkelrotes Tischtuch mit Fransen. Rechts vom Tisch an der Wand die Vergrößerung eines Fotos, das Vater gemacht hat. Johannes und ich treiben auf einem Floß langsam den heimatlichen Fluss hinab, lange bevor Vater sich die Pulsadern aufgeschnitten hat. An der gegenüberliegenden Wand das Klavier.

Die Schwelle.

In der Küche rechts der Kühlschrank, darin unten zwei Gemüsefächer, darüber drei Drahtgitter. An der Tür drei Fächer und ganz oben die Ausbuchtungen für Eier, die angeblich niemand benutzt. Die Arbeitsfläche und darunter der Topfschrank, oben die langstieligen besseren Gläser, die Salatschüssel, die großen Platzteller, ein Geschenk. Der Herd, dessen erster Knopf den Backofen einschaltet. Der daneben ist für Ober- und Unterhitze. Dann die Kochplatten hinten links, vorne links, hinten rechts, vorne rechts.

Mervi schiebt mich nach rechts an den Tisch. Vor Ihnen der Teller, mit Brei, sagt sie. Danke. Der Löffel links, das Glas dahinter. Danke, das weiß ich. So wie immer.

Im Radio der Seewetterbericht. Kotka Rankki, Nordwest sechs. Ich hole mir mit der Saugflasche den Schleim aus dem Hals. Er stinkt. Ich esse noch nicht, sondern nehme die Zigaretten vom Fensterbrett. Das Feuerzeug liegt an der Ecke von Tisch und Wand, wo ich es gestern hingelegt habe, bevor Sanna den Räderstuhl aus der Küche schob. Darunter das Formular, auf dem jedes Mädchen seinen Besuch quittiert.

Mit der rechten Hand hebe ich die linke auf den Tisch. Ich nehme eine Zigarette aus der Schachtel und stecke sie in den Mund. Zünde sie an. Den ersten Zug halte ich in der Lunge, vier, fünf, sechs. Mervi packt die Bettlaken ein. Ich klopfe die Asche ab, bevor sie in den Brei fällt. Der Matratzenschutz aus Plastik knistert, als ein neues Laken darübergezogen wird. Immer noch Seewetter. Kemi. Ajos. Schlechte Sicht. Ich drücke die Zigarette aus. Esse den Brei. Trinke Kaffee. Ich kann alles aufzählen. Am hohen Tisch zwei Barhocker, Karis noch am alten Platz, meiner rechts unter den Tisch geschoben. Ich reiche mit dem Fuß an ihn heran. Auf dem Fensterbrett eine Metalldose mit Nähzeug, ein in Murano gekaufter Glasfisch und der neueste Gegenstand, den eine Pflegerin vor vier Jahren mitgebracht hat. Nicht Mervi, nicht Jelena, Seija oder Filsan, nicht Sanna. Sinikka hat ihn mir gebracht.

Johannes ist am fünften August mit Kaarina hergekommen, sie sind zwei Nächte geblieben, Johannes kommt nächsten Monat wieder. Minna am achten Oktober, Tapio am fünfzehnten September und am zweiundzwanzigsten Oktober, beim zweiten Mal bleibt er über Nacht. Tuomas kommt am einunddreißigsten August. Annas Tochter war am Montag hier. Anna hat am Mittwoch angerufen, Johannes gestern. Maarit hat versprochen, mich in zwei Wochen zu besuchen. Kari kommt nicht mehr. Die Uhr tickt weitere Minuten in die Welt hinaus, die ich nicht brauche. Die Zeit ist zähflüssig für jemanden, der nichts anderes hat.

Mervi streicht das Laken glatt. Im Radio werden wehmütige Lieder gesungen. Was für eine Stimme hatte Kari? Ich finde ihren Klang nicht mehr.

Arbeitsflächen, Oberschränke, Unterschränke. In den Schubladen Löffel, Gabeln, Messer, Käsehobel, Kartoffelschäler. Ein Eierschneider, der wie eine Mandoline klingt. Quirl, Nudelholz und Suppenkellen, die ich nie benutze. Ich bin keine Frau, die Kuchen, Piroggen oder Pasteten backt. Für all das liegen im Schrank Backformen, die ich geschenkt bekommen habe, und ich weiß, wo sich jedes einzelne Teil befindet. Ich kenne diese Wohnung in- und auswendig und weiß nicht, ob mich das bei Verstand hält oder verrückt macht.

Mervi räumt die Breischüssel weg und spült ab. Ich sitze da und mache einen Abstecher ins Wohnzimmer, ohne mich dabei vom Fleck zu rühren. Rechts von der Schlafzimmertür das Dreisitzersofa. Im Stoff ein Reliefmuster, Bögen, die auseinanderlaufen, oben aber wieder zusammentreffen, nur um sich erneut zu trennen. Medaillons. Vor dem Fenster ein Sessel, mit dem gleichen Stoff bezogen wie das Sofa. Rechts davon ein runder Tisch mit Löwenfüßen. Auf dem Tisch eine Schüssel mit Fuß, in der Orangen liegen.

Falsch.

Der Tisch ist quadratisch, eine Tischdecke liegt darauf. Auf dem Tisch steht eine Vase mit Trockenblumen: Karden, Immortellen,

Lampionblumen. Man darf sie nicht berühren, sonst zerfallen sie. Von der Existenz zerbrechlicher Dinge muss man wissen.

Auf welchem Tisch liegen die Orangen? Sind Gravuren am Tischrand? Ich zeichne mit dem Finger das vertraute Muster. Eine Wellenlinie, darüber und darunter Ovale, vielleicht Blätter.

Hinter dem Tisch eine Wand, an deren Tapete senkrechte Streifen zu fühlen sind. Ein zweiter Sessel, ebenfalls mit Löwenfüßen. An der Armlehne Schnitzereien. In der Mitte eine Blume, von der ein kleines Stück abgebrochen ist. Das Dekor setzt sich nach unten fort, bis zu den Beinen. Rechts vom Tisch, zwischen den Fenstern, ein Bücherschrank, dessen Glasscheiben leise klirren, wenn man daran vorbeigeht. Im Schrank zwei Regalbretter, auf dem oberen »Grimbergs Geschichte der Völker«, die Johannes gehört, auf dem unteren für mich in Punktschrift von links nach rechts das Lukasevangelium, »Villette« und drei Bücher, an die ich mich nicht erinnere. »Das Phantom der Oper«. Falsch. »Lady Chatterley«. Bestimmt nicht. Die »Jalna«-Reihe, »Die Weltwunder«, Teil eins und zwei. »Die Fische der Tiefsee«. Ein Blumenständer. Die Blätter des Zierspargels wie Dill. Die der Klivie lang, spitz zulaufend. Danach eine Tür mit hoher Schwelle. Hinter dem Rücken die Tür zur Küche. Mutter spült.

»Komm abtrocknen«, fordert sie mich auf.

In die Küche kommt man direkt vom Wohnzimmer aus oder am Klavier vorbei und durch das Esszimmer. Dort schläft Vater nachts auf dem Sofa.

»Findest du her?«, fragt Mutter.

»Ja, ja.«

Immer macht sie sich Sorgen. Sie glaubt nicht, dass ich weiß, wohin und wie ich gehen muss.

»Da.«

Mutter wirft mir ein Geschirrtuch zu, aber ich kann es nicht auffangen. Ihre Knie knacken, als sie sich bückt, um es aufzuheben.

»Du bist aber gewachsen. Unser Kummerauge.«

Sie streichelt meine Haare. Oder ist es Vater? Ich bin mir nicht sicher. Mervi stellt die Breischüssel in den Abtropfschrank und stößt gegen die Armlehne des Räderstuhls. Ich drehe mich, denn der Räderstuhl dreht sich. Der Sitz bestimmt über meine Bewegungen, nicht ich. Entschuldigung, sagt Mervi. Macht nichts.

Ich kehre in mein eigenes Wohnzimmer zurück. Ich versuche mich zu konzentrieren. Rechts von der Küchentür steht der Hometrainer, den Johannes und Kaarina mitgebracht haben. Von dort aus sind rechts die Diele und die Tür zum Treppenhaus. Zwischen Diele und Wohnzimmer ein Vorhang. In der Diele der Telefontisch.

»Wie geht es euch?«, ruft Kaarina aus der Küche und löffelt gebackenen Käse auf meinen Teller.

»Gut.«

Das Telefon hat Tasten, an der Stelle mit dem Punkt ist die Fünf, rechts davon die Sechs, auf der anderen Seite die Vier. In der obersten Reihe Eins, Zwei und Drei, in der unteren Sieben, Acht und Neun. Ganz zuunterst eine Taste, die ich nicht benutze, dann die Null und das, was Kari Rautenzeichen nennt. Ich lege den Hörer auf das an der Wand befestigte Telefon und öffne die Tür. Dahinter liegt der Flur, der in Johannes' und Kaarinas Hausseite führt. Ich spüre Johannes' Atem. Er fasst mich an der Hand.

»Du solltest hier zu Hause bleiben mit deiner Krankheit.«

»Hier bin ich schon lange nicht mehr zu Hause.«

Mervi spricht mich an. Woran denken Sie? An zu Hause. Die Jungs bringen nachher das Mittagessen. Schön. Essen Sie diesmal wenigstens die Hälfte. Mach ich. Tschüss dann. Tschüss.

Nun sitze ich am Küchentisch und stehe vor der Toilette. Ich bekomme nichts zu fassen. Im Radio singt Kari Tapio. Mervi schließt die Tür, und ich ziehe sie zu. Was ist rechts von der Wohnungstür? Die Garderobe, an deren Haken die Schlüssel hängen. Ein kleiner flacher zum Abstellraum auf dem Dachboden und der Hausschlüssel mit dem Anhänger. Er gleicht einer Kugel, die man in der Mitte durchgeschnitten hat. Wenn man die Wohnungstür aufschließt, zeigt die gerade Fläche nach rechts und die runde nach links, bei der Haustür umgekehrt. Ich will meinen Weg fortsetzen, doch dazu bin ich nicht fähig. Vom Wohnzimmer bis zur Küche kenne ich jeden Zentimeter auswendig, aber der Rest der Wohnung verblasst. Die Räume schrumpfen. Ich schlafe im Schlafzimmer und sitze in der Küche. Ich habe Karis Stimme verloren und seinen Geruch, seine Wärme. Mit dem Räderstuhl komme ich nicht ans Ende des Flurs. Was ist dort? Ich bekomme die Gedanken nicht in den Griff. Nicht das Haus, die Wohnung, das Daheim. Die Daheims. Alle Räume entziehen sich meiner Erinnerung.

Ich taste über das Fensterbrett. Die Oberfläche des Nähkästchens ist kühl. Ich stelle es auf den Tisch, drücke es an die Brust und öffne es, finde eine dicke Stopfnadel. Ich stelle das Kästchen auf Mervis Stundenformular. Langsam steche ich mit der linken Hand am Rand des Kästchens entlang Löcher ins Papier. Die säuberliche Reihe senkt sich bis in die Tischdecke. Dann drehe ich das Papier um und betaste die Erhebungen. Ich zeichne eine Karte. Suche den Weg zum letzten Zimmer. Hier ist die Wand zwischen Flur und Wohnzimmer. Ich stelle das Kästchen wieder auf das Papier, verschiebe es und steche erneut. Ich taste. Eine zweite Wand. In der Mitte die Tür zum Bad. Die Reihe wird schief, der Flur schmaler. Ich finde den Weg. Nun drehe ich das Papier um und steche ein Loch dahin, wo die Wanduhr hängt. Da ist der Türvorhang zum Wohnzimmer. Was ist am anderen Ende?

Ich verschiebe das Nähkästchen, steche eine Reihe und setze sie um die Ecke herum fort. Dann überlege ich und füge einige Punkte hinzu, die verschiedene Stellen markieren. Mit den Fingern lese ich das Ergebnis. Der Flur macht eine Biegung, die Tür führt ins Wohnzimmer. Dort stehen rechts der runde Kaffeetisch und vier Stühle. Beim Aufstehen muss man aufpassen, dass man nicht mit dem Kopf gegen die Hängelampe stößt. Geht man an der Wand entlang, kommt zuerst der Fernseher, vor den man von den Seiten her Türen ziehen kann. Danach ein tiefer Sessel, an der Stirnwand ein Sofa. Beide mit Cordstoff bezogen, die Furchen laufen von oben die Rückenlehne herunter und dann über die Sitzfläche nach vorn.

Falsch.

Ich drücke den Daumennagel auf das Papier und bügle Johannes' Wohnzimmer, das hervorgetreten ist, fort. Als ich weiter über das Papier streiche, finde ich im Schlafzimmer noch Kaarinas Spiegeltisch. Ich taste weiter. Mit dem Daumennagel ebne ich das Bücherregal und die Tür zu Minnas Zimmer und die Kommode ein, die links drei Schubladen hat und rechts zwei Schiebetüren, hinter denen das Weihnachtsgeschirr und eine Suppenkelle aus der Kriegszeit verwahrt werden.

Wieder suche ich die Uhr im Flur und steche Punkte. Ich drehe das Papier um, taste und steche von Neuem. Auf dem Papier suche ich die Wände von Karis Arbeitszimmer, die Massageliege und das Sofa, auf dem er schlief, wenn er wütend war. Ich räume alles, was sich in dem Zimmer befand, bevor es zu hallen begann, wieder an seinen Platz, doch die Linien kreuzen sich, und ich kann den Raum nicht aus dem Papier hervorrufen. Ich finde weder den Geruch noch das Gefühl. Nicht die Bewegung seiner eingeölten Finger auf den verspannten Nackenmuskeln. Ich erinnere mich, dass so etwas geschehen ist, aber nicht daran, wie es sich anfühlte.

»Das sind teure Quadratmeter, die da leer stehen«, sagt Johannes und geht ins Arbeitszimmer. »Könnte man das Zimmer nicht vermieten?«

Ich vergesse, das Papier umzudrehen, und das Fenster wandert von rechts nach links, der Terminkalender verirrt sich in die Ecke von Johannes' Wohnzimmer. Vor mir tauchen die Bodenkammer des deutschen Obersten und Omas Kommode und die Möbel auf, die für das Kinderzimmer vorgesehen waren. Der Wolfspelz wandert durch die Jahre in meinen Kleiderschrank. Die Kälte fesselt mich an diesen Stuhl. Ich suche die Punkte und drücke einige herunter, doch die Garderobe rutscht ins Esszimmer, und der Fußboden richtet sich auf.

»Was gibt es Neues, Helena?«, fragt Oma an der Badezimmertür.

»Nichts.«

Ich will in das Zimmer gelangen, ich will Kari freilassen. Ich versuche, die Karte fertigzustellen, aber ihr entsteigt kein einziges Erinnerungsbild mehr, kein ganzer Ort. Nicht die Zimmer, die ich kenne, und nicht dieses, in dem ich nicht mehr sitzen mag.

Insgesamt eintausendzweihundertzweiundfünfzig Tage in diesem Stuhl, wenn man den heutigen Morgen nicht mitzählt.

FÜHR MICH NACH HAUSE

Die Radkappe des gemieteten Kleintransporters berührt die Bürgersteigkante. Tuomas schaltet aus dem Rückwärtsgang in den ersten Gang und versucht, den Wagen gerade auszurichten, setzt dann erneut zurück. Nun ist das Auto zu weit vom Rand entfernt, es steht fast auf den Straßenbahnschienen. Osku bemerkt seine Nervosität, sagt aber nichts.

»Ich habe nie gelernt, rückwärts einzuparken. Das wurde uns nicht mal beigebracht. Im ganzen Dorf gab es keine einzige passende Parklücke.«

Der Wagen macht einen Ruck vorwärts, und man hört, dass hinten etwas herunterfällt oder verrutscht.

»Scheiße.«

»Ich seh mal nach, was es war.«

Das ganze Leben hatte in den Kleintransporter gepasst, obwohl sie beide sicher gewesen waren, dass etwas übrig bleiben würde. Dort waren nun, dicht aufeinandergestapelt, die wichtigsten Möbelstücke, Kleider, Zimmerpflanzen, Bücher. Die Sachen im Auto zu verstauen brachte einen Moment der Freude ins Leben: Der Lautsprecher hatte ein passendes Nest unter den Beinen des Sessels gefunden, und die Steckenpalme wurde in einen Wintermantel gewickelt, damit sie sich unterwegs nicht erkältete. Es war inzwischen ein ernsthafter Wettbewerb, jedes freie Eckchen zu füllen. Probier mal, es umzudrehen und dahin zu schieben. Ist hinter der Blumenampel noch Platz für den Zierteller? Wenn wir das eine Bettende auf den Blumenständer heben, passt die Nachttischplatte noch darunter. Von einer Traglast zur anderen wurde das Haus weiter und hallender. Die Wärme des Zuhauses war durch die Tür in den kalten Garten gezogen, und die bilderlosen Wände fühlten sich nicht mehr heimisch an.

Da sie beide sich schon einmal aus ihrer heimatlichen Umgebung herausgerissen hatten, kam ihnen der Umzug nicht so schwer vor. Als es Zeit wurde, die Tür zum letzten Mal zu schließen, sehnten sie sich nicht mehr nach diesem Haus oder dem Garten, sondern waren in Gedanken bereits im nächsten, noch unbekannten Zuhause. Das sie nur auf den Fotos des Maklerbüros gesehen hatten.

Sie hatten sich an die gemeinsame Trauer gewöhnt. Die Trauer war ein neues Familienmitglied geworden, schwarz und kalt. Sie aß am selben Tisch, starrte sie beim Zähneputzen im Spiegel an und schlief zwischen ihnen im Bett. In ihrem Leben war immer Werktag und Wochenbeginn, jeder Tag war nichts weiter als der frühe Abend und das Warten aufs Schlafengehen. Sie sprachen nie über die Vergangenheit. Solange die Dinge keine Namen hatten, brauchte man nicht an sie zu denken.

In dem geräuschlosen Haus geschah nichts, was die Niedergeschlagenheit aufgehellt hätte. Sinis Haushälfte war unberührt geblieben und roch immer noch nach frischer Farbe. Alles hätte so weitergehen können, doch eines Morgens hatte Osku die Lokalzeitung aufgeschlagen auf dem Küchentisch liegen gelassen. Auf Seite vier hatte er eine Taufanzeige angestrichen.

Armas Eino Olavi.

Nun hatten sie etwas, woran sie sich festhalten konnten. Einen Namen. Beide hatten das Gefühl, nach einem langen Tauchgang wieder an die Oberfläche zu gelangen.

Tuomas zieht die Handbremse an und steigt aus, geht um das Auto herum auf den Bürgersteig. Ein eisiger Wind weht durch die Straße, ein Geruch nach Eisen liegt in der Luft.

»Ist irgendwas kaputtgegangen?«

»Ich kann jedenfalls nichts sehen.«

»Da drin ist es so voll, dass eigentlich nichts besonders tief gefallen sein kann. Wir müssen nur beim Entladen aufpassen.«

Osku zieht die Seitentür wieder zu, und das Wort »Leiter« an der Seite des Wagens wird wieder zu »Leihtransporter«. Osku befiehlt dem Hund, der verwundert durch das Fenster blickt, in aller Ruhe zu warten.

»Soll ich mitkommen?«

»Natürlich.«

Sie gehen durch den kleinen Park, den Kapteeninpuistikko, zu dem bekannten Haus. Tuomas schließt die Haustür auf. »Helenas Reserveschlüssel« steht auf dem gelben Schlüsselanhänger.

Tuomas wagt nicht zu klingeln, sondern klopft vorsichtig. Vater öffnet die Tür. Seine Augen liegen tief in den Höhlen.

»Haben wir dich geweckt?«

»Nein, ich konnte nicht schlafen.«

Vater kommt einen Schritt vor die Tür und umarmt nicht nur Tuomas, sondern auch Osku.

»Ihr zieht also jetzt um?«

»Ja.«

»Und euer Haus ist noch nicht verkauft?«

»Wir haben es der Immobilienabteilung unserer Bank anvertraut. Ein hübsches Grundstück, und alles frisch renoviert.«

»War es nicht umständlich, hier vorbeizukommen?«

»Wir dachten, wir machen das. Wo doch jetzt …«

Tuomas weiß nicht, wie er den Satz beenden soll. Will es nicht wissen.

»Wie geht es denn?«, fragt Osku.

»Wie soll's schon gehen. Die Pflegerin war noch mal hier und hat ihr eine Spritze gegeben.«

Die Stimmen hallen im Treppenhaus. Tuomas möchte Helena sehen.

»In welcher Verfassung ist sie?«

»Die Wangen sind schon blau. Und die Nase.«

Es fällt ihnen schwer, sich anzuschauen. Vaters Augen werden feucht. Seine Stimme klingt schwammig. Tuomas würde am liebsten das Gespräch beenden. Er will seinen Vater nicht so sehen, so dünn, sondern als die allwissende und zu allem fähige Gestalt seiner Kindheit. Doch er lässt ihn reden, denn nun ist er an der Reihe zuzuhören. Vater betrachtet die Decke des Treppenhauses, schüttelt den Kopf.

»Wie der Mensch sich ans Leben klammert.«

Er schweigt einen Moment lang, dann senkt er den Kopf.

»Man sollte der eigenen Schwester nicht den Tod wünschen.«

»Ins Krankenhaus will sie nicht?«

»Nein.«

Vater schweigt. Er kämpft mit den Tränen.

»Sie ist meine Schwester.«

Tuomas streichelt Vaters Arm. Sie sind beide still. Das Licht im Treppenhaus erlischt, und Osku schaltet es wieder ein. Schließlich räuspert Vater sich.

»So ist das nun mal«, sagt er. »Habt ihr schon alles gepackt?«

»Es hat alles in den Wagen gepasst.«

Vater wendet sich an Osku.

»Hast du schon Arbeit gefunden?«

»In der Gegend gibt es bei keiner Feuerwache offene Stellen.

Wir werden von Tuomas' Gehalt leben. Er hat eine Elternzeitvertretung bei der Bank bekommen.«

Unten öffnet jemand die Haustür und geht den Flur entlang. Der Lift setzt sich oben in Bewegung und gleitet hinunter. Im Vorbeifahren streift sein Licht die Etage. Tuomas späht durch die offene Wohnungstür.

»Darf ich Helena sehen?«

»Nein. Sie hat es vorgestern verboten, als sie noch klar im Kopf war.«

Vater hat vor allen Fenstern die Vorhänge zugezogen. In der Wohnung herrscht Halbdunkel, nur in der Küche brennt Licht.

»Wir müssen wohl los«, sagt Osku. »Wir haben achthundert Kilometer vor uns.«

»Geht ruhig. Sie versteht nichts mehr und antwortet nicht.«

»Versuch ein bisschen Schlaf zu bekommen.«

»Nein, ich will sie begleiten.«

Osku winkt und geht zur Treppe. Vater fasst Tuomas an der Schulter.

»Bist du sicher, dass es sich lohnt, dahin zu ziehen, wo sie wohnen?«, fragt er leise, mit gedämpfter Stimme.

»Ja.«

»Habt ihr nicht schon ein Annäherungsverbot?«

»Ich ja, aber Osku nicht.«

»Macht keine Dummheiten.«

»Tun wir nie.«

»Na, wenigstens wohnt ihr dann ziemlich nah bei Mutter und mir.«

»Wir haben mit Mutter abgemacht, dass wir versuchen, in einem Rutsch durchzufahren und bei ihr zu übernachten. Morgen früh geht's dann weiter.«

Vater rüttelt ihn freundlich an der Schulter und geht in die Wohnung, zieht zögernd die Tür zu.

»Ruft an, wenn ihr dort seid. Und ich sag Bescheid.«

»Schick eine SMS. Oder ruf an, wenn du kannst.«

Tuomas späht noch einmal an ihm vorbei.

»Tschüss dann, Helena.«

Es kommt keine Antwort. Vater zieht die Tür weiter zu.

»Gib niemals auf«, sagt er zum Schluss und sieht Tuomas in die Augen. Nickt, entweder zum Abschied oder um seinen Worten Nachdruck zu verleihen.

Das Echo des zuschnappenden Schlosses verhallt im Treppenhaus.

Osku setzt routiniert aus der Parklücke auf die Straße zurück. Das Auto biegt von der Pietarinkatu in den Neitsytpolku, fährt dann über die Vuorimiehenkatu ans Ufer. Osku beobachtet Tuomas aus den Augenwinkeln, und als der Verkehr auf der Uferstraße ruhiger wird, fasst er ihn an der Hand.

»Das wird schon.«

»Nein.«

Tuomas verfolgt im Seitenspiegel, wie die Stadt vorbeigleitet. Der Marktplatz, das Nordufer. An einige Stellen erinnert er sich von den Ausflügen, die er als Kind mit Helena gemacht hat, die Markthalle, der Zaun vor dem Präsidentenpalais, die Uspenski-Kathedrale. Er weiß, wohin die Straßen führen. Von hier ginge es weiter zum Schwedischen Theater, von da zum Café in der Kluuvikatu, dort entlang zum Botanischen Garten. Als Erwachsener hat er die Stadt nie richtig kennengelernt. Immer hatte er es eilig, ins Theater, zum Zug, ins Flugzeug, aufs Schiff. Er findet sich in dieser Stadt zurecht, aber er kennt sie nicht. Hat geschaut, aber nicht gesehen.

Er hätte nicht geglaubt, dass er seine Stelle kündigt, gerade als von einer Beförderung zum Kundenberater in der Investmentabteilung die Rede war, und stattdessen Schalterdienst macht. Hätte es nie für möglich gehalten, dass er in seine alte Heimat zieht, in einen Ort, der noch weiter nördlich liegt als das Dorf, in dem er geboren wurde.

Als sie den Stadtteil Hakaniemi hinter sich gelassen haben, kommt ihm die Stadt immer unbekannter vor. Tuomas' Erinnerungsbilder versiegen gerade da, wo Oskus Stadt beginnt. Osku zeigt auf Gegenden, die er kennt.

»In dem roten Haus da drüben habe ich eine Zeit lang gewohnt. Und wenn wir über diesen Hügel klettern würden, könntest du das andere Haus sehen, in dem ich fünf Jahre verbracht habe.«

Von der Straße strömt der Geruch von geröstetem Kaffee in den Wagen. Tuomas sieht nach, ob SMS gekommen sind. Sein Vater hat eine geschickt. Tuomas errät den Inhalt, ohne sie zu lesen, und schiebt das Wissen beiseite. Damit wird er sich auseinandersetzen, wenn die Zeit gekommen ist.

»Was für ein Dorf ist das wohl?«, überlegt Osku, um irgendetwas zu sagen.

»Ist doch egal.«

Osku bemüht sich, wie jemand zu klingen, der aus dem Norden des Landes kommt.

»Das Beste ist das, was hinter einem liegt.«

Tuomas lächelt. Als sie die Autobahn erreichen, beginnt es leise zu schneien.

Sie wechseln den Wohnort nicht, um sich wohlzufühlen, sondern um zu finden. Sie werden Männer, vor denen sich die Erzieherinnen fürchten, Männer, die am Zaun des Kindergartens stehen und mit dem Blick nach demjenigen suchen, mit dem sie nie zusammentreffen durften. Männer, die versuchen, von der gegenüberliegenden Straßenseite aus durch das Fenster zu sehen, wie am Geburtstag die Kerzen ausgepustet, wie Namenstag und Konfirmation gefeiert werden. Sie kommen heimlich in die Aula der Grundschule, um sich von der hintersten Bank aus das Krippenspiel anzusehen, und überlegen dabei, ob sie den Hirten kennen oder Josef oder den Engel des Herrn, der sagt: Fürchtet euch nicht. Bei der Abiturfeier im Gymnasium hinterlassen sie auf dem Blumentisch eine einzelne Rose und eine Karte mit der Aufschrift: »Von den Vätern«. Sie verfolgen in den Zeitungen Verlobungsanzeigen, Hochzeitsfotos, Geburtsanzeigen, Ernennungen. Ziehen um, wenn sie erfahren, dass die betreffende Person weggezogen ist. Kündigen ihre Stelle, mieten einen Kleintransporter, kleiden die Palme wieder in den Wintermantel, kündigen den Stromvertrag und das Abo des Lokalblatts.

Tuomas merkt, dass er lächelt. Gerade jetzt erscheint ihm das Leben klar und sicher.

Die Begleiterscheinung dieser homosexuellen Ehen, die sich mit der Vorstellung von Glück nicht vereinbaren lässt, besteht darin, dass die Beteiligten nie aufhören zu suchen.

Sie geben nicht auf, lassen nicht los, lassen nicht locker.

WOHIN DER WIND DAS MÄDCHEN TRÄGT

Was soll das heißen, ich hätte sofort aufgegeben, als Mutter starb? Was sagst du, Johannes?

Meine Hand reicht an die Bettkante. Sie fühlt sich kühl an, fast kalt. Komm in meine Arme, kleiner Bruder. Er kommt nicht, sondern geht aus dem Schlafzimmer ins Wohnzimmer, redet an der Tür, kehrt dann zurück. Mit wem hast du gesprochen?

Er erzählt, dass Tuomas da war und gern hereingekommen wäre, aber das habe er ihm nicht erlaubt.

Ich will keinen anderen hier haben. Zu mir darf nur mein kleiner Bruder, die Heulsuse, das Rotbäckchen. Entschuldige, dass ich nicht nach Hause zurückgekommen bin und neue Wege gelernt habe, sage ich, aber er flüstert Scht und mach dir darüber keine Gedanken. Nimmt meine Hand und streichelt sie. Mir ist kalt, und ich fürchte mich. Muss ich allein gehen? Kannst du nicht mitkommen, mich wenigstens ein Stück begleiten? Du könntest mich vor den Steinen und Löchern auf dem Sandweg warnen.

Johannes geht um das Bett herum und legt sich auf Karis Seite. Die Federn senken sich. Er rückt ganz dicht an mich heran, und ich schiebe meine rechte Hand unter seinem Ellbogen hindurch. Mit dem Handrücken spüre ich, dass er ganz still liegt. Er atmet tief. Wenn er sich rührt, bewege ich mich im selben Takt.

Johannes liegt neben mir und wärmt mich. In mir ist alles Wünschen gestorben. Das größte Glück ist, nichts zu wollen. Wir liegen nebeneinander wie ein altes Ehepaar. Schwester und Bruder. Johannes streichelt meine Haare. Seine Finger berühren meine Augenlider. Mach dir keine Sorgen um sie. Hinter ihnen ist nichts.

Ist Tuomas schon gegangen? Unser gemeinsamer Sohn. Er hat seinen eigenen Sohn aus den Augen verloren. Mein erstes Enkelkind. Ich versuche aufzustehen, aber Johannes hält mich zurück. Er kümmert sich um mich.

So will ich das nicht. Ich bin die große Schwester und ich kümmere mich. Ich bin diejenige, die sagt, alles ist gut. Ich höre ein Lied, bin mir aber nicht sicher, wer von uns singt. »*Lustig schmettert das Horn.*«

Johannes sagt, weiter könne er nicht mitkommen. Sprich nicht mehr, denn alle Worte der Welt sind schon gesagt. Ich löse meine Hand von seinem Arm und verflechte meine Finger mit seinen. Johannes geht nicht weg, sondern bleibt dicht neben mir. Er sieht mich so, wie ich bin, und verlässt mich trotzdem nicht. Mir ist nicht mehr kalt.

Seine Arme legen sich um mich. Er küsst mich auf die Wange. Für mich wird gesorgt. Ich bin in seinen Armen. Das ist ein gutes Leben. Mir wird nichts mangeln.

Ich bin leicht, und der Wind reißt mich mit sich wie einen Drachen. Ich zerfalle in Stücke, breite mich aus und glätte mich. Es gibt keine Orte, keine Zeit, alles fließt, und ich fließe und reiche in jeden Teil der Welt. Meine eine Hand fliegt nach Osten, die andere nach Südosten, die Finger trennen sich von den Händen, die Gelenke voneinander. Die Beine zerteilen sich, die Wirbel und Knorpel am Rücken lösen sich voneinander. Musik klingt in den aufbrechenden Flächen der vereisten Pfützen. An den Spitzen meiner Finger spüre ich die Rauheit, die Hitze und die Glätte der Welt zugleich, auf der Gesichtshaut die Nähe der Menschen und an den Zehen Sand und Tannennadeln. Ich schmelze, werde flüssig. Ich höre jeden Akkord und jede Quinte, jedes gesprochene Wort, jeden Laut, doch ich lache, denn nichts hat mehr eine Verbindung zum anderen. Nichts hat irgendeine Bedeutung.

Ich gleite in Licht und Wärme. Ich verdunste in Düften, bekannten und unbekannten. Für einige von ihnen habe ich einen Augenblick lang noch einen Namen. Rasierseife. Oleander und Orangenblüte, Kampfer und Myrte. Vaters Hemd, das nach Wind riecht.

Träumeline Hinterwasser presst ihre Hände auf die Lehnen des Räderstuhls und zieht sich in eine bessere Haltung. Pertti Unterstrom sitzt in der Küche auf dem Hocker, auf dem Kari immer saß. Er merkt, dass es draußen dämmert, macht sich aber nichts daraus.

Träumeline fügt der Geschichte eine neue Wendung hinzu, eine obszöne. Pertti verschluckt sich an dem Bier, das er aus dem Kühlschrank geholt hat. Er hustet es aus. Helena lauscht, lacht lauthals. Ihre Stimme nimmt an den nikotingelben Küchenschränken Fahrt auf, entflieht durch die Tür ins Wohnzimmer. Das Gelächter lässt das Mosaikparkett beben, vibriert auf der Platte des Esstisches und schlüpft ins Schlafzimmer. Es entdeckt das Fenster, das die Pflegerin zum Lüften geöffnet hat, und fliegt zum Himmel auf. Dabei wirft es die Plastikrose, die Gloria vor ewigen Zeiten gekauft hat, aus der Vase auf dem Fensterbrett.

DANKSAGUNG

Mein Dank gilt den vielen Menschen, die zu einem Interview bereit waren, mir auf meine unkundigen Fragen hin Fotos und weiterführende Informationen zukommen ließen und Schritte, Busrouten, Prüfungsjahre, Grundrisse, ja, das Weltbild überprüft haben. Zur Verwirklichung dieses Buches haben auch der Provinzfonds Varsinais-Suomi der Finnischen Kulturstiftung, die Literaturstiftung des Verlags WSOY und der Kulturausschuss der Stadt Turku beigetragen.

ANMERKUNGEN UND GLOSSAR

14 Ein Plätzchen klein auf dieser Welt. Quelle: »Das Mutterherz.« Original: Lydia Koidula, »Ema süda.« Aus dem Estnischen von Wilhelmine Ederberg. In: »Baltische Dichtungen«, hrsg. v. L. v. Stael-Holstein, Riga: Hoerschelmann, 1896. S. 310–311.

17 »Lopotti« lautet der finnische Titel dieses Buchs. Lopotti bedeutet Dorf, auch Nebendorf, abgelegenes Dorf, separate Häusergruppe. Es ist ein russisches Lehnwort von *sloboda* (Dorf, Stadt, Gebiet) und offenbar eine Lautvariante des russischen Wortes *swoboda* (Freiheit).

18 Wer meinen Schlaf zu stören wagt. *Ken untani häiritä uskaltaa.* Finnisches Kinderlied.

25 Wir liefen uns über den Weg. *Hullu yö.* Text: Jukka Välimaa, Musik: Ile Kallio, gesungen von Kaija Kärkinen beim ESC 1991.

30 Bußversammlung, bei der religiösen Bewegung der Laestadianer übliches Verfahren, um Mitglieder von »sündhaftem« Verhalten abzubringen.

32 Und dann ist es mir, als spräch' es laut. *Erika.* Text und Musik: Herms Niel.

36 Der Buchstabe y markiert im Finnischen den Umlaut ü, dessen Aussprache russischen Muttersprachlern Schwierigkeiten bereitet.

39 Der Rhythmus geht ins Blut. *Reggae OK.* Text: Olli Ojala, Musik: Jim Pembroke, gesungen von Riki Sorsa beim ESC 1981.

44 Brennendes Feuer. *Tulta polttavaa.* Text: Jori Nummelin, Musik und gesungen von Juha Metsäperä, 2007.

51 Beim Aufbruch wussten wir nicht, wohin es uns verschlägt. *Elämää juoksuhaudoissa*, Usko Kemppi (Hurmerinta), 1940.

52 Lotta-Mädchen: Lotta Svärd, paramilitärische Frauenorganisation, die 1918 gegründet wurde. War im Winterkrieg (1939) sowie in den Kriegsjahren 1942 bis

1944 mit vielen Freiwilligen zur Unterstützung der Frontsoldaten aktiv. Wurde mit dem Waffenstillstand von Moskau 1944 aufgelöst. Die Mitglieder unterwarfen sich strengen Verhaltensregeln.

58 Schlafen gehn wir nicht. *Hengaillaan.* Text: Jussi Tuominen, Musik: Jukka Siikavire, gesungen von Kirka beim ESC 1984.

62 Jede Sekunde, die ich bei dir sein darf. *Niin kaunis on taivas.* Text und Musik: Timo Niemi, gesungen von Jasmine beim ESC 1996.

69 Auf der Himmelsleiter. *Tikapuita pitkin taivaaseen.* Finnischer Kinderreim.

77 All die ängstlichen Gemüter. *Älä mene pois.* Text: Hector, Musik: Eero Koivistoinen, gesungen von Carita Holmström beim ESC 1974.

77 Laestadianer: Nach ihrem Begründer Lars Levi Laestadius (1800–1861) benannte konservative Erweckungsbewegung innerhalb der evangelischen Kirche. Die Laestadianer sind strengen Verhaltensregeln unterworfen und lehnen unter anderem Verhütung sowie beispielsweise Unterhaltungsmedien wie Fernsehen ab.

79 Urho Kaleva Kekkonen (1900–1986) wurde 1956 zum finnischen Staatspräsidenten gewählt. Er bekleidete das Amt über fünfundzwanzig Jahre lang. 1975 sicherte er Finnlands Neutralität durch die Konferenz über Sicherheit und Zusammenarbeit in Europa.

81 Schlaf, Kindlein, schlaf. *Aa aa allin lasta.* Finnisches Wiegenlied, ersetzt durch deutsches Wiegenlied.

89 Die Welt ist schon fertig. *Tie uuteen päivään.* Text und Musik: Rauno Lehtinen, gesungen von Markku Aro & Koivistolaiset beim ESC 1971.

97 Die Lichter der Stadt, der Klang der Musik. *Päivä kahden ihmisen.* Text, Musik und gesungen von Kari Kuivalainen beim ESC 1986.

98 Auf dem Hügel hoch dort oben. *Jätkänhumppa.* Musik: Paavo Melander, Text: Uuno Tupasela, gesungen von der Band Mutkattomat 1976.

99 Auch wenn die kalte Winternacht. *Lapin äidin kehtolaulu.* Text und Musik: Kalervo Hämäläinen, aufgenommen von Mirjam Helin 1949.

101 Die alten Föhren mögen nur für dich singen. *Jätkänhumppa*, s. o.

102 Doch flügellos in Fesseln. *Satumaa.* Text und Musik: Unto Mononen, deutsch von Harri Kaitila. Beiheft zur CD Schicksalstango. Finnischer Tango auf Deutsch.

107 Die Erde verborgen unter der Hülle der Nacht. *Valoa ikkunassa.* Musik: Eino Hurme, Text: Saukki, gesungen von Laila Kinnunen beim ESC 1961.

107ff. Die Zitate in diesem Kapitel stammen aus David Reuben: »Alles, was Sie schon immer über Sex wissen wollten«. Deutsch von Jens Schmidt-Prange. München: Knaur 1969, Seite 191–193.

119 So sind wir unser Leben lang. *Lapsukaisten koululaulu.* Text: J. F. Granlund 1857.

120 Die Information darüber, wie in einer Schule für blinde Kinder und Jugendliche die Arbeit aufgeteilt wurde, wurde mit Erlaubnis der Autorin Annikki Peltonen ihrem Werk »Elämän oppikoulussa pisteillä ja ilman« (In der Schule des Lebens mit Punkten und ohne) entnommen, erschienen 2013 im Selbstverlag der Autorin.

125 Offenes Land, weites Land. *Aava maa, avara maa.* Musik: Alexi Ahoniemi, Text: Tommy Mansikka-Aho, gesungen von Edea beim ESC 1998.

134 Er ist das Licht der Blinden, erleuchtet ihr Gesicht. *Kiitos sulle, Jumalani.* Finnisches Gesangbuch Nr. 341, ersetzt durch: *Du meine Seele singe*, Evangelisches Gesangbuch Nr. 302, 6. Strophe. Text: Paul Gerhardt, Melodie: Johann Georg Ebeling.

143 Über tausend Winde tönt ein sorgloses Lied. *La Dolce Vita.* Musik: Matti Puurtinen, Text: Turkka Mai, gesungen von Anneli Saaristo beim ESC 1989.

147 Winterkrieg: Krieg zwischen Finnland und der Sowjetunion vom 30. November 1939 bis zum 13. März 1940, bei dem Finnland zwar seine Unabhängigkeit wahren konnte, jedoch Teile seines Territoriums verlor.

147 Jäger-Bewegung: Die Finnischen Jäger waren Freiwillige, die im deutschen Kaiserreich militärisch ausgebildet wurden und dann im Königlich-Preußischen Jäger-Bataillon Nr. 27 an der Ostfront kämpften. Diese Jäger bildeten nach ihrer Rückkehr nach Finnland den Kern der finnischen Streitkräfte.

150 Doch singen, singen kann ich nicht. *Oi muistatko vielä sen virren.* Text: Eino Leino und Juho Railio, Musik: Oskar Merikanto.

157 Die Zitate sind dem Lied *Sinitaivas* von Olavi Virta entnommen. Es stammt im Original von Rudolf Roonthal (Text), Josef Rixner (Musik), erschien 1936 unter dem Titel *Blauer Himmel.* Olavi Virta hat 1955 die finnische Fassung aufgenommen.

159 Er ist allein und ohne Trost. *Lapponia.* Text: Monica Aspelund, Musik: Aarno Raninen, gesungen von Monica Aspelund beim ESC 1977.

159 *What is Love?* Text und Musik: Dee Dee Halligan und Junior Torello, 1993.

171 Sanfter klinge für ihn, der mein Herz mit Trauer erfüllt. *Soi vienosti murheeni soitto.* Text: Heikki Ansa, Musik: Oskar Merikanto, 1899.

177 Ein jeder merkt an deinem Blick: Wir sind verliebt, beseelt vom Glück. *Ruusuinen hetki (La vie en rose).* Schau mich bitte nicht so an, Deutsch von Hans Doll und Ralph Maria Siegel.

180 Span, woher auf Wellenspuren. Text: Ilmari Calamnius-Kianto, Musik: Jean Sibelius. Op. 17, Sju sånger, Deutsch von Alfred Julius Boruttau.

181 Erste und Zweite Linie bezeichnen Straßen im Helsinkier Stadtteil Kallio.

186 Hoffnungsvoll stehst du vor mir, und deine Augen sprechen. *Eläköön elämä.* Musik: Petri Laaksonen, Text: V-P Lehto, gesungen von Sonja Lumme beim ESC 1985.

190 Kam von ihrem Liebsten, kam mit roten Lippen. *Flickan kom ifrån sin älsklings möte.* Das Gedicht stammt von dem finnlandschwedischen Schriftsteller Johan Ludvig Runeberg (1804–1877), der heute als Nationaldichter gilt.

197 Welch Jubel und Jauchzen in meinen Adern. *Ma elän!* Das Gedicht stammt von dem finnischen Dichter Karl Gustaf Larson, besser bekannt als Larin-Kyösti (1873–1948).

205 Und welche Sprache spricht er wohl? *Fantasiaa.* Musik: Kari Kuusamo, Text: Kaisu Liuhala, gesungen von Ami Aspelund beim ESC 1983.

210 Mit dem Winde rief ich, doch niemand hörte mich. *Vanha vaimo.* Das Gedicht stammt von dem finnischen Schriftsteller Eino Leino (1878–1926).

215 Könnt ich nicht so gut wie andre auch in großen Höfen schalten. Aus: »Kanteletar II. Kanteletar, die Volkslyrik der Finnen«. Deutsch von Hermann Paul. Helsingfors: Edlund, 1882. S. 149–150.

222 Stille Sehnsucht nach einer Zuflucht. *Varjoon.* Musik, Text und gesungen von Fredi beim ESC 1967.

229 Zerbrochen ist der Traum vom Glück. *Mustalaisviulu* (Romany violin). Musik: John P. Powell und Al Merle Tibson, Text: Al Merle Tibson. Finnisch von Auno Onerva Haarla.

233 Und das ganze Leben explodiert. *Sata salamaa.* Musik: Petri Laaksonen, Text: VP Lehto, gesungen von Vicky Rosti beim ESC 1987.

241 Aleksis Kivi (1834–1872), finnischer Nationaldichter, gilt als Vater der modernen Literatur in finnischer Sprache.

243 Unsere Freiheit sind diese Berge. *Nälkämaan laulu.* Das Gedicht stammt von Ilmari Kianto (1874–1970), vertont von Oskari Merikanto, Hymne der Provinz Kainuu.

251 Zusammen geht es sich leichter allein. *Nauravat silmät muistetaan.* Musik: Pepe Willberg, Text: Kirsti Willberg, gesungen von Boulevard beim ESC 1988.

258 Du fröhliches, kleines Vögelein magst nicht in warmen Ländern sein. *Leivo.* Das Gedicht stammt von Aleksanteri Rahkonen (1841–1877).

261 Stierpartys: Mehrtägige Sommerfeste im ländlichen Finnland, bei denen alles mit Stiermotiven geschmückt ist und reichlich getrunken wird.

262 Du willst bestimmt so tanzen. *Pump pump.* Musik: Matti Siitonen, Text: Vexi Salmi, gesungen von Fredi beim ESC 1976.

267 Die Verlassene wartet lange. *Tuijotin tulehen kauan.* Gedicht von Eino Leino (vertont von Toivo Kuula).

274 Vergeudete Liebe. *Ain't that just the way.* Text und Melodie: Glen Larson u. a., gesungen von Lutricia McNeal, auf Finnisch gesungen von Virve Rosti.

279 Ich fühle mich sorglos. *Tom Tom Tom.* Text: Rauno Lehtinen und B. Barratt, Musik: Rauno Lehtinen, gesungen von Marion Rung beim ESC 1973.

287 Heute kann ich mir in die Augen schauen. *Jäähyväiset aseelle.* Text und Musik: Jyrki Siukonen 1979, gesungen von Liisa Tavi (Lied der Friedensbewegung).

293 Der Abend verglüht, rot sinkt die Sonne. *Huilumies.* Text: Vexi Salmi, Musik: Aarno Raninen, gesungen von Vesa-Matti Loiri beim ESC 1980.

297 Ich kann deine Hand nicht drücken. *Mamy Blue.* Auf Finnisch gesungen von Kirka, Englisch von Los Pop Tops, 1971.

299 Thekla (Tekla) Hultin (1864–1943) promovierte 1896 in Wirtschaftsgeschichte und war damit die zweite Frau in Finnland, die den Doktortitel errang. Sie war u. a. als Journalistin tätig. 1901 erhielt sie einen Dispens von ihrem Geschlecht, die Voraussetzung dafür, dass sie eine Aktuarsstelle in der finnischen Statistikzentrale antreten konnte. Hultin war 1908–1924 Parlamentsabgeordnete.

299 Aleksandra Gripenberg (1857–1913) war Autorin, Journalistin und Zeitungsverlegerin und eine der zentralen Figuren der finnischen Frauenrechtsbewegung. Sie war 1884 Mitgründerin der ersten Frauenrechtsorganisation Finnlands und 1907 bis 1909 Parlamentsabgeordnete.

303 Zeit für viele Ideen, unglaublich und unerhört. *Varjoon – suojaan.* Text: Alvi Vuorinen, Musik: Lasse Mårtenson, gesungen von Fredi beim ESC 1967.

309 Ich habe tausend Nächte durchwacht. *Minä olen muistanut.* Text und Musik: Edu Kettunen, gesungen von Kim Lönnholm 1989.

313 Der Wind trägt die Hoffnung weit fort. *Tule luo.* Text: Jukka Saarinen, Musik: Matti Puurtinen, gesungen von Katri Helena beim ESC 1993.

320 Wenn es dunkelt in der Stadt. *Old man fiddle.* Text: Hannu Karlsson / Spencer, Musik: Kim Kuusi, gesungen von Pihasoittajat beim ESC 1975.

326 Das kleine Händchen liegt noch kurz in meiner Hand. *Anna rakkaudelle tilaisuus.* Text: Reijo Karvonen und Seija Simola, Musik: Reijo Karvonen, gesungen von Seija Simola beim ESC 1978

331 Zitat aus David Reuben: »Alles, was Sie schon immer über Sex wissen wollten«, S. 204, s. o.

334 Und doch bange ich. *Kun kello käy.* Text: Juha Vainio, Musik: Esko Linnavalli, gesungen von Kristina Hautala beim ESC 1968.

338 Lasse mich finden den Weg zu dir. *Vaivaisten turva ainoa.* Finnisches Kirchenlied 359, Text und Melodie: Anders Odhelius 1745.

348 Führ mich nach Hause. *Katson sineen taivaan.* Text: Vexi Salmi, Musik: Matti Siitonen, gesungen von Katri Helena beim ESC 1979.

355 Zitat aus David Reuben: »Alles, was Sie schon immer über Sex wissen wollten«, S. 204 (leicht abgewandelt), s. o.

356 Wohin der Wind das Mädchen trägt. *Minne tuuli kuljettaa.* Text: Juha Vainio, Musik: Toivo Kärki, gesungen von Katri Helena bei der finnischen Vorausscheidung zum ESC 1965.

Die Originalausgabe erschien 2016
unter dem Titel *Lopotti*
bei WSOY, Helsinki.

FILI FINNISH LITERATURE EXCHANGE

Der Penguin Verlag dankt FILI – Finnish Literature Exchange –
für die finanzielle Unterstützung der Übersetzung.

MIX
Papier aus verantwortungsvollen Quellen
FSC www.fsc.org FSC® C014496

Verlagsgruppe Random House FSC® N001967

PENGUIN VERLAG

1. Auflage

Penguin Verlag in der Verlagsgruppe Random House GmbH,
Neumarkter Str. 28, 81673 München
Dieses Buch wurde vermittelt durch: Bonnier Rights Finland, Helsinki.
Redaktion: Annika Krummacher
Umschlaggestaltung: Designbüro Lübbeke, Naumann, Thoben
Umschlagabbildung: © plainpicture/EWG
Satz: Buch-Werkstatt GmbH, Bad Aibling
Druck und Bindung: GGP Media GmbH, Pößneck
Printed in Germany
ISBN 978-3-328-60078-7

www.penguin-verlag.de

Dieses Buch ist auch als E-Book erhältlich.

Tommi Kinnunen
Wege, die
sich kreuzen

Roman
Auch als E-Book erhältlich

»Ein meisterlicher Generationenroman über drei starke Frauen mit dunklen Geheimnissen.« *Dagens Nyheter*

Über das ganze 20. Jahrhundert mit all seinen Erschütterungen spannt dieser epochal-opulente Familienroman. Kunstvoll verwebt Tommi Kinnunen darin die Schicksale von Menschen, deren Träume größer sind als die Möglichkeiten, die das Leben offeriert. Und trotz Enttäuschungen erkämpfen sie sich ihr Glück.

»Was für ein Glück, dass der finnische Lehrer Tommi Kinnunen in Familienalben geblättert hat und nicht davor zurückschreckte, seinen Vorfahren eine Stimme zu geben.« *Brigitte Woman*